Die Suche nach den Terroristen, die einen Anschlag auf das Konsulat eines arabischen Emirats in San Francisco verübt haben, reizt Sharon McCone anfangs vor allem wegen der Millionen-Dollar-Belohnung; sie ist seit kurzem als selbständige Ermittlerin Untermieterin ihres bisherigen Arbeitgebers All Souls. Doch dann lernt sie die Genralkonsulin Malika Hamid und deren neunjährige Enkelin Habiba kennen. Als das Mädchen entführt wird, erklärt sie sich spontan zur Zusammenarbeit mit dem für das Konsulat zuständigen Sicherheitsdienst bereit. Schon bald erhärtet sich ihr Verdacht, daß die Ursache für das Attentat mehr privater als politischer Natur ist. Der Sohn des Konsuls ist seit Jahren verschwunden, im kriminellen Milieu abgetaucht, vermutet Sharon McCone, und seine alkoholkranke amerikanische Frau wird praktisch im Konsulat gefangengehalten.

Auf der Suche nach den Drahtziehern des Anschlags und den Entführern der kleinen Habiba muß Sharon zum erstenmal in ihrem Leben eine Propellermaschine allein fliegen, weil ihr Lebensgefährte Hy Ripinsky, von Fieber geschüttelt, als Pilot ausfällt. Zusammen folgen sie den Spuren der Gangster bis zu einer bewachten Privatinsel in der Karibik, wo Geheimhaltungspolitik und Familieninteressen in einem mörderischen Komplott zusammenwirken – und eine ganz eigene Version von Gerechtigkeit gilt.

Marcia Muller, 1944 in Detroit geboren, gilt in Amerika mit ihren Kriminalromanen um die Ermittlerin Sharon McCone als Schöpferin der modernen Privatdetektivin. Ihr Roman ›Wölfe und Kojoten‹ (Fischer Taschenbuch 14545) wurde 1994 für den *Best Crime Novel Award* nominiert. Sie lebt mit ihrem Ehemann, dem Krimiautor Bill Pronzini, in Nordkalifornien.

Weitere Titel von Marcia Muller im Fischer Taschenbuch Verlag:
›Mord ohne Leiche‹ (Bd. 14541), ›Tote Pracht‹ (Bd. 14542), ›Niemandsland‹ (Bd. 14543), ›Letzte Instanz‹ (Bd. 14544), ›Wölfe und Kojoten‹ (Bd. 14545), ›Am Ende der Nacht‹ (Bd. 14352), ›Wenn alle anderen schlafen‹ (Bd. 14537 – Dezember 1999).

Marcia Muller

Ein wilder und einsamer Ort

Roman

Aus dem Amerikanischen von
Cornelia Holfelder-von der Tann

Fischer Taschenbuch Verlag

Deutsche Erstausgabe
Veröffentlicht im Fischer Taschenbuch Verlag GmbH,
Frankfurt am Main, April 1997
Neuausgabe Juni 1999

Die amerikanische Originalausgabe erschien 1995 unter dem Titel
›A Wild and Lonely Place‹
im Verlag The Mysterious Press, New York

Gesamtherstellung: Clausen & Bosse, Leck
Printed in Germany
ISBN 3-596-14546-5

Für Molly Friedrichs
mit vielem Dank

Dank auch an:
Toni Alexander, Sharon McCones Reiseberaterin
Suzanne und Rex Stocklin, Führer auf einer gefährlichen Reise
Colin Wilcox, Fluglehrer einer erdverhafteten Autorin

Und an Bill, ohne den...

6500 Fuß über dem Tehachapi-Gebirge
28. Mai, 6 Uhr 27

Die öde Weite der Mojave-Wüste lag jetzt hinter uns, aber die Friedhofseinsamkeit des winzigen Flugplatzes und der weiße Rauchschleier von den Chemiewerken in Trona wirkten wie ein Alptraum in mir nach. Drunten erstreckten sich die Tehachapis, die faltigen, zerklüfteten Gipfel aggressiv emporgereckt. Sie schienen eine Warnung auszusenden: Wir können euch jederzeit kriegen.

Ich riß den Blick von ihnen los, ehe meine Phantasie mein Urteilsvermögen trüben konnte, und sah statt dessen auf die letzte Bergkette, die uns vom Central Valley und dem problemlosen letzten Streckenabschnitt nach Hause trennte. Kinderspiel, wie Hy sagen würde. Nur daß Hy jetzt gar nichts sagte – schon eine ganze Weile nicht mehr.

Ängstlich sah ich in den Fond der Beechcraft, in den er gekrochen war, nachdem ich ihn in Mirage Wells mit Mühe wach bekommen hatte. Er war zur Seite gesunken – eine neue Ohnmacht, was vielleicht besser für ihn war, denn der Schüttelfrost hatte sich gelegt, und das Fieber tobte wieder. Die Kleine saß starr neben ihm, stumm wie schon während dieser ganzen mörderischen Reise. Ihr dunkles Haar war verfilzt, ihr Gesicht dreckverschmiert; ihre Augen hatten etwas Bodenloses, als wollten sie sagen, daß sie in zu wenigen Jahren zuviel gesehen hatten. Ich wünschte, Hy könnte sie in die Arme nehmen und trösten, aber für den Moment mußten mein Lächeln und mein »Nicht mehr lange« genügen.

Sie reagierte nicht.

Wer hätte es ihr verübeln können? Sobald wir unten waren, würde ich sie in die Arme nehmen und trösten. Und die dringend notwendige ärztliche Hilfe für Hy organisieren.

Ich prüfte die Instrumente, sah wieder auf den Bergkamm. Die Morgensonne verwandelte das streifige Braun des Felsgesteins in Gold.

Meine Spannung ließ etwas nach, aber der Wüstensand klebte immer noch auf meiner Haut, überlagerte den Tropenschweiß. Ich konzentrierte mich darauf, ihn zu fühlen, damit ich nicht leichtsinnig wurde.
Zu viel konnte auch jetzt noch schiefgehen. Jeden Moment, wie die Ereignisse der letzten Tage bewiesen hatten...
Es fühlte sich an, als krachten wir gegen eine Betonwand.
Mein Magen bäumte sich auf, und eine Panikwelle überschwemmte mich. Ich prüfte die Instrumente, während das Flugzeug zitterte. Das Variometer zeigte an, daß wir rasch an Höhe verloren: fünfzehnhundert Fuß pro Minute, sechzehnhundert... Als ich wieder aufsah, neigte sich der Bergkamm grotesk schief und sprang dann plötzlich an den oberen Rand der Windschutzscheibe. Ich sah nur noch eine zerklüftete Felswand.
Abwind – einer von der üblen Sorte.
Extreme Schönwetterturbulenzen; warum zum Teufel hatte mich der Flugwetterdienst nicht gewarnt? Nicht, daß mir eine andere Wahl geblieben wäre, als es trotzdem damit aufzunehmen...
Ich sah wieder nach hinten. Hy war immer noch ohnmächtig; von dieser Seite also keine Hilfe. Die Augen der Kleinen waren geweitet, ihr Gesicht weiß. Aus Angst, daß jedes Wort nur meine Panik verraten würde, versuchte ich, beruhigend zu lächeln, aber es wurde nichts.
Okay, dachte ich. Du weißt, was du zu tun hast. Du hast mindestens hundertmal zugeschaut, wie Hy mit Abwinden umgegangen ist. Bleib ruhig und ändere den Kurs. Sieh zu, daß du von dieser Bergkette wegkommst, über flacheres Terrain.
Ich drehte ab. Eine weitere Bö traf uns mit einem Schlag. Einen Moment lang zitterte die Beechcraft so heftig, daß ich schon die Tragflächen abreißen sah.
Zweitausend Fuß pro Minute, und immer noch Sinkflug!
Meine Stirn und meine Handflächen waren schweißnaß. Ich umklammerte das Handrad, bemühte mich um Konzentration.
»Dieser Gebirgsflugkurs«, sagte ich. »Fliegen über dem Gebirge – was habe ich da gelernt?«
Mein Hirn weigerte sich zu funktionieren.
O Gott! Wir sind so weit gekommen, haben so viel überstanden.

Zweitausenddreihundert.
Das kann nicht sein! Ich kann doch nicht auf diese Weise sterben.
Zweitausendfünfhundert.
Zerklüftete braune Gipfel unter uns. Das sonnengoldene Kliff vor uns. Das letzte, was ich je sehen werde.
Sonne, du Idiot! Sonnenbeschienene Bergflanken erzeugen Thermik. Geh näher ran, nicht weiter weg.
Finde einen Thermikschlauch, und du kannst diese Kiste als Segler benutzen. Finde einen, und du kommst über den Kamm.
Ich begann, die Reaktion der Maschine zu testen, schwenkte auf die Felswand zu.
Himmelherrgott, McCone, finde einen Thermikschlauch!

Erster Teil
Nordkalifornien

18.–22. Mai

1 Ich kam gerade aus Adah Joslyns Büro im Quartier der Diplobomber-Sonderkommission, als ich Gage Renshaw begegnete.
Auf dem Weg zum Aufzug in dem heruntergekommenen Nebenflügel des FBI-Gebäudes in der Eddy Street, sah ich ihn von dem Trinkwasserbrunnen zurücktreten und ein paar Wassertropfen von seinem zerknitterten blauen Schlips wischen. Auf dem Revers seines nicht minder zerknitterten blauen Anzugs war ein dunkler Fleck, der gleichfalls Wasser sein konnte, ebensogut aber auch Relikt einer irgendwann hastig verzehrten Mahlzeit. Solche Dinge konnte Gage tagelang übersehen, aber mich bemerkte er natürlich auf der Stelle. Seine dunklen Augenbrauen zuckten in die Höhe, und sein Mund verzog sich zu einem Lächeln, das ihm etwas eindeutig Satanisches gab.
»Oh, Sharon McCone«, sagte er. »Was führt Sie hierher – oder soll ich raten?«
»Hallo, Gage.« Ich nickte einigermaßen freundlich und ging weiter. Das Gespräch mit Adah eben hatte mich aufgewühlt, und ich war nicht in der Stimmung für ein Wortgefecht mit einem alten Kontrahenten – nicht mal mit einem, dem ich die meisten seiner Sünden inzwischen verziehen hatte.
Renshaw trat vor mich hin und legte die Hand über die Liftknöpfe. »Kleiner Besuch bei der Vertreterin der hiesigen Polizei in der Sonderkommission?«
Ich sah demonstrativ auf meine Uhr. Es war erst kurz nach eins, und ich hatte eine größere Lücke in meinem Terminplan, aber ich hoffte, Renshaw würde den Wink verstehen.
»Gab's irgendwas Interessantes dort drinnen?« fragte er.
»Nur, daß die Sondersendung gestern abend im Fernsehen wie üblich ein paar Verrückte mobilisiert hat.« Ich pellte seine Hand von

den Liftknöpfen und drückte auf Abwärts. Der einzige Fahrstuhl war grotesk langsam; ich lehnte mich an die Wand und verschränkte die Arme, bereit, Renshaws Neugier zu trotzen, bis der Lift kam.

Er sah mich durch seine dunkelrandige Brille an, ein belustigtes Blitzen in den kühlen grauen Augen. Das Schummerlicht über uns malte Schatten auf sein knochiges Gesicht und verlieh ihm das Aussehen eines Abe Lincoln in den besten Jahren. »Sie würden es mir natürlich sowieso nicht sagen – ich meine, wenn Sie was Interessantes gehört hätten.«

»Natürlich nicht. Und wenn ich Sie fragen würde, warum Sie hier sind, würden Sie es mir auch nicht sagen.«

»Ich denke, unsere Beweggründe sind offenkundig und obendrein ziemlich ähnlich. Jeder Ermittler in dieser Stadt geifert doch hinter der Million Dollar her, die das FBI für Hinweise auf den Bomber ausgesetzt hat.«

Wenn je etwas einen falschen Klang hatte, dann das. Gages Firma, Renshaw & Kessell International, war auf Unternehmensschutz und Terrorismusabwehr spezialisiert, und eine Million Dollar war gar nichts im Vergleich zu den Honoraren, die sie kassierte. Seine bloße Anwesenheit in San Francisco war schon verdächtig, da er normalerweise vom RKI-Hauptsitz in La Jolla aus operierte.

Ich sagte jedoch nichts, verstärkte nur meine Schutzwehr um den einen oder anderen Zentimeter und wartete ab, wohin diese Unterhaltung steuerte.

Renshaw trat neben mich und lehnte sich ebenfalls an die Wand. Seine weiße Haartolle – verblüffend im Kontrast zu seiner übrigen zottigen dunklen Mähne – fiel ihm in die Stirn; er warf sie mit einer geübten Kopfbewegung zurück. »Eine Million klingt doch ganz nett, Sharon.«

»Mm-hmm.«

»Aber ein einzelner hat wenig Chancen.«

»Warum?«

»Meiner Erfahrung nach sind solche Ermittlungen ohne Teamwork nicht denkbar.«

»Soll heißen?«

»Soll heißen, daß Sie wohl besser fahren, wenn Sie sich mit einer

Organisation zusammentun, die über ganz andere Mittel verfügt.«
»Einer Organisation wie RKI.«
»Wir haben Möglichkeiten, von denen Sie nur träumen können.«
»Warum in aller Welt versuchen Sie dann, mich anzuwerben?«
»Tja, Sie haben da diese Kontakte zur Sonderkommission. Sie wollen mir doch nicht erzählen, daß Inspector Joslyn Ihnen nicht ein paar Informationen zugespielt hat.«
Das hatte sie in der Tat, aber Renshaw brauchte es nicht zu wissen. Ich stieß mich von der Wand ab und drückte wieder auf den Knopf.
»Und außerdem«, setzte Renshaw hinzu, »haben wir beide doch schon prima zusammengearbeitet.«
Ich starrte ihn verdutzt an. »Zusammengearbeitet? Sie haben mich benutzt, um an Ripinsky heranzukommen – weil Sie ihn umbringen wollten!«
»Und Sie haben unser Geld benutzt, um ihn zu retten – wir sind quitt. Aber wie dem auch sei«, – er machte eine wegwerfende Handbewegung – »das ist vergangen und vergessen. Jetzt ist Ripinsky Teilhaber unserer Firma. Er, Kessell und ich haben uns geeinigt. Und Sie und Ripinsky sind ... nun ja, was auch immer. Also sind wir praktisch eine Familie.«
»Sie und ich, wir sind keine Familie. Wir werden nie eine sein. Und das Ermittlungsbüro McCone läßt sich auf keinerlei Zusammenarbeit mit Firmen ein, deren Praktiken wir für ... mit unseren unvereinbar halten.«
Renshaw versuchte, auf meinen kaum verhohlenen Ausfall gegen das Berufsethos von RKI mit gekränkter Miene zu reagieren, aber die Mühe war vergeblich. Ich hatte schon längst gelernt, daß er absolut unkränkbar war. Er war sogar noch stolz auf seine dubiosen Transaktionen und seine kleinen Abkürzungen am Gesetz vorbei.
»Okay«, sagte er nach einer kurzen Pause, »ich mache Ihnen einen Vorschlag: Kommen Sie mit in unser Büro, und sehen Sie sich an, was wir über diese Bombenanschläge zusammengetragen haben. Wenn Sie darauf anspringen, teilen Sie uns mit, was Sie wissen, und wir arbeiten zusammen. Wenn es Sie immer noch nicht interessiert, ist das Thema abgehakt.«

Der Aufzug kam endlich ächzend zum Stillstand, und die Tür öffnete sich mit einem asthmatischen Keuchen. Ich trat hinein, und Renshaw folgte mir.
»Warum so großzügig, Gage?«
»Ach, sagen wir einfach, um der alten Zeiten willen.«
»Kommen Sie mir nicht damit. Sie müssen meine Kontakte zur Sonderkommission dringend brauchen. Und zwar nicht, weil Sie, wie Sie sich auszudrücken belieben, hinter dieser Million hergeifern.« Er zögerte. »Okay, nicht deshalb. Aber kommen Sie trotzdem in die Firma. Was haben Sie schon zu verlieren?«
»Nur meine Selbstachtung.«
»Kein großer Verlust.«
»Danke vielmals.« Aber er hatte mich schon geködert. »In einer halben Stunde kann ich da sein. Aber vergessen Sie nicht – ich schulde Ihnen nichts.«
»Noch nicht jedenfalls.«

Während der Fahrt zum RKI-Büro an der Green Street, zwischen dem Telegraph Hill und dem Embarcadero, dachte ich an mein Gespräch mit Adah Joslyn.
Als ich ankam, hatte meine Freundin über ihrem chaotischen Schreibtisch gehangen, einen Bleistift durch die dicken dunklen Locken gepiekt, die honigbraune Stirn in mißmutige Falten gelegt. Selbst an einem offensichtlich schlechten Tag schaffte sie es noch, chic auszusehen. Ihre maßgeschneiderte Uniform war daran natürlich nicht unbeteiligt, aber Adah konnte auch im Jogging-Anzug elegant wirken. Diese Eleganz erwuchs aus einer Kombination von inneren Eigenschaften: Gelassenheit, Selbstvertrauen, Durchsetzungsfähigkeit, ihrer Art, der Welt mit ruhigem, offenem Blick zu begegnen.
Als vor einigen Jahren der damalige Polizeichef mit Beschwerden überschwemmt worden war, daß die personelle Struktur der Polizei nicht die des Gemeinwesens widerspiegle, dem sie diene, war ihm Joslyn mit ihren fünfzehn Dienstjahren beim Police Department von San Francisco als leibhaftige Antwort auf seine Gebete erschienen. Um sich die Medien, den Bürgermeister und diverse Bürgergruppierungen vom Hals zu schaffen, hatte er überall nach einer

Minderheitsangehörigen gefahndet, die er in eine Position mit hohem Sichtbarkeitsgrad hieven konnte, und in Adah hatte er sie gefunden. Sie war nicht nur halb afrikanisch-amerikanischer und halb jüdischer Abstammung, sondern außerdem eine hervorragende und mehrfach ausgezeichnete Polizistin. Nach ihrer Aufnahme in die elitäre Mordkommission hatte sie rasch bewiesen, daß sie mehr war als nur eine Alibifigur, und schon bald hatten ihr auch ihre erbittertsten Gegner Respekt und Bewunderung gezollt.

Vor einem Monat war Adah als eine von zwei hauptamtlichen Vertreterinnen des Department in die neugebildete Diplobomber-Sonderkommission entsandt worden. Hier suchte sie nun zusammen mit Beamten des FBI, des ATF* und der Postbehörde nach der Person, die Sprengstoffanschläge auf zwei ausländische Botschaften in Washington, zwei Diplomatenfahrzeuge, zwei Wohnungen von UN-Delegierten in New York und zwei Konsulate hier in San Francisco verübt hatte. In den letzten drei Jahren hatte der Bomber drei Menschen getötet und drei weitere schwer verletzt. Der Druck der amerikanischen Regierung und diverser ausländischer Staaten auf die Polizei war enorm.

Vor allem heute mußte dieser Druck deutlich zu spüren gewesen sein; Adahs Miene hellte sich nicht auf, als sie mich sah. Sie wies mit einer Handbewegung auf ihren Schreibtisch und sagte: »Schau dir diesen ganzen Mist an.«

Ich musterte die verschiedenfarbigen Stapel von Anrufsnotizen. »Telefonische Hinweise?«

»Die verdammte Hotline ist total überlastet. Ein Anrufer hat erzählt, er hänge schon fünfzig Minuten in der Warteleitung.«

»Irgendwas Brauchbares dabei?«

»Wer weiß?« Sie zeigte auf den dicksten Stapel – blau, mit einem Bürohefter beschwert. »Das hier sind die echten Spinner – die behaupten, der Bomber sei ein Außerirdischer oder Elvis oder der Geist ihrer toten Schwiegermutter, die immer schon eine Ausländerhasserin war. Der rosa Stapel – das sind Leute, die sich anhören, als wollten sie jemandem eins auswischen, ihrem Chef oder einem Familienmitglied oder ihrem Nachbarn. Aber nachgehen müssen wir

* ATF – *U. S. Bureau of Alcohol, Tobacco and Firearms*

dem trotzdem. Die weißen hier« – sie tippte auf einen dritten Stapel – »das sind, wenn du so willst, die Theoretiker. Sie sind cool, logisch, halten überzeugende Vorträge und sind sich ihrer Sache völlig sicher. Meistens irren sie sich, aber es kann ja doch mal ein Quentchen Wahrheit dran sein, das vielleicht zu einem Durchbruch führt. Und dieser gelbe Stapel – das sind die, deren Hirn bei der Sondersendung plötzlich zu rattern anfing, Leute, die irgendwann mal irgend etwas Verdächtiges bemerkt haben wollen, was ihnen aber erst jetzt wieder eingefallen ist.«

»Und die grünen?«

»Dringlichkeitsstufe eins. Verdächtige Anrufe. Unsere Leute, die die Anrufe entgegennehmen, sind darauf getrimmt, auf bestimmte Dinge zu achten; manchmal ist es nur eine leichte Schwankung des Tonfalls, aber manchmal weiß der Anrufer auch irgendein Detail, das wir gar nicht publik gemacht haben.«

»Und bis wann sollst du das alles überprüft haben?«

»Wenn ich es richtig sehe, bis vor einer Stunde etwa.«

Ich schwieg.

Adah stieß sich ein Stück vom Schreibtisch ab, streckte die langen Beine aus und seufzte. »Weißt du«, sagte sie, »ich habe dich nie beneidet. Die vielen Überstunden, die Art, wie die Partner in diesem Anwaltskollektiv mit dir umgesprungen sind, diese ganzen miesen Typen, mit denen du dich herumschlagen mußtest – ich hatte immer das Gefühl, daß das bißchen Gehalt das alles nicht wert ist. Verglichen mit McCone hast du gar kein übles Leben, habe ich mir immer gesagt. Du hast einen angesehenen Job, du genießt den Respekt der Öffentlichkeit, du hast ein gutes Gehalt und alle möglichen Zusatzvergünstigungen. Du bist eine Frau auf dem Weg nach oben, dachte ich, vielleicht wirst du eines Tages sogar Captain.«

Ich lehnte mich an eine Ecke ihres Schreibtischs. »Na ja, du bist immer noch eine Frau auf dem Weg nach oben. Und ich mache immer noch dieses ganze Zeug, um das du mich nicht beneidest.«

»Nein, das stimmt nicht. Du hast jetzt deine eigene Detektei, du bist dein eigener Boß. Und ich ... na ja, diese Plakette ist ziemlich stumpf geworden.«

Ich hob fragend die Augenbrauen.

»Nein, so meine ich das nicht. Ich bin immer noch ein anständiger Cop. Aber der alte Glanz ist eindeutig hin. Status? Nützt dir einen Scheißdreck. Respekt der Öffentlichkeit? Kannst du vergessen. Gehalt und Vergünstigungen? Ich wüßte auf Anhieb hundert Jobs, in denen es mir besserginge. Eine Frau auf dem Weg nach oben – daß ich nicht lache.«

»Wieso?«

»Ich bin bald vierzig und immer noch Inspector; so hatte ich mir das nicht gedacht. Und seit Bart Wallace zur Sitte gegangen ist, habe ich keinen neuen Partner mehr gekriegt. Wenn jemand krank ist, darf Inspector Joslyn für ein Weilchen einspringen. Wenn jemand neu in die Abteilung kommt, spannen sie ihn eine Zeitlang mit mir zusammen. Aber dann kommt der kranke Kollege zurück oder der Neue hat das kleine Einmaleins gelernt und wird jemand anderem zugewiesen, und ich darf wieder allein weitermachen.«

»Und deine Abordnung in diese Sonderkommission? Das war doch was.«

»Ha!« Ihre Hand fegte über den Schreibtisch, daß die Papierstapel flatterten. »Alles, was ich hier tun darf, ist, mich durch Papierberge zu wühlen, ich bin hier nichts als eine gottverdammte Sekretärin für einen Haufen FBI-Leute, die sich zu gut dafür sind, mir zu sagen, was in ihren Köpfen vorgeht. Nein, das Department hat mich in diese Sonderkommission gesteckt, weil sie mich vor Jahren mal als Alibi-Frau auf den Präsentierteller gesetzt haben und jetzt nicht wissen, was sie mit mir machen sollen. Verstehst du – vor lauter Eile, ihr Image aufzupolieren, haben sie vergessen, sich meine Biographie genau anzugucken; sonst hätten sie es sich zweimal überlegt, ein Mädel aus Red Hill irgendwohin zu hieven.« Red Hill war Adahs Spitzname für Bernal Heights, weil dieser Distrikt, wie sie erklärte, einst eine Brutstätte für Kommunisten gewesen war.

»Du willst doch nicht sagen, daß Barbara und Rupert...«

»Ich sage nicht, daß meine Eltern meiner Karriere geschadet haben, aber genützt haben sie ihr sicher auch nicht. Du kennst sie doch. Mutter geht immer noch jeden Mittwochabend zu ihrer marxistischen Schulungsgruppe, und du findest sie bei jeder Chaoten-Demo in vorderster Front. Und er geht immer noch zu jeder öffentlichen

Stadtratssitzung, um kundzutun, was ihm an der Lokalpolitik nicht paßt – nämlich alles und alle. Ich liebe sie und möchte sie nicht ändern, aber ein Pluspunkt sind sie bestimmt nicht.«

Ich bezweifelte, daß die Lage so finster war, wie sie sie darstellte, aber strahlend war sie sicher auch nicht. »Deshalb hast du mich also gebeten, dir bei diesen Ermittlungen zu helfen«, sagte ich. »Du willst den Fall knacken und es ihnen allen zeigen.«

»Ich will ihnen den Bomber servieren, ›leckt mich‹ sagen, mich umdrehen und gehen. Und wenn du mir dabei hilfst, werde ich dich, wie versprochen, für die Belohnung vorschlagen.«

Ich schwieg wieder. Zwei Wochen verstieß Adah jetzt schon gegen sämtliche Vorschriften. Sie hatte mir Kopien von Berichten und Akten gegeben, mich über den Fortgang der Ermittlungen auf dem laufenden gehalten. Zusammen hatten wir die ganze Sache hin und her gewälzt, bis uns die Köpfe rauchten. Ich wollte diesen Fall auch lösen – und nicht nur wegen der Belohnung oder wegen Adah –, aber jetzt fragte ich mich, ob ich sie nicht auf einen riskanten und potentiell selbstzerstörerischen Weg gelockt hatte. Vielleicht sollte ich abspringen.

Sie mußte meine Gedanken gelesen haben. »Hör nicht auf mich, McCone«, sagte sie rasch. »Ich habe einen miesen Tag, das ist alles.«

»Du weißt, daß das nicht alles ist. Wir müssen reden.«

»Reden? Wir reden doch schon die ganze Zeit.« Sie zog sich wieder an den Schreibtisch heran und funkelte mich an. »Ich bin sowieso schon in Hektik. Verschwinde jetzt, verdammt noch mal, und laß mich arbeiten. Ich melde mich, wenn ich etwas Interessantes habe.«

Ich nickte skeptisch und ließ sie allein.

Vielleicht, dachte ich, war es ja nicht nur der konkrete Arbeitsstreß, der Adah zusetzte. Schließlich wurde der Sonderkommission von allen Seiten – von der Stadt, dem Bundesstaat, dem Department, dem ATF, dem FBI und der Postbehörde, vom Kongreß und selbst aus dem Weißen Haus – dasselbe signalisiert: Der Diplobomber gefährdet unsere internationalen Beziehungen; kriegt gefälligst eure Ärsche hoch und schnappt ihn.

Nachdem ich eine gute Viertelstunde um die umliegenden Häuserblocks gekurvt war, fand ich schließlich einen Parkplatz am Steilhang des Telegraph Hill und machte mich zu Fuß auf – vorbei an Wohndesigngeschäften, Antiquitätenläden und kleinen Cafés – zu dem renovierten Lagerhaus, in dem RKI residiert. Vor dem Eingang blieb ich zögernd stehen. Allein schon RKI-Terrain zu betreten war mir unbehaglich.

Grund meines Unbehagens war nicht die Art der Geschäfte, die diese Firma betrieb; Terrorismusabwehr und Geiselbefreiung waren notwendig für Unternehmen, die in unserem heutigen Hochrisiko-Umfeld operierten, und wenn die Methoden von RKI auch ein wenig unorthodox waren, waren sie doch im allgemeinen effizient. Mein Unbehagen resultierte auch nicht aus der Tatsache, daß die Führungskräfte und das Personal von RKI überwiegend eine dunkle Vergangenheit hatten; die Wege meines Liebsten, Hy Ripinsky, hatten sich mehrfach mit denen von Gage Renshaw und Dan Kessell gekreuzt, und seit er mir davon erzählt hatte, verstand ich sowohl die Kräfte als auch die Irrtümer, die dahintersteckten. Das Gewaltpotential, das ich bei den RKI-Leuten spürte, kümmerte mich nicht weiter; ich hatte schon seit langem der Tatsache ins Auge sehen müssen, daß dieses Potential auch in mir selbst steckte. Und was ethische Maßstäbe anging – nun ja, ich hatte viel davon geredet, aber erst im letzten Herbst hatte ich mich in einem schwierigen Fall der Hilfe dieser Firma bedient.

Nein, was mir zu schaffen machte, war das Gefühl, daß ich zu sehr wie diese Leute werden könnte.

Es hatte Zeiten gegeben, da ich beide Seiten – Opfer wie Täter – unter einer idealistischen, mitfühlenden Perspektive gesehen hatte. Das war vorbei. Es hatte Zeiten gegeben, da ich mich streng an die Berufsgrundsätze gehalten hatte, aber dann habe ich feststellen müssen, daß die Leute in meiner Branche diese Grundsätze zwar ständig im Mund führten, aber offenbar nie studiert hatten. Als ich noch ziemlich neu in diesem Geschäft war, verfolgte es mich jahrelang, daß ich einen Mann hatte töten müssen, um einen Freund zu retten. Aber letztes Frühjahr hatte ich einen anderen Mann kaltblütig erschossen und es Gerechtigkeit genannt. Ich war mir nicht sicher, ob ich die Person mochte, die zu werden ich im Begriff war, aber sie war das Produkt von Erfahrungen, die ich nicht auslöschen konnte. Du mußt dich nehmen, wie du bist, sagte ich mir in jenen einsamen, dunklen Nächten, in denen mich meine Missetaten einholten.

Das sagte ich mir auch jetzt. Ich trat in die Halle. Der bewaffnete Pförtner sah erstaunt von seinen Monitoren auf. »Mr. Ripinsky ist diese Woche nicht im Büro, Ms. McCone.«

Ich legte Handtasche und Aktenmappe auf den Tresen und ging hinüber zur elektronischen Sperre. »Ich möchte zu Mr. Renshaw.«

»Tut mir leid, aber er hat nichts davon gesagt, daß er Sie erwartet.« Er unterzog meine Sachen einer kursorischen Prüfung und drückte dann auf den Summer. »Ich hole Ihnen Ihren Ausweis.«

Seit Hy letzten Winter diesen Deal mit Renshaw und Kessell eingegangen war, lag für mich wie für andere häufige Besucher des hiesigen Büros ein Sichtausweis bereit. Nicht, daß ich ihn oft benutzt hätte; Hy nahm kaum je irgendwelche RKI-Einrichtungen in Anspruch, da er lieber von seiner Ranch in Mono County oder von unserem gemeinsamen Ferienhäuschen an der Küste bei Mendocino aus arbeitete. Jetzt war er gerade in dem Häuschen, und ich hatte vor, übers Wochenende zu ihm zu fahren.

Der Pförtner gab mir meinen Ausweis, und ich steckte ihn ans Revers. »Mr. Renshaw ist im Projektorraum«, erklärte er mir. »Sie kennen den Weg?«

Ich nickte und ging durch eine unbeschilderte Tür und dann einen langen weißen Flur hinunter.

Renshaw wartete in der letzten gepolsterten Sitzreihe auf mich, die Füße auf der Lehne vor sich wie ein Teenager in einem Double-Feature. Ich war schon darauf gefaßt, daß er eine fettfleckige Tüte Popcorn in den Händen halten würde. Wortlos bedeutete er mir, mich neben ihn zu setzen; dann fummelte er an den Knöpfen der Bedienungskonsole zwischen uns herum. Der Raum wurde dunkel, und die Leinwand schimmerte hell.

Hier hatte ich schon einmal gesessen, genau auf diesem Platz – an dem Tag, an dem er mir eröffnet hatte, daß er Hy töten wollte.

»Was dagegen, daß wir erst noch mal die Chronologie der Anschläge durchgehen?« fragte er.

»Kann wohl nichts schaden.«
Ein Dia erschien auf der Leinwand: ein großes, strenges Gebäude mit zerborstenen Fensterscheiben. Im Vordergrund lagen Scherben und Schuttbrocken, und ein Wachposten starrte darauf, als versuchte er zu ergründen, wo sie herkamen.
Renshaw sagte: »Brasilianische Botschaft, Washington. März neunzig. Die Bombe war in einem Päckchen, aufgegeben auf einer Post in Washington. Keine Todesopfer, aber der Angestellte, der das Päckchen öffnete, wurde verstümmelt.«
Ein zweites Dia löste das erste ab. Es zeigte ein einfaches Blatt Papier mit dem einen Satz: DIE RACHE IST MEIN. Der Schrifttyp war kursiv – Palatino kursiv, um genau zu sein. Adah hatte mir erzählt, es handle sich um eine gebräuchliche Marke von Aufreibbuchstaben, wie sie überall in den Staaten in Künstler- und Bürobedarfsläden erhältlich waren.
»Nicht besonders originell«, kommentierte Renshaw, »aber sinnig. Das Schreiben wurde ebenfalls in Washington aufgegeben und kam am Tag nach dem Anschlag bei der Botschaft an. Keine Fingerabdrücke, nichts Auffälliges an Papier oder Umschlag.«
»Auch nicht an dem, was von dem Päckchen noch auffindbar war.«
Das nächste Dia zeigte einen schwarzen Lincoln Continental vor einem Restaurant namens Fino. Die Wagentüren waren herausgefetzt. Eine Leiche im dunklen Anzug lag verrenkt auf dem Rücksitz; die Beine ragten auf den blutigen Asphalt hinaus.
Ich sagte: »Ebenfalls Washington, August neunzig. Der Wagen gehörte dem saudi-arabischen Botschafter. Er und einige seiner Attachés waren in dem Restaurant. Das Päckchen lag auf dem Rücksitz; der Fahrer hat es offenbar bemerkt und näher inspiziert. Ein Schreiben gleichen Inhalts in den gleichen Lettern auf dem gleichen Papier ging am nächsten Tag in der Botschaft ein. Aufgegeben wiederum in Washington.«
Renshaw ließ ein paar weitere Dias langsam durchklicken. »Anschlag auf den Bürotrakt der pakistanischen Botschaft im November desselben Jahres. Kein Todesopfer, am nächsten Tag dasselbe Schreiben. Jetzt kommen wir nach New York.«
Ein neues Dia: ein verwüstetes Wohnzimmer. Große Spiegel an den

Wänden waren zerborsten; ihre Scherben reflektierten ein Chaos von kaputten Möbeln. Im Vordergrund stand eine primitive Holzskulptur – geköpft.
Ich sagte: »Luxusapartment, östliche paarundachtzigste Straße, Wohnsitz eines Mitglieds der ghanaischen UN-Delegation. Die Bombe war in einem Blumenkarton, der per Boten kam. Der Bote wurde nie identifiziert, und sämtliche Angestellten der Blumenhandlung schieden nach der Überprüfung als Verdächtige aus. Keine Todesopfer, aber das Hausmädchen, das die Lieferung annahm, erlitt schwere Verletzungen.«
»Januar einundneunzig, richtig?« sagte Renshaw.
»Richtig. Das übliche Schreiben ging am nächsten Tag im ghanaischen UN-Büro ein, aufgegeben in Midtown Manhattan.«
Renshaw ließ die Dias durchlaufen. »Der Bombenleger hatte es auf die UNO abgesehen. Im Juni einundneunzig jagte er den Wagen des Leiters der jemenitischen Delegation in die Luft, wobei der Sohn eines niederen Chargen fürs Leben verkrüppelt wurde. Im Februar zweiundneunzig Anschlag auf die Wohnung des mexikanischen UNO-Botschafters. Schwere Sachschäden, aber keine Toten oder Verletzten. Im Dezember zweiundneunzig saß die gesamte panamaische Delegation bei einem Weihnachtsbankett in einem Restaurant in Midtown. Ein Bote mit einem Paket für die Panamaer hatte es offenbar sehr eilig, sich wieder davonzumachen; der Geschäftsführer des Restaurants schöpfte Verdacht und rief das Bombenkommando, aber der Mann entkam und wurde nie identifiziert. Natürlich ging auch nach jedem dieser Anschläge das übliche Schreiben ein.«
»Und dann hat er ein paar Jahre pausiert.«
»Bis letzten Dezember.«
Das nächste Dia zeigte die zerschmetterte Fensterfront der Lybischen Handelsvertretung in der Howard Street hier in San Francisco.
»Ein Toter«, sagte ich, »wieder der Angestellte, der das Päckchen öffnete. Es war auf der Hauptpost aufgegeben, wie auch das nachfolgende Schreiben.«
Ein neues Dia: ein Büro mit wild durcheinandergewirbeltem Mobiliar. In der rückwärtigen Wand klaffte ein großes Loch, und auf

dem Boden waren mit Kreide die Umrisse eines menschlichen Körpers markiert.

»Belgisches Konsulat«, sagte Renshaw. »Letzten Monat. Bombe und Schreiben auf dem Postamt Lombard Street aufgegeben. Ein Toter.«

Er ließ das Dia auf der Leinwand stehen, und wir betrachteten schweigend die Verwüstung. Was in ihm vorging, ahnte ich nicht, aber mich erfüllten eher Emotionen als Überlegungen.

Irgendwo in dieser Stadt gab es eine Person, die methodisch monströse Verbrechen plante und durchführte. Eine Person, die immer wieder ungeschoren davongekommen war. Diese Person konnte jedweder Nationalität sein, aus jedwedem Gesellschaftsbereich stammen. Konnte so unauffällig und harmlos aussehen wie die Verpackungen der Bomben. Konnte jeden Moment wieder zuschlagen und Menschen töten oder verstümmeln. Bei dem Gedanken, daß ein solches Ungeheuer auf denselben Straßen herumlief wie die Menschen, die mir wichtig waren, fröstelte mich bis ins Mark.

Renshaw erriet nur einen Teil meiner Gründe, mich mit dem Diplobomber-Fall zu beschäftigen. Ich war mir nicht mal sicher, ob Adah wirklich wußte, was mich dazu trieb. Ja, eine Million Dollar war ein hübsches Sümmchen, und ich wäre blöd gewesen, wenn ich sie nicht hätte kassieren wollen. Aber das war nicht alles.

Letztes Jahr im August hatte ein gedungener Killer ein Haus in die Luft gejagt, das auf ebenjenem Grundstück an der Küste bei Mendocino gestanden hatte, das jetzt Hy und mir gehörte. Der Anschlag hatte mir gegolten, aber jemand anders war an meiner Stelle umgekommen, und weitere Leben waren aus der Bahn katapultiert worden. Die Monate waren vergangen, die Wunden verheilt, die Trümmer in der Nähe des Kliffrands beseitigt; das Plätzchen wirkte wieder hübsch und heiter. Aber nachts spürte ich noch oft das Nachbeben jener Gewaltexplosion unter der heiteren Oberfläche, hörte ich das Echo von Schmerz und Trauer in der Brandung und dem Seewind. Die Schockwirkung dieses Bombenanschlags würde sich nie völlig legen.

An der Tragödie in Mendocino County konnte ich nichts mehr ändern, aber ich konnte verdammt noch mal etwas tun, um weitere Bombenanschläge in San Francisco zu verhindern. Schließlich war

ich, wie Adah mir im Zuge ihres Hilfeersuchens erklärt hatte, »eine erstklassige Ermittlerin, wenn auch manchmal eine gnadenlose Nervensäge«.
Ich wandte mich Renshaw zu. »Okay, Gage, das ist allgemein bekannt. Und jetzt zeigen Sie mir etwas Neues.«
Er lächelte säuerlich und klickte ein Dia weiter.
Ein imposantes Haus: cremeweiße Stuckfassade, Mansardendach und ausladendes Gesims. Die Fensterbögen waren mit üppigen Ornamenten eingefaßt, und kunstvolle Säulen flankierten das schwere Eingangsportal. Rechts und links standen Wacholderbäume wie Schildwachen. Ich hatte das Haus schon gesehen, konnte es aber nicht einordnen.
»Das Konsulat von Azad, Jackson Street, Nähe Octavia«, sagte Renshaw.
»Azad – ist das nicht eins von diesen Öl-Emiraten?«
»Genau. Reich, progressiv, politisch stabil. Die Azadis unterhalten das Konsulat seit den ausgehenden sechziger Jahren. Sie machen dicke Geschäfte mit den Ölgesellschaften hier an der Westküste.«
»Aber sie waren doch nicht...«
»Ziel eines Anschlags? Nein.«
Das nächste Dia zeigte wieder ein Blatt Papier, diesmal mit der Aufreiblettern-Zeile: KLEINE VORWARNUNG. Darunter war mit Klebefilm ein Papierstreifen befestigt, offenbar eine ausgeschnittene Zeitungsschlagzeile: BOMBENANSCHLAG AUF BRASILIANISCHE BOTSCHAFT.
»Das haben die Azadis nach dem ersten Anschlag in Washington erhalten?« fragte ich.
»Ja. Und nach jedem folgenden Anschlag.« Er ließ die Dias der verschiedenen Schreiben rasch durchklicken.
Seltsam. Laut Adahs Akten hatte keine der diplomatischen Vertretungen, auf die Anschläge verübt worden waren, etwas von derartigen Warnungen verlauten lassen. Aber die Azadis ja auch nicht.
»Sind diese Schreiben ausschließlich an das Konsulat gegangen oder auch an andere azadische Vertretungen?«
»Nur an das hiesige Konsulat.« Renshaw schaltete den Projektor aus; die Leinwand wurde dunkel.

»Okay«, sagte ich, »und was hat RKI mit den Azadis zu tun?«
»Wir sorgen für ihre Sicherheit, hier in San Francisco und in New York.«
»Wieso das?«
»Sie haben mitgekriegt, wie wir Ende der achtziger Jahre für eine amerikanische Firma, die in ihrer Hauptstadt residiert, eine kritische Situation bereinigt haben, und sie waren beeindruckt. Als diese Schreiben kamen, beschlossen sie, in ihren drei Vertretungen hier in den USA die Sicherheitsmaßnahmen zu verstärken, und daher haben sie sich an uns gewandt.«
»Haben sie auch die Polizei eingeschaltet?«
»Nein. Mrs. Hamid hat eine Aversion gegen negative Publicity, und außerdem hat die Polizei ja in den anderen Fällen auch nichts gegen die Anschläge ausgerichtet.«
»Und wer ist diese Mrs. Hamid?«
»Malika Hamid, die hiesige Generalkonsulin.«
»Eine Frau als Generalkonsul? Ungewöhnlich für ein arabisches Land.«
»Wie gesagt, sie sind progressiv.«
Ich dachte einen Moment nach. »Glauben Sie wirklich, daß sie sich nur deshalb nicht an die Polizei gewandt haben, weil Mrs. Hamid keine schlechte Presse wünscht?«
Er zuckte die Achseln.
»Das muß doch noch andere Gründe haben.«
»Falls dem so ist, hat uns niemand davon in Kenntnis gesetzt.«
»Und Sie haben nicht gefragt?«
»Es gehört nicht zu unserem Geschäftsgebaren, die Motive unserer Klienten zu hinterfragen. Was nicht heißt, daß ich es nicht gern wüßte, und das ist genau der Punkt, an dem Sie...«
In Renshaws Brusttasche legte ein Piepser los. Er nahm ihn heraus, ging zu einem Wandapparat neben der Tür und sprach kurz, wobei er mir den Rücken zukehrte. Als er wieder einhängte und sich umdrehte, fragte er knapp: »Was ist, Sharon? Sind Sie nun dabei oder nicht?«
Sein Schluß-mit-dem-Herumgerede-Ton sagte mir, daß etwas passiert war. Ich stand auf. »Ja, ich bin dabei.«
»Dann kommen Sie mit.«

»Wohin?«
»Zum azadischen Konsulat. Ein Anschlagsversuch. Jemand von unseren Leuten wurde verletzt.«

2 Die Polizei hatte die Jackson Street zwischen Octavia und Laguna Street abgesperrt, also parkten wir um die Ecke. Die Straße stieg steil an, aber Renshaw vergaß, die Räder einzuschlagen und die Handbremse des braun-grauen RKI-Mobils anzuziehen. Als er ausstieg, rollte der Kastenwagen rückwärts. Ich griff nach der Handbremse, zog sie an und drehte das Lenkrad nach links. Mit einem reuigen Kopfschütteln gestand Renshaw seinen Fehler ein.
Als wir den Bürgersteig entlanggingen, murmelte er: »Dan hätte sich den Arsch abgelacht – und mich den Schaden aus eigener Tasche bezahlen lassen.«
»Sie waren in Gedanken.« Ich beschleunigte meinen Schritt, um mit ihm mitzuhalten. »Dafür hätte Kessell sicher Verständnis.«
»Das ist keine Entschuldigung – ich würde es auch nicht gelten lassen. Dan und ich kennen keine Fehlertoleranz.«
Bei ihrer Vergangenheit war das verständlich. Renshaw war bei der Centac gewesen, der einstigen Eliteeinheit der Drogenbehörde DEA in Südostasien. Nach deren Auflösung Mitte der achtziger Jahre war er in Indochina abgetaucht und einige Jahre später als reicher Mann wieder aufgetaucht; ich hatte mich nie getraut, ihn nach dieser Phase seines Lebens zu fragen. Ich wußte, daß er vorher, in den Siebzigern, Provision dafür kassiert hatte, wichtige Leute, die sich samt ihrem Vermögen aus den kriegsgebeutelten asiatischen Ländern absetzen wollten, einer Charter-Fluglinie zuzuführen, die Dan Kessell von Bangkok aus betrieb. Hy – der nach einem Wiederaufflackern seines Kindheitsasthmas seinen Abschied von den Marines hatte nehmen müssen – war einer von Kessells Piloten gewesen; wegen der Aktionen und Erlebnisse in dieser turbulenten und traumatischen Zeit hatte er sich fast zwanzig Jahre mit Schuldgefühlen herumgeschlagen. Nicht so Kessell; bei ihm hatte das alles keinerlei Spuren hinterlassen. Er war, wie Hy sagte, immer noch derselbe

hartgesottene und augenscheinlich gewissenlose Typ wie damals in Thailand.
Renshaw und ich bogen um die Ecke Jackson Street. Eine Polizeiabsperrung zog sich quer über die Straße, und weiter hinten erspähte ich Streifenwagen, ein Feuerwehrauto, den Einsatzwagen des Bombenkommandos und einen Krankenwagen. Die Kunde von diesem neuen Bombenanschlag war bereits zu den Medien gedrungen; Reporter und Kameraleute forderten lautstark Zugang zum Tatort, und die uniformierten Beamten hatten Mühe, sie in Schach zu halten. Renshaw und ich zwängten uns durch das Gedränge.
Als Gage seinen Ausweis zückte, schwenkte ein Channel-Seven-Kameramann herum, um uns zu filmen. Ich versteckte mich hinter Renshaw; mein Bekanntheitsgrad war ohnehin schon zu hoch, und wenn das Fernsehen meine Anwesenheit an diesem Ort öffentlich verbreitete, konnte das meine Ermittlungsarbeit behindern. Der Beamte verrückte die Absperrung, um uns passieren zu lassen, und stieß den hartnäckigen Kameramann zurück, der prompt hinter uns durchzuschlüpfen suchte. Der Typ wetterte sofort los, daß die Öffentlichkeit ein Recht auf Information habe. Ich bedachte ihn mit einem angewiderten Blick und trabte hinter Renshaw her.
Vor dem Konsulat legte sich die Aufregung bereits. Die Feuerwehrleute waren im Abmarsch, das Fahrzeug des Bombenkommandos fuhr schon wieder los, zwei Cops lehnten an einem Streifenwagen und unterhielten sich leise. Bewohner der umliegenden Häuser und Apartmentkomplexe machten sich auf den Heimweg. Ihr gedämpftes Gemurmel bildete einen Kontrapunkt zu den quäkenden Stimmen aus den Funkgeräten der Einsatzwagen. Ich bemerkte einen zivilen blauen Buick, der der Sonderkommission gehörte.
Das große cremeweiße Haus stand weiter zurück als die Nachbargebäude, hinter einem niedrigen Schmiedeeisenzaun und einer Gartenanlage. Links von dem steingepflasterten Zugangsweg sah ich die Trümmer eines Springbrunnens. Betonbrocken lagen um den gekachelten Sockel verstreut; Wasser war aus dem Fontänenrohr geschossen und hatte den Boden durchtränkt und Pfützen gebildet. Das mittlerweile abgedichtete Rohr hing völlig schief.
Mir stockte der Atem, und ich spürte, wie sich die Härchen auf meiner Haut aufstellten. Das hier war nichts im Vergleich zu dem,

was mich nach der Explosion an der Küste bei Mendocino erwartet hatte, aber es setzte mir dennoch zu. Ich ließ meinen Blick nach rechts hinüberschwenken und sah auf der anderen Seite des Fußwegs zwei Sanitäter neben einer Bahre stehen, auf der eine junge Frau lag. Ihr Gesicht war zerschnitten und zerschunden; das kurze blonde Haar klebte ihr klatschnaß am Kopf.

Renshaw sprach mit einem der Sanitäter. Ich ging hinüber und hockte mich neben die RKI-Angestellte. »Wie fühlen Sie sich?«

»Wie Hackfleisch.« Ihre Augen waren glasig vor Schmerz, aber sie schien klar im Kopf.

Renshaw hockte sich auf der anderen Seite neben sie. »Holman«, sagte er. »Wie zum Teufel ist das passiert?«

Ihre Finger krallten sich in ihre Oberschenkel, aber das war auch ihre einzige Reaktion auf seinen barschen Ton. So ruhig, als hätte sie im Büro Bericht zu erstatten, sagte sie: »Auf meiner Grundstücksrunde habe ich bemerkt, wie jemand, der aussah wie ein UPS-Bote, ein Paket an der Tür abgab. Ich habe mich nach einem Paketauto umgeguckt. Keins da. Ich habe ihn angebrüllt, was er da macht, und er ist abgehauen.«

»Sie haben ihn entwischen lassen.«

Holmans Finger krallten sich wieder zusammen. »Ja. Mrs. Hamids Enkelin Habiba war an der Tür und hat das Paket angenommen. Heute ist ihr neunter Geburtstag, und sie dachte wohl, es wäre ein Geschenk für sie. Sie war schon dabei, es aufzumachen, also habe ich es ihr weggerissen und in den Brunnen geschmissen.«

»Und so den Zünder ausgelöst.«

Holman schloß die Augen. Wie alle RKI-Leute war sie ein abgebrühter Profi, aber der Schmerz oder Renshaws inquisitorischer Ton waren zuviel für sie.

Renshaw drehte sich zu einem vierschrötigen jungen Mann um, der hinter ihm herangetreten war. »Nun, Wilson?« sagte er. »Wo waren Sie, wieso konnte ein kleines Mädchen die Tür öffnen?«

Wilson trat von einem Fuß auf den anderen, und sein rundes Gesicht lief rot an. »Ich... ich habe keine Entschuldigung dafür, daß ich nicht an der Tür war, Sir. Aber ich wußte nicht, daß Habiba ihrer Kinderfrau entwischt war. Die Kleine ist ganz schön raffiniert...«

»Herrgott, wenn Sie es noch nicht mal schaffen, eine Neunjährige im Griff zu behalten...« Renshaw kniff die zornweißen Lippen zusammen. Dann wandte er sich wieder Holman zu und berührte sie kurz am Arm. »Man wird Sie jetzt ins General Hospital bringen. Sie haben ein paar böse Schrammen und die eine oder andere gebrochene Rippe. Aber nichts Irreparables.«
Holman nickte, die Augen noch immer geschlossen. Renshaw stand auf und marschierte zu dem Brunnen hinüber, ohne sich um die Pfützen zu kümmern. Wasser und Dreck spritzten auf seine Hosenbeine. Ich folgte ihm. Er stand mit verschränkten Armen da und starrte finster auf die Zementbrocken. »Himmelherrgott, so ein Fiasko«, sagte er, mehr zu sich selbst als zu mir. »Sie können sich natürlich beide einen neuen Job suchen.«
»Sie schmeißen sie raus? Bei Wilson verstehe ich es ja, aber Holman hat ihr Leben riskiert, um die Kleine zu retten.«
»Das ist wieder die Sache mit der Fehlertoleranz. Der Kerl mit dem Paket hätte gar nicht erst bis zur Tür kommen dürfen. Solche Schlampereien können wir bei unseren Leuten nicht dulden.«
Ich schwieg und fragte mich im stillen, wie lange ich es wohl bei RKI gemacht hätte. Nicht sehr lange, befand ich. Ein Glück, daß ich ihr Jobangebot im Vorjahr nicht angenommen hatte.
Jetzt hörte ich Adahs heisere Stimme vom Eingangsportal her. Ich guckte hinüber und sah sie heraustreten. Ihr folgte ein großgewachsener Mann – vom konservativen Haarschnitt bis zu den Oxfordschuhen eindeutig ein FBI-Agent. Ich ging auf die beiden zu, aber Adah sah mich und schüttelte kaum merklich den Kopf. Sie gingen den Fußweg entlang und stiegen in den blauen Buick.
»Joslyn?« fragte Renshaw leise.
Ich nickte.
»Sie wird sich fragen, wie Sie hierherkommen.«
»Ich werde es ihr später erklären.«
»Vielleicht, vielleicht auch nicht.«
»Was soll das heißen?«
Er ignorierte meine Frage. »Wir sollten jetzt mit Mrs. Hamid reden.« Er faßte mich am Arm und bugsierte mich in Richtung Tür. Der dort postierte Polizeibeamte inspizierte seinen Ausweis und erklärte uns dann, Mrs. Hamid befinde sich in der Bibliothek.

»Bibliothek« war eine irreführende Bezeichnung. Zwar befanden sich an allen vier Wänden raumhohe Regale, doch diese enthielten nur einige wenige Bücher, dafür aber jede Menge Kunstgegenstände – genug Porzellan, Jade, Elfenbein und Kristall, um eine ansehnliche Galerie zu bestücken. Das glänzende Hartholzparkett war teilweise mit einem tiefblauen Perserteppich bedeckt, und auf einem Ledersofa vor einem Fenster mit bleiverfugten Glasscheibchen saß eine untersetzte Frau in einem schlichten schwarzen Kostüm. Sie nickte uns zu und winkte uns herein.
Nichts in Malika Hamids Verhalten ließ erkennen, daß ihre Enkelin soeben beinahe einem Bombenanschlag zum Opfer gefallen wäre. Sie stand auf, als Renshaw uns miteinander bekannt machte, drückte mir mit ruhigem, festem Griff die Hand und sah mir mit ebenso ruhigem und festem Blick in die Augen. Als sie uns aufforderte, Platz zu nehmen, überraschte mich ihr kultiviert-britischer Akzent. Sie lächelte leise ob meiner verblüfften Miene und sagte: »Ich habe wie die meisten Mitglieder meiner Familie eine englische Schulbildung genossen.«
Während wir uns in zwei rechtwinklig zum Sofa postierten Sesseln niederließen, nutzte ich die Gelegenheit, die Generalkonsulin eingehender zu mustern. Sie war groß, mit dickem, grauem Haar, das sie in einem schlichten Knoten trug; die strenge Frisur betonte die quadratische Form ihres Gesichts. Ihre Augen waren so dunkel, daß man kaum sagen konnte, wo die Pupille aufhörte und die Iris begann, und noch schwerer war es, ihren Gesichtsausdruck zu deuten. Sie trug kein Make-up, keinen Nagellack auf den kurzgeschnittenen Fingernägeln. Malika Hamid gab nichts auf künstliche Äußerlichkeiten, und ich spürte unter ihrer Höflichkeit einen starken Willen und eine enorme Zielstrebigkeit.
Sie bestätigte meinen Eindruck prompt, indem sie zu Renshaw sagte: »Ich nehme an, Sie wollen mir jetzt mit irgendwelchen Entschuldigungen für das Versagen des Sicherheitsdienstes kommen. Das wäre deplaziert – und sinnlos.«
»Keine Entschuldigungen, keine Erklärungen«, antwortete er lokker. »Meine Leute haben Fehler gemacht. Ich werde sie selbstverständlich entlassen. Ich habe Ersatzkräfte geordert, ehe ich hergekommen bin, und sie werden ihren Dienst in Kürze aufnehmen.«

»Welche Garantie habe ich, daß diese Ersatzkräfte effizientere Arbeit leisten als ihre Vorgänger?«

»Ich verbürge mich persönlich dafür.«

»Hm.« Ihr Mund signalisierte deutlich, was diese Garantie im Moment wert war.

Renshaw lehnte sich scheinbar ungerührt in seinem Sessel zurück. »Sie haben mit den Beamten der Sonderkommission gesprochen?« fragte er.

»Ja. Mit einer Beamtin namens Joslyn und einem gewissen Morland.«

»Haben Sie ihnen von den Drohbriefen erzählt, die Sie erhalten haben?«

»Nein, das habe ich nicht getan.«

»Haben Sie vor, es zu tun?«

»Nein.«

»Vielleicht«, sagte Renshaw nach kurzem Überlegen, »wäre es ja an der Zeit, sich ihnen anzuvertrauen.«

Sie schüttelte den Kopf. »Dieses Thema haben wir schon erörtert, Mr. Renshaw. Niemand wird von diesen Schreiben erfahren.«

»Haben Sie schon mit Botschafter Jalil darüber gesprochen?«

»Der Botschafter – mein Cousin – ist ganz meiner Meinung.«

»Ach?«

Das Wörtchen schien zwischen ihnen in der Luft zu hängen. Malika Hamid neigte wachsam den Kopf.

Renshaw fuhr fort: »Ich habe heute morgen mit Botschafter Jalil gesprochen. Er findet es bedenklich, Beweismaterial zurückzuhalten, und er sagt, er versteht nicht, wieso Sie so hartnäckig darauf bestehen.«

»Mein guter Cousin hat noch nie viel kapiert.«

Renshaw zog fragend die Augenbrauen hoch. Mrs. Hamid führte ihre Bemerkung nicht näher aus.

Ich sagte: »Und wenn nun die Möglichkeit bestünde, die Drohbriefe einem zuverlässigen Mitglied der Sonderkommission zugänglich zu machen, das diese Information so lange für sich behalten würde, bis eine vertrauliche Behandlung gesichert wäre...«

»Wie das?«

»Wie Mr. Renshaw bereits erwähnte, hat er mich hinzugezogen, weil ich enge Kontakte zu einem Mitglied der Kommission habe, dem man vertrauen kann...«

Sie schnitt mir mit einer Handbewegung das Wort ab. »In dieser Sache kann man niemandem vertrauen.«

Ihr Geheimhaltungstick grenzte ans Pathologische, dachte ich. Es sei denn, sie hätte etwas Wichtiges zu verbergen...

»Mrs. Hamid«, setzte ich wieder an, »vielleicht könnten Sie mir... uns erklären, weshalb Sie so darauf bedacht sind, die Sache mit den Drohbriefen für sich zu behalten...«

»Das habe ich Mr. Renshaw bereits erklärt. Wir sind ein konservatives Land; wir legen keinen Wert auf aufsehenerregende Publicity irgendwelcher Art. Außerdem ist unsere größte Ölgesellschaft gerade im Begriff, einen Kontrakt mit Ihrer Chevron-Gesellschaft auszuhandeln. Jedes Anzeichen politischer Instabilität würde diese Verhandlungen gefährden.«

»Sind diese Schreiben und der heutige Anschlag denn Anzeichen politischer Instabilität? Vermuten Sie dahinter eine extremistische Gruppierung?«

»Ich will mit dieser Formulierung nur illustrieren, was die Öffentlichkeit daraus machen würde.« Mrs. Hamid wandte sich wieder Renshaw zu. »Es ist mir gar nicht recht, daß Sie Außenstehende in die Sache hineinziehen.«

Er lümmelte immer noch in seinem Sessel und wirkte, als wäre er mit den Gedanken ganz woanders, aber ich wußte, er hatte jedes Wort mitbekommen, jede Nuance registriert. »Ms. McCone ist eine hervorragende Ermittlerin.«

»Ich will keine Ermittlerin. Ich will lediglich effiziente und effektive Sicherheitsvorkehrungen.«

»Die werden Sie auch bekommen.« Er erhob sich abrupt und machte mir ein Zeichen, es ihm gleichzutun. »Ich werde prüfen, ob meine Ersatzleute da sind, und dann müssen wir los.«

Ich reagierte prompt, verabschiedete mich von Mrs. Hamid und folgte ihm in die geflieste Empfangsdiele. Als ich mich noch einmal kurz umdrehte, sah ich, daß die Generalkonsulin sich nicht gerührt hatte, nur daß sich ihre Hände jetzt auf ihrem Schoß ineinanderkrallten. Noch aus der Entfernung konnte ich erkennen, daß die Fingerknöchel weiß waren.

Renshaw durchquerte die Diele und sprach mit einem Wachmann im braungrauen RKI-Blazer. Ich wollte ihm folgen, drehte mich aber um, als ich hinter mir ein Geräusch hörte. In der hinteren Dielenecke stand eine riesige Bodenvase aus rosa Marmor, und über ihren Rand ragte eine Stirn mit weichen schwarzen Ponyfransen, unter denen ein großes dunkles Augenpaar ernst hervorguckte.
Wie in aller Welt hatte es das Kind geschafft, sich in diese Vase zu zwängen?
Die Augen zwinkerten und verschwanden; jetzt war nur noch ein Haarwirbel sichtbar. Ich wartete. Kurz darauf tauchten die Augen wieder auf.
Ich lächelte.
Die Augen musterten mich.
Ich zwinkerte.
Gleich darauf zwinkerte das rechte Auge zurück.
Das war meine erste Begegnung mit Habiba Hamid.

Ich sagte: »Mrs. Hamid lügt, Gage.«
»Ich weiß.« Er parkte aus.
»Und außerdem ist sie wegen dieser Drohbriefe und dem Anschlagversuch viel nervöser, als sie zugibt.«
»Auch das weiß ich.«
»Warum sprechen Sie sie dann nicht darauf an?«
»Würde nichts nützen.«
»Dieser Botschafter, Jalil – kann er nicht ein bißchen Druck auf sie ausüben?«
Renshaw seufzte und bog links ab in die Van Ness Street. »Malika Hamids Urteil über diesen Mr. Jalil ist überaus zutreffend: Der Mann hat von nichts einen Schimmer.«
»Aber warum haben ihn die Azadis dann zu ihrem Botschafter gemacht?«
»Azad wird buchstäblich von zwei Familien regiert: den Jalils und den Hamids. Unbedarfte Verwandte, die größere Anteile an ölhaltigem Grund und Boden besitzen, werden mit politischen Ämtern bei Laune gehalten. Jalil wollte nach Amerika, weil er Theaterfan ist und auf Broadway-Stücke steht.«
»Warum haben sie ihn dann nicht nach New York geschickt? Es

hätte sich doch sicher auch bei der UNO ein Job für einen unbedarften Verwandten finden lassen?«
»Zu der Zeit gab es nichts, was Jalils Stellung angemessen gewesen wäre, aber der Botschafterposten war vakant.«
»Merkwürdiges Verfahren, internationale Beziehungen zu pflegen.« Dann mußte ich lächeln, weil ich an einige unserer Diplomaten dachte. »Na ja, wenn ich es mir recht überlege, sind sie wohl nicht das einzige Land, das seine Trottel exportiert.«
»Nein, aber sie umgeben ihre Trottel mit gewieften Ratgebern.«
Wir waren jetzt im Broadway-Tunnel; ich sah die gekachelten Wände an den Wagenfenstern vorbeihuschen. Als wir am Rand von Chinatown wiederauftauchten, bemerkte ich: »Malika Hamid scheint keine gewieften Ratgeber zu brauchen.«
»Nein, sie ist eine gescheite Frau, aber sie hat auch welche. Wenn Sie möchten, kann ich Sie morgen mit einem von ihnen zusammenbringen.«
»Und wer ist das?«
Er schüttelte den Kopf. »Ich kann nicht mehr darüber sagen, ehe ich nicht die Gewißheit habe, daß Sie mit uns zusammenarbeiten. Wir müssen die Bedingungen festklopfen und einen Vertrag machen.«
»Okay – die Bedingungen?«
»Nichts, was Sie von mir über die Azadis erfahren – einschließlich der Existenz dieser Drohbriefe – dringt zu Joslyn oder irgend jemandem aus der Sonderkommission durch, solange Mrs. Hamid nicht ihre Meinung ändert und dem zustimmt.«
Ich runzelte die Stirn, schon jetzt wenig angetan von seinen Bedingungen.
Gage sah meinen Gesichtsausdruck und setzte hinzu: »Natürlich bezahlen wir Ihnen ein hübsches Honorar. Fünfzig Prozent mehr als letztes Frühjahr – wie klingt das?«
Das klang in der Tat sehr hübsch, aber ich antwortete noch immer nicht.
»Außerdem können Sie frei über unsere technischen und personellen Mittel verfügen.«
»Ich brauchte jemanden aus ihrer Data-Search-Abteilung zu meiner Unterstützung – Charlotte Keim, wenn möglich. Sie hat letzten

Herbst ein paar Dinge für mich erledigt, und mir gefällt ihre Art zu arbeiten.«
Er zögerte, nickte dann.
»Und ich brauche freie Hand – keine Briefings, Besprechungen oder Instruktionen.«
»Sie erstatten nur mir persönlich Bericht.«
»Und auch das nur, wenn ich meine, daß ich Ihnen etwas mitzuteilen habe.«
Er lächelte säuerlich. »Einen anderen Arbeitsstil kann ich mir bei Ihnen sowieso nicht vorstellen.«
»Da ist noch etwas zu klären, Gage. Wie ich Sie vorhin schon gefragt habe: Warum so großzügig?«
Seine Hände packten das Lenkrad fester, als er sich jetzt an einem in zweiter Reihe parkenden Lieferwagen vor einem China-Restaurant vorbeimanövrierte. »Also gut – aus einem ganz einfachen Grund. Als der Bombenleger sein Betätigungsfeld nach San Francisco verlegte, fiel mir auf, daß er sein Tempo beschleunigte. Aus irgendeinem Grund hat er es auf die Azadis abgesehen, und er wird seine Rache kriegen. Ich weiß nicht, ob die anderen Anschläge nur Vernebelungstaktik waren, ob da sonst irgendein Zusammenhang besteht oder was. Aber ich wußte, daß er bald das Konsulat aufs Korn nehmen würde, und ich weiß, daß er wieder zuschlagen wird. Er meint es verdammt ernst – so ernst, daß er nichts dabei findet, ein neunjähriges Kind umzubringen.«
Ich nickte.
Renshaw fuhr fort: »Heute haben wir das Schlimmste abwenden können, aber das wird nicht ewig klappen. Wenn wir nicht herausfinden, warum er es auf sie abgesehen hat und wer er ist, wird er uns eines Tages austricksen und eine Menge Menschen in die Luft jagen – auch welche von unseren Leuten.«
Ich nickte wieder.
»Da haben Sie den Grund. Das kann sich RKI nicht leisten. Sie können wir uns leisten. Sind Sie dabei?«
Grundsätzlich war ich dabei, aber ich wollte es noch einmal durchdenken, ehe ich einen Vertrag unterschrieb. »Und die Belohnung, die das FBI ausgesetzt hat?« fragte ich.
Er sah mich unwirsch an.

»Was ist damit?«
»Die Belohnung teilen wir fifty-fifty.«
»Fünfundsiebzig für mich, fünfundzwanzig für Sie.«
»Sechzig-vierzig.«
»Sechzig für mich?«
»Herrgott noch mal, ja!«
»Okay, ich werde es mir überlegen. Ich sage Ihnen bis morgen mittag Bescheid.«
»Überlegen?«
»Bis morgen mittag, Gage.«
»Sharon, Sie sind die sturste, nervtötendste...«
»Sparen Sie es sich. Das habe ich alles schon gehört.«
Er sah mich interessiert an. »Von Ripinsky?«
»Fehlanzeige.«
»Wieso?«
Wieso? Nun ja, das hatte mit der Art unserer Beziehung zu tun. Ich hätte versuchen können, Renshaw das auseinanderzusetzen, aber ich machte mir gar nicht erst die Mühe. Das ging einfach über seinen Horizont.

3 Ich hatte eigentlich für vier Uhr einen Termin mit einem Architekten an einem der neusanierten Piers in der Nähe des Embarcadero gehabt, um einen Abschlußbericht zu liefern, aber als Renshaw mich bei meinem Wagen absetzte, war es schon fast halb fünf. Ich rief den Klienten über mein Autotelefon an, und er meinte, ich solle trotzdem noch kommen, also ließ ich den MG stehen und ging zu Fuß hin. Wir sprachen meinen Bericht kurz durch, und ich kassierte einen Scheck und spazierte den Küstenboulevard entlang zurück. Bei dem Aussichtsrestaurant beschloß ich, einen kleinen Abstecher hinaus auf den kommunalen Pier zu machen.
Es war einer dieser strahlend klaren Tage gewesen, die die Menschen in San Francisco schon beinahe zu dem Glauben verleiten, daß es diesmal doch keinen neblig-trüben Sommer geben würde. Jetzt, um fünf Uhr nachmittags, waren die Straßen von Autos und Bussen

verstopft, und auf den Bürgersteigen wimmelte es von Fußgängern, die von der Arbeit nach Hause schlenderten. Feierabend-Jogger trabten auf dem Pier an mir vorbei, und weniger aktive Typen saßen auf den Bänken vor dem Eisengeländer, das mit altmodischen Straßenlaternen bestückt war. Das Glockenspiel im Turm des nahe gelegenen Fährhafengebäudes spielte *Oh, What a Beautiful Morning*, und dann die Melodie eines Liedes, in dem es, wenn ich mich recht erinnerte, um die Abendbrise ging. Diese San Francisco-typische Version des Abendläutens machte mich lächeln.

Am Ende des Piers blieb ich stehen und beugte mich über das Geländer. Ich sah einer Fähre nach, die nach Marin County hinüberfuhr, und hörte das Kielwasser gegen die Pfeiler schwappen. Ich dachte an Gage Renshaws Vorschlag, an die Azadis, an Adah Joslyn.

Ich war mir nicht sicher, ob mein Gewissen es zuließ, Adah die Sache mit den Drohbriefen an das Konsulat vorzuenthalten. Wenn irgend möglich, versuchte ich, mit der Polizei zusammenzuarbeiten, und außerdem war Adah eine Freundin von mir. Indem ich Informationen zurückhielt, riskierte ich, die einzige Institution, die diesen Bombenanschlägen ein Ende machen konnte, in ihrer Arbeit zu behindern. Aber Renshaws Angebot auszuschlagen hieße, darauf zu verzichten, die bisher vielversprechendste Spur in dieser Sache weiterzuverfolgen. Und selbst wenn ich Adah erzählte, was ich wußte, konnte ich sicher sein, daß Malika Hamid alles abstreiten und jede Kooperation mit der Sonderkommission verweigern würde.

Ich beleuchtete die Situation von allen Seiten. Spielte diverse Strategien durch, verwarf die meisten, erwog noch ein paar weitere. Ich dachte an meine Angst, zu sehr wie Renshaw und Konsorten zu werden. Realisierte, daß mich ein Kontrakt, wie er ihn vorschlug, der Grenzlinie zwischen uns einen weiteren Schritt näher bringen würde. Doch während ich mich noch mit diesem Gedanken herumschlug, drängte sich mir ein unabweisbares Bild auf.

Zwei große glänzenddunkle Augen, die mich über den Rand einer riesigen Marmorvase hinweg anstarrten. Große glänzenddunkle Augen, die ohne das reaktionsschnelle Handeln einer beherzten jungen Frau jetzt wohl leer und stumpf aus einem Zinksarg im Leichenschauhaus starren würden.

Habiba Hamid neigte die Waage zu Renshaws Seite hin. Ich drehte mich um und ging über den Pier zurück.

Ich wollte erst noch meine Unterlagen über die Bombenanschläge durchgehen und ein paar Dinge überprüfen, ehe ich mit Renshaw sprach. Also aß ich rasch ein Sandwich und rief auf der Fahrt durch die Stadt in meinem Büro an. Mick Savage, mein Neffe und provisorischer Assistent, war heimgegangen und hatte vergessen, den Anrufbeantworter anzustellen.

Ich knallte den Hörer auf. Fluchte und schwor mir zum tausendsten Mal, mir einen richtigen Assistenten zu suchen. Doch Hy hatte recht: Mick würde zwar in meinem Kopf immer nur ein Provisorium sein, faktisch aber war er eine Dauereinrichtung. Der Junge – gerade achtzehn geworden – war ein Computergenie und besaß ein natürliches detektivisches Talent, und es war normalerweise eine Freude, ihn um sich zu haben. Und außerdem konnte ich es ihm nicht verübeln, daß er es so eilig gehabt hatte, nach Hause zu kommen; es war heute, wie er mir erzählt hatte, genau achtzehn Monate her, daß er Maggie Bridges kennengelernt hatte, die gescheite und hübsche Studentin, mit der er zusammenlebte. Ein romantischer Abend bahnte sich an.

Ich mußte eben selbst die Dateien laden und die Scans durchlaufen lassen. Ich konnte nur hoffen, daß ich nichts vermurksen würde: Mick würde mir das bis in alle Ewigkeit vorhalten.

Als ich um die dreieckige Grünanlage gegenüber der All-Souls-Anwaltskooperative bog, fand ich zu meiner Überraschung einen Parkplatz genau vor der Tür. Während all der Jahre, als ich Chefermittlerin der Kooperative gewesen war, hatte ich unglaublich viel Zeit damit verbracht, Parklücken zu suchen und am Ende den MG an irgendwelchen Ecken neben Hydranten zu quetschen, aber in letzter Zeit kam es öfters vor, daß ich problemlos einen Parkplatz fand. Vielleicht war ja nach irgendeinem kosmischen Plan in der Miete für die eineinhalb Räume, die ich großspurig als meine Büro-Suite bezeichnete, komfortables Parken inbegriffen.

Ich rannte die Treppen zum Eingang des großen grauen Altbaus empor, stieß die Tür auf und ließ sie unabsichtlich hinter mir zuknallen. In der schummrigen Empfangsdiele lief der Fernseher, und das wechselnde Lichtmuster der Abendnachrichten flimmerte auf den blauen Wänden. Zwei Köpfe drehten sich zu mir um – Ted Smalley, der Büroleiter der Kooperative, und Rae Kelleher, meine Ex-Assistentin, jetzt selbst Chefermittlerin. Sie wedelten grüßend mit den Händen. Ich winkte zurück und ging nach oben zu dem großen Raum vorn im ersten Stock.

Als erstes schmiß ich Jacke, Handtasche und Aktenmappe auf das Sofa. Dann sauste ich den Flur entlang in das ungeheizte Kämmerchen neben dem Bad, das die Toilette beherbergte – eine wenig charmante Einrichtung, wie in fast allen City-Altbauten. Kürzlich hatte jemand an der Innenseite der Tür einen großen Spiegel montiert. Ich schnitt eine Grimasse und schloß die Augen vor diesem äußerst unschmeichelhaften Bild meiner selbst. Kein Wunder, daß ich es vermied, Klienten hier im Büro zu empfangen! Was, wenn sie die Toilette benutzen wollten?

Tatsächlich sah ich vieles an All Souls allmählich mit kritischeren Augen. Wären da nicht die Umstände gewesen, daß ich relativ wenig Miete zahlte, daß Rae und Ted im Haus wohnten und daß ich meinen ältesten und liebsten Freund Hank Zahn täglich in meiner Nähe wußte, hätte ich ernsthaft erwogen, mein Büro anderswohin zu verlegen. Das Problem war, daß ich nicht wußte, wohin; ich operierte schon so lange von diesem Gebäude aus, daß es sich für mich inzwischen wie eine zweite Haut anfühlte. Aber All Souls hatte sich verändert und ich auch. Die Zeiten, an denen mein Herz hing – die Zeiten, da die Kooperative ein lockerer, unkonventioneller Laden gewesen war, in den mein damaliges Ich perfekt hineingepaßt hatte –, waren für immer dahin.

Du kannst die Zeit nicht zurückdrehen, McCone, sagte ich mir. Und du willst es auch gar nicht wirklich.

Die nächsten paar Stunden verbrachte ich damit, die Daten über die Bombenanschläge, die Mick auf Diskette gespeichert hatte, durchzuscannen. Zuerst suchte ich nach Gemeinsamkeiten: zwischen den Staaten, deren diplomatische Vertretungen betroffen gewesen waren; zwischen den Diplomaten, denen die Anschläge offenbar gegolten hatten. Kein durchgängiges Merkmal. Dann durchforschte ich jede einzelne Datei nach Hinweisen auf irgendwelche Botschaften außer den anonymen Schreiben, die nach den Anschlägen eingegangen waren. Fehlanzeige. Keins der betreffenden Länder hatte irgendwelche besonderen Beziehungen zu Azad, weder feindseliger noch freundschaftlicher Art. Die Analyse der Umstände und der Zeitpunkte der Anschläge ergab keinerlei Muster.

Als ich den Computer schließlich abschaltete, hatte ich Kopfschmerzen. Ich ging an das Medizinschränkchen im Gemeinschaftsbad, nahm mir drei Aspirin aus dem Fläschchen in Raes Fach und setzte mich dann wieder an meinen Schreibtisch, um Stichpunkte aufzulisten, zu denen Mick recherchieren sollte: Azad; das hiesige Konsulat; dessen Belegschaft; vergleichbare Hintergrunddaten für sämtliche anderen betroffenen Staaten über die letzten zehn Jahre. War dieser Zeitraum ausreichend? Ja, fürs erste schon.

Für den nächsten Vormittag hatte ich einen Gerichtstermin, so daß ich nicht ins Büro kommen würde, und ich erwog kurz, Mick anzurufen und ihm die Liste zu erläutern. Nein, befand ich, keine gute Idee, seinen romantischen Abend mit Maggie zu stören. Mein Neffe war ziemlich umgänglich, aber auch er hatte seine Grenzen; wenn ich ihn heute abend belästigte, würde er es mir auf irgendeine abstruse, unvorhersehbare Art und Weise heimzahlen. Ich würde ihm ausführliche Anweisungen aufschreiben und ihn nötigenfalls morgen vom Gericht aus anrufen.

Ich legte meinen Schrieb mitten auf seinen Schreibtisch und beschwerte ihn mit dem Werk *Professionelle Schloßöffnungswerkzeuge – selbst gemacht* von einem gewissen Draht-Eddie. Micks sogenannte Fortbildungslektüre war ziemlich dubios, und ich hatte schon vor einiger Zeit beschlossen, besser nicht zuviel darüber nachzudenken, welche Fertigkeiten er sich aneignete. Er hatte eine ziemlich bewegte Vergangenheit, was die Anwendung seiner Computerkenntnisse betraf, und so war sein Interesse für elektronische Lauschangriffe, Schwindlertricks, Verkleidungen und Fluchtwagen-Fahrtechniken wohl nur natürlich. Solange ich ihn nicht bei einem Einbruch oder bei der Fabrikation eines Virus erwischte, würde ich ihn einfach seinen etwas suspekten Freizeitbeschäftigungen überlassen.

Es war jetzt kurz vor neun, aber ich war zu unruhig und aufgedreht, um heimzugehen. Ich setzte mich wieder an meinen Schreibtisch und listete die Bedingungen auf, die ich in dem Vertrag mit RKI festgehalten haben wollte. Ich fügte dem, was Renshaw und ich bereits ausgehandelt hatten, noch einen großzügigen Spesenvorschuß und eine ausdrückliche Begrenzung meiner Berichtspflicht hinzu. Danach stauchte ich die Papiere in meinen Postkörben zu ordentlichen Stapeln, durchforstete meinen Schreibzeugbehälter nach ausgetrockneten Filzstiften, schmiß drei Bleistiftstummel weg und spitzte drei weitere. Nachdem ich die aufgespießten Notizzettel auf vergessene Rückrufe kontrolliert hatte, lehnte ich mich in meinem Schreibtischstuhl zurück und betrachtete die samtigen schwärzlichroten Blütenblätter der Rose in der Kolbenvase auf der Ecke der Schreibtischplatte. Jeden Dienstagmorgen kam eine einzelne Rose, eine Aufmerksamkeit von Hy; die Farbe hatte sich im Lauf unseres Zusammenseins geändert, war im selben Maß tiefer geworden, wie sich unsere Beziehung vertieft hatte, aber die Rosen waren inzwischen eine Konstante in meinem Leben, die ich mir nicht mehr wegdenken konnte.

Einem spontanen Impuls gehorchend, nahm ich den Telefonhörer ab und wählte die Vorwahl von Mendocino County.

Nach mehrfachem Läuten nahm Hy ab. Er klang groggy und seltsam gedämpft. »Habe ich dich geweckt?« fragte ich.

»Nein, ich fühle mich nur fiebrig. Muß mir wohl in Managua einen Infekt eingefangen haben.« Er hatte dort vor ein paar Wochen eine Geiselbefreiungsaktion geleitet – sein Spezialgebiet und ein Dienst, den er RKI im Austausch dafür erwies, daß er bei seinen eigenen Projekten im Bereich Menschenrechtsaktivitäten freie Hand hatte.

»Warst du schon beim Arzt?«

»Das mache ich, sobald ich wieder auf der Ranch bin. Was tut sich bei dir?«

»Ich habe den Nachmittag mit deinem Kumpel Gage Renshaw verbracht.«

»Nicht im Bett, will ich doch hoffen.« Vor ein paar Monaten hatte Gage ihm gegenüber erwähnt, er finde mich sexy; damit zog Hy mich immer noch auf, wohl wissend, daß ich Gage sexuell so attraktiv fand wie einen Bananenstecker.

»Das will ich überhört haben, Ripinsky!«

»Was habt ihr denn gemacht?«
Ich erzählte ihm von den Azadis, dem vereitelten Bombenanschlag und Renshaws Angebot.
Als ich fertig war, fragte Hy: »McCone, bist du sicher, daß du dich mit ihm einlassen willst?«
»Warum nicht? Ich hatte ja schon mal mit ihm zu tun – unter extrem stressigen Bedingungen, wie du dich vielleicht erinnerst – und ich habe mich behauptet.«
»Dein Selbstbehauptungsvermögen ist meine geringste Sorge.«
»Was dann?«
»... nichts. Ich schätze, ich projiziere einfach nur mein schwieriges Verhältnis zu Gage auf die Situation zwischen euch, und deshalb ist mir dabei nicht ganz wohl.«
»Wohl ist mir im Umgang mit ihm auch nie, aber ich komme schon damit klar.«
»Gut.« Er wechselte das Thema. »Wann wirst du morgen hier sein?«
»Ich weiß nicht genau. Kann ein langer Tag werden.«
»Ich kann doch rüberfliegen und dich holen. Spart dir die Fahrzeit.«
»Nein, ich bringe ein paar Sachen mit, deshalb muß ich das Auto nehmen.«
»Für das Häuschen? Was denn diesmal?«
»Geschirr. Neue Handtücher. Einen Spiegel von einer Haushaltsauflösung.«
Er lachte. »Der Nestbautrieb schlägt wieder zu, was?«
Seit wir das Häuschen erworben hatten, fühlte ich mich von bestimmten Gegenständen magisch angezogen: von Teppichen, Hauswäsche, Küchenutensilien, Möbeln. Ich hatte mir angewöhnt, Flohmärkte und Angebote aus Haushaltsauflösungen nach buntglasiertem irdenem Geschirr aus den dreißiger, vierziger und fünfziger Jahren zu durchstöbern – auch wenn Hy mich darauf hingewiesen hatte, daß wir es von Hand spülen müßten, da es nicht spülmaschinenfest sei. Aber das machte nicht viel aus, da wir noch keine Spülmaschine besaßen.
Ich mußte lächeln, weil dieser Gedanke prompt den Drang auslöste, gleich morgen als erstes eine zu kaufen.

»Komisch, oder?« fragte ich.
»Nicht besonders. Du weißt ja sicher selbst, warum du das tust.«
»Und warum tue ich es, Dr. Freud?«
»Das ist leicht zu erklären. Du umgibst dich mit Dingen, die dir die Illusion vermitteln, den Wahnsinn der Welt von dir fernhalten zu können. Dort draußen ist es heutzutage ganz schön wild und einsam.«
Das klang plausibel. »Geht dir das nie so?«
»Aber klar doch. Was glaubst du, warum ich dieses Häuschen wollte?«
»Aber du hast doch deine Ranch, deine ganzen Sachen dort. Ich habe mein Haus und meine Sachen hier. Warum reicht das nicht?«
»Irgendwie läßt sich der Wahnsinn besser auf Distanz halten, wenn wir unser gemeinsames Plätzchen haben, uns mit unseren gemeinsamen Sachen umgeben.«
Meine Augen tränten plötzlich; ich schluckte. »Dann komme ich morgen abend mit einer weiteren Wagenladung.«

Als ich eineinhalb Stunden später nach Hause kam, mußte ich feststellen, daß der Wahnsinn inzwischen in mein Erdbebenhäuschen eingedrungen war. W. C. Fields lag verstümmelt auf dem Wohnzimmerfußboden.
Ich ließ einen bestürzten Aufschrei los und hob den Fünfundsiebzig-Dollar-Seidenpapagei auf. Er war von seiner Schaukel am Fenster gezerrt worden, und sein bunter Schwanz hing in Fetzen. Er hatte eine Kralle verloren, und beide Knopfaugen baumelten an Fäden. Statt wie sonst griesgrämig, war sein Gesichtsausdruck jetzt kläglich. Ich wußte nicht, ob ich einen Reparaturversuch unternehmen oder den Vogel hinten im Garten begraben sollte.
»Na schön!« brüllte ich. »Na schön! Wer war das?«
Zwei Paar Katzenaugen beobachteten mich mißtrauisch von der Küchentür her. Ich legte W. C. Fields auf den Couchtisch und ging auf meinen orangegetigerten Kater Ralph und seine gescheckte Schwester Alice zu.
»Ich habe euch gewarnt – Pfoten weg von meinem Papagei! Und habt ihr auf mich gehört? Nein, habt ihr nicht.«

Erstaunlicherweise wichen sie beide keinen Zentimeter zurück. Sie wirkten trotzig und ziemlich selbstzufrieden. Sie hatten W. C. Fields gehaßt, seit ich ihn ins Haus gebracht hatte, und fühlten sich offensichtlich völlig im Recht.

Ich bückte mich und musterte sie eingehend, in der Hoffnung, einen verräterischen Seidenfussel aus einem Maul oder an einer Kralle hängen zu sehen. Kein Indiz.

»Wir haben Mittel und Wege, euch zum Sprechen zu bringen«, erklärte ich ihnen.

Ralph sah Allie an.

»Und natürlich eine Kronzeugenregelung.«

Allie sah Ralph an.

»Ich würde euch ja auf eure Rechte hinweisen, aber ihr habt keine.«

Sie wirbelten herum und galoppierten zu ihrer Katzentür.

»Verlaßt mir nicht die Stadt, ohne mich zu informieren!«

Die Katzentür klappte auf und fiel krachend wieder zu.

»Ich verliere ganz offensichtlich den Verstand«, sagte ich.

Adah rief um Viertel nach elf an. Ich lag schon eine ganze Weile in der Badewanne, abwechselnd damit beschäftigt, die Reparaturchancen in Sachen W.C. zu taxieren und zu einer Entscheidung zu gelangen, wieviel ich Joslyn von meinem Deal mit RKI erzählen sollte. Als das Telefon läutete, stieg ich aus der Wanne, warf meinen weißen Frottee-Bademantel über und patschte, eine Wasserspur hinterlassend, in die Küche.

»Also«, fauchte sie, »was wolltest du bei den Azadis, noch dazu mit dem Chef ihrer Sicherheitsfirma?«

»Das ist ja eine freundliche Begrüßung.«

»Beantworte einfach nur meine Frage.«

»Was zum Teufel ist denn mit dir los?« Ich nahm das schnurlose Telefon mit ins Bad, streifte den Bademantel ab und stieg wieder in die Wanne.

»Erstens bin ich immer noch im Büro und werde wahrscheinlich auch den Rest der Nacht hier verbringen. Die anderen – ach, verdammt, das interessiert dich ja doch nicht. Also, redest du jetzt… bitte?«

Ich entschied mich für die Halbwahrheit. »Nachdem ich bei dir war, bin ich zufällig Gage begegnet. Wir haben gerade noch einen Kaffee getrunken, als er den Anruf wegen des Anschlags bekam. Da bin ich eben mitgefahren.«

Joslyn schnaubte verächtlich. »Erzähl keinen Quatsch. Du kannst Renshaw nicht ausstehen; du würdest nicht mal einen Kaffee mit ihm trinken, wenn du unter akutem Koffeinentzug littest. Und außerdem – wieso lungert Renshaw im Gebäude der Sonderkommission herum?«

»Ich habe nicht gesagt, daß er dort war.«

»Craig Morland, der FBI-Mann, mit dem ich am Tatort war, hat mir erzählt, daß er euch beide in der Eddy Street aus dem Lift hat kommen sehen.«

»Ach.«

»Also?«

»Also gut – ich habe da vielleicht eine Spur, aber ich kann noch nicht drüber reden.«

»Du kannst nicht, oder du willst nicht?«

»Beides.«

Jetzt hob sich ihre Stimme. »McCone, was versuchst du da hinter meinem Rücken zu tricksen?«

»Ich versuche gar nichts zu ›tricksen‹. Wir haben uns geeinigt, daß ich dir bei diesem Fall helfe, aber du mußt mich's auf meine Art machen lassen. Laß mir ein bißchen Handlungsspielraum, ja?«

»Handlungsspielraum?« Ihre Stimme war jetzt regelrecht schrill. »Ich soll dir Raum lassen, damit du mich verarschen kannst, genau wie diese FBI-Leute...«

»Reg dich nicht auf, Adah. Du hattest einen langen Tag, einen harten Tag. Warum gehst du nicht nach Hause...«

»Ich brauche deine Ratschläge nicht. Ich brauche überhaupt keine Ratschläge, von niemandem!« Sie knallte den Hörer auf.

Ich hielt das schnurlose Telefon ein Stück von meinem Ohr weg und starrte es an, als könnte ich über die elektronischen Wellen meiner Freundin ins Gesicht sehen. Dann knipste ich es aus und legte es neben der Wanne auf den Fußboden. Ich hatte noch nie erlebt, daß Adah derart die Beherrschung verlor.

Ich gab noch heißes Wasser und Badeöl dazu, rutschte tiefer, bis mein Kinn im Wasser hing und meine Haarspitzen schwammen, und dachte über meine Freundschaft mit Adah nach.

Wir hatten uns vor ein paar Jahren kennengelernt, als einer meiner Klienten ermordet worden war. Ich hatte den Fall in Zusammenarbeit mit ihr und ihrem damaligen Partner Bart Wallace gelöst. Danach hatten wir uns öfters getroffen: Sie war nach der Arbeit in die Remedy Lounge gekommen, das Lokal gleich hügelabwärts von All Souls, oder ich hatte sie in ihrem Dienstgebäude abgeholt, und wir waren zusammen essen gegangen. Wir waren im Park Fahrrad gefahren – eine meiner Konditionstrainingsstrategien – oder hatten am Wochenende einen Ausflug in die Weinbaugebiete gemacht. Vor kurzem hatte sie mich sogar dazu gekriegt, mit ihr ins Fitneßcenter zu gehen. Doch bei all diesen Aktivitäten redeten wir immer auch über ihre Fälle.

Adah benutzte mich als eine Art Resonanzboden. Sie zählte mir die Details eines akuten Falls auf, entwickelte ihre Theorien, beobachtete meine Reaktionen, verfolgte meine Ideen weiter. Das hatte mich nie gestört; ich hatte allenfalls das Gefühl gehabt, dazu beizutragen, daß die Verbrecher aus den Straßen unserer Stadt verschwanden. Aber jetzt, da ich darüber nachdachte, erkannte ich ein Muster, das mir gar nicht gefiel.

Meine Beiträge halfen Adah öfters, irgendwelchen Lorbeer zu erringen. Aber wenn sie ihn errungen hatte, war es ganz allein ihrer; noch nie hatte sie meine Hilfe gewürdigt, nicht mal in Form eines privaten Dankeschöns. Einmal hatte ich beiläufig mein Zutun erwähnt, und ihre Reaktion hatte mich verblüfft. Was ich denn wolle, hatte sie gefragt, eine öffentliche Belobigung? Daß mein Name in den Grundstein des neuen Gefängnisses eingemeißelt würde?

Na ja, das nicht, aber ein paar Dankesworte hätten nichts geschadet.

Jetzt begann ich mich zu fragen, warum ich die letzten vierzehn Tage damit zugebracht hatte, mit ihr den Diplobomber-Fall zu wälzen. Warum ich nächtelang Akten durchgeackert hatte, die am Morgen pünktlich wieder auf ihrem Tisch zu liegen hatten. So, wie es bisher zwischen uns gelaufen war, würde Adah, wenn ich ihr den Fall zu lösen half, den Ruhm für sich allein beanspruchen und –

Versprechen hin oder her – am Ende doch vergessen, mich für die Belohnung vorzuschlagen.
Aber das würde mich nicht davon abhalten, den Fall weiterzuverfolgen. Der Bombenleger trieb sich immer noch irgendwo in dieser Stadt herum. Und jetzt, da ich Habiba Hamids dunkelglänzende Augen gesehen hatte, würde ich nicht lockerlassen, bis die Sache zu Ende gebracht war. Ich würde eine Form finden, mit Adah umzugehen, so wie ich auch eine Form gefunden hatte, mit Renshaw umzugehen.
Aber verflucht noch mal – ich hatte nicht gedacht, daß ich manipulative Spielchen mit einer Frau spielen müßte, die ich als Freundin betrachtete.

4 Khalil Latif, Handelsattaché am azadischen Konsulat, war rundlich und hatte eine unselige Ähnlichkeit mit dem seligen Richard Nixon. Er starrte finster auf die verschiedenen Tapas zwischen uns auf dem Tisch und stocherte mit der Gabel in der *Ropa vieja* herum. Latif hatte das mexikanische Restaurant in der Nähe der Valencia Street im Mission District ausgewählt, weil er in einem Eßkulturmagazin etwas darüber gelesen hatte, aber jetzt schien er wenig angetan.
»Was hat der Ober gesagt, was der Name dieses Gerichts bedeutet?« fragte er mich.
»›Alte Klamotten‹.«
»Wie kommen sie auf einen solchen Namen?« Sein Oxford-Englisch hätte arrogant geklungen, wäre es nicht mit dem weicheren Klang seiner Muttersprache unterlegt gewesen.
»Wahrscheinlich, weil es interessanter klingt als ›geschnetzeltes Rindfleisch‹.«
Latif legte die Gabel hin und nippte stirnrunzelnd an seinem Wasser.
»Versuchen Sie das Hühnchen in Erdnußsauce«, empfahl ich, froh, daß wir viele verschiedene Vorspeisen geordert hatten.
Er untersuchte das Huhn argwöhnisch, obwohl es seine Wahl gewesen war.

Das Restaurant war eins meiner Lieblingslokale – hell und gemütlich, mit hervorragendem Essen und munterem Personal, das jede Mahlzeit zu einem Festessen machte, aber es hatte mich überrascht, daß Latif hier essen wollte – angesichts der Ernährungsvorschriften des Islam. Ich hatte den Verdacht, daß er es nur wegen der Lage ausgesucht hatte – in der Nähe meines Büros und möglichst weit weg vom Konsulat. Als Gage Renshaw den Attaché um ein Treffen mit mir ersucht hatte, war Latif besorgt gewesen, daß Mrs. Hamid davon erfahren könnte. Auch jetzt noch sah er sich immer wieder verstohlen um, als fürchte er, sie habe mitten im Mission District Spione postiert.

Weil das Zivilverfahren, in dem ich als Zeugin hatte aussagen sollen, in letzter Minute durch einen Vergleich beigelegt worden war, hatte ich doch heute vormittag meinen Vertrag mit Renshaw aushandeln und diesen Lunch arrangieren können. Renshaw war scharf darauf, daß ich mit Latif sprach, weil der Attaché allem Anschein nach Malika Hamid nicht sonderlich ergeben war und uns vielleicht nützliche Informationen liefern konnte. Gage sagte, Latif habe ihm einmal erklärt, die Generalkonsulin habe das Gemüt eines magenkranken alten Kamels.

Der Attaché sezierte und testete das Huhn, befand es für gut und nahm sich einen Tacquito. Ich entspannte mich, froh, daß er endlich etwas gegessen hatte, und versuchte, die Konversation in eine andere Richtung zu steuern. Seit wir hier saßen, redete Latif über die hiesige Diplomaten-Szene: über deren vergleichsweise geringe Größe – nach der letzten Zählung rund fünfzig konsularische Vertreter, darunter viele nur Honorarkonsuln; über die Konsulatsaufgaben, die vom Ausstellen neuer Pässe für hierzulande wohnhafte azadische Staatsbürger über die Bereitstellung von Darlehen für gestrandete azadische Touristen bis zur Vorbereitung von Handelsabkommen mit großen amerikanischen Konzernen reichten; über die Rivalitäten und Animositäten zwischen den verschiedenen Vertretungen, die Azad jedoch nicht zu betreffen schienen; über das gesellschaftliche Leben, das hier, wie er bedauernd erklärte, längst nicht so üppig sei wie an der Ostküste. Jetzt lenkte ich das Gespräch auf Azad.

»Ich habe gestern Mrs. Hamid kennengelernt und fand sie eine sehr interessante Frau. Ich würde gern etwas mehr über sie erfahren.«

Latifs kleine Augen leuchteten auf – ob vor Entzücken über seinen zweiten Tacquito oder über die Gelegenheit, numehr ein paar Spitzen loszulassen, war nicht ersichtlich. »Malika Hamid ist eine außergewöhnliche Frau«, sagte er. »Sehr resolut. Sehr zielstrebig. Sie setzt ihren Willen immer durch. Ihre Großmutter war Engländerin, wußten Sie das schon? Eins dieser verarmten adligen Fräuleins, die Ende des letzten Jahrhunderts aus schierer Noblesse in weniger zivilisierte Weltgegenden aufbrachen, um gute Werke zu tun. Sie kennen das sicher aus historischen Romanen. Der Emir stellte sie als Erzieherin für seine Kinder ein, aber sie beschloß, den Emir auch gleich mit zu erziehen. Eben hatte er noch drei Frauen und seine Freiheit gehabt, und plötzlich fand er sich als Gatte der ehrenwerten Sarah Abernathy wieder. Seine früheren Ehen waren nämlich in ihren Augen ungültig. Der arme Emir! Sarah begann, ihn umzukrempeln, und als sie damit fertig war, ging sie daran, das ganze Land umzukrempeln.«

»Ich nehme an, mit Erfolg.«

»Aber gewiß. Sie ließ sich durch nichts aufhalten. Ihr verdankt Azad, daß es heute als fortschrittlich gilt. Unsere Frauen tragen schon seit Jahrzehnten keinen *Hijab* mehr; sie genießen dieselbe Schulbildung wie die Männer, sie fahren Auto, haben verantwortliche Positionen inne. Eins ist Sarah zu ihrem Leidwesen allerdings nicht gelungen: uns zu Anglikanern zu machen; wir halten uns immer noch an den Koran. Doch bis auf einige wenige fundamentalistische Splittergruppen interpretieren wir ihn auf eine Art und Weise, die sich mit dem modernen Leben verträgt. Und wir sind ein friedliches Land. Natürlich« – er lächelte – »ist es hilfreich, daß wir auch ein reiches Land sind. Ein voller Bauch macht friedfertig.«

»Und Malika Hamid? Schlägt sie nach ihrer Großmutter?«

»Oh, absolut. Sie war, wie es in unseren führenden Familien Tradition ist, in einem englischen Internat und hat dann ihr Diplom an der London School of Economics gemacht. Sie hat viel von der Welt gesehen, ist sehr belesen. Sie hatte es nie mit dem Jet-Set und diesen ganzen leichtfertigen Vergnügungen. Nach dem Studium ist sie in unser Land zurückgekehrt und war in diversen hochrangigen Regierungskommissionen tätig. Und sie hat auch noch die Zeit ge-

funden zu heiraten – einen entfernten Vetter aus der Hamidschen Linie, mit dem sie einen Sohn hat. Ihr Mann lebt nämlich noch.«
»Hier in San Francisco?«
Latif schüttelte den Kopf, und sein schmallippiges Lächeln hatte etwas Boshaftes. »Nein, in Südfrankreich, glaube ich. Vor fünfzehn Jahren etwa gab es um ihn einen Skandal, wegen einer Geschichte mit zwei Knaben – gleichzeitig wohlgemerkt. Er setzte sich ins Ausland ab, und seine gekränkte Frau ersuchte um ein langfristiges diplomatisches Amt in Amerika. Sie wollte am liebsten nach San Francisco, also wurde der hiesige Konsul abberufen. Mrs. Hamid verließ mit ihrem Sohn Dawud unsere Hauptstadt Djara und hat seither nie wieder azadischen Boden betreten.«
»Dawud ist Habibas Vater?«
»Ja.«
»Und er lebt noch immer im Konsulat?«
»Nein. Dawud – Dave, wie er genannt zu werden wünschte – verschwand irgendwann spurlos. Vor fünf, sechs Jahren? Tut mir leid, ich weiß es nicht mehr genau. Er war damals Ende zwanzig. Mrs. Hamid brach schier das Herz; sie vergötterte ihren Sohn, hätte alles für ihn getan. Hinzu kam noch, daß sein Verschwinden offenbar mit seiner Verwicklung in illegale Glücksspielaktivitäten zusammenhing.«
»Er hatte Spielschulden?«
»Nein, das nicht. Er soll angeblich irgendein Glücksspielunternehmen geleitet haben, bei dem es um hohe Einsätze ging. Ich muß hinzufügen, daß das purer Klatsch ist. Mrs. Hamid ist äußerst bemüht, familiäre Angelegenheiten innerhalb der Familie zu regeln, wie das in Azad Sitte ist, und nichts nach außen dringen zu lassen. Die meisten ihrer Untergebenen sind nicht besonders gut auf sie zu sprechen und neigen dazu, das bißchen, was sie mitkriegen, übertrieben aufzubauschen.«
Wie du. »Wissen Sie, ob Dawuds Verschwinden freiwilliger oder unfreiwilliger Natur war?«
Latif schüttelte den Kopf und spießte ein weiteres Stück Huhn auf.
»Wurde die Polizei eingeschaltet?«
»Nicht, daß ich wüßte.«

»Und seine Frau? Lebt sie noch im Konsulat?«
Er legte die Gabel hin und schob seinen Teller weg. Anscheinend war ihm der Appetit vergangen. »Ja, die junge Mrs. Hamid lebt bei ihrer Schwiegermutter.«
Irgend etwas war da faul. »Erzählen Sie mir ein bißchen von ihr.«
»Sie ist Amerikanerin. Dave hat sie an der Universität von Los Angeles kennengelernt, ehe ihm nahegelegt wurde, sein Studium wegen mangelnder Leistungen aufzugeben.«
»Wie heißt sie mit Vornamen?«
»Mavis.«
»Was macht sie beruflich?«
»Momentan gar nichts. Sie war Lyrikerin – sehr begabt, hat viele Preise gewonnen. Und sie ist immer noch eine schöne Frau; sie ist ja erst Anfang dreißig.«
»Warum hat sie das Gedichteschreiben aufgegeben?«
Er seufzte. »Sie trinkt.«
Bei gesellschaftlichen Anlässen außerhalb des Konsulats? In einem Azadi-Haushalt, wo nach den Geboten des Islam Alkohol verboten war, konnte sie sich ja wohl schlecht vollaufen lassen. »Wieviel?«
»Stetig.«
»Sie ist Alkoholikerin?«
»Ja.«
»Weiß ihre Schwiegermutter von diesem Problem?«
»O ja.«
»Hat sie versucht, Mavis dazu zu bewegen, sich in Behandlung zu begeben?«
»Nein.«
»Warum nicht?«
Er zuckte die Achseln.
»Ich kann mir nicht vorstellen, daß es im Konsulat Alkoholvorräte gibt. Wie kommt Mavis zu ihrem Quantum? Gegen die Anordnungen ihrer Schwiegermutter?«
»Wie gesagt, Mavis Hamid ist eine schöne Frau, eine verletzliche und unglückliche Frau. Ihr Name bedeutet ›Singdrossel‹, wissen Sie, und er paßt zu ihr. Für eine solche Frau tun andere alle möglichen Dinge – sogar wider ihre bessere Einsicht und die Vorschriften ihres Glaubens.«

Mit anderen Worten: Das Personal versorgte sie mit Sprit. Weil sie eine schöne, verletzliche und unglückliche Frau war? Das nahm ich ihm nicht ab. Aber ich konnte mir vorstellen, daß eine verzweifelte Frau für eine Dosis Alkohol einiges springen ließ: Geld oder sogar sexuelle Gefälligkeiten. Ich wollte gerade ein wenig weiterbohren, als ich den Schmerz in Latifs Augen bemerkte.
Er ist in sie verliebt, dachte ich, und er hat ihr selbst schon manche Pulle beschafft.
»Mavis sitzt also einfach nur im Konsulat und trinkt?«
»Sie bleibt auf ihrem Zimmer. Spät in der Nacht, wenn sie glaubt, daß niemand mehr auf ist, wandert sie manchmal durchs Haus.«
Seine Formulierung sagte mir, daß er ihr bei diesen nächtlichen Wanderungen begegnet war. Vielleicht war er auf diese Weise ihr Liebhaber oder zumindest ihr Vertrauter geworden.
»Wissen andere Leute aus der Diplomaten-Szene von ihrem Problem?«
»Letztes Jahr gab es bei Empfängen in unserem Konsulat ein paar peinliche Vorfälle, die es erforderlich machten, Mavis ruhigzustellen, aber in letzter Zeit hat sie sich fast völlig zurückgezogen.«
»Glauben Sie, daß ihre Trinkerei mit dem Verschwinden ihres Mannes zusammenhängt?«
»Sie hat immer schon getrunken. Und Dave auch. Das ist bei uns viel verbreiteter, als man annehmen sollte. Aber ich würde sagen, danach wurde es schlimmer.«
»Ich verstehe immer noch nicht, warum Malika Hamid nicht darauf dringt, daß Mavis sich in Behandlung begibt. Wenn es wegen der negativen Publicity ist, könnte sie sie doch ganz diskret in eine dieser europäischen Kliniken schicken.«
Latif hatte die ganze Zeit sein Messer auf dem Teller hin und her gedreht; jetzt packte er es wie einen Dolch.
Ich sagte: »Ich muß Sie etwas fragen: Unterstützt Mrs. Hamid Mavis' Trinkerei?«
»Ja.«
»Warum?«
»Mavis haßt Malika. Schon vom ersten Moment an. Wenn sie gesund und bei Kräften wäre, würde sie ihre Tochter nehmen und aus dem Konsulat verschwinden. Sie würde die Wertpapiere verkaufen,

die sie vor ein paar Jahren von ihren Eltern geerbt hat, und weit weggehen. Malika würde Habiba nie wiedersehen.«
»Hat Mavis das gesagt?«
»Oft genug – und in Hörweite ihrer Schwiegermutter. Malika wird das niemals zulassen. Seit sie ihren Sohn verloren hat, ist Habiba ihr ein und alles. Sie wird sie nie gehen lassen, und jeder, der sie ihr wegzunehmen versucht, springt über die Klinge.«

»Gage, ich muß in dieses Konsulat und mit Mavis Hamid reden.«
»Das läßt Malika niemals zu. Und außerdem ist Mavis die meiste Zeit so weggetreten, daß sie ohnehin nichts Sinnvolles von sich gibt.«
»Trotzdem, ich muß es versuchen.«
»Ist nicht drin.«
»Wie kannst du das behaupten? Du bist doch für die Sicherheitsmaßnahmen zuständig.«
»Wenn Malika dahinterkäme, daß ich dich zu ihrer betrunkenen Schwiegertochter schleuse, würde sie mir den Schwanz abhakken.«
»Kein großer Verlust.«
Schweigen. Dann merkte Renshaw, daß ich ihm lediglich seine Bemerkung über meine Selbstachtung zurückgegeben hatte. Er lachte. »Das zeugt nur von mangelnder Sachkenntnis«, sagte er. Dann wurde er wieder sachlich: »Sie müssen mir schon beweisen, daß ein solches Gespräch mit Mavis unbedingt nötig ist.«
»Beweisen kann ich gar nichts. Aber Sie sollten doch wissen, daß jedes Fitzelchen Information, auch wenn es noch so irrelevant scheinen mag, für die Ermittlungen von entscheidender Bedeutung sein kann.«
Renshaw schwieg wieder. Ich klemmte den Hörer zwischen Kinn und Schulter und sah durch den Durchgang zu Micks Büro. Er saß an seinem Schreibtisch, den sandfarbenen Kopf über die Tastatur gebeugt, und der Gesundheitsstuhl wirkte winzig unter seinem kräftigen Körper. Seine Finger hackten hektisch auf die Tasten ein. Plötzlich sah er auf den Bildschirm, sagte: »Aha!« und begann wieder zu tippen.
»Gage?«

»Moment. Ich überprüfe gerade Mrs. Hamids Terminplan.«
Wieder Schweigen. Mick sagte: »Ahaaa!« Ich versuchte, seine Aufmerksamkeit auf mich zu lenken, aber er war gebannt von dem, was da auf seinem Monitor erschienen war.
»Okay«, sagte Renshaw, »das magenkranke alte Kamel – gefällt mir, Ihnen nicht? – wird heute abend mit dem Leiter der saudiarabischen Handelsmission dinieren; vermutlich kochen sie eine Anhebung der Ölpreise aus. Sie wird das Konsulat um sieben verlassen; ich schleuse Sie beim Schichtwechsel um neun Uhr zu Mavis hinein – dann fällt es weniger auf. Um diese Zeit wird die junge Mrs. Hamid zwar schon stockvoll sein und auf den Teppich kotzen, aber wenn Sie darauf bestehen…«
»Ich bestehe darauf.« Dann dachte ich daran, daß ich eigentlich vorgehabt hatte, heute abend mit einer weiteren Ladung Habseligkeiten zur Dämonenabschreckung in unserem Häuschen einzutreffen. Wenn ich nicht käme, würde Hy das, im Unterschied zu anderen Männern, mit denen ich zu tun gehabt hatte, sicher verstehen. Aber das Gespräch mit Mavis Hamid würde vermutlich nicht lange dauern. Ich würde ein Nickerchen machen, ehe ich das Konsulat aufsuchte, um danach noch munter genug für die vier Stunden Fahrt zu sein.
Renshaw sagte: »Eine unserer mobilen Einheiten steht vom Konsulat aus gleich um die Ecke, in der Laguna Street am Lafayette Square. Dort warte ich auf Sie.«
Ich versprach, dort hinzukommen, legte auf und winkte Mick zu, der im Durchgang stand. »Was war denn so interessant?« Ich wies mit dem Kinn auf den Computer.
»Die FBI-Leute benutzen das Techno-Web, um an Informationen über den Bombenleger zu kommen.«
»Das Techno-Web?« Das war einer der Online-Dienste, bei denen wir uns auf sein Drängen eingeklinkt hatten, aber ich konnte mir einfach nicht merken, was was war.
»Shar, ich habe es dir doch letzte Woche erst demonstriert.«
Auf Mick wirkte meine Unfähigkeit, computerbezogene Informationen in meinem Hirn zu speichern, so aufreizend, daß ich mich manchmal absichtlich dumm stellte, nur um des perversen Vergnügens willen, ihn auf die Palme zu treiben. Das war wieder einer mei-

ner perversen Momente. »Du mußt mein Gedächtnis auffrischen.«
Er seufzte. »Das Web ist ein bundesweiter Dienst mit über zwei Millionen Abonnenten. Es bietet Nachrichten, Sport und Wetter; Lern- und Lexikonprogramme; Spiele, Shopping, Reisebürodienste; Investment- und Immobilienberatung; Bulletin-Boards, E-Mail und Live-Discourse.«
»Diese Boards...«
»Es gibt verschiedene Boards für verschiedene Interessengebiete; du hängst gewissermaßen einen Zettel auf, den alle anderen lesen können, und jeder kann dir antworten, indem er seinerseits eine Notiz hinterläßt. E-Mail ist die Versendung von schriftlichen Botschaften an einzelne Adressaten. Live-Discourse ist wie Reden, nur über den Computer. Die FBI-Leute sind so klug, ins Web zu gehen, und ich wette, sie tummeln sich auch in den anderen Diensten wie Prodigy, CompuServe und America Online und auch im Internet.«
»Das Internet – ist das das Monsterding, wo man einen Straßenatlas braucht, um sich durchzufinden?«
Mick lächelte selbstgefällig. »Manche Leute brauchen einen Straßenatlas, aber nicht dein Computerspezialist.«
»Okay – die Sonderkommission hat also einen Zettel an einem Bulletin-Board aufgehängt?«
»An dreien, soweit ich bisher feststellen konnte: Verbrechensbekämpfung, Verbrechen und Verbrecher und berühmte Kriminelle. Im Grunde ist es nur eine Zusammenfassung dessen, was jeder Zeitungsleser über die Sache weiß. Sie bitten um sachdienliche Hinweise, entweder über die Boards oder über die kostenfreie Nummer der Sonderkommission, und sie weisen auch auf die Belohnung hin.«
»Meinst du, dabei kommt was raus?«
Achselzuckend sagte er: »Man kann nie wissen. Die Leute, die diese Online-Dienste nutzen, sind in der Regel ziemlich intelligent, und viele, mit denen ich kommuniziere, sind kleine Amateur-Detektive. Also, ich denke, das ist ein ziemlich ausgefallener Anschlag; die Leute werden massenhaft darauf reagieren. Wenn ich die Boards überwache, kriegen wir vielleicht etwas mit, bevor die FBI-Leute es erfahren.«

»Dann klemm dich dahinter. Aber laß dir trotzdem gesagt sein, ich halte nicht viel von diesem ganzen Boards-Rummel. Der Computer schafft Distanz, erlaubt den Leuten, Dinge zu verbergen oder schlichtweg zu lügen. Denk dran, wie es Rae auf diesem Trip mit den Wisdom-Boards ergangen ist.«
Im letzten Herbst hatte sich Rae über das Wisdom-Board »Tabulose Begegnungen« mit zwei Männern eingelassen. Worin genau diese Beziehung bestanden hatte, war mir nicht klar, weil ich mir beim besten Willen nicht vorstellen konnte, wie man per Computer – so Raes Formulierung – »ein unglaublich sinnliches Erlebnis« haben konnte. Ich nahm an, daß der Computersex zum Telefonsex mutiert war, und Rae war ihrer Arbeit mit selig-entrücktem, wenn auch leicht glasigem Blick nachgegangen, bis die beiden zu Silvester aus Kansas City und El Paso angereist waren, um sie zur traditionellen All-Souls-Party zu begleiten. Leider endete der Abend insofern unglücklich, als sich die beiden Männer zueinander hingezogen fühlten und gemeinsam verschwanden. Rae hatte prompt dem Computer als Freizeithobby abgeschworen und sich von den Männern im allgemeinen abgewandt. Sie verbrachte ihre Zeit nun hauptsächlich damit, sich im Fernsehen alte Spielfilme anzugucken oder im Remedy zu flippern.
Ted, der seit kurzem ehrenamtlich in einem Krisenzentrum für Schwule und Lesben in Noe Valley als Berater fungierte, bemühte sich unablässig, Rae davon zu überzeugen, daß dieses Verhalten ungesund war, aber sie verbarrikadierte sich entweder in ihrem Büro oder stellte den Fernseher per Fernbedienung so laut, daß er Ted übertönte. Letzte Woche hatte er mich gebeten, sie zur Vernunft zu bringen, aber ich hatte mich geweigert. Ich hatte ihr schon zu oft in irgendwelchen emotionalen Katastrophenphasen mit Trost und Rat zur Seite gestanden; die wenigen weisen Worte, die ich auf Lager hatte, klangen allmählich abgedroschen, selbst in meinen Ohren. Und außerdem war Rae ein erwachsener Mensch; wenn sie meinte, daß sie Hilfe brauchte, würde sie darum bitten.
Mick riß mich aus meinen Gedanken. »Dieser Anruf auf der anderen Leitung – das war schon wieder Adah Joslyn. Der zehnte heute.«
»Wie klang sie?«

»Ziemlich fertig und ziemlich giftig. Sie hat gesagt: ›Wo zum Teufel steckt McCone, und warum zum Teufel hat sie noch nicht zurückgerufen?‹«

Ich seufzte. »Was hast du ihr gesagt?«

»Daß du noch nicht wieder im Büro bist und dich auch nicht gemeldet hast. Ich dachte, du seist wohl nicht scharf drauf, dich mit ihr rumzuschlagen.«

»Bin ich auch nicht. Wenn sie wieder anruft, sag ihr, ich bin übers Wochenende weg. Ich werde jetzt heimfahren und meine Sachen zusammenpacken. Und weißt du, was ich dann tun werde? Ich glaube, ich werde ein paar Stunden einfach nur relaxen.«

»Das glaube ich erst hinterher. Bleibt es dabei, daß Maggie und ich die Katzen versorgen, während du weg bist?«

»Ja, aber verhätschelt sie nicht. Eine der beiden ist gestern über W. C. hergefallen, und die andere weigert sich, den Kronzeugen zu machen.«

5 Um kurz vor neun parkte ich ein Stück vom Konsulat entfernt und marschierte durch die zunehmende Dunkelheit die Laguna Street hinauf. Der RKI-Kastenwagen stand unauffällig unter einem Olivenbaum an der Nordwestecke der abschüssigen Grünanlage, die sich Lafayette Square nennt. Als ich näher kam, stieg Renshaw aus.

»Elektronische Überwachung des Konsulats?« Ich zeigte auf den Wagen.

»Wir haben Sicherheitsstufe eins. Bis jetzt ist alles ruhig. Mrs. Hamid ist pünktlich aus dem Haus gegangen und hat dem Fahrer befohlen, sie um Mitternacht wieder abzuholen. Aber Sie müssen sich trotzdem beeilen. Wir gehen durch den Dienstboteneingang rein, und ich bringe Sie nach oben. Sie haben eine halbe Stunde.«

Als wir losmarschierten, fragte ich: »Weiß Mavis Hamid, daß ich komme?«

»Ich war vorhin bei ihr und habe sie gefragt, ob ich ihr eine Besucherin schicken dürfe. Der Gedanke schien ihr zu gefallen. Für sie sind

Sie eine Mitarbeiterin unserer Firma, die sich vergewissern möchte, daß sie mit den Sicherheitsvorkehrungen zufrieden ist.«
Renshaw führte mich durch ein Tor und die Zufahrt entlang; eine Tür ging vom Konsulat auf den kiesbestreuten Parkplatz vor der Dreiergarage hinaus. Er klopfte, sprach leise mit dem hier postierten Wachmann, und wir traten ein. An einer Waschküche und einem Vorratskeller vorbei gelangten wir zu einer steilen Holztreppe. Das große Haus war völlig still; auf den nackten Stufen schien jeder Tritt zu dröhnen. Im oberen Flur schluckte der Orientläufer unsere Schritte. Renshaw ging zu einer Tür, klopfte leise an und sagte: »So, jetzt sind Sie auf sich gestellt.«
Eine Frauenstimme rief von drinnen etwas Unverständliches. Ich interpretierte es als »Herein« und öffnete die Tür. Die einzige Lichtquelle im Raum waren die Flammen eines Gaskaminfeuers. Dunkle Vorhänge verdeckten die hohen Fenster, und die Luft war überheizt. Ein muffiger Geruch schlug mir entgegen – jene Sorte Muff, die sich in leerstehenden Häusern fängt, der man aber in bewohnten Zimmern eigentlich nicht begegnen sollte. Ich konnte wenig erkennen, bis auf eine Gestalt, die im Schneidersitz vor dem Marmorkamin auf dem Fußboden saß.
Mavis Hamid war keineswegs so schön, wie Khalil Latif behauptet hatte. Schmuddligbraunes Haar hing ihr über Schultern und Rükken; es wirkte dünn und ungepflegt. Sie trug einen schwarzen Morgenrock mit weißen Paspeln und war barfuß. Als sie sich mir zuwandte, sah ich im Feuerschein ein bleiches, ovales Gesicht, verquollen und fleckig. In der Hand hielt sie einen Stapel Karten, und vor ihr auf dem Boden lag eine angefangene Patience. Ich sah weder Glas noch Flasche, aber im Nähertreten roch ich Alkoholdunst; er ging von ihr aus wie Parfümduft.
»Mrs. Hamid?«
»Nennen Sie mich Mavis. Ich kann diesen Namen nicht leiden; es ist der Name meiner Schwiegermutter, nicht meiner. Mr. Renshaw sagte, Sie wollten mich wegen irgendwas sprechen?«
»Ja. Wir möchten uns vergewissern, daß Sie mit unseren Sicherheitsmaßnahmen zufrieden sind. Sie wurden ja seit dem Anschlagsversuch verschärft.«
»Die Sicherheit ist okay«, sagte sie vage und gestikulierte in Rich-

tung eines Zweiersofas, das schiefwinklig zum Kamin stand. »Setzen Sie sich. Möchten Sie was trinken?«
Ich wollte nichts, aber sie offensichtlich, also sagte ich: »Danke, gern.«
Sie stand auf, wobei sie ins Stolpern kam, weil sie auf den herabschleifenden Saum ihres Morgenrocks trat, und strebte zu einer Tür, die vermutlich in ein Bad führte. Meine Augen hatten sich jetzt an das Dunkel gewöhnt, und ich sah mich um. Das Zimmer war groß und überladen dekoriert mit mächtigen Goldrahmenspiegeln und einer Blumentapete, passend zu den Volants über den dunkelblauen Vorhängen. Das Bett ertrank ebenfalls in Volants und Rüschen und trug einen Baldachin; der Toilettentisch mit dem dreigeteilten Spiegel sah aus, als hätte er einen Reifrock an. Der Platz vor dem Kamin war mit Möbelstücken vollgepfropft: außer dem Zweisitzersofa drängten sich hier eine Chaiselongue und zwei Lehnsessel. Aber Mavis Hamid bevorzugte dennoch den Fußboden.
Sie kam wieder herein, in den Händen zwei Gläser, die bis zum Rand mit einer klaren Flüssigkeit gefüllt waren. Eis war keins darin. Ich nahm das eine Glas und roch daran. Wodka. Warum bildeten sie sich immer ein, Wodka sei geruchlos?
Mavis hob mir ihr Glas mit einem »Cheers« entgegen und trank. Dann ließ sie sich wieder auf dem Fußboden nieder, stellte das Glas ab und griff nach dem Kartenstapel. »Patience. Das entspannt mich. Vor ein paar Jahren hatte ich die normale Version satt, also habe ich sie umgekehrt – zuerst die Könige statt der Asse – und noch einen Haufen Regeln dazu erfunden. Meine Schwiegermutter hat gesagt, das ginge nicht. Ich habe der alten Hexe gesagt: ›Ich kann machen, was immer mir paßt, das hier ist mein System, hier mache einmal ich die Spielregeln.‹«
Ich hatte auf ihre Art zu sprechen geachtet: Sie nuschelte ein bißchen, wirkte aber im ganzen klar und munter, wenn auch ein bißchen sprunghaft. Was mir noch auffiel, waren ihr offenkundiger Affektmangel – sie hatte keinerlei Reaktion gezeigt, als ich den Bombenanschlag erwähnt hatte, dem ihr Kind beinahe zum Opfer gefallen wäre – und ihre unverhohlene Abneigung gegen Malika Hamid. An letzterer ließ sich ansetzen.
Ich fragte: »Und wie hat Ihre Schwiegermutter darauf reagiert?«

»Sie hat mir erklärt, ich sei kindisch. Ich weiß nicht, warum sie's nicht verstehen konnte. Schließlich macht sie hier sämtliche Spielregeln. Malika hat für alles Regeln parat, und wenn sie ihr nicht mehr passen, ändert sie sie einfach. Ich habe ihr schon mal gesagt, sie soll sie doch jeden Tag neu drucken lassen und aushängen wie eine Speisekarte, dann wüßte man wenigstens, was gilt. Das hat ihr allerdings gar nicht gefallen.« Sie kicherte und hielt sich eine Spielkarte vor den Mund – ein aufmüpfiges Kind.

»Erzählen Sie mir von Malikas Spielregeln.«

Mavis sah ostentativ auf mein Glas. »Sie trinken ja gar nicht.«

Ich nahm einen kleinen Schluck, zwang den warmen, unverdünnten Sprit mühsam hinunter. »Die Regeln?« wiederholte ich.

Sie warf die Karten auf den Boden, griff nach ihrem Glas und lehnte sich gegen die Chaiselongue. »Also, da ist einmal die Regel, daß ich Habiba – meine Tochter, kennen Sie sie?«

Ich nickte.

»Daß ich Habiba nur eine Stunde am Tag sehen darf. Es sei denn, sie produziert einen Heulanfall und schreit nach mir, dann darf ich sie sehen, bis sie wieder aufhört. Dann ist da die Regel, daß ich nicht allein wegfahren oder rausgehen darf, nur mit Karim – er ist der Chauffeur. Ich habe zwar gar kein eigenes Auto, also würde ich sowieso nicht fahren, und außerdem will ich auch nirgends hin. Aber diese Regel wird geändert, wenn ich zuviel trinke und Tabletten nehme und Dr. Lee nicht kommen kann, um mir eine Spritze zu geben. Dann muß ich raus und endlos spazierengehen, aber immer nur mit Karim.« Ihre Lippen kräuselten sich verächtlich – langsam, fast träumerisch. »In puncto Sprit gibt es natürlich keine Regel. Ich kann soviel haben, wie ich will, solange ich mich benehme und in meinem Zimmer bleibe.«

»Solange Sie sich wie benehmen?«

»Oh, nicht bei einer ihrer gottverdammten Dinnerpartys plötzlich reinspaziere und mit irgendeinem hohen Tier rede. Nicht verlange, daß ich Habiba außerhalb der üblichen Stunde sehen darf. Ich habe nämlich einen schlechten Einfluß auf sie.«

»Glauben Sie das wirklich?«

»Ach, ja, es stimmt wohl.«

»Dann sitzen Sie also die meiste Zeit hier in Ihrem Zimmer?«

»Wenn ich Sprit will, ja. Und ich will – Sprit, meine ich.«
»Und Habibas Vater? Was er sagt er zu alldem?«
Ihr immer noch lächelnder Mund verzog sich verächtlich, und in ihren Augen funkelte Zorn. »Dave-der-Goldjunge? Sehen Sie hier eine Spur von einem Mann?«
»Nein.«
»Das liegt daran, daß Dave-der-Vollkommene, Dave-der-Unfehlbare, schon seit Jahren nicht mehr hier ist. Malika hat leider nicht daran gedacht, die Regel aufzustellen, daß Söhne nicht verschwinden dürfen.«
»Er hat sich abgesetzt?«
»Klar. Wer würde dieser herrschsüchtigen Hexe nicht entkommen wollen?«
»Aber was ist mit Ihnen und Habiba? Warum hat er Sie und Ihre Tochter hier zurückgelassen?«
»Dave und ich sind nicht mehr miteinander ausgekommen, seit er mich in dieses Haus gebracht hat. Mich loszuwerden hat ihn sicher genauso gefreut, wie endlich der Fuchtel seiner Mutter zu entrinnen. Habiba... das verstehe ich selbst nicht. Er hat sie vergöttert.« Für einen kurzen Moment wirkten ihre Augen weich, dann wurden sie wieder hart und zornig. »Aber wenn er sie wirklich geliebt hätte, hätte er sie doch nie diesem Haushalt ausgesetzt, oder?«
»Ich weiß nicht. Was war denn der Grund dafür, daß er hier wohnen wollte?«
»Das Geld, was sonst? Dave-der-Musterknabe flog von der Uni; er hat behauptet, es sei wegen der Zensuren, aber ich weiß, daß sie ihn rausgeworfen haben, weil er bei den Klausuren gemogelt hat. Ich habe mein Examen gemacht, aber ein Abschluß in englischer Literatur und eine poetische Ader – davon kann man nicht leben, und ein regulärer Job entsprach nicht Daves Plänen. Also sind wir hierhergekommen. Eine Zeitlang hat Malika uns ausgehalten, und Dave mußte nach ihrer Pfeife tanzen. Aber dann hat er etwas anderes aufgetan.«
»Was?«
Mavis zuckte die Achseln und ging ihr Glas wieder auffüllen. Als sie zurückkam, ließ sie sich auf die Chaiselongue sinken. »Was haben Sie mich eben gefragt?«

»Was Ihr Mann damals aufgetan hat.«
»Ach, ja. Keine Ahnung. Als ich mitbekam, daß da etwas lief, wohnten wir schon in getrennten Räumen, und wir haben kaum noch miteinander geredet. Ich habe damals angenommen, es sei eine andere Frau – eine mit Geld, denn plötzlich war er immer flüssig und ließ sich von Malika nichts mehr bieten. Aber wenn da eine andere war, warum hat er sich nicht von mir scheiden lassen und Habiba zu sich genommen? Bei den Moslems ist eine Scheidung keine große Sache, und Malika hätte schon dafür gesorgt, daß er das Sorgerecht bekommen hätte.«
»Wie?«
»Indem sie mich als schlechte Mutter hingestellt hätte. Ich habe damals schon ziemlich viel getrunken, und ich hatte auch... ein paar Affären.«
»Aber Ihr Mann hat nie von Scheidung gesprochen?«
»Nein, und dann, ganz plötzlich – kein Dave mehr.«
»Wann war das?«
»Februar... neunzig. Dave kam die ganze Nacht nicht heim. Das war nicht weiter ungewöhnlich, er war schon das ganze letzte Jahr oft weggeblieben, aber er kam immer am Morgen zurück, um sich umzuziehen. Als er nach drei Tagen immer noch nicht aufgetaucht war, schaltete Malika eine Privatdetektei ein.«
»Nicht die Polizei?«
»Nie und nimmer.«
»Wissen Sie noch den Namen der Detektei?«
»...Nein. Ich weiß nicht, ob sie ihn mir je gesagt hat. Offen gestanden, mein Gedächtnis ist nicht besonders gut.«
»Hat die Detektei etwas herausgefunden?«
»Nicht, daß ich wüßte.«
»Was glauben Sie, warum Ihre Schwiegermutter die Polizei nicht einschalten wollte?«
»Es war so kurz, nachdem...«
»Nach was?«
»Nein. Das spielt keine Rolle.«
»Mavis...«
Sie setzte sich auf und sah mich scharf an. »Verzeihung, was haben Sie gesagt, weshalb Sie hier sind?«

»Um mich zu vergewissern, daß Sie mit den neuen Sicherheitsmaßnahmen zufrieden sind, die wir nach dem versuchten Bombenanschlag veranlaßt haben.«
Sie runzelte die Stirn. »Was für ein Bombenanschlag?«
Du liebe Güte. Mavis Hamid bekam so wenig von dem mit, was im Haus vor sich ging, daß sie nicht einmal wußte, daß ihre Tochter gestern nachmittag beinahe umgekommen wäre. Ich traute mich nicht, sie aufzuklären; ich konnte nicht absehen, was die Nachricht bei ihr auslösen würde, und es bestand das Risiko, daß ihre Schwiegermutter von unserem Treffen erfuhr.
Ich sagte rasch: »Auf ein anderes Konsulat.«
»Ach so.«
»Sie sagten, Daves Verschwinden...«
»Ich will nicht mehr über ihn reden.« Sie schlug wieder einen ihrer erratischen Haken und stürzte sich in einen längeren Monolog über Lyrik. Ich hatte seit meiner High-School-Zeit nicht mehr viele Gedichte gelesen, und gegen die paar Zeilen, die ich einmal als Hausaufgabe zu Papier gebracht hatte, wirkten Hallmark-Grußkartenverse wie der reinste Shakespeare, aber ich war trotzdem fasziniert von dem, was Mavis da über die Umsetzung von Gedanken und Gefühlen in poetische Bilder sagte. Und ich war fasziniert von der freudigen Erregung, die sie ausstrahlte, und von der Tatsache, daß ihre Hand kein einziges Mal zu ihrem Wodkaglas wanderte. Als ich schließlich erklärte, ich müsse jetzt los, und zur Tür ging, kam sie rasch hinter mir her und drückte mir ein schmales Büchlein in die Hand. *Klagen und Siege* von Mavis O'Donnell Hamid.
»Danke, daß Sie mir zugehört haben«, sagte sie. »Ich habe schon so lange nicht mehr über meine Arbeit geredet.«
Ich umarmte sie spontan, ehe ich in den Flur hinaustrat.
Renshaw lehnte an einem Schrank an der Wand gegenüber. Als ich die Tür hinter mir schloß, sagte er: »Welch rührende Demonstration schwesterlicher Zuneigung.«
»Hören Sie, irgendwer sollte dieser Frau eine Schwester sein. Das hier« – ich zeigte auf Mavis Zimmertür – »ist kriminell!«
»Und geht uns nichts an.«
»Vermutlich nicht, aber es macht mich wütend!« Ich hielt Mavis' Buch fest umfaßt, während wir das Konsulat wieder verließen, als

könnte ich, indem ich es beschützte, irgendwie auch seine Verfasserin beschützen.

Wir trennten uns auf dem Bürgersteig. Gage marschierte hügelaufwärts zu seinem Einsatzwagen, ich zu meinem Auto. Als ich den Schlüssel im Türschloß umdrehte, merkte ich, daß ich den Wagen offengelassen hatte. Leichtsinnig, McCone, verdammt leichtsinnig.

Als ich hinters Steuer schlüpfte und nach meinem Sicherheitsgurt griff, sagte eine Stimme: »Fahr mich spazieren ... bitte.«

Obwohl es ein Kinderstimmchen war, erstarrte ich für einen Moment. Dann wandte ich mich Habiba Hamid zu. Sie saß auf dem Beifahrersitz, angeschnallt und abfahrbereit.

»Wie bist du da rausgekommen?« fragte ich streng.

»Ich kenne viele Tricks.« In dem Dämmerlicht erkannte ich ein durchtriebenes Grinsen, das dem ihrer Mutter ähnelte. Sie war ein mageres kleines Mädchen – viel zu mager – mit schulterlangem schwarzem Haar, das sich einrollte, genau wie meins, und langen Ponyfransen.

»Das glaube ich wohl«, sagte ich, »aber das ist nicht besonders klug, schon gar nicht nachts. Und warum sitzt du in meinem Auto?«

»Ich mag rote Sportwagen. Mein Vater hatte auch einen. Und außerdem warst du gestern nett zu mir. Und als ich gesehen habe, wie du mit dem Auto angekommen und zu meiner Mom reingegangen bist, habe ich mich rausgeschlichen.«

Ich war nett zu ihr gewesen. Ich hatte ihr zugezwinkert, das war alles. Großer Gott, das Leben dieses Kindes mußte genauso leer sein wie das seiner Mutter.

Als könnte sie meine Gedanken lesen, fuhr Habiba fort: »Gestern, du weißt doch, wie du mir zugeblinzelt hast?«

»Ja?«

»Das war das Zeichen von meiner Mom, wenn sie mich heimlich sehen wollte. Sie hat geblinzelt und so was gesagt wie ›Die Blumen beim Pavillon sind dieses Jahr wirklich hübsch‹, und dann habe ich gewußt, daß sie in einer Stunde dort auf mich wartet.«

»Du sagst, das hat sie getan. Tut sie's denn jetzt nicht mehr?«

»Schon lange nicht mehr. Sie sieht mich gar nicht ... und andere Sachen auch nicht. Sie ist schrecklich traurig, und manchmal höre ich sie weinen. Darum war ich froh, daß du sie besucht hast.« Sie drehte sich um und guckte in den Gepäckraum, wo ich meine Handtasche und Mavis' Buch deponiert hatte. »Sie hat dir ihre Gedichtesammlung geschenkt. Das heißt, sie hat sich gefreut. Wenn sie traurig ist, mag sie nicht mal über Gedichte reden.«

»Ich glaube, zuerst war sie schon traurig. Weißt du, warum?«

Sie zuckte die Achseln, sah auf ihren Schoß und fummelte an dem Sicherheitsgurt herum.

»Bist du auch traurig, Habiba?«

»... Meistens schon. Und allein.«

»Vermißt du deinen Vater?«

»Schon, aber ich kann mich gar nicht mehr richtig an ihn erinnern.«

»Ach? Aber du warst doch schon vier oder so, als er weggegangen ist; da mußt du dich eigentlich schon noch an ihn erinnern können.«

Sie schürzte die Lippen, als sei sie dabei, eine schwere Entscheidung zu fällen. »Okay, ich hab gelogen; ich hab ihn erst vor einem Monat das letztemal gesehen. Omi sagt, ich darf niemandem erzählen, daß er mich besucht, weil meine Mutter es nicht erlauben würde, wenn sie's rauskriegen würde.«

Dachte das Kind sich das alles bloß aus? Hamid war doch angeblich vor Jahren verschwunden. »Wie oft kommt er denn?«

»Zwei- oder dreimal im Jahr. Er bringt mir immer was mit.«

»Wo wohnt er denn?«

»Ich weiß nicht. Er sagt, er ist viel auf Reisen.«

»Und was für Sachen bringt er dir mit?«

»Letztesmal war es der Holzarmreif mit den geschnitzten Papageien – hier.« Sie schob den Ärmel ihres Sweatshirts hoch und streckte mir den Arm hin. Der Armreif war weiß und mit knallbunt bemalten Papageien verziert. Er sah aus wie ein billiges Touristensouvenir. Wenn Habiba die Wahrheit sagte, mußte Hamid in den Tropen gewesen sein.

Ich trommelte mit den Fingern aufs Lenkrad und fragte mich, ob der Geschenke bringende Papa nur eine sehnsüchtige Phantasie war. Zwei meiner Neffen hatten die bitteren Scheidungsstreitigkeiten

ihrer Eltern mitmachen müssen, und die drei Kinder meiner jüngeren Schwester hatten ihre jeweiligen Väter gar nie gekannt. Ich wußte aus eigener Anschauung, welch reges Phantasieleben die Sehnsucht nach einem abwesenden Elternteil auslösen konnte.
»Bitte fahr mich spazieren«, sagte Habiba wieder.
»Gut, aber nur ein kurzes Stück.« Ich ließ den MG an und kurbelte ihn aus der Parklücke. Fuhr bis zur nächsten Ecke und bog rechts ein, um dann rechts und wieder rechts zu halten und schließlich bei dem RKI-Wagen anzugelangen.
»Erzähl noch ein bißchen, wie das ist, wenn dein Vater dich besuchen kommt«, sagte ich.
»Na ja, er bleibt immer nur ein paar Stunden. Omi schickt vorher alle weg, außer Aisha – das ist meine Kinderfrau, ihr traut sie, weil sie schon ewig bei uns ist. Zuerst reden mein Vater und Omi in der Bibliothek. Dann kommen sie raus, und Aisha serviert uns Essen.« Sie zog die Augenbrauen zusammen. »Er weiß gar nicht richtig, wie er mit mir reden soll. Er fragt mich all die Sachen, über die Schule und was ich lerne und was ich gemacht habe, aber ich weiß, daß er gar nicht hört, was ich antworte, weil er immer schon drüber nachdenkt, was er als nächstes fragen soll. Manchmal kommt Onkel Klaus mit; dann ist es besser.«
Khalil Latif hatte gesagt, Dawud sei Mrs. Hamids einziges Kind. »Ist Onkel Klaus der Bruder deiner Mutter?«
»Nein, er ist kein richtiger Onkel; Omi hat nur gesagt, ich soll ihn so nennen. Er ist der Geschäftspartner von meinem Dad.«
»Was für Geschäfte machen sie denn?«
»Na ja, sie verwalten irgendwie Geld, und sie müssen beide viel reisen. Dad sagt, er erklärt es mir, wenn ich größer bin. Verstehst du, warum ich sage, daß er nicht weiß, wie er mit mir reden soll? Er tut, wie wenn ich drei wäre!«
In mancherlei Hinsicht wirkte Habiba tatsächlich noch nicht wie eine Neunjährige; sie führte ein extrem behütetes Leben innerhalb des Konsulats. Auf der anderen Seite zeigte sie einen fast schon erwachsenen Durchblick, was ihre Eltern anging. »Klaus«, sagte ich, »das ist ein deutscher Name.«
»Ja, er hat mir mal erzählt, daß er in Deutschland geboren wurde, aber er ist schon als Jugendlicher weggegangen.«

»Deine Großmutter...«
Habiba beugte sich jäh vor und spähte durch die Windschutzscheibe. »O nein, da ist Mr. Renshaw!«
Wir waren um die letzte Ecke gebogen und näherten uns dem RKI-Mobil. Gage stand mit finsterer Miene hinter dem Wagen und winkte mich heran.
»Er wird Omi sagen, daß ich mich rausgeschlichen habe!« Habibas Hand umklammerte meinen Arm.
»Das glaube ich nicht.« Ich hielt. Renshaw beugte sich herunter, sah Habiba und guckte irritiert.
Ich beugte mich an ihr vorbei und kurbelte das Fenster herunter. »Hi, Gage. Habiba wollte mal ein bißchen nach draußen, da habe ich ihr vorgeschlagen, eine kleine Spazierfahrt mit mir zu machen. Ich habe ihr gesagt, Sie hätten nichts dagegen.«
Renshaw verbarg seinen Ärger rasch. »Die Kinderfrau macht sich schon Sorgen. Wir bringen sie besser nach Hause.« Er öffnete die Wagentür und verbeugte sich. »Darf ich Sie in Ihr Schloß zurückgeleiten, Mylady?«
Ich war baff; solange ich Renshaw kannte, hatte ich an ihm nie das kleinste Fünkchen spielerischer Phantasie bemerkt. Habiba kicherte.
Ich sagte: »Der Lady wäre es lieber, wenn die Königin nichts von diesem Ausflug erführe.«
»Selbstverständlich.«
Die Kleine wandte sich mir zu. »Danke«, sagte sie leise. »Und danke, daß du so nett zu meiner Mom warst.« Dann setzte sie hinzu: »Wie heißt du?«
»Sharon.«
»Sharon.« Sie formte die Silben langsam, kostete sie aus.
Renshaw sagte: »Ihre Eskorte wartet, Mylady.«
Habiba stieg aus.
»Warte«, sagte ich. »Dieses Geheimzeichen, das ihr hattet, deine Mutter und du? Das Zwinkern? Wie wär's, wenn wir es übernehmen, du und ich und Mr. Renshaw? Wenn du aus irgendeinem Grund mit einem von uns reden willst, ohne daß jemand dabei ist, brauchst du einfach nur zu zwinkern und irgendwas zu sagen, wo der Ort drin vorkommt, an dem wir uns treffen sollen, und die Zeit.«

»Echt? Das fände ich toll.«
»Denk dran – wenn irgend etwas ist. Und wir machen es umgekehrt genauso.«
Renshaw lächelte mir zu und machte über Habibas Kopf mit Daumen und Zeigefinger ein anerkennendes Zeichen. Er kapierte nicht, daß ich dieses Spiel nicht um der Ermittlungen willen erfunden hatte. Ich hatte es für sie getan.

6 Also: Was hatte ich an Fakten?
Einen Haufen Ereignisse, die irgend etwas mit den Aktivitäten des Bombenlegers zu tun haben mochten oder auch nicht. Diverse Verhaltensweisen der Konsulin, die keinen Sinn ergaben. Eine schwergeschädigte Frau und ein emotional ausgehungertes kleines Mädchen, die praktisch als Gefangene in einem Haus lebten, das offiziell fremdes Hoheitsgebiet war. Einen Mann, von dem es hieß, er sei verschwunden und der doch nicht verschwunden war.
Und was sollte ich mit alldem anfangen?
Gar nichts, außer heimzufahren, die Kartons einzuladen, die ich am Nachmittag gepackt hatte, und mich auf den Weg zu machen, den Highway 101 immer nach Norden, bis zu dem Abzweig zur Küste durch das Anderson Valley.
Und dennoch...
Während ich in der Market Street an einer Ampel stand, rief ich im Büro an. Freitags und samstags abends war Mick gewöhnlich dort, während Maggie – Medizinstudentin im Vorphysikum – Spätdienst in einem Pflegeheim hatte. Als mein Neffe abnahm, schien er erleichtert, meine Stimme zu hören. »Ich versuche dich schon den ganzen Abend zu erreichen. Du solltest wirklich mal erwägen, dir einen Piepser anzuschaffen.«
Dann hätte er mich da, wo er mich haben wollte – an der kurzen Leine. »Ich werde drüber nachdenken«, log ich. »Was gibt's?«
»Geh nicht nach Hause.«
»Warum nicht?«
»Adah Joslyn hat angerufen; sie kampiert vor deiner Tür. Sie glaubt

nicht, daß du übers Wochenende weg bist, und sie klingt ziemlich unleidlich.«
»Verdammt!« Ich hatte gedacht, sie hätte sich inzwischen beruhigt. Daß ich nicht nach Hause konnte, um meine Sachen zu holen, war nicht so schlimm; ich hatte ein paar Klamotten und auch sonst das Nötigste draußen in unserem Häuschen, und die Kartons konnten bis zum nächstenmal warten. Aber ich hatte gehofft, Adah noch bitten zu können, mir ein paar Informationen zu beschaffen.
»Na gut, danke für die Warnung«, sagte ich zu Mick. »Überwachst du die Bulletin-Boards?«
»Klar. Bis jetzt war noch nichts Brauchbares dabei.«
»Und was ist mit den Recherchen über Azad, um die ich dich gebeten habe? Wie kommst du damit voran?«
»Schon fertig.«
»Der Ausdruck auch?«
»Auf deinem Schreibtisch.«
»Gut. Bist du willens, morgen zu arbeiten?«
»Spricht nichts dagegen. Maggie muß für Klausuren büffeln.« Es klang verdrossen.
»Okay, dann hör zu, was ich brauche.« Ich erklärte es ihm in allen Einzelheiten. »Faxe es mir nach Bootlegger's Cove.« Dann zog ich an der Church Street auf die linke Spur hinüber und nahm Kurs auf Bernal Heights.

Mick war schon weg, als ich ins Büro kam. Ich sah auf meine Armbanduhr: kurz nach elf. Ich packte rasch den Stapel ausgedruckter Seiten von meinem Schreibtisch in meine Aktenmappe, aber irgend etwas spukte mir im Kopf herum. Ich setzte mich hin, um nachzudenken. Nach einigen Minuten zog ich meinen Stuhl näher an den Schreibtisch heran und wählte die Dienstnummer von Captain Greg Marcus. Mein alter Freund war jetzt beim Drogendezernat und hätte von seinem Dienstgrad her um diese Zeit eigentlich längst Feierabend haben müssen, aber er hatte mir vor kurzem erzählt, daß er aufgrund des extremen Personalmangels ständig Zusatzschichten einlegte. Er war noch an seinem Schreibtisch.
»So eine Überraschung«, sagte er. »Ich nehme an, du willst irgendwas.«

Unser Umgangston ist immer schon ziemlich ruppig gewesen, selbst in den Zeiten – vor hunderttausend Jahren –, als wir ein Liebesverhältnis hatten. Es liegt irgendwie an unser beider Persönlichkeitsstruktur; irgend etwas hindert uns daran, unsere Stärken zu kombinieren und unsere Schwächen zu kompensieren. Zwischen uns herrscht immer eine gewisse Konkurrenz – und leider nicht von der Art, die aus beiden Beteiligten das Beste herausholt. Im Lauf der Jahre sind wir beide milder geworden, aber ich kann immer noch nicht abschätzen, was passiert, wenn ich Kontakt mit ihm aufnehme.

An diesem Abend hatten wir offenbar beide eine besonders milde Phase; sein Ton war scherzhaft, und die spitze Bemerkung amüsierte mich lediglich. »Ja«, sagte ich. »Ich will dich zu einem Drink einladen.«

Er lachte. »Wenn ich mich recht entsinne, läuft das immer darauf hinaus, daß ich dir einen Gefallen tun soll. Wo bist du? In deinem Büro?«

»Ja.«

»Dann treffen wir uns im Remedy. In einer halben Stunde – spätestens.«

Ich schloß mein Büro ab, verstaute meine Aktenmappe im MG und ging zu Fuß hinunter zur Mission Street. In den Straßen herrschte der übliche Freitagabendbetrieb, liefen die üblichen Sex- und Drogendeals. Ich sah Frankie Cordova, einen meiner Informanten, am Eisengitter vor einem Laden lehnen, ein Bier in der Hand, den Arm um die Schultern einer zugedröhnten jungen Latina. Als ich ihm zunickte, prostete er mir mit der Flasche zu.

Der Mission-Distrikt hatte für mich schon lange seinen Charme verloren. Vor Jahren, als ich in einem winzigen Studio-Apartment an der Guerrero Street, Nähe Zweiundzwanzigste, gewohnt hatte, war das hier eine gastliche Gegend gewesen, wenn auch ein bißchen rauh abseits der belebten Straßen. Ich hatte nette Nachbarn im Haus gehabt und nette Leute gleich gegenüber in Ellen T.'s Grillbar, meinem damaligen Lieblingslokal. Aber dann war eine Mieterin im Stockwerk über mir ermordet worden, und bei meinen Ermittlungen in dieser Sache hatte ich die häßliche Kehrseite des Viertels kennengelernt. Sobald ich es mir hatte leisten können, hatte ich das kleine Haus gekauft und war weggezogen. In der Zwischenzeit hatten sich Gangs und Fixer hier breitgemacht. Ellen T.'s Mann Stanley war bei einem Raubüberfall erschossen worden, und Ellen hatte das Lokal verkauft und war nach Nebraska zurückgegangen. Teile des Mission-Viertels waren inzwischen regelrechte Kriegsgebiete. Drogendealer terrorisierten die Bewohner unmittelbar vor der Haustür; Schießereien waren an der Tagesordnung. Eltern hatten Angst, ihre Kinder allein zur Schule zu schicken; die Mitglieder der allgegenwärtigen Gangs hatten keinerlei Ähnlichkeit mit den romantisierten Gestalten, die ich kürzlich bei einer Wiederaufführung der *West Side Story* mit einigem Zynismus hatte bewundern dürfen.

Aber es gab auch noch ein paar Leute hier, die nicht vor der Kriminalität kapituliert hatten. Frustriert, weil sie sich von der Polizei nicht ausreichend geschützt fühlten, taten sie sich mit Ladenbesitzern zusammen, um Bürgerpatrouillen auf die Beine zu stellen. Frauen und Männer hielten an besonderen Krisenpunkten wie der U-Bahnstation Sechzehnte, Ecke Mission Wache. Mit nichts als ihrer Courage und ihrer Geistesgegenwart bewaffnet, waren sie fest entschlossen, ihre Nachbarschaft zu schützen. Ich wünschte, ich hätte an den Erfolg ihrer Bemühungen glauben können. Die Sharon McCone, die in dem winzigen Apartment an der Guerrero-Street gewohnt hatte, hätte selbstverständlich daran geglaubt und sich vielleicht sogar an den Aktionen beteiligt. Aber diese Person kannte ich kaum noch – uns trennten etliche desillusionierende Jahre.

Lärm schlug mir entgegen, als ich die Remedy Lounge betrat: Gäste drängten sich um die Bar und an den Tischen. Als ich mich an die Theke vorgearbeitet hatte, orderte ich bei Brian, dem Besitzer, einen Espresso. Dann nahm ich in einer soeben frei gewordenen Sitznische Platz.

Nach zwanzig Minuten ließ das Gedränge etwas nach. Ich ging wieder an die Bar, bestellte mir einen zweiten Espresso, um mich für die lange Nachtfahrt zu wappnen, und dazu ein Glas Rotwein für Greg. Ich hatte mich gerade wieder hingesetzt, als er hereinkam – ein kräftiger Mann mit sandfarbenem Haar, das inzwischen mit weißen Strähnen durchsetzt war, und einem Körper, der noch im-

mer wenig von seiner jugendlichen Straffheit verloren hatte. Er grinste, als er mich erspähte, und zog eine dunkelblonde Augenbraue hoch, als er sah, daß sein Drink schon auf dem Tisch stand.
»Mit persönlichem Service«, sagte er und drückte einen Kuß in die Nähe meines rechten Ohrs. »Ich danke, Ma'am.«
»Einen anderen Service wirst du hier kaum kriegen.« Das Remedy hat es noch nie geschafft, einen Kellner oder eine Kellnerin länger als eine Woche zu halten, und Brian weigert sich, irgend jemand anderen als Rae, die ihn an seine verstorbene Schwester erinnert, am Tisch zu bedienen.
Greg setzte sich mir gegenüber, trank einen Schluck Wein und sagte: »Du siehst so gut aus wie eh und je.«
»Hast du gedacht, ich hätte in den letzten paar Monaten total abgebaut?«
»Man weiß ja nie – in deinem Metier. Bist du immer noch mit diesem fliegenden Terroristen zusammen?«
»Hy ist auf Terrorismusabwehr spezialisiert, das weißt du genau. Und du? Bist du immer noch mit dieser Frittenbraterin zusammen?«
»Linda ist Chefköchin in einem Vier-Sterne-Restaurant – das weißt du genau.«
Wir lächelten – zwischen uns war immer noch alles beim alten.
»Also, was willst du diesmal?« fragte er.
»Zu allererst strikte Verschwiegenheit.«
»Ich bin nicht dein Anwalt. Und auch nicht dein Beichtvater.«
»Es ist mir ernst. Kann ich mich auf dich verlassen?«
Er fuhr sich mit der Hand über das stoppelige Kinn und sah mich nachdenklich an – vermutlich dachte er an all die anderen Situationen, in denen er mir vertraut und ich sein Vertrauen nicht enttäuscht hatte. Nach einem Weilchen nickte er.
»Ich arbeite mit Adah Joslyn an dem Diplobomber-Fall. Sie ist ziemlich durch den Wind.«
»Das ist mir bereits zu Ohren gekommen.«
Ich hatte schon vermutet, daß die Kunde von Adahs ungewöhnlichem Verhalten bis ins Department gedrungen war. »Was hört man denn über sie?«
»Daß sie ziemlich extrem drauf ist.«

»Deshalb kann ich sie nicht um das bitten, was ich brauche – ein paar Daten aus dem Bundeskriminal- und -justizarchiv. Es gäbe zwar noch ein paar andere Möglichkeiten, dranzukommen, aber ich würde mich lieber offizieller Kanäle bedienen.«
»Recht so. Dein Neffe ist ein netter Junge und sollte sich nicht in Schwierigkeiten bringen. Aber da ist ja noch RKI; die mißbrauchen die Datenbanken doch ständig. Sag mal, wie ist es denn, mit denen unter einer Decke zu stecken?«
Ich ging nicht in die Luft, weil ich echte Sorge um mich hinter dieser Frage spürte. »Ich benutze RKI. Nicht umgekehrt.«
»Noch nicht.«
»Nie.«
»Dein Freund ist einer von ihnen.«
»Aber aus einem völlig anderen Holz geschnitzt.«
»Möchtest du gern glauben.«
»Ich weiß es.«
»Ich habe dich noch nie in bezug auf einen Menschen so sicher erlebt. In bezug auf mich jedenfalls bestimmt nicht.« Er dachte kurz nach, drehte sein Weinglas auf dem Tisch um die eigene Achse. »Okay, ich schätze, ich sollte mich da raushalten. Ich kann nichts machen – ich habe immer noch den Drang, dich zu beschützen. Also los, sag mir, was du brauchst.«
Ich sagte die Liste her, die ich mir im Kopf gemacht hatte, als ich vorhin im Büro gewesen war. Greg hielt alles auf einem Notizblock fest. Als ich fertig war, sagte er: »Ich fange gleich morgen früh damit an. Wo kann ich dich erreichen?«
Ich gab ihm die Telefonnummer von Bootlegger's Cove und fragte dann: »Was sagt man noch über Adah?«
»Daß sie böse abstürzen wird und daß es verdammt schade um sie ist.«
»Aber wenn sie sich wieder fängt und den Bombenleger schnappt…«
»Willst du wieder die Arbeit für sie machen?«
Also war auch das in den höheren Etagen des Department bekannt. Ich zuckte die Achseln.
Greg trank seinen Wein aus. Ich fragte: »Wo gehst du jetzt hin?«
»Zu meiner Frittenbraterin. Und du?«

»In das traute Heim, das ich mit dem Terroristen teile.«
Er sah verdutzt drein, sagte aber nur: »Grüß ihn von mir.«

Das zweispurige Sträßchen durch das Anderson Valley war dunkel, aber ordentlich asphaltiert und problemlos zu fahren. Ich jagte mit ziemlichem Tempo an den geschlossenen Weinkellereien vorbei und durch die kleinen Weiler. Auf dem letzten Stück zur Küste wurde die Fahrbahn schmaler. Sie schlängelte sich jetzt durch dichtbewaldete Hügel. Ich war aufgedreht von dem Espresso und forderte den MG bis an seine Grenzen, indem ich am Ende der geraden Strecken herunterschaltete und in den Kurven beschleunigte. Dann rauschte ich den Küsten-Highway hinunter und nahm die kleine Straße in nördlicher Richtung, zu unserem Häuschen oben auf dem Kliff über Bootlegger's Cove.

Bald schon sah ich unsere Sicherheitsbeleuchtung über dem felsigen Terrain zwischen Straße und Klippen funkeln. Das Häuschen selbst war dunkel. Ich folgte dem Asphaltweg über die Stelle hinaus, wo einst das Haus unserer Freunde gestanden hatte, und sagte mir, daß hier irgendwann Hys und mein Haus stehen würde. Meine Scheinwerfer erfaßten die kleine Hütte aus Holz und Stein in dem Zypressenhain ganz am Klippenrand. Als ich ausstieg, packte mich der Seewind, und der Tanggeruch stach mir in die Nase.

Ich blieb einen Moment stehen und lauschte der Brandung, sog die Atmosphäre ein. Heute spürte ich keine untergründige Gewalt, hörte ich keine Untertöne von Schmerz und Trauer im Rauschen der Wellen. Das hier war keine liebliche Landschaft; sie war rauh und zerklüftet. Aber es war eine Landschaft voller Kraft, Vitalität, Unbeugsamkeit, und sie paßte zu Hy und mir. Wir hatten das Anwesen umgetauft: Wir nannten es unseren Probierstein, nach dem Kieselschieferstein, den Metallurgen benutzen, um den Reinheitsgrad von Silber und Gold festzustellen. Hy und ich waren jeder für den anderen ein solcher Probierstein, an dem sich die Reinheit unseres Tuns, unserer Motive und Entscheidungen erwies. Wie diese Landschaft hier war auch unsere Berührungsfläche oft rauh und zerklüftet, aber wir fanden immer zusammen.

Ich ging zur Tür, setzte die Alarmanlage außer Kraft und trat ein. Schaltete die Alarmanlage wieder ein. Im Kamin glomm ein Rest

Glut, aber die beiden Räume waren völlig still. Ich spähte durch die Schlafzimmertür und sah meinen Liebsten lang und schmal unter der Daunendecke liegen. Er hatte die Arme um das Kopfkissen geschlungen, und sein dunkelblondes Haar war zerzaust. Ich schlüpfte rasch ins Bad; die Müdigkeit siegte jetzt über den Koffeinstoß. Ich streifte meine Kleider ab, putzte mir kursorisch die Zähne, wusch mir noch kursorischer das Gesicht.

Schlafen, dachte ich. Stunden und Stunden sanft und selig schlafen.

Im Schlafzimmer bewegte ich mich vorsichtig, glitt ganz behutsam unter die Steppdecke. Hys Weckmechanismus reagierte auf die kleinste Erschütterung; es war zwar Jahre her, daß er mit einer Pistole unter dem Kopfkissen geschlafen hatte, aber eine plötzliche Bewegung, und er würde sofort nach der 44er greifen, die er im Nachttisch liegen hatte.

Trotz meiner Vorsicht regte er sich. Er stieß das Kopfkissen weg und griff nicht nach der Pistole, sondern nach mir. »McCone«, sagte er, »wird auch Zeit.«

Nichts mit sanft und selig schlafen – vorerst jedenfalls.

Aber wen kümmerte das schon?

7 Abgesehen von einem langen Spaziergang am nebelverhangenen Strand, verbrachten wir den Samstag gemütlich vor dem Kamin. Hy lag auf dem Sofa und studierte Berichte über die militärische Lage auf Haiti; mit der dunkelrandigen Lesebrille auf halber Höhe seiner Adlernase gab er eher einen Collegeprofessor ab als einen Spezialisten, der die Chancen abschätzte, einen haitianischen Dissidenten über die Grenze zur Dominikanischen Republik zu bringen. Die Kunde von dem wohlfinanzierten Ein-Mann-Kreuzzug, den er im letzten Herbst unternommen hatte, war unter den Menschenrechtsorganisationen rasch umgegangen; das hier war die zweite Rettungsaktion, die ihm eine Gruppe in Miami übertragen hatte.

Ich lümmelte in dem großen gepolsterten Rattansessel und las mich durch Micks Rechercheergebnisse. Hy murmelte gelegentlich vor sich hin, und wenn ich aufblickte, sah ich ihn etwas notieren. Als ich meinerseits beim Lesen losprustete, hielt er inne und nahm die Brille ab. »Was ist denn so komisch?«

»Mick. Jedesmal, wenn er einen komplizierteren Bericht für mich verfaßt, gehen ihm die Pferde durch. Falls seine Leidenschaft für die Ermittlungsbranche je abkühlen sollte, könnte er gut einer von diesen schnoddrigen Klatschkolumnisten werden. Hör dir das an: Es geht um den Emir von Azad, Sheik Said bin Muhammad al-Hamid.

›Der Sheik ist schon eine Type. Er steht auf Blumen und hat Millionen verpulvert, um mitten in der Wüste einen Englischen Garten anzulegen. Als sein alter Herr starb, war sein Bruder am Drücker, und Said war das gar nicht recht. Was also tut der Gute? Er lädt sein Bruderherz ein, seine neuen Rosensträucher zu besichtigen, und jagt ihm eine Kugel in den Rücken. Hinterher kamen ihm wohl Skrupel; er wandelte sich nämlich zu einem Wiedergeborenen – so was haben sie dort auch, nur auf islamisch. Er schwang sich auf zum Hüter von Moral und Familie und führte die Steinigung als Strafe für Vergewaltigung und Mord wieder ein. Es heißt, er versucht, Azad ins neunzehnte Jahrhundert zurückzukatapultieren; wahrscheinlich leben deshalb so viele Azadis im Ausland. Azad scheint, offen gestanden, ein ziemlich langweiliges Fleckchen Erde zu sein.

Das Leben des Sheiks hingegen ist alles andere als langweilig. In den siebziger Jahren baute sein Vater die Hauptstadt Djara im großen Stil aus. Aber leider war der alte Knabe ein Geizkragen, der immer das billigste Gebot nahm, weshalb jetzt alles am Zusammenbrechen ist – einschließlich des Palastes, was zur Folge hat, daß der Sheik dauernd umziehen muß. Und seine Familie – du glaubst es nicht, dagegen ist unsere geradezu normal. Da ist dieser eine Bruder, den er immer wieder in eine Klapsmühle in der Schweiz verfrachten muß. Ein anderer Bruder hat das nette Hobby, seine Bediensteten aufzuhängen, wenn sie ihn nerven. Bis jetzt ist noch keiner dabei draufgegangen, weil der Bruder den Trick mit den Knoten noch nicht richtig raus hat. Saids Tochter springt auch ziemlich grob mit den Bediensteten um – sie versucht sie immer ins Bett zu zerren, und wenn sie nicht kooperieren, setzt sie sie nackt in der Wüste aus. Kein Wunder, daß die Herrscherfamilie heutzutage Probleme hat, anständiges Personal zu finden. Saids Frau ist abhängig von Tranquilizern – wer wäre das nicht an ihrer Stelle? Und allesamt saufen heimlich, bis auf den Sheik. Das ganze Land säuft. Die Hauptstadt hat fünfzigtausend Einwohner, und davon sind zehntausend amtlich beglaubigte Alkoholiker. Und viele Männer teilen das Bett lieber mit ihren Pokerkumpanen als mit ihren Ehefrauen. Das alles stammt aus einem Report im Auftrag ihres Ministeriums für Gesundheit und Soziales. Die Azadis sind so unterbelichtet, daß sie das Ding sogar veröffentlicht haben.‹«

Hy lachte und sagte kopfschüttelnd: »Der Bursche ist wirklich gut.«

»Was glaubst du, wieviel davon stimmt?«

»Na ja, das Zeug über die Herrscherfamilie mag vielleicht übertrieben sein – das kann er ja wohl nicht aus einem Regierungsbericht haben –, aber der Rest paßt durchaus zum Nahen Osten, wie ich ihn erinnere.«

»Ach?« Er hatte mal erwähnt, daß er für Dan Kessells Chartergesellschaft Nachschub zu Ölfeldern geflogen hatte.

»Ja, die Repression läßt die Leute irgendwann regelrecht austicken, und der Alkoholismus ist wirklich so verbreitet. Mitte der siebziger Jahre ist einer unserer Leute – ein Spitzenpilot namens Ralston – in Katar im Gefängnis gelandet. Der Kerl hatte heimlich Alkohol importiert und sich damit eine goldene Nase verdient, aber als sie ihn erwischten, drohte ihm lebenslänglich. Dan und ich sind hingeflogen, haben eine Ladung Rohrmuffen abgeliefert und anschließend die US-Dollars unter die Gefängniswärter verteilt. Beim Abflug hatten wir Ralston in der Flugzeugwand. So sind wir überhaupt auf diese Methode gekommen.«

Die Flugzeugwand-Methode besteht darin, einen Menschen in möglichst viel Isolationsmaterial zu wickeln und ihn dann zwischen der inneren Kabinenwand und der Außenwand des Flugzeugs zu verstecken, wo ihn Polizei und Zoll nicht finden. Bei längeren Flügen in großer Höhe können die Außentemperaturen, die dort oben herrschen, zu Erfrierungen oder sogar zum Tod führen, und trotz aller Vorsichtmaßnahmen kann immer etwas schiefgehen – wie Hy nach einer Mission in Laos hatte feststellen müssen.

Ich schwieg einen Moment, dachte an die Pein in seiner Stimme, als er mir erzählt hatte, wie er nach der Landung in Hongkong die steifgefrorenen Leichen des laotischen Regierungsbeamten und seiner Familie entdeckt hatte. Sie hatten seine Anweisungen nicht verstanden und sich, sobald sie an Bord waren, aus ihren Schutzhüllen gepellt. In dem engen Zwischenraum hatten sie sich nicht wieder einpacken können.

Hy sagte: »Hey, McCone, ist schon okay. Ich habe diese alten Geschichten inzwischen verarbeitet.«

Ich nickte und legte Micks Bericht auf den Boden. »Hör mal, wie wär's mit einer kleinen Pause. Ich muß ein paar Sachen mit dir durchchecken.«

»Klar.« Er stand auf und schloß die Läden, um den düsteren Nebel auf der Seeseite auszusperren. »Ich weiß nicht, wie's dir geht, aber ich könnte ein Bier vertragen.«

»Rotwein, bitte.«

Er ging in die Miniküche und kam mit dem Bier und dem Wein wieder. Ich zog aufs Sofa um und machte es mir in der einen Ecke bequem, die Füße auf seinen bejeansten Oberschenkel gestützt.

»Wo liegt das Problem?« fragte er.

»Ich komme mit diesem Fall nicht weiter. Die Sonderkommission hat sich bisher ganz auf den Bombenleger konzentriert – ein Täterprofil erstellt, Hinweise zu mobilisieren versucht. Sie haben außerdem auch Profile der Opfer, der betroffenen diplomatischen Vertretungen und der jeweiligen Staaten erstellt, aber nur sehr oberflächlich. Also habe ich zuerst mal zugesehen, daß ich ausführlichere Profile zusammenkriege, und dann nach Gemeinsamkeiten gesucht. Es gab keine.«

»Und jetzt hast du dich – aufgrund dessen, was Gage dir erzählt hat – auf die Azadis konzentriert?«

»Ein Weilchen dachte ich, ich hätte wirklich eine Spur, aber es paßt alles nicht zusammen.«

»Na ja, noch hast du ja nicht die Informationen, um die du deinen Freund Greg gebeten hast.«

»Nein, und das heißt vermutlich, daß er nichts gefunden hat, weil er gesagt hat, daß er sich gleich heute morgen dranmachen würde. Früher hat es mal ziemlich lange gedauert, bis Archive auf Anfragen geantwortet haben, aber inzwischen sind sie voll computerisiert

und online; man kommt innerhalb von Minuten an ihre Daten heran.«
»Komisch, wo doch einer der Leute, die er für dich überprüfen sollte, angeblich mit organisiertem Glücksspiel zu tun hatte.«
»Ja, aber die Sache hat einen Haken. Das ist mir gestern abend eingefallen, und ich habe Mick gebeten, es zu überprüfen – darum ging es in dem Fax, das er hierhergeschickt hat.«
»Und?«
»Der Haken ist die diplomatische Immunität.«
»Ach!«
Ich fischte nach Micks Fax und las vor: »›Nach Artikel einunddreißig des Wiener Abkommens über diplomatische Beziehungen aus dem Jahr neunundsechzig genießen Botschafter und anderere diplomatische Vertreter sowie deren direkte Angehörige in ihren Gastländern absolute straf- und zivilrechtliche Immunität. In der Rechtsprechung wurde entschieden, daß zu diesen direkten Angehörigen Ehepartner und Kinder zählen. Dieser Grundsatz wurde zwar in Einzelfällen in Frage gestellt, im Ganzen jedoch aufrechterhalten.‹ Das heißt, selbst wenn sie Dawud Hamid in flagranti beim Betreiben der größten Glücksspieleinrichtung im ganzen Land erwischt hätten, wäre er binnen einer Stunde wieder frei gewesen. Ergo gibt es keine Kriminalakte über ihn.«
»Nichts zu wollen.«
»Verdammt!« Ich feuerte das Fax auf den Boden. »Es muß doch irgendeinen Weg geben, in Erfahrung zu bringen, was er getrieben hat. Ich bin mir ziemlich sicher, daß er mindestens einmal mit der Polizei zu tun hatte. Als ich Mavis Hamid gefragt habe, warum ihre Schwiegermutter nach Hamids Verschwinden die Polizei nicht eingeschaltet hat, sagte sie: ›Es war so kurz, nachdem...‹ Und dann sagte sie, was immer geschehen sei, es habe nichts damit zu tun, und das Thema gewechselt. So kurz nach was? Und wie zum Teufel kann ich das herausfinden?«
Er trank schweigend von seinem Bier und strich sich über den Seehundsbart. Ich knabberte an meiner Unterlippe und ging noch einmal die verschiedenen Möglichkeiten durch. Und plötzlich sagten wir beide gleichzeitig: »Die Zeitungen!«
Natürlich. Diplomatische Immunität schützte zwar vor Strafverfol-

gung, nicht aber vor Berichterstattung. »Herrje, ich muß an einem Gehirnstillstand gelitten haben, daß ich da nicht eher draufgekommen bin«, sagte ich.
Hy sah immer noch nachdenklich drein. »Wann, hast du gesagt, ist Hamid verschwunden?«
»Februar neunzig.«
»Einen Monat vor dem ersten Bombenanschlag. Hast du schon mal überlegt, ob er vielleicht der Bombenleger ist?«
»Der Gedanke ist mir schon gekommen. Ich will versuchen, ein Foto von ihm zu kriegen, um zu gucken, inwieweit die äußerliche Täterbeschreibung paßt.«
»Und die wäre?«
»Dürftig. Gesichtsfarbe mittel bis dunkel, mittlere Größe, mittleres Gewicht. Nichts über die Haarfarbe, da er immer irgendeine Kopfbedeckung aufhatte. Nichts über die Augenfarbe, da er immer eine Piloten-Sonnenbrille trug. Widersprüchliche Aussagen über die Stimme. Keine auffälligen Narben oder körperlichen Beeinträchtigungen.«
»Woher stammt diese Beschreibung?«
»Sie basiert auf den Aussagen der Boten, die die nicht per Post verschickten Bomben zugestellt haben. Sie klingen alle nach ein und demselben Mann, und die Sonderkommission geht davon aus, daß sie es nur mit einer Person zu tun hat, da das psychologische Profil dieser Sorte Bombenleger auf einen Einzeltäter verweist.«
»Worin besteht sein Signum?«
Jeder Bombenbauer hinterläßt, ob absichtlich oder nicht, sein spezielles »Signum« an dem Sprengsatz. Bestimmte subtile Details sind kennzeichnend für ihn, so wie Pinselstrich und Farbpalette eines Ölgemäldes charakteristisch für einen bestimmten Maler sind. »Es ist genau das Detail, das die Sonderkommission der Öffentlichkeit vorenthalten hat: Der Mechanismus, der den Stromkreis schließt – eine Feder, die aussieht wie ein betendes Paar Hände, zusammengehalten von einem in sich verdrehten Ring.«
»Sehr ausgefallen.«
»Aber immer genau gleich. Er ist sehr präzise; die Bomben sind ordentliche Handwerksarbeit. Er hält nichts von irgendwelchem Schnickschnack; er benutzt gewöhnliches Schwarzpulver, das man

in jedem Jagdartikelgeschäft kaufen kann. Er hat die Ruhe weg; er geht aufs Postamt und gibt das Päckchen auf, ohne sich irgendwie auffällig zu benehmen. Und er liebt offenbar einen gewissen Risikopegel, da er einige seiner Bomben selbst zugestellt hat. Das alles weiß die Sonderkommission, aber es hat sie auch nicht weitergebracht.«

Er trank sein Bier aus und ging zum Kühlschrank. »Tja, vielleicht findest du ja in den Zeitungen irgendwas über Hamid, was dir auf die Sprünge hilft. Wann fährst du wieder zurück nach San Francisco?«

»Morgen abend. Renshaw hat Charlotte Keim von der Data-Search-Abteilung zu meiner Unterstützung abgestellt, und ich möchte, daß sie sich gleich am Montag morgen darum kümmert.«

Hy begann, kleine Einkaufspäckchen aus dem Kühlschrank zu holen: Austern, Räucherlachs, einen Krebs. Für heute abend hatten wir uns auf ein unaufwendiges kaltes Mahl aus Meeresfrüchten und Sauerteigbaguettes geeinigt. »Gute Wahl. Sie hat mir geholfen, bevor ich nach Managua gegangen bin.« Seine Stimme klang erstickt, weil er nach einem Päckchen Shrimps suchte, das sich in die Tiefen des Kühlschranks verirrt hatte. »Charlotte ist nicht nur schlau und ein absoluter Vollprofi, sie ist außerdem auch noch nett anzuschauen und hat einen Wahnsinnshumor – was man nicht von allzu vielen unserer Leute sagen kann.«

»Hm.« Ich sah die attraktive, brünette junge Frau vor mir.

Hy tauchte wieder aus dem Kühlschrank auf, griff nach einer Schürze und warf sie mir zu. »Hör auf, eifersüchtig zu sein, und fang schon mal an, diesen Krebs zu knacken, während ich die Austern öffne.«

»Eifersüchtig, ich?«

»O doch, du bist eifersüchtig.«

»Und du bist es wohl nie?«

»Niemals. Ach, übrigens, wieso bist du letzte Nacht eigentlich erst so spät gekommen, nach diesem angeblichen Arbeitstreffen mit deinem Ex-Lover?«

Ich lächelte ihn liebreizend an und band mir die Schürze um.

Der Sonntagmorgen war klar, das Meer gläsern und ruhig. Wir verarbeiteten die Reste vom Vorabend zu einem Riesenomelett und stiegen dann die Holztreppe hinunter, die an der Steilklippe über der Bucht verankert war. Wir marschierten ein paar Stunden am Strand entlang, sammelten Muscheln und Treibholz und erkundeten die Höhlen, in denen die Schnapsschmuggler während der Prohibition ihre Ware gelagert hatten. Es war schon nach eins, als wir wieder zum Häuschen zurückkamen. Das Telefon läutete, und meine nassen, sandigen Turnschuhe glitschten über den Dielenboden, als ich hinrannte, um es noch zu erwischen.
Eine mir unbekannte Stimme sagte: »Ms. McCone?«
»Ja?«
»Tut mir leid, daß ich Sie am Wochenende störe. Hier ist Craig Morland. Ich bin einer der FBI-Beamten in der Diplobomber-Sonderkommission.«
Morland – dieser farblose Typ, der nach dem Anschlagsversuch mit Adah im Konsulat gewesen war. »Was gibt es, Mr. Morland?«
»Wir haben hier ein Problem, und Adah Joslyn wollte, daß ich Sie anrufe.«
Ein nervöses Kribbeln stieg mein Rückgrat empor. »Ist etwas mit ihr?«
»Sie ist nicht verletzt, keine Sorge. Tut mir leid, ich wollte Sie nicht beunruhigen, Ma'am.« Jetzt bemerkte ich einen Hauch von Südstaatentonfall in seiner Stimme, als ob er im Süden geboren, aber schon vor langer Zeit von dort weggegangen sei. »Das Problem ist, daß Adah suspendiert wurde. Es gab da gestern... einen mißlichen Vorfall, und der Leiter der Sonderkommission und ihr Chef haben befunden, daß sie wohl etwas Zeit für sich haben sollte.«
Ein mißlicher Vorfall. Morland hatte zögernd geklungen. Ich beschloß, vorerst nicht näher nachzufragen. »Wo ist sie?«
»Zu Hause. Von da rufe ich auch an. Ich habe heute morgen hier vorbeigeschaut, um zu sehen, wie es ihr geht, und ehrlich gesagt – ich habe Bedenken, sie allein zu lassen.«
»Warum?«
»... Nun ja, sie ist nicht sie selbst.«
»Inwiefern?«
»Sie ist sehr verschlossen. Vorhin hat sie geweint, und jetzt hat sie

sich in ihrem Schlafzimmer verbarrikadiert. Ich habe ihre Dienstwaffe an mich genommen.«

Adah selbstmordgefährdet? »Und was ist mit der Neun-Millimeter-Automatik?«

»Ich wußte nicht, daß sie eine hat; ich werde mich danach umsehen. Aber der Grund, weshalb ich Sie anrufe – sie sagt, wenn Sie irgendwann vorbeikommen und mit ihr reden könnten, würde ihr das sehr helfen.«

»Als ich das letztemal mit ihr reden wollte, hat sie den Hörer aufgeknallt.«

»Offenbar hat sie sich's anders überlegt. Sie hat mich gebeten, bei Ihnen anzurufen.«

Ich hatte überhaupt keine Lust, vorzeitig abzufahren, aber es klang ernst. »Ich kann in etwa vier Stunden da sein. Können Sie solange bei ihr bleiben?«

»Ich kann die ganze Nacht bleiben, wenn es sein muß.«

Ich beendete das Gespräch und legte auf. Ich fragte mich, welcher Art das Verhältnis zwischen Adah und diesem ziemlich fade wirkenden FBI-Mann sein mochte, daß er willens war, die ganze Nacht ihr Kindermädchen zu spielen.

Hy war hinter mir hereingekommen und hatte gerade noch das Ende des Gesprächs mitgekriegt. Als ich mich umdrehte, lächelte er wehmütig. »Keine Ruhe, was?«

Ich nickte, traurig, weil wir um unseren gemeinsamen Nachmittag gebracht wurden.

»Du mußt gleich los?«

»Adah braucht mich; sie ist vorerst suspendiert und kommt nicht damit klar.«

»Hey, ich habe eine Idee, wie wir noch ein bißchen Zeit rausschlagen können.«

»Wie?«

»Ganz einfach. Du nimmst die Citabria. Ich fahre den MG morgen runter.«

Ich blinzelte verdutzt. »Die Citabria – allein?«

»Klar doch. Ich würde ja mitkommen, aber ich muß diese Berichte noch durcharbeiten, und außerdem können wir deinen Wagen nicht einfach am Flugplatz stehenlassen. Du schaffst es schon. Seit du im

Winter unter die Alleinflieger gegangen bist, kurvst du doch wie ein alter Hase durch die Gegend.«

Um die Bay Area und den kleinen Flugplatz von Mono County zu kurven war nicht dasselbe wie allein von Little River nach Oakland zu fliegen.

Plötzlich konnte ich es nicht mehr erwarten, mich auf den Heimweg zu machen.

1500 Fuß über der Küste von Mendocino
21. Mai, 15 Uhr 33

Es war eine weite, wunderschöne Welt hier oben und überhaupt nicht einsam. Die kleine weiße Maschine und ich folgten der Küstenlinie nach Süden, als hätten wir diese Reise schon oft gemacht. Die Doppelsieben-zwo-acht-neun – so lautete ihr Kennzeichen – reagierte auf jede Steuerbewegung wie ein Rennpferd auf die Hilfen eines Jockeys.

Mir war ein bißchen flau gewesen, als ich Hy auf dem Mendocino County Airport in Little River ein letztesmal zugewinkt hatte, aber im Moment des Abhebens kurierte mich ein Schub freudiger Erregung. Als ich über dem Meer nach Süden abschwenkte, fühlte ich mich bereits kompetent und selbstsicher und verstand zum erstenmal wirklich, was Alleinfliegen bedeutet.

Man löst sich vom Erdboden – ein Triumph über die Schwerkraft und die menschliche Begrenztheit. Je mehr Höhe man gewinnt, desto ausschließlicher konzentriert man sich auf das Hier und Jetzt. Man prüft dieses, korrigiert jenes. Es gibt nur noch einen selbst und die Maschine; alles andere ist weit weg und unwichtig. Man kann sich nur noch auf die eigenen Fähigkeiten und Instinkte verlassen.

Über Bodega Harbor merkte ich, daß sich meine Welt auf das Elementare reduziert hatte. Dort unten herrschten Chaos und Komplexität in jeder Form, aber hier oben tangierte mich das alles nicht. Meine Gedanken waren klar, meine Bewegungen sicher. Ich hatte es mit der höchst realen Gefahr zu tun, vom Himmel in den Tod zu stürzen, und ich war ihr gewachsen.

Und genau darum geht es, dachte ich. Risiken einzugehen und sie zu überwinden.

Mein Verhältnis zur Gefahr war immer schon eine Haßliebe gewesen. Ich war vor ihr weggelaufen, an ihrem schmalen Rand entlang-

balanciert, hatte mich kopfüber hineingestürzt. Jetzt nahmen wir unsere Affäre wieder auf.
Als ich Kurs auf den Flughafen von Oakland nahm, wußte ich: Ich hatte mich noch nie so lebendig gefühlt – und so frei.

8 Das Taxi setzte mich um zwanzig nach sechs vor Adahs Haus ab. Es war ein prächtiger alter Wohnkomplex im spanischen Stil an der North Point Street, nicht weit vom Marina Green und dem Jachthafen. Ein maurischer Torbogen in der weiß verputzten Fassade führte in einen mosaikgepflasterten Innenhof, wo rings um einen Springbrunnen Rosen blühten; die Wohneinheiten waren gestaffelt angeordnet, mit individuellen Zugangstreppen und winzigen Schmiedeeisenbalkons. Ich stieg zu Adahs Apartment empor und klopfte an die solide Tür.
Das Guckfensterchen ging auf, und Craig Morlands blasses, schmales Gesicht erschien, angespannt vor Wachsamkeit. »Ms. McCone?«
»Ja.«
»Können Sie sich bitte ausweisen?«
FBI-Beamte! Ich nahm die Klapphülle mit meinen Ausweisen aus der Handtasche und hielt sie hoch. Morland trat prompt zurück und betätigte die Verriegelung. »Tut mir leid«, sagte er, während er mir die Tür aufhielt. »Ich habe Sie nur ein paarmal kurz gesehen, und da in formeller Kleidung, deshalb habe ich Sie nicht erkannt. Mein Training schlägt an den merkwürdigsten Stellen durch.«
»Ist schon okay.« Ich bückte mich, um Adahs weißen Kater Charley zu streicheln, der um meine Beine strich. Wie meine erste Katze hatte Charley einem Mordopfer gehört; Adah hatte ihn auf mein Drängen adoptiert. »Wie geht es ihr?« fragte ich und zeigte auf die geschlossene Schlafzimmertür.
»Sie schläft.«
Während Morland die Eingangstür wieder schloß und die Verriegelung noch einmal kontrollierte, musterte ich ihn kurz. Obwohl Sonntag war, trug er einen dunklen Anzug, eine dezente Krawatte,

ein weißes Hemd und klassische Lederhalbschuhe. Was die seriöse Ausstrahlung seiner FBI-Uniform trübte, war die Panade aus Katzenhaaren: Charley liebte jede Sorte Stoff, an der seine Haare hafteten.
»Haben Sie die andere Waffe gefunden?« fragte ich.
»Ja. Danke, daß Sie mich davon in Kenntnis gesetzt haben.«
»Erzählen Sie mir genauer von diesem mißlichen Vorfall, von dem Sie sprachen.«
Morland deutete auf das Sofa mit dem Klecksmuster in leuchtenden Primärfarben. Wir setzten uns. Der Bezugsstoff war Ausdruck von Adahs Persönlichkeit – und immun gegen Katzenhaare –, aber der FBI-Agent wirkte auf diesem Möbel absolut deplaziert. Charley sprang zwischen uns und versuchte, Morland auf den Schoß zu krabbeln; der schubste ihn mit zusammengekniffenen Lippen weg. Ich schnalzte leise mit der Zunge, und der Kater kam zu mir herüber und bearbeitete mit den Tatzen meine Oberschenkel.
Ich fragte: »Na, alter Knabe, wieso bist du nicht da drin, um Adah zu trösten?«
Morland sah mich erschrocken an und grinste dann verlegen. Er hatte gedacht, ich meinte ihn. »Ich wußte nicht, ob die Katze ins Schlafzimmer darf.«
»Dieses Tier ist so verwöhnt, daß es auch noch am Tisch sitzen dürfte, wenn es Messer und Gabel handhaben könnte.« Ich drückte Charley auf die Seite, damit er aufhörte, mein Bein zu betatzen. »Was war mit Adah?«
Der FBI-Mann entspannte sich ein wenig und legte den Kopf mit den kurzgeschnittenen Haaren an die hohe Rückenlehne; offenbar beruhigte es ihn, sich offiziellen Dingen zuwenden zu können. »Gestern abend hat Ed Parkhurst – der FBI-Beamte, der die Sonderkommission leitet – eine Krisensitzung einberufen. Irgendwie war eine Information ins Techno Web gesickert, die nur Mitglieder der Sonderkommission oder der Bombenleger selbst kennen konnten. Sie sind doch ziemlich gut mit Adah befreundet, oder?«
Ich nickte.
»Tja, dann dürfte sie Ihnen ja wohl erzählt haben, daß sie sich bei diesen Ermittlungen ins Abseits gedrängt fühlt. Irgendwie kann ich ihr das auch nicht verdenken. Parkhurst meint, daß das FBI die Sache durchziehen soll, und es hat ihm gar nicht gepaßt, daß das De-

partment auch in der Kommission vertreten sein wollte. Aber Adah ist nicht die einzige, die sich ausgebootet fühlt; den Leuten vom ATF und von der Postbehörde geht es genauso. Sie nimmt es nur persönlicher.«

»Sie ist in letzter Zeit ungewöhnlich empfindlich«, gab ich zu.

»Und ein bißchen unbeherrscht. Na ja, ziemlich unbeherrscht. Parkhurst hat sie schon länger im Auge. Also, jedenfalls, bei dieser Sitzung hat Adah plötzlich festgestellt, daß sie von diesem Detail, das da ins Web gedrungen ist, gar nicht in Kenntnis gesetzt wurde. Ich bezweifle, daß das so stimmt. Alle Mitglieder der Sonderkommission haben ein Info erhalten. Ich schätze, sie hat es nicht gelesen und irgendwie verlegt. Aber sie ist ausgerastet und hat sich mit Parkhurst angelegt.«

»Oh.« Ich hatte Adah noch nie ausrasten sehen, aber es überforderte meine Phantasie nicht, mir die Szene vorzustellen.

»Zuerst hat sie Parkhurst beschuldigt, die Leute vom Department gezielt auszuschließen. Wells, der Mann vom Bombenkommando, versuchte, ihr zu widersprechen, aber sie hat ihm gesagt, er soll den Mund halten. Dann hat sie Parkhurst erklärt, er sei unfähig, eine Sonderkommission zu leiten, er finde ja noch nicht mal seinen eigenen Hintern. Und dann…« Morland schloß die Augen. »Dann hat sie ihn beschimpft, er sei ein Macho und ein elitäres Arschloch.«

»Du lieber Gott!«

»Sie verstehen wohl, warum sie sie suspendiert haben.«

Ich war erschüttert. Sie war über den Rand gestürzt – und mit ihr ihre Karriere.

Morland erhob sich und tigerte auf und ab, die Hände hinterm Rükken verschränkt. »Ich konnte es nicht glauben. Ich habe einfach nur dagesessen und zugeguckt, wie sie ihr Leben in Scherben gehauen hat. Ich war viel mit ihr zusammen; ich hätte es kommen sehen müssen. Ich mag sie; ich schätze, ich hätte sie rausschaffen sollen. Aber verdammte Scheiße, ich konnte es einfach nicht glauben.«

»Es ist nicht Ihre Schuld. Sie selbst hat das verbockt. Besteht irgendeine Chance, es wieder hinzubiegen?«

»Wie ich Adah kenne, nicht. Sie werden sie zu einem Psychiater schicken, und Sie können sicher sein, daß das nicht gutgeht. Sie ist viel zu stolz und zu stur, um vor Parkhurst zu Kreuze zu kriechen und sich zu entschuldigen, und selbst wenn – ich bezweifle, daß er ihre Entschuldigung annehmen würde. Nein, diesmal sitzt sie wirklich in der Tinte.«

Ich streichelte Charley, grub meine Finger in sein Fell – und seinen Fettwanst. Adah gibt diesem Kater viel zuviel zu fressen, dachte ich. Er ist wie ein Kind für sie, ein Liebesersatz.

Aber das war nur natürlich. In dieser Hinsicht hatte meine Freundin Adah wenig genug bekommen. Ihre Eltern, Rupert und Barbara, waren in Wahrheit ebenfalls ihre Kinder – und Problemkinder obendrein: exzentrisch, ganz mit sich selbst beschäftigt, launisch. Sie hatte keine Geschwister, die ihr einen Teil der Verantwortung hätten abnehmen können, und seit ich sie kannte, war da keine Liebesbeziehung gewesen, die ihr Leben ein bißchen hätte aufhellen können. Kein Wunder, daß sie Charley für sein tröstliches Schnurren überreichlich belohnte.

Meine Finger sondierten die Fettpolster des Katers, bis er sich entzog und einen Laut von sich gab, der eine Kreuzung aus Fauchen und Rülpsen war. Ich stand auf, klemmte ihn unter den Arm wie einen zappelnden Kartoffelsack und sagte zu Morland: »Ich schaue jetzt besser mal zu ihr rein.«

Sie lag bäuchlings unter einer Bettdecke mit einem knalligen Dschungelmuster, den Kopf unter den orange-grünen Kissen vergraben. Als ich die Tür schloß, spannte sich ihr Körper ein wenig an. Ich ging an ihr Bett und deponierte Charley in ihrem Kreuz.

»Katzenzustelldienst«, sagte ich. »Macht elf Dollar fünfzig, plus Trinkgeld.«

Sie schob langsam die Kissen weg und sah über ihre Schulter. »Ist er weg?«

»Morland? Nein, er sitzt noch dort draußen. Vielleicht lockert er demnächst sogar seine Krawatte.«

»Scheiße.« Sie drehte sich um, und Charley kugelte von ihr herunter. Er grub die Krallen in die Steppdecke, um nicht vom Bett zu fallen.

»Ich habe alles versucht, McCone, aber er geht einfach nicht. Ich habe ihn angeschrien. Er hat mir Tee gemacht. Ich habe so getan, als würde ich heulen. Er hat mir eine Schachtel Kleenex gebracht. Ich

habe ihm gesagt, ich würde jetzt eine Schlaftablette nehmen. Er hat die Packung konfisziert und mir meine Achtunddreißiger weggenommen. Ich habe gesagt, ich möchte dich sehen. Er hat dich angerufen und ist dann überall herumgeschlichen. Inzwischen dürfte er die Automatik wohl auch beschlagnahmt haben. Ich habe mich schlafend gestellt und gebetet, daß du bald kommst.«
»Er hat angedeutet, du hättest Selbstmordgedanken.«
»Ich habe in der Tat mit dem Gedanken gespielt, mich aufzuhängen, wenn er nicht verschwindet.«
»Er hat mir auch gesagt, was gestern abend passiert ist.«
»Ach, ja?« Sie packte den Kater, der an der Bettdecke zerrte, und stopfte ihn darunter. Er robbte an ihre Füße und blieb dort reglos und laut schnurrend liegen.
»Was hat dich so zum Ausrasten gebracht?« fragte ich.
»Was bringt einen schon zum Ausrasten, verdammmt noch mal?« Sie funkelte mich wütend an, mäßigte sich dann. »Okay, der Streß ist mir über den Kopf gewachsen. Vielleicht kann ich nicht mehr so gut damit umgehen. Vielleicht brauche ich Hilfe. Aber um Himmels willen, McCone, hilf du mir erst mal, indem du Craig hier rausschmeißt! Und bitte, laß ihn nicht mit meinen Pistolen abhauen.«
Ich musterte Adah. Sie wirkte sehr cool für jemanden, dessen Karriere sich gerade in nichts aufgelöst hatte. Schock? Nein, wohl eher Erleichterung, weil sie endlich mal Dampf abgelassen hatte. »Okay«, sagte ich.
Aber ihre Waffen würde ich an mich nehmen.

Morland wollte nicht gehen. Ich müsse doch müde sein, meinte er. Ich solle ruhig erst mal heimgehen und Adah seiner Obhut überlassen. Ich könne ja morgen mit ihr reden, wenn sie sich ebenfalls ein bißchen erholt habe. Als ich ihm schließlich beigebogen hatte, daß er hier nicht gebraucht wurde, wollte er die Pistolen in Gewahrsam nehmen. Ich mußte ihm meine Berechtigung zum Tragen einer Waffe zeigen, ehe er befand, daß er sie mir anvertrauen konnte. Endlich zog er ab.
Ich ging wieder ins Schlafzimmer. Adah lag jetzt auf dem Rücken, einen Charley-großen Huppel auf dem Bauch. Als ich ihr mit er-

hobenem Daumen den erfolgreichen Vollzug meiner Mission signalisierte, setzte sie sich auf, und der Kater rutschte unter der Decke hervor und landete mit einem Plumps auf dem Fußboden.

»Großer Gott, bin ich froh!« rief sie aus. »Craig hat mich heute ausgiebiger bemuttert als Barbara in meiner gesamten Kindheit.« Sie stieg aus dem Bett, glättete ihren zerknitterten Kaftan, stapfte ins Wohnzimmer und sah sich um, als erwartete sie, irgendwelche lästigen Relikte des FBI-Agenten vorzufinden. »Möchtest du einen Drink?«

»Ja.«

»Bier, Wein oder was Härteres?«

Einen Moment lang erwog ich ernsthaft, einen Doppelten vom Härtesten, was sie da hatte, zu ordern. Aber dann rief ich mich zur Ordnung; die Situation war schon bizarr genug. Also schraubte ich meine Bestellung auf Weißwein herunter. Adah ging, einen optimistischen Charley auf den Fersen, in Richtung Küche, blieb dann aber kurz stehen und sagte: »Setzen wir uns raus auf die Terrasse, okay? Ich brauche ein bißchen frische Luft.«

Ich nickte, machte kehrt und ging durchs Schlafzimmer hinaus auf die Dachterrasse, die Adah mit den Bewohnern des Nachbarapartments teilte. Von hier aus sah man auf einen kleinen Verbindungsweg und den Garten eines eigentümlichen Hauses in pseudo-bayerischem Stil. Es gehörte zur Fillmore Street, die rechtwinklig von Adahs Straße abging. Ein Gewirr von Wein und alten Kletterrosen rankte sich sonnenhungrig über den hohen Zaun und hing diesseits auf einen Müllcontainer herab, der neben dem Tor stand. Ich ließ mich in einen grün-weiß-gerippten Deckstuhl fallen und lauschte dem Dialog, der durch Adahs Küchenfenster herausdrang: eine Debatte über die jeweiligen Vorzüge von Dosenfutter der Sorte Mixed Grill und Kalbsbraten mit Soße. Natürlich gewann der Braten mit Soße.

Was zum Teufel ging hier vor? fragte ich mich. Was Morland mir am Telefon über Adahs seelische Verfassung erzählt hatte, hatte so ernst geklungen, daß ich mein Wochenende mit Hy vorzeitig abgebrochen und meinen ersten längeren Alleinflug gewagt hatte. Jetzt fand ich meine angeblich so verzweifelte und selbstmordgefährdete Freundin sichtlich auf dem Weg der Besserung – was bewirkte, daß ich mich getäuscht fühlte und gleichzeitig Schuldgefühle hatte, weil

ich so reagierte. Ich holte besser ein paar Antworten aus ihr heraus, und zwar schnell.
Sie kam aus der Tür, in jeder Hand ein Glas Wein. »Ich war so frei, bei Mama Mia Pizza zu ordern. Ich bin am Verhungern, und du bist es sicher auch. Salami und Schinken mit Oliven und Pilzen und für dich noch Sardellen. Okay?«
Ich nahm stirnrunzelnd mein Weinglas entgegen.
»Was ist? Hast du den Sardellen abgeschworen?«
»Sardellen sind okay.«
»Was zum Teufel ist dann mit dir los?«
»Mit mir? Was ist mit dir los? Du hast dein Leben zerdeppert, und du bestellst Pizza?«
Sie setzte sich in einen Korbsessel, die langen Beine untergeschlagen. »Ach, McCone, ich habe mich heute nacht der Selbstzerknirschung hingegeben. Die ganze Nacht, und wenn ich nicht diese tolle Kräutercreme hätte, wären meine Augen total verquollen. Aber irgendwann war ich ja drüber weg und habe darüber nachgedacht, welche Möglichkeiten mir das eröffnet – und die sind grenzenlos!«
Noch immer ausgetickt, dachte ich, nur jetzt am andern Ende des Spektrums. »Okay – und worin bestehen sie?«
»Na ja, erstens mal: Wie beide werden den Diplobomber schnappen. Und die Million kassieren.«
Besänftigend auf sie einwirken. »Klingt gut.«
»Weißt du noch, wie ich neulich zu dir gesagt habe, der Glanz des Polizeiabzeichens sei hin?«
Ich nickte.
»Tja, ich denke, Katastrophen wie die gestern sind ein Zeichen, daß sich etwas ändern muß.«
»Dann bist du also froh, daß du vermutlich aus der Sonderkommission und aus dem Polizeidienst fliegen wirst?«
»Froh ist gar kein Ausdruck, McCone. Mein Leben lang habe ich mich brav an die Regeln gehalten. Wahrscheinlich als Reaktion auf Barbara und Rupert, die nicht mal wissen, daß es Regeln gibt. Jetzt habe ich die Chance, zu tun, was ich will.«
»Und das wäre?«
»Das werde ich mir später überlegen. Jetzt gehen wir erst mal an die Arbeit und schnappen uns den Diplobomber.«

»Adah, wir haben schon die ganze Zeit an diesem Fall gearbeitet. Und zwar mit herzlich wenig Erfolg.«
»Aber dank der Besprechung gestern abend haben wir jetzt eine Information mehr. Weißt du, was das Detail war, das ins Techno Web gesickert ist? Es war noch eine weitere Signatur, die erstmals auf der Bombe aufgetaucht ist, die im azadischen Konsulat hochgegangen ist: die Buchstaben C. L., in den Metallboden eingeritzt.«
»Initialen?«
»Sieht so aus.«
»C. L.« Ich ging die Namen der Leute durch, die mit dem Konsulat zu tun hatten. Nichts Passendes dabei. »Der Bombenleger?«
»Könnte sein.«
Ich schwieg, trank von meinem Wein.
»Adah, diese undichte Stelle – glaubst du, es könnte jemand aus der Sonderkommission gewesen sein?«
»Nein.«
»Also der Bombenleger selbst.«
»Scheint so. Sie versuchen, per gerichtlicher Anordnung an die Liste der Web-User heranzukommen. Aber selbst wenn sie sie kriegen – und in Anbetracht der Datenschutzgesetze ist das fraglich –, wird es enorm viel Zeit und Arbeit kosten, ihn herauszufiltern.«
»Und du glaubst, wir können das schaffen? Jetzt, wo wir nicht mal mehr Zugang zu den Akten der Sonderkommission haben?«
»Ist das so?«
»Ist es nicht so?«
»Nein.«
»Wieso?«
»Überlaß die Einzelheiten mir.«
Morland, dachte ich. Er mag sie, und sie wird das bis ins letzte ausnutzen.
»Übrigens, McCone«, setzte sie hinzu, »tut mir leid, wie ich mich am Freitag benommen habe.«
»Entschuldigung angenommen. Ich muß schon sagen, daß mich das nicht gerade entzückt hat – diese Flut von Anrufen, von deinem Campinglager vor meiner Tür ganz zu schweigen.«
Sie machte eine Bewegung mit den Schultern, die bei ihr normalerweise der Auftakt zu einem schwierigen Eingeständnis war.

»Was?« fragte ich.
»Es geht um – äh – Freitag nacht.«
Ich schloß die Augen, wartete auf die Fortsetzung.
»Ich war sowieso schon sauer, aber als du nicht heimkamst, bin ich richtig sauer geworden. Also habe ich den Zweitschlüssel genommen, den du mir gegeben hast, als ich letzten Winter bei dir gewohnt habe, während hier die Maler waren.«
»Und was getan?«
»Na ja, du weißt doch, diese Flasche dreiundneunziger Deer Hill Chardonnay, die du daheim stehen hattest?«
Ich öffnete die Augen und sah sie forschend an.
»Ich habe sie getrunken.«
»Du hast was? Dieser Wein hat fünfundfünfzig Dollar gekostet! Ich wollte ihn für meinen vierzigsten Geburtstag aufheben!«
»Ja, ich weiß. Und das ist noch nicht alles. Danach habe ich mich über die härteren Sachen hergemacht und bin auf deinem Sofa weggesackt. Ich glaube, ich habe eins von diesen hübschen Kristallgläsern kaputtgemacht, die dir deine Schwester geschenkt hat.«
»Du glaubst?«
»Tja, also, ich hab's wohl getan.«
»War's das? Du hast nicht noch irgendwas vollgekotzt? Das Mobiliar zertrümmert? Meine Katzen terrorisiert? Meine Zimmerpflanzen ausgerissen?«
»Wofür hältst du mich?«
»Du willst doch wohl nicht, daß ich darauf antworte.«
»Ich komme mir deswegen schon mies genug vor, McCone. Mach es nicht noch schlimmer. Ich bezahle den Wein, ich versprech's dir.«
»Das wirst du verdammt noch mal auch tun!« Drinnen ertönte die Türklingel. »Und die Pizza bezahlst du auch.«
Sie stand auf. »Macht vierzehn Dollar. Plus zwei Dollar Trinkgeld, macht sechzehn. Dein Anteil sind acht, bleiben also fünfundfünfzig minus acht. Heißt, du kriegst noch siebenundvierzig von mir.«
»Und das Glas?«
»Du hast gesagt, die Sorte gefällt dir sowieso nicht.«
Ich seufzte und ging in die Küche, um mir Wein nachzugießen, ehe sie beschloß, mir den auch noch zu berechnen.

Als ich mit dem Wein und einer Handvoll Papierservietten wieder nach draußen kam, saß Adah an einem kleinen Tischchen auf der Terrasse und riß gerade den Pizzakarton auf. Wie üblich bettelte Charley um eine Zusatzration. Ich ließ mich auf der anderen Seite des Tischchens nieder und griff mir ein Stück mit Sardellen.
»Hör zu, McCone«, sagte sie, »reg dich nicht auf wegen des Weins. Laß uns jetzt ernsthaft an die Diplobomber-Sache gehen.«
Ich kaute und sah sie fragend an.
»Ich bin todsicher, daß er höchstpersönlich der Typ im Techno Web war. Ich hatte massig Zeit, daran herumzuknobeln, während ich im Bett lag und mich vor dem guten Craig verkrochen habe – der übrigens ganz schön scharf auf mich ist, obwohl er so brav aussieht.«
Ich hatte recht gehabt mit meiner Vermutung, wie sie an die Akten der Sonderkommission kommen wollte. »Hast du …?«
»Du lieber Himmel, nein! Und er verehrt mich viel zu sehr, um irgend etwas zu erwarten. Aber hör zu: Den Psycho-Profilen zufolge sind Typen, die Sprengsätze basteln, oft auch Computer-Freaks; Computer sind eine unpersönliche Form, mit Leuten in Kontakt zu treten; Bomben sind eine unpersönliche Form, Leute umzubringen. Kapierst du? Also wissen wir folgendes: der Kerl ist Techno-Web-Abonnent oder weiß zumindest, wie er an das Paßwort anderer Abonnenten kommen kann. Er ist ein Scherzbold. Und extrem selbstsicher. Er spielt mit uns.«
Ich nickte, weil ich den Mund schon wieder voll hatte.
»Und dann ist da noch was, was ich dir bisher nicht erzählt habe: Ich hatte am Freitag Dienst im azadischen Konsulat, als die Post kam. Ich habe einen Brief abgefangen, der an Malika Hamid adressiert war. Rate, was drinstand.«
Kleine Vorwarnung, dachte ich. Ich hielt jedoch den Mund, da mich mein Vertrag mit RKI verpflichtete, nichts über die früheren Drohbriefe an die Azadis zu erzählen.
»Also, die Buchstaben waren die gleichen wie bei den anderen Schreiben, die nach den Anschlägen eingingen. Dieselbe Sorte Briefpapier. Aufgegeben im Postamt Lombard Street. Aber diesmal stand nicht drin: ›Die Rache ist mein.‹ Der Text lautete: ›Warnung Nummer eins. Denkt an C. L.‹«

Das war in der Tat ein Ansatzpunkt. »Hast du das Personal des Konsulats befragt, ob jemand was damit anfangen kann?«
»Ich habe mit Mrs. Hamid geredet. Wir sollen uns ausschließlich an sie halten, und zu dem Zeitpunkt habe ich die Orders noch befolgt. Sie hat erklärt, es sage ihr gar nichts, aber sie werde die gesamte Belegschaft fragen und auch den Sicherheitsleuten Bescheid sagen.«
»Glaubst du ihr?«
»Nein.«
»Hast du Renshaw oder seine Leute informiert?«
Sie schüttelte den Kopf. »Mrs. Hamid hatte mir ja gesagt, sie würde sich drum kümmern und jemand würde uns Bescheid geben.«
Und dann hatte sie es sicher ganz aus Versehen vergessen.
Ich sah auf das neue Stück Pizza, das ich mir gerade genommen hatte, und legte es wieder in den Karton. Mir war der Appetit vergangen. »Das war nur der erste einer ganzen Serie von Anschlagsversuchen – darauf würde ich meine Lizenz verwetten.«
Adah zog eine Grimasse. »Und ich meine Karriere – wenn ich noch eine hätte.«
Ich sagte: »Ich sehe wohl besser zu, daß ich Renshaw erwische.«

9

Renshaw war nach Südkalifornien zurückgeflogen, aber in seiner Wohnung erreichte ich ihn nicht. Ich rief den Hauptsitz von RKI in Ja Jolla an und schaffte es mit Hilfe der Notfall-Codenummer, die er mir am Freitag gegeben hatte, den Nachtdienst in der Telefonzentrale dazu zu bewegen, Gage aufzuspüren. Als er zurückrief, löcherte Adah mich schon fast eine halbe Stunde, mit dem herauszurücken, was ich über die Azadis wußte.
»Wo sind Sie?« fragte ich ungeduldig.
»Orange County. Was gibt's?«
Ich berichtete ihm von dem Brief, den Adah abgefangen hatte. »Mrs. Hamid hat Ihnen nichts davon gesagt, oder?«
»Nein.« Renshaw zögerte. »Ich rufe Sie zurück. Ich will zuerst schärfere Sicherheitsmaßnahmen im Konsulat anordnen.«

Ich legte das schnurlose Telefon ab, das ich mir aus Adahs Schlafzimmer geholt hatte, und sah sie streng an. »Noch eine Frage, und ich nehme das Telefon und schließe mich im Bad ein.«
Sie zuckte mürrisch die Achseln und brachte die Pizzareste nach drinnen. Die Abendluft war immer noch warm – ein Warnzeichen, daß wir womöglich einer jener Hitzewellen entgegengingen, für die San Francisco so schlecht gerüstet ist. Ich setzte mich wieder in den Deckstuhl; als Adah zurückkam, zog sie den Korbsessel ans Geländer, setzte sich hinein und legte die Füße hoch.
»Ich liebe diese Terrasse«, erklärte sie in einem bemüht-lockeren Konversationston, der mir sagte, daß sie beschlossen hatte, in ihrem eigenen Interesse das Thema Azadis zu meiden. »Wenn ich zu müde zum Lesen bin und das Fernsehprogramm zu mies ist, setze ich mich hier raus und beobachte die Leute. Dann komme ich mir manchmal vor wie dieser Typ, den Jimmy Stewart in *Fenster zum Hof* spielt.«
»Ach? Und siehst du dabei was Interessantes?«
»Da drüben, das Apartmenthaus hinter dem Zaun. Ich habe allen Mietern Namen gegeben, genau wie der Typ im Film. Da gibt es Mrs. Krümelmonster – eine dicke, fette Frau, die immer nur in der Hollywoodschaukel sitzt und nichts weiter tut, als Doppelkekse essen, morgens, mittags und abends. Sie klappt sie auseinander und leckt zuerst die Creme ab. Und dann ist da Mr. Duck. Er kommt in einem von diesen komischen europäischen Autos hier unten angefahren und parkt bei dem Müllcontainer. Watschelt rein, bleibt ein paar Stunden, watschelt wieder raus und schmeißt seinen Müll in den Container, bevor er wieder wegfährt. Er fasziniert mich, diese Wohnungen sind nicht besonders groß, und er ist nicht oft da, aber er macht offensichtlich einen Haufen Müll. Ms. Federhut fasziniert das auch.«
»Wer ist das?« Trotz meiner Anspannung wegen der Situation im Konsulat interessierte mich Adahs Geplauder – hauptsächlich deshalb, weil es eine Phantasie offenbarte, von der ich bei ihr noch nichts bemerkt hatte.
»Ms. Federhut wohnt in dem Haus, aber sie benimmt sich wie eine Stadtstreicherin und wühlt immer anderer Leute Müll durch. Sie besitzt eine ganze Kollektion extravaganter Federhüte, und sie

macht sich immer fein, bevor sie die Container inspiziert. Mr. Ducks Müll scheint ihr besonders gut zu gefallen; eines Tages werde ich ihn selbst mal durchstöbern, nur um zu sehen, was daran so interessant ist. Und dann ist da noch Mr....«

Das Telefon läutete. Ich nahm ab, und Renshaw sagte: »Ist erledigt. Gibt es sonst noch was zu berichten?«

»Nein, aber ich frage mich, ob Sie die Kleine nicht dort rausholen sollten. Und ihre Mutter auch.«

»Das habe ich Mrs. Hamid gerade vorgeschlagen. Sie hat sich geweigert.«

»Sie setzt lieber das Leben der beiden aufs Spiel, als ein Fitzelchen Kontrolle aufzugeben? Das ist doch nicht normal!«

»Sie wissen das, und ich weiß es, aber juristisch ist sie im Recht. Die Kleine ist minderjährig, und die Mutter ist nicht in der Lage, sich um sie zu kümmern. Ich weiß nicht, ob sie azadische Staatsbürger sind, aber formal leben sie auf azadischem Grund und Boden.«

»Sehr formal – der Grundsatz der Exterritorialität diplomatischer Vertretungen wird von den Gerichten nicht immer anerkannt. Und außerdem sollten ihre formalen Rechte nicht über die Sicherheit der beiden gehen. Vielleicht muß ihr mal jemand ein paar harte Fakten beibiegen – wie hilflos Mavis ist, zum Beispiel. Und was für häßliche Dinge eine Bombe einer Neunjährigen antun kann!«

»Sharon, beruhigen Sie sich. Ich werde versuchen, sie zur Vernunft zu bringen, wenn ich das nächstemal dort bin. Kommen Sie denn in der Sache irgendwie voran?«

Ich antwortete nicht sofort; der Zorn hatte mir die Sprache verschlagen. Die Situation im Konsulat war unhaltbar. Irgendwie mußte man Malika Hamid doch klarmachen können, daß es dringend nötig war, Mavis und Habiba an einen sicheren Ort zu schaffen; irgendwie mußte man sie doch dazu bringen können, die Sonderkommission von den früheren Schreiben des Bombenlegers zu unterrichten.

»Sharon?« Renshaw war ungeduldig.

»Ich muß Sie persönlich sprechen. Wann kommen Sie wieder hierher?«

»Nicht vor Dienstag. Morgen stecke ich den ganzen Tag in Besprechungen mit einem wichtigen Klienten in Irvine.«

»Dienstag ist vielleicht schon zu spät.«
»Dann kommen Sie runter. Um sieben Uhr morgens geht ein Flug von San Francisco, Ankunft John Wayne acht Uhr zwanzig. Ich spendiere Ihnen ein Frühstück am Flughafen.«
Schreckliche Tageszeit. »Alles klar. Bestellen Sie mir schon mal einen Kaffee, wenn Sie da sind.«
Als ich auflegte, sagte Adah: »Und?«
»Wir reden morgen nachmittag weiter. Wo ist dein Branchentelefonbuch?«
»Bücherregal im Wohnzimmer.«
Ich ging rein, blätterte kurz herum und buchte einen Flug. Dann rief ich Mick an.
»Wird auch Zeit, daß du wieder da bist«, sagte er. »Ich habe versucht, dich in Bootlegger's Cove anzurufen, um dich zu warnen, aber Hy hat gesagt, du bist schon früher abgefahren. Wo warst du denn?«
»Mich wovor zu warnen?«
»Jemand ist in deinem Haus gewesen, während du weg warst. Auf dem Wohnzimmertisch standen eine leere Weinflasche und eine offene Flasche Bourbon. Auf dem Boden lag ein zerbrochenes Glas. Und es sah aus, als hätte jemand auf deinem Sofa genächtigt.«
»Keine Sorge.« Ich sah Adah an, die mir hinterhergekommen war. »Es war nur eine harmlose Einbrecherin mit einem Hang zum Alkoholismus.«
Die Einbrecherin funkelte mich wütend an.
Ich sagte zu Mick: »Schnapp dir Bleistift und Papier, ja? Und notiere folgende Liste.« Ich kehrte Adah den Rücken zu und gab ihm leise durch, was ich aus den Zeitungsarchiven herausgesucht haben wollte; es war eine lange Liste, und ich ergänzte sie unterwegs noch.
»Ich möchte, daß du morgen früh als erstes Charlotte Keim bei RKI anrufst und sie bittest, sich gleich drum zu kümmern.«
»Shar, wieso kann ich das nicht machen?«
»Wir können unsere übrigen Klienten nicht hängenlassen, nur weil ich mir zuviel aufbürde. Ich verlasse mich drauf, daß du den Laden am Laufen hältst.«
Er protestierte nicht weiter, las mir lediglich die Liste noch einmal vor und sagte mir gute Nacht. Ich legte auf und wandte mich Adah

zu. Sie machte wieder ein mürrisches Gesicht, fand sich aber bereit, mich heimzufahren. Als sie mich vor meinem Haus absetzte, konnte sie sich jedoch eine kleine Spitze zum Abschied nicht verkneifen: »McCone, wenn du dir Fünfundfünfzig-Dollar-Weine leisten kannst, solltest du wirklich mal in Erwägung ziehen, dir einen besseren Bourbon zu kaufen.«

Ich schlug nicht zurück. Das würde sich von selbst erledigen, wenn sie heimkam und merkte, daß ich ihre Pistolen an mich genommen hatte.

Am John-Wayne-Flughafen standen Palmen mitten in der Halle. Eine Freundin, die im nahe gelegenen Newport Beach wohnte, hatte mir erzählt, sie seien einbalsamiert. Wörtlich zu nehmen. Wie das genau funktionierte, wußte sie nicht, aber die Bäume wirkten absolut natürlich, und es war eine gespenstische Vorstellung, daß sie keine einzige lebende Zelle enthielten.

Eine weitere Merkwürdigkeit dieses Flughafens bestand darin, daß ihn niemand bei seinem offiziellen Namen nannte. Die Leute von der Flugreservierung, der Mann im Ticket-Büro droben in San Francisco und die hier beheimatete Crew nannten ihn alle nur Santa Ana. Ich grübelte darüber nach, während ich das Restaurant suchte, und kam zu dem Schluß, daß sie wohl etwas dagegen hatten, daß der Flugplatz nach einem Schauspieler benannt war. In meinen Augen war das unlogisch. Hatte dieser Staat nicht zweimal einen viel schlechteren Schauspieler zu seinem Gouverneur gewählt? Und hatte nicht das ganze Land selbigen ins Weiße Haus beordert? Die Flughafen-Kommission hatte John Wayne wenigstens erst nach seinem Tod geehrt, statt ihm die Oberaufsicht im Kontrollturm zu übertragen.

Ich sichtete Renshaw in einer Sitznische im hinteren Teil des Restaurants, über eine Tasse Kaffee gebeugt. Hier in seiner heimischen Umgebung war er leger gekleidet, aber das sportliche Hemd und die leichte Hose sahen genauso knittrig und abgewetzt aus wie der Anzug und die Krawatte, die er droben im Norden trug. Es hieß, Gage sei Multimillionär, und Hy hatte mir erzählt, daß er in anderen Bereichen durchaus Geschmack bewies. Ich kam zu dem Schluß, daß seine Kleidung ein gezielter Versuch war, das Image einer extrem skrupellosen Branche abzuschütteln.

Dan Kessell hatte sich bei RKI immer im Hintergrund gehalten und Renshaw den Klienten und der Presse als Frontmann präsentiert. Gage gab öfters Zeitungen und Illustrierten Interviews, in denen er letztlich erklärte: »Ach Gott, wir sind doch nur eine kleine Firma, die Managern Selbstverteidigungstaktik beibringt und Sicherheitssysteme für Unternehmen konzipiert. Wir sollen außerhalb des Gesetzes operieren? Ich bitte Sie! Wirke ich vielleicht wie jemand, der etwas Illegales tun würde?«

Aber illegale Aktivitäten zogen sich durch Renshaws Leben, seit er damals bei der Drogenbekämpfungseinheit in Südostasien gewesen war.

Damals war zwischen den kriegsgebeutelten Ländern ein reger Schmuggel im Gang gewesen, und während Gages Job darin bestanden hatte, illegale Drogentransporte zu unterbinden, hatte er im Nebenjob Profit aus illegalen Transporten von Waren und Menschen gezogen. Hy hatte mir erzählt: »Gage hat Kessell mindestens einmal in der Woche einen Auftrag vermittelt. Neben seinem offiziellen Job war er dauernd am Ball, um irgendwelche Kontakte einzufädeln. Die Leute wollten alle möglichen Dinge schnell irgendwohin verfrachten – Waffen, Gold, Schmuck, Kunstgegenstände, ungeschliffene Steine, Devisen. Und Drogen, obwohl Gage immer so getan hat, als wüßte er nichts davon. Die Leute wollten sich absetzen oder ihre Familien außer Landes schaffen – koste es, was es wolle. Und es kostete eine Menge, denn bevor Kessell sie schröpfte, hielt schon Renshaw die Hand auf, um seine Vermittlungsprovision zu kassieren.«

Es waren wilde und gefährliche Zeiten gewesen. Eine ganze Menge Leute waren reich geworden, und die übrigen – darunter auch Hy – hatten auch ihren Teil abkassiert. Aber wie mein Liebster hatten auch viele andere mehr mit nach Hause gebracht als nur die Nummer eines Schweizer Bankkontos: Alpträume, hermetisch weggesperrte Dämonen, genügend Gewissenbisse für zehn Leben. Während ich auf Renshaws Sitznische zuging, fragte ich mich, wie wohl seine schlaflosen Nächte aussehen mochten. Wenn er ein menschliches Wesen war – und darüber hatte die Jury noch nicht befunden –, mußten es Nächte sein, wie ich sie hoffentlich niemals würde durchmachen müssen.

Gage erhob sich und forderte mich mit einer Handbewegung auf, mich auf den Platz ihm gegenüber zu setzen. Ich nickte der Bedienung zu, die mit einer Kaffeekanne erschienen war, und überflog dann die Speisekarte. Da ich schon vor fünf aufgestanden war, war ich am Verhungern, und ich bestellte mir Cornedbeefhaschee mit pochierten Eiern, ein englisches Muffin und Tomatensaft. Renshaw guckte erstaunt und ein bißchen angewidert.

»Darf ich davon ausgehen, daß Sie reden können, während Sie dieses ganze Zeug in sich reinschaufeln?«

»Kein Problem. Aber wir haben ein Problem, und zwar mit den Azadis. Erstens mal muß Mrs. Hamid zulassen, daß Habiba und Mavis aus der Gefahrenzone verschwinden. Ich schlage vor, wir quartieren sie in der Gästesuite Ihres Firmengebäudes in San Francisco ein; dort gibt es weiß Gott alles, was man braucht, um ein Kind bei Laune zu halten, und jemand von Ihren Leuten wird doch wohl genügend mütterliche oder väterliche Neigungen haben, um den Babysitter für die beiden zu spielen.«

»Da stimme ich Ihnen absolut zu.«

Das überraschte mich. »Können Sie mit Mrs. Hamid reden, oder wollen Sie, daß ich es tue?«

»Für diese Aufgabe sind Sie die geeignetere Kandidatin.«

»Ich dachte, sie hätte es abgelehnt, sich in irgendeiner Form mit mir zu befassen.«

»Hat sie auch, aber sie wird es trotzdem tun.« Grimmig.

»Werden Sie sie anrufen und einen Termin für mich vereinbaren?«

»Mehr als das – ich werde darauf bestehen, daß sie Sie empfängt.«

»Gut. Da ist noch etwas, was ich mit ihr klären muß: diese Schreiben, die sie von dem Bombenleger gekriegt haben – die Heimlichtuerei muß ein Ende haben; sie muß die Dinger der Sonderkommission zeigen.«

»Ich stimme Ihnen absolut zu«, sagte er wieder.

Ich beäugte ihn mißtrauisch. Er schien an diesem Morgen ungewöhnlich zahm, und ich konnte mich nicht erinnern, daß er mir je im Lauf eines Gesprächs zweimal zugestimmt hätte. »Ist irgendwas passiert, wovon ich nichts weiß?«

Er bedeutete der Bedienung, uns Kaffee nachzuschenken. Als sie wieder ging, sagte er: »Innerhalb der letzten Stunde ging je eine Bombe per Post bei der azadischen Botschaft in Washington und in der Wohnung des UN-Botschafters in Manhattan ein. Zum Glück kamen die Dinger nicht an unseren Leuten vorbei, und die Bombenkommandos konnten sie entschärfen. Kurz bevor Sie hier ankamen, habe ich per Konferenzruf mit den Leitern der Bombenkommandos gesprochen, das Signum C. L. befand sich auf beiden Sprengsätzen. Ich vermute, das Folgeschreiben wird demnächst eingehen.«
Mein Frühstück kam. Ich guckte darauf und fragte mich, wie ich auf den Gedanken gekommen war, ich könnte so etwas essen. »Wo sind die Bomben abgeschickt worden?«
»San Francisco, Postamt in der Van Ness.«
»Demnach hält er sich immer noch in der Nähe des Konsulats auf.«
»So ist es. Wollen Sie nicht essen?«
»Bedienen Sie sich. Mir ist der Appetit vergangen.«
Renshaw schaute auf den Teller, als hätte ich ihm etwas Schimmliges angeboten.
»Und was tun wir jetzt – einfach nur auf das Schreiben warten?« fragte ich. »Warten, daß er wieder und wieder zuschlägt?«
Renshaws Augen bewegten sich; er kalkulierte im stillen. Dann nickte er ruhig und entschlossen. »Wann geht Ihr Rückflug?«
»Offen. Der nächste in zehn Minuten.«
»Nehmen Sie ihn.« Er öffnete die Aktenmappe, die neben ihm lag, und nahm ein Handy heraus. »Ich rufe jetzt Mrs. Hamid an und ebne Ihnen den Weg. Sobald Sie in San Francisco sind, tun Sie folgendes: Sie fahren direkt zum Konsulat und sagen ihr, was sie zu tun hat. Wenn sie das Kind nicht herausrückt, bestehen Sie darauf, es sehen zu dürfen. Spielen Sie das Zwinker-Spielchen mit der Kleinen, und schaffen Sie sie dort raus. Unsere Leute werden Ihnen helfen, und ich übernehme die volle Verantwortung. Falls Mrs. Hamid sich weigert, die Drohbriefe der Sonderkommission zu übergeben, holen Sie die Kopien aus den Akten in der Green Street und bringen Sie sie selbst hin. Dann rufen Sie mich unter dieser Nummer an.« Er kritzelte etwas auf die Rückseite einer seiner Geschäftskarten, die er mir anschließend hinschob.

Ich schlüpfte aus der Sitznische und eilte in Richtung Boarding-Gate.

Malika Hamid war stinkwütend. Sie stapfte in ihrer Bibliothek herum, beschwerte sich über Renshaws anmaßendes Verhalten und untermalte ihr Geschimpfe mit Händeklatschen. Er habe kein Recht, einfach anzurufen und Forderungen zu stellen. Sie habe ihm klar und deutlich erklärt, daß sie keinerlei Einmischung meinerseits dulde, was ich also überhaupt hier zu suchen hätte? Und wie ich es wagen könne, einfach zu verlangen, ihre Enkeltochter zu sehen.

Ich ließ sie toben.

Ich solle auf der Stelle das Konsulatsgelände verlassen. Sie werde ihren Vetter, den Botschafter, benachrichtigen und verlangen, daß er RKI sofort den Auftrag entziehe. Sie werde Gage Renshaw wegen Nötigung verklagen. Sie werde...

Ich sah zu Khalil Latif hinüber. Der Handelsattaché hockte auf der Sofakante, und sein nervöser Blick folgte der Konsulin. Sie hatte ihn schon zweimal mit irgendwelchen Anweisungen aus dem Zimmer geschickt; er sah aus, als wäre es ihm sehr recht, wenn sie es ein drittes Mal tun würde. Jedesmal, wenn sie in die Hände klatschte, hopste er vor Schreck regelrecht in die Höhe. Das Klatschen häufte sich; Latif hopste immer höher. Gleich würde er vom Sofa schnellen wie ein durchgedrehter Kistenteufel und auf den Fluren des Konsulats Amok laufen.

Schließlich verstummte Mrs. Hamids Stimme. Mir wurde klar, daß sie irgendein dramatisches Ultimatum gesetzt haben mußte, aber ich hatte sie einfach ausgeblendet. Ich sagte: »Ehrlich gesagt, wir verschwenden hier kostbare Zeit. Unterm Strich läuft das Ganze auf die Frage hinaus: Wollen Sie, daß Ihre Enkelin getötet wird? Das glaube ich nicht. Ihnen liegt vielleicht nicht besonders viel an Ihrer Schwiegertochter; das haben Sie ja gezeigt, indem Sie Ihre Trinkerei gefördert haben...«

»Ich habe niemals...«

»Sie haben sehr wohl, und wir wissen das beide. Der Alkohol gibt Ihnen die Kontrolle über Mavis – und damit auch über Habiba. Sie müssen sie sehr gern haben, um gegen Ihren Glauben zu verstoßen. Sie wollen sie nicht verlieren.«

Sie wandte sich ab, die Hände hinter dem Rücken ihrer dunklen Kostümjacke verschränkt, und ging weiter auf und ab, rang um Selbstbeherrschung. Nach drei Bahnen über den Perserteppich und zurück, sagte sie: »Sie scheinen ja eine Menge über die Interna dieses Hauses zu wissen.«
»Wenn man erst mal einige Fakten kennt, ist es nicht allzu schwer, sich den Rest zusammenzureimen.«
Latif warf mir einen erschrockenen Blick zu; seine Augen flehten mich an, nicht zu verraten, wie ich an diese Fakten gekommen war. Ich nickte ihm beruhigend zu, und er entspannte sich ein bißchen.
»Wie ich schon sagte«, fuhr ich fort, »wäre eine Möglichkeit, das Risiko für Habiba auf ein Minimum zu reduzieren, sie in die Gästesuite des RKI-Gebäudes zu bringen. Diese Räumlichkeiten sind absolut sicher. Sie sind mit Überwachungsmonitoren ausgestattet, über die die Bewohner sämtliche Eingänge des Gebäudes sowie die Aufzüge und Flure im Blick behalten können. Die Kombinationen der Schlösser wechseln täglich, und ich bin sicher, Mr. Renshaw wird zusätzliche Wachen abstellen, wenn Ihnen dann wohler wäre. Dort ist jede Menge Platz; Habibas Kinderfrau könnte also mitgehen und sich um sie und Mavis kümmern…«
»Ich kann nicht zulassen, daß meine Enkelin über längere Zeit ihrer Mutter ausgesetzt ist.«
»Habiba liebt ihre Mutter; es würde sie verstören, wenn Mavis hierbliebe.«
Malika Hamid hatte mir den Rücken zugekehrt. Jetzt drehte sie sich langsam um. »Woher wissen Sie, was Habiba für ihre Mutter empfindet?«
»Ihre Enkelin ist sehr geschickt darin, den Leuten zu entwischen, die auf sie aufpassen sollen.«
Mrs. Hamid holte Luft, trat ans Fenster, zog den Vorhang beiseite und blickte hinaus in den Garten. Was erwartete sie dort draußen zu sehen? fragte ich mich. Habiba, die sich vom Konsulatsgelände stahl?
Als sie nichts sagte, setzte ich hinzu: »Das zweite, was Sie zum Schutz ihrer Enkelin tun können – wenn wir sie erst mal von hier weggebracht haben –, ist, die Sonderkommission über die früheren

Drohbriefe zu informieren. Mit Ihrer Geheimhaltungstaktik spielen Sie dem Bombenleger direkt in die Hände.«

»Es reicht, Ms. McCone!«

Jetzt schnellte Latif tatsächlich vom Sofa hoch. Mrs. Hamid drehte sich um und sah ihn verächtlich an. Er lächelte verlegen und situationsunangemessen und versuchte dann, seine Konfusion zu verbergen, indem er sich lässig gegen ein Bücherregal lehnte, auf dem ein bronzener Pferdekopf stand. Der schielte jetzt über seine Schulter und erinnerte mich an Mr. Ed.

Mrs. Hamids hochmütiger Blick schwenkte zu mir herüber. Ich hielt ihm stand und fragte leise: »Wovor haben Sie Angst?«

»Angst! Das ist ja wohl der Gipfel des Absurden!«

»Es hat mit Dawud zu tun, habe ich recht?«

Sie wurde blaß und griff sich an die Kehle. Sekunden tickten dahin. Dann fuhr sie sich mit der Zunge über die Lippen und ging zum Sofa. Ihr unsicherer Schritt und die vorsichtige Art, sich hinzusetzen, vermittelten mir ein Bild davon, wie sie sich als alte Frau bewegen würde. Mit brüchiger Stimme sagte sie: »Mein Sohn ist seit vielen Jahren verschwunden.«

»Außer, wenn er Sie und seine Tochter besucht.«

Latifs Augen verengten sich interessiert. Beide beobachteten wir die Konsulin aufmerksam. Sie sagte nichts, schloß nur die Augen und lehnte sich zurück.

»Mrs. Hamid«, sagte ich, »bitte lassen Sie mich Mavis und Habiba von hier wegbringen.«

Sie ließ die Augen zu, schüttelte den Kopf.

»Wir werden jede weitere Diskussion vertagen, bis Mr. Renshaw wieder da ist – wenn Sie die beiden gehen lassen.«

Erneutes Kopfschütteln.

»Wenn nicht«, sagte ich, »bleibt mir allerdings keine andere Wahl, als die Kopien der Drohbriefe, die sich in den RKI-Akten befinden, persönlich den Leuten von der Sonderkommission zu übergeben. Sie werden mich gründlich verhören, und ich werde mich gezwungen sehen, alles über die Situation hier im Konsulat zu erzählen. Und über Dawud. Und Klaus.«

Ihre Augen öffneten sich jäh, und der Schreck, der darin stand, verwandelte sich in lodernde Wut. Sie fixierte mich einen Moment, ehe

sie sich an Latif wandte: »Khalil, bitte sagen Sie Aisha, sie soll Mavis' und Habibas Sachen packen. Erklären Sie ihr, daß sie mitgehen muß. Sie sollen in fünfzehn Minuten abfahrtbereit sein.«
Latif eilte hinaus, ein verschlagenes Lächeln um die Lippen.
Mrs. Hamid sah ihm nach – vermerkte dieses Lächeln auf einem mentalen Konto. Als sie sich mir wieder zuwandte, war ihr Gesicht beherrscht. »Sie werden in der Empfangshalle auf sie warten. Kommen Sie nicht wieder hierher. Alle weiteren Vorgänge zwischen meinem Land und RKI werden kurzer und abschließender Art sein.«
Ich nickte höflich und ging hinaus in die Empfangsdiele, wo ich mich auf einer kleinen samtgepolsterten Bank niederließ. Zehn Minuten vergingen. Fünfzehn. Zwanzig. Als ich gerade ungeduldig wurde, kam eine grauhaarige Frau in weißer Arbeitsuniform die breite Treppe heruntergeeilt, gefolgt von Latif.
Habiba sei nirgends zu finden, erklärten sie mir. Und ihre Mutter sei ebenfalls verschwunden.

10 Plötzlich war die Empfangsdiele voller Menschen. Die meisten schrien durcheinander. Ich blieb auf meiner Bank sitzen, sah zu, wie der RKI-Einsatzteamleiter die Ordnung wiederherzustellen suchte, und wartete auf Malika Hamids Auftritt. Die Tür der Bibliothek blieb zu, und nach einem Weilchen ging Khalil Latif hinein.
Seltsam.
Niemand achtete auf mich, also verdrückte ich mich den Flur hinunter. Vorbei an Türbogen, hinter denen offizielle Räume lagen, gelangte ich zu einer Schwingtür, die in den Wirtschaftsbereich führte. Ich schlüpfte an der Waschküche und dem Vorratsraum vorbei und nahm die Hintertreppe hinauf ins Obergeschoß.
Die Tür zu Mavis' Zimmer stand offen. Ich trat ein und ließ meinen Blick über das Chaos schweifen. Ich sah eine umgekippte Wodkaflasche in einer klaren Pfütze auf einem Beistelltischchen; ein Glas und eine Lampe lagen zertrümmert auf dem Fußboden. Mavis, in einem Tobsuchtsanfall, oder eine gewaltsame Entführung? Schwer zu sagen.

Ich ging rasch wieder hinaus auf den Flur und schlich weiter, öffnete eine Tür nach der anderen, bis ich zu einem gelb-weißen Kinderzimmer gelangte. Habibas Zimmer war genauso kitschig überladen wie das ihrer Mutter: Himmelbett, Toilettentisch mit Rüschenvolant, Organdy-Vorhänge, Reproduktionen von Degas-Ballerinas. In einem Bücherregal saßen Dutzende fadgesichtiger Puppen, die aussahen, als hätte nie jemand mit ihnen gespielt; das Bett war mit hyperniedlichen Stofftieren überhäuft. Ich hätte den pathologisch ordentlichen Raum für unbewohnt gehalten – ein Erinnerungsschrein für ein längst erwachsenes kleines Mädchen oder etwas in der Art –, wäre da nicht die Fensternische gewesen.

Ein Wall von Bücherstapeln zog sich um den Fenstersitz, als hätte sich Habiba dort verschanzt. Ich ging hinüber und inspizierte ihren Lesestoff: ein paar Schulbücher mit dem Stempel einer exklusiven Privatschule, die in der Nähe lag; ein paar Kleinmädchenbücher. Aber das meiste waren Erwachsenen-Sachbücher über verschiedenste Themen, von Ozeanographie über Ökologie bis zu Naturgeschichte. Daneben lagen Landkarten und ein Stapel Puzzles, die Szenen aus fremden Ländern darstellten. Phantasiereisen, die Habiba die Eintönigkeit ihres engbegrenzten Lebens ertragen halfen.

Unter Umgehung der Stapel trat ich ans Fenster. Es ging auf einen Garten hinaus, der terrassenförmig zur Rückseite des dahintergelegenen Hauses abfiel – offenbar ein Nebengebäude des Konsulats. Auf dem Stück dazwischen stand der altmodische Pavillon, in dem sich Habiba heimlich mit ihrer Mutter getroffen hatte. Eine stämmige Glyzinie rankte sich einen halben Meter neben dem Fenster die Wand empor – der perfekte Fluchtweg für ein kleines Mädchen; warum hatte das niemand bemerkt?

Als ich mich wieder umwandte, streifte etwas mein Bein. Ein verräterisches Eckchen Papier guckte unter dem Sitzkissen hervor. Als ich das Blatt herauszog, sah ich, daß es eine Rechenarbeit war. Obendrüber stand mit roter Tinte die Note A plus. Die Sitzbank war in Wirklichkeit eine Truhe mit aufklappbarem Deckel; ich hob ihn an und entdeckte Habibas Schatzkiste.

Sie enthielt den üblichen Kinderkrimskrams: Schulzeugnisse und weitere Klassenarbeiten; Geburtstagskarten, Paßfotos von Klassenkameradinnen und Souvenirs von Schulausflügen. Abgerissene Eintrittskarten, Theaterprogramme und einen Forty-Niner-Wimpel. Auf einem postkartengroßen Foto posierte eine noch ziemlich kleine Habiba schüchtern neben einem Donald Duck in Disneyland.

In einem Geschenkkarton, den Dschungeltiere zierten, fand ich interessantere Dinge: ein Foto von Mavis, auf dem sie mit einem breiten Lächeln in die Kamera guckte und ihren Gedichtband hochhielt; sie war hübsch gewesen, fast schon schön, ehe der Alkohol seinen Tribut gefordert hatte. Ein anderes Foto zeigte sie am Strand, Hand in Hand mit einem gutaussehenden Mann, ein dunkler Typ, vermutlich Dawud Hamid. Ein gestelltes Studiofoto der jungen Familie aus Habibas Kleinkindzeit bestätigte, daß es sich um ihn handelte. Hamid hatte eine hohe Stirn, volle, sinnliche Lippen und üppiges, wellig-dunkles Haar; das quadratische Gesicht und die kräftige Statur waren ein Erbteil seiner Mutter. Seine Kopfhaltung wirkte stilisiert, als hätte er sie oft vor dem Spiegel geübt; sein Blick war von düsterer Intensität. Auf beiden Bildern schaute er direkt in die Kamera, kommunizierte mit ihr, während Mavis ihn mit unverhohlener Bewunderung ansah.

An der Art, wie jemand für ein Foto posiert, kann man viel über den betreffenden Menschen und sein Verhältnis zu anderen ablesen. Hamids Pose sagte mir, daß er stolz auf sein Äußeres war, um seine Wirkung auf Männer wie auf Frauen wußte und sie jederzeit einsetzen würde, um zu bekommen, was er wollte. Und sie sagte mir, daß er seine Interessen allemal über die seiner Frau und seines Kindes stellte.

Nachdem ich mir Hamids Züge eingeprägt hatte, legte ich die Fotos wieder in den Karton und klappte die Sitztruhe zu.

Bevor ich das Zimmer verließ, sah ich mich noch ein wenig um. Aus dem Wandschrank schien nichts zu fehlen, aber er war so vollgestopft mit Kleidungsstücken – darunter auch eine ganze Reihe pastellfarbener Rüschenkleidchen, die Habiba garantiert haßte –, daß ich es nicht sicher sagen konnte. Im angrenzenden Bad fand ich eine noch feuchte Zahnbürste und ein Nachthemd an einem Haken hinter der Tür. Ich prüfte alle üblichen Verstecke, in der Hoffnung, auf weitere Schätze zu stoßen, fand aber nichts.

Zeit, mich darum zu kümmern, was unten vor sich ging.

Der einzige Mensch in der Empfangshalle war der diensthabende RKI-Mann. Ich wies mich aus und fragte nach dem Einsatzteamleiter. Er zeigte auf die Bibliothek. Ich klopfte und trat ein, ohne eine Aufforderung abzuwarten.
Malika Hamid saß in steifer Haltung auf dem Sofa. Die Atmosphäre im Raum war hochgradig geladen. Ein Mann in einem RKI-Blazer mit einem Namensschildchen, auf dem »S. Long« stand, hatte sich hinter einem der Sessel postiert, als suchte er Schutz vor dem Zorn der Konsulin, und Khalil Latif lehnte wieder vor Mr. Ed. Sobald Malika Hamid mich sah, runzelte sie die Brauen, als sei ich ein weiteres Kreuz, das sie zu tragen hatte. Hätte ich sie nicht schon wirklich wütend erlebt, hätte ich ihr dieses Theater abgenommen.
Ich erklärte Long, wer ich war, und fragte: »Haben Sie mit Mr. Renshaw gesprochen?«
»Er ist noch in Irvine, aber die Besprechung ist so gut wie abgeschlossen, und der Firmenjet steht auf dem John-Wayne-Airport bereit. Er müßte in« – er sah auf seine Armbanduhr – »circa zweieinhalb Stunden hier sein.«
»Was ist mit der Polizei?«
»Keine Polizei – Standardprocedere. Wir warten auf eine Lösegeldforderung, und wenn sie kommt, gehen wir drauf ein und befreien die Geiseln.«
Anders als andere internationale Sicherheitsfirmen, die wegen der Versicherungsauflagen ihrer Klienten verpflichtet waren, Entführungen sofort dem FBI zu melden, hatte RKI einigen Spielraum. Hier waren die Klienten zumeist am Rand der Legalität angesiedelt oder extrem verletzlich, oder sie zogen es aus anderen Gründen vor, sich lieber auf ihre Sicherheitsfirma zu verlassen als auf Versicherungen. RKI operierte unabhängig von den Polizeiorganen; die Firma nutzte ein juristisches Schlupfloch, demzufolge Anzeigeunterlassung bei Entführung sowie in gutem Glauben unternommene Versuche, die Freilassung des Opfers zu erwirken, nicht strafbar waren. Ich konnte ihre Methode nicht so ganz billigen – zu riskant für meinen Geschmack –, mußte aber zugeben, daß sie meistens funktionierte.
Long setzte hinzu: »Unsere Überwachungsanlage ist installiert, und

unser Top-Mann auf diesem Gebiet wird gerade aus Denver eingeflogen. Unsere Leute klappern die ganze Nachbarschaft ab, um festzustellen, ob jemand irgend etwas bemerkt hat. Wir haben alles unter Kontrolle.«

Sie hatten alles unter Kontrolle, aber das brachte gar nichts. Es würde keine Lösegeldforderung eingehen, und niemand aus der Nachbarschaft würde irgend etwas über Mavis' und Habibas Verschwinden sagen können. Meinem Gefühl nach war es ein abgekartetes Spiel – vermutlich von Malika Hamid inszeniert, damit sie die beiden in der Hand behielt.

Die Generalkonsulin fixierte Long und mich. Ihr Blick war wachsam. Ich sah sie meinerseits an, studierte ihre Körpersprache und ihren Gesichtsausdruck. Einen Moment lang hielt sie dagegen, als wollte sie mich einschüchtern; dann schlug sie in gespielter Ermattung die Augen nieder. Malika Hamid wußte, was ich vermutete.

Ich wandte mich Long zu. »Wenn Mr. Renshaw kommt, sagen Sie ihm, ich muß ihn sprechen. Er erreicht mich in der Green Street, über Charlotte Keims Apparat.«

Charlotte Keim sagte: »Ihr Assistent ist ja süß wie ein Läusearsch.«

Das mußte eine texanische Redensart sein, denn sie sagte es in jenem gedehnten Tonfall, den sie sich, wie sie mir einmal erzählt hatte, abzulegen bemühte, seit sie von daheim weggegangen war. »Sie haben Mick kennengelernt?«

»Aber ja doch. Er kam heute morgen auf dem Weg ins Büro hier vorbei, um mir Ihre Liste zu bringen.« Sie schwenkte auf ihrem Drehstuhl herum und warf ihre langen, brünetten Locken zurück. »Wie alt ist er?«

»Achtzehn.« Ich ließ mich auf dem Stuhl nieder, der zwischen den Schreibtisch und die Wand ihrer Bürozelle gequetscht war. Die Leute hier in der Data-Search-Abteilung arbeiteten nicht gerade in großzügigen räumlichen Verhältnissen.

»Ach, wirkt aber älter. Hat er eine Freundin?«

»Ja, er lebt mit einer Frau zusammen. Sie wollen doch nicht etwa sagen, Sie sind interessiert?«

»Warum nicht?«
»Wegen des Altersunterschieds.«
Charlotte Keim warf den Kopf in den Nacken und lachte – ein ungehemmtes Lachen, tief aus dem Bauch. »Du liebe Güte, Sharon, ich bin erst fündundzwanzig. Und jüngere Männer sind so begeisterungsfähig – und so dankbar.«
Ich wollte ihr sagen, sie solle die Finger von Mick lassen, ermahnte mich dann aber, mich da rauszuhalten. Letzten Herbst hatte ich gelobt, das ohnehin schon verschlissene Schürzenband vollends zu kappen, und bis jetzt hatte ich mich daran gehalten. Außerdem war Charlotte mit ihrer Stupsnase und ihren frech funkelnden Augen so gar nicht der Typ des männermordenden Vamps.
»Na ja, brechen Sie ihm nur nicht das Herz«, sagte ich. »Was dagegen, daß ich ein paar Anrufe erledige?«
»Ich werde behutsam mit ihm sein.« Sie zeigte auf das Telefon. »In der Zwischenzeit kann ich ja schon mal ausdrucken, was ich für Sie gefunden habe.«
Ich dankte ihr und wählte Greg Marcus' Nummer. Auf keinem meiner Anrufbeantworter war eine Botschaft von ihm gewesen; ich ging davon aus, daß die Computerchecks, die er für mich durchgeführt hatte, ergebnislos geblieben waren, wollte es aber bestätigt haben. Doch Greg war nicht in seinem Büro. Als nächstes rief ich Mick an. Nichts los, sagte er, ihm sei langweilig. Angerufen habe nur Hy. Er sei bei mir zu Hause und warte darauf, daß ich mich meldete.
»Danke«, sagte ich. »Dann komme ich wahrscheinlich heute nicht mehr ins Büro.«
»Macht nichts. Es ist so ruhig hier, daß ich am Computer Solitaire spiele. Ach, übrigens, ich habe die Liste mit den Sachen, die du wissen willst, selbst bei Charlotte Keim vorbeigebracht.«
»Ich weiß; ich rufe von ihrem Büro aus an.«
Er dämpfte seine Stimme, als glaubte er, das Telefon sei an einen Lautsprecher angeschlossen. »Äh, wie alt ist sie eigentlich?«
»Fünfundzwanzig.« Ich sah amüsiert zu Charlotte hinüber, deren Kopf herumfuhr. Ihre Augenbrauen waren fragend hochgezogen. »Wieso?«
»Reine Neugier.«

»Ach. Du schaust dich jetzt schon nach anderen Frauen um, wo du erst so kurz mit Maggie zusammen bist?«
»Shar, ich sehe Maggie kaum, weil sie soviel arbeitet. Irgend jemanden muß ich doch anschauen.«
»Bei mir ist dein Geheimnis sicher aufgehoben.«
Er schnaubte empört und legte auf.
»Einen noch«, sagte ich zu Charlotte und wählte meine Privatnummer.
Als Hy meine Stimme hörte, sagte er: »Okay – wo hast du sie gelassen?«
»Wen?«
»Die Schlüssel der Citabria.«
»O Gott.« Ich sah sie auf dem Grund meiner Handtasche liegen.
»Ich habe mir schon so was gedacht. Da leihe ich dir einmal mein Flugzeug, und schon reißt du es dir unter den Nagel. Und ich habe mir die Mühe gemacht, deinen MG bei All Souls abzustellen und mit dem Taxi hierherzufahren.«
»Tut mir leid, Hy. Mußt du eilig wieder weg?«
»Eigentlich nicht. Ich fühle mich wieder fiebrig, deshalb liege ich hier auf deinem Sofa unter einer Wolldecke, und Ralph hat es sich auf meiner Brust gemütlich gemacht. Ich werde ihn gleich in die Küche schicken, damit er mir einen schönen heißen Toddy macht.«
»Du solltest wirklich zum Arzt gehen.«
»Das ist nur ein kleiner Infekt; das gibt sich schon wieder. Was denkst du, wann du nach Hause kommst?«
Ich erzählte ihm von den neuen Entwicklungen. Als ich fertig war, sagte er: »Klingt nach einer ordentlichen Portion Arbeit. Apropos Portion, die Lasagne, die du mir versprochen hattest, habe ich im Gefrierfach gefunden. Wenn du magst, kann ich ja einen Salat machen, und wir schieben die Lasagne in die Mikrowelle, wenn du hier bist.«
»Wunderbar. Im Kühlschrank sind jede Menge Sachen für einen Salat, und ich hole unterwegs noch Baguettes. Bis dann.«
Als ich auflegte, bemerkte Charlotte: »Ein Mann, der Salat machen kann – nicht schlecht!«
»Ziemlich toll sogar. Beides, meine ich, der Salat und der Mann.«

Ich zeigte auf die ausgedruckten Seiten, die sie auf ihrem Schreibtisch ausgebreitet hatte. »Also, was haben wir denn da?«
»Tja, über diesen Dawud Hamid und die übrigen Azadis habe ich nichts gefunden, außer dem üblichen Gesellschaftskolumnenzeug. Aber dann habe ich die Zeitungen vom Zeitpunkt seines Verschwindens an je ein Jahr nach vorn und nach hinten auf den Vornamen Klaus durchgecheckt. Gefunden habe ich Klaus Schechtmann – Speed Schechtmann für seine Freunde.«
»Kommt mir irgendwie bekannt vor.«
»Anzunehmen. Etwa sechs Monate vor dem Verschwinden dieses Dawud Hamid flog auf, daß dieser Schechtmann in seinem deutschen Restaurant in der Vallejo Street, über dem Broadway Tunnel, ein High-Tech-Wettbüro betrieb. Das gesamte Obergeschoß des Gebäudes war eine Telefonzentrale, wo unter kostenfreien Nummern Wetten für alles mögliche, vom College-Football bis zum Kentucky Derby, entgegengenommen wurden. Speed scheffelte über eine Millarde jährlich, und außerdem war sein Restaurant der Treff der internationalen Schickeria.«
»Soll heißen, Diplomatenszene?«
»Diplomaten, Eurotrash, vergnügungssüchtige Ausländer aller Art.«
»Wie hieß das Lokal?«
Charlotte Keim grinste. »*Das Glücksspiel.*« Sie erklärte mir die Bedeutung des deutschen Wortes.
»Welch subtile Tarnung!«
»Ich schätze, der gute Speed leidet an dieser typisch teutonischen Krankheit, sich für ein höherwertiges Geschöpf und somit für unantastbar zu halten. Ich hatte zwei Onkel, die auch so dachten – bis sie wegen Unterschlagung im Knast landeten. Speed bekam eine ähnliche Lektion erteilt, als sich zwei Undercover-Leute von der Sitte bei ihm einschlichen; eine Woche bevor die Staatsanwaltschaft die Sache vor die Anklagejury bringen wollte, machte er den Laden zu und setzte sich ab.«
»Wohin?«
»Zuerst in die Karibik. Im November neunundachtzig wurde er auf St. Maarten gesehen, dem niederländischen Teil einer dieser Leeward-Inseln. Dort gibt es legale Spielhöllen, aber alles streng kon-

trolliert. Zu kleinkariert für Leute wie Speed. Danach verschwand er von der Bildfläche.«

Bis auf gelegentliche Auftritte an Malika Hamids Eßtisch.

Ich stapelte die Seiten und las sie langsam durch. Dawud Hamid wurde nirgends in Zusammenhang mit Klaus Schechtmann erwähnt, aber das Wettbüro mußte die zwielichtige Sache sein, in die er verstrickt gewesen war. Nach einigen Minuten des Nachdenkens konnte ich mir den Ablauf des Geschehens zusammenreimen: Hamid verkehrt im *Glücksspiel* und freundet sich mit dessen Eigentümer an; Schechtmanns luxuriöser, aufregender Lebensstil besticht den jungen Mann, der von seiner Mutter am kurzen Zügel gehalten wird. Schechtmann erkennt in Dawud einen leicht manipulierbaren Menschen, der keine Skrupel kennt, Geld braucht und die nötigen Fähigkeiten besitzt, um das rasch wachsende Glücksspielgeschäft für ihn zu managen. Außerdem verfügt Hamid über ein unschätzbares Plus, das Schechtmann nicht hat – diplomatische Immunität. Indem er Dawud in das Metier einführt, kann Speed sich selbst aus dem Geschäft zurückziehen und es in die Hände eines Mannes legen, den niemand zu irgendwelchen Aussagen über sein Treiben zwingen oder dafür vor Gericht stellen kann. Und die Milliarden werden weiter auf den Konten in der Schweiz oder auf irgendwelchen Karibikinseln eintrudeln...

Und dann, dachte ich, platzt alles. Noch ehe Schechtmann seinen Plan ganz realisieren kann, muß er feststellen, daß sein Unternehmen unterwandert worden ist und die Staatsanwaltschaft demnächst zuschlagen wird. Er verkauft das Restaurant und verläßt fluchtartig die Stadt, wobei er sowohl seine feurige argentinische Ehefrau Leila als auch seinen Protégé zurückläßt. Einen Monat später erhebt die Jury Anklage in neun Punkten, darunter Bildung einer kriminellen Vereinigung und Betreiben illegaler Glücksspieleinrichtungen. Schechtmann wird steckbrieflich gesucht, und Leila erzählt Freunden, daß sie sich eine Beretta gekauft hat, um ihn zu erschießen, sobald er auftaucht. Die Tatsache, daß Schechtmann – wenn auch vielleicht unter falschem Namen – immer wieder nach San Francisco zurückgekehrt war, um mit Malika Hamid das Brot zu brechen, waren ein ziemlich stichhaltiger Beweis dafür, daß er tatsächlich von der teutonischen Illusion der Unbesiegbarkeit befallen war.

Ich fragte Charlotte Keim: »Und was ist mit Leila Schechtmann? Ist sie noch hier in San Francisco?«
Sie grinste selbstgefällig. »Ich wußte, daß Sie das fragen würden, also habe ich es gecheckt. Sie wohnt am Russian Hill, mit einem reichen Brasilianer: Alejandro Ronquillo, genannt Sandy.«
»Diplomat?«
»Nein, das, was man früher einen Privatier genannt hätte. Er ist angeblich hier in den Staaten, um in der Treuhand-Abteilung des Banco do Brasil zu arbeiten – meinen Quellen zufolge ist sein Vater einer der Hauptaktionäre –, aber er läßt sich dort kaum blicken. Tagsüber findet man ihn auf den Rennbahnen – Tanforan oder Golden Gate Fields – oder in irgendwelchen privaten Spielschuppen irgendwo in der City. Nachts ist er, wo immer *man* gerade hingeht.«
»Und Leila? Was macht sie?«
»Amüsiert sich mit den Gattinnen und Geliebten anderer Männer aus Ronquillos Kreisen. Sie treffen sich zum Lunch, zum Shopping, im Schönheitssalon – na ja, was diese Damen eben so tun.« Sie streckte mir einen Zettel hin. »Da ist sie zu finden.«
Es war eine Adresse an der Francisco Street, Höhe Leavenworth, hoch über dem Touristengewimmel am Fishermans Wharf.
»Sie sind mir einige Nasenlängen voraus, was?« sagte ich zu Charlotte Keim.
»Dafür werde ich bezahlt.«
»Meinen Sie, ich könnte Sie RKI irgendwie abspenstig machen?«
Sie schürzte nachdenklich die Lippen. »Na ja, ich bezweifle, daß Sie sich das leisten können, aber nach allem, was ich höre, wird sich das wohl noch ändern. Und dann – wer weiß?« Sie grinste, daß ihre Nase sich krauste. »Eins steht fest – ich hätte bestimmt nichts dagegen, Tür an Tür mit diesem schnuckeligen Mick zu arbeiten.«

11

11 Das Haus, in dem Leila Schechtmann zusammen mit ihrem brasilianischen Lover wohnte, war ein Exempel jenes modernen Baustils, der in den dreißiger Jahren en vogue war: Betonbauweise,

vierstöckig, schnörkellos weiß mit schlicht gerahmten Fenstern, zurückgesetzter Eingang, flankiert von hellen Marmorplatten, darüber ein freitragendes Vordach. Die Fliesen in der Eingangshalle bildeten ein großes schwarzweißes Schachbrettmuster.
Ich war mit dem Taxi zu All Souls gefahren und hatte den MG geholt. Dann hatte ich Leila Schechtmann angerufen und gefragt, ob ich bei ihr vorbeikommen könne, um mit ihr über ihren Mann zu reden. Ihre Stimme hatte neugierig und leise amüsiert geklungen: »Ich rede immer gern über Speed. Ich kann Ihnen viele schreckliche Dinge über ihn erzählen.« Im Hintergrund war weibliches Gelächter zu hören gewesen, ehe Leila Schechtmann hinzugesetzt hatte: »Sie brauchen nicht zu klingeln, unten ist offen. Es gibt nur zwei Parteien im Haus, wir wohnen oben, also nehmen Sie den Lift ins zweite Obergeschoß.«
Aus dem Lift kam man direkt in eine weitere schwarzweiß geflieste Diele. Ein Dienstmädchen in Arbeitsuniform empfing mich dort und führte mich eine Treppe hinauf in ein großes blau-weißes Wohnzimmer, von dem eine Tür auf eine Terrasse mit Blick auf die Bay hinausging. Ich hörte weibliche Stimmen, aber sie kamen von oben. Auf meinen fragenden Blick hin zeigte das Mädchen auf eine Wendeltreppe. Oben landete ich in einem Wintergarten auf dem Flachdach.
Alle vier Wände waren aus Glas, mit Stahlstreben verstärkt; das zurückschiebbare Dach war offen, und blühende Pflanzen in Hängetöpfen schaukelten in der leisen Brise. In Kästen entlang der Glaswände wuchsen weitere Pflanzen, und in der Mitte befand sich eine Gruppe buntgepolsterter Korbsessel, in denen fünf Frauen saßen. Keine war über dreißig; alle waren dürr wie Models und trugen teuren Chic. Sie hatten sich ihrer exklusiven Schuhe und Jacken entledigt, die Röcke hochgezogen und die Beine auf kleine Hocker gelegt, um sie der Sonne darzubieten. Mindestens ein halbes Dutzend offener Weinflaschen stand auf dem Glastisch, und zwei weitere warteten in Eiskübeln. Eine sechste Frau mit langem dunklem Haar lag rücklings auf dem Berberteppich, nur in Höschen und rotem Spitzen-BH, ein Weinglas auf dem flachen Bauch. Sie waren allesamt sternhagelvoll.
Vor ein paar Jahren noch hätte mich eine solche Versammlung ein-

geschüchtert. Ich hätte mich neben diesen Beautiful People unbedarft und mausgrau gefühlt. Doch inzwischen hatte ich zu viele wahrhaft noble Menschen kennengelernt, die ihren Reichtum und ihre Muße dazu nutzten, Alphabetisierungskampagnen zu finanzieren, Aids-Benefizveranstaltungen zu organisieren und die Künste zu fördern. Irgendwelche halbseidenen Leute mit Geld vermochten mich nicht mehr zu beeindrucken. Ein ziemlich aufdringlicher Hauch von Verderbtheit lag in der Luft. Ich atmete ihn ein, während ich darauf wartete, zur Kenntnis genommen zu werden.

Schließlich sagte eine Rothaarige auf der gegenüberliegenden Seite des Raums: »Besuch, Leila.«

Die Frau auf dem Berberteppich stützte sich auf einem Ellbogen hoch und sah zu mir herüber, wobei sie die Augen mit der Hand abschirmte, die das Glas hielt. »Sie müssen die Detektivin sein«, sagte sie mit munter-melodiöser Stimme und spanischem Akzent. »Ich wollte immer schon mal eine Detektivin kennenlernen. Kommen Sie, trinken Sie ein Glas Wein mit uns, und erzählen Sie mir, was für schlimme Dinge Speed jetzt wieder angestellt hat.«

Ich erkannte Leila Schechtmanns Stimme von unserem Telefongespräch wieder. Etwas in ihrer Art zu sprechen sagte mir, daß sie mehr als nur ein bißchen Wein intus hatte. Ein paar Straßen Koks vielleicht, gegen die Wirkung des Alkohols und der Sonne. Während die anderen Frauen sich mir neugierig zuwandten, sagte ich: »Nein, danke, keinen Wein. Können wir uns bitte unten unterhalten?«

»Das da sind meine Freundinnen.« Leila machte eine ausladende Bewegung mit Hand und Glas. »Was immer Sie mir zu sagen haben, können sie ruhig hören.«

»Ich weiß nicht, ob Sie das wirklich wollen.« Ich legte etwas Warnendes in meine Worte, gerade ausreichend, um sie zu verunsichern.

Leila Schechtmann zögerte und zog einen Schmollmund. Dieser Besuch gestaltete sich nicht so lustig, wie sie gedacht hatte. Nach einem kurzen Moment stand sie achselzuckend auf und reckte sich, um ihren schlanken Körper vorzuführen. Zu ihren Freundinnen gewandt, sagte sie: »Amüsiert euch, Kinder. Es wird nicht lange dauern.« Mit einem »Auf geht's« an meine Adresse ging sie zur Wendeltreppe.

Unten führte sie mich zu einem blauen Sofa mit Blick auf die Terrasse und machte es sich mit untergeschlagenen Beinen in der einen Ecke bequem. Ich setzte mich ans andere Ende und ließ dem Schweigen seinen Lauf. Leila Schechtmann widmete sich ihrem Wein und sagte schließlich schnippisch: »Also, was ist los? Was hat Speed diesmal angerichtet?«

»Er steckt möglicherweise in größeren Schwierigkeiten als bisher, aber um das sicher sagen zu können, brauche ich ein paar Hintergrundinformationen von Ihnen. Erzählen Sie mir von ihm.«

»Womit soll ich anfangen? Er ist ein Schwein, ein mieses Schwein. Wissen Sie, daß er mich einfach hat sitzenlassen? Ohne einen Cent? Es war alles in bester Ordnung, und plötzlich, von einem Tag auf den anderen ...« Sie zuckte die Achseln.

»Sie wußten von diesem Glücksspielgeschäft?«

»Natürlich. Es war nicht besonders amüsant – all diese Telefone und diese ganzen Leute, die die Anrufe entgegennahmen –, aber es hat uns ein hübsches Auskommen verschafft. Nur daß Speed viel zuviel Arbeit in die Sache gesteckt hat. Wir sind nirgends mehr hingegangen, nie mehr verreist. Ich langweilte mich, und ich hatte es satt. Aber dann, im letzten Jahr, bevor er mich verlassen hat, da hatte er einen jungen Mann gefunden, den er sich heranziehen wollte, um ihm den Laden zu übergeben. Und der war amüsant.« Sie kicherte.

»Dieser junge Mann war Dawud Hamid?«

»O ja, das war ein Fund. Sehr gutaussehend, ein richtiger Mann, Sie verstehen.« Sie stellte ihr leeres Glas auf dem Beistelltischchen ab und sah sich ungeduldig um. Das Mädchen tauchte mit einer Flasche aus dem Nichts auf, goß ihr ein und verschwand wieder. »O ja, Dave Hamid war schon ein Kerl. Glauben Sie mir, ich muß es ja wissen.«

»Ach?«

»Ah, Sie sind neugierig. Tja, ich habe ihn ein paarmal gehabt, wenn Speed anderweitig beschäftigt war. Von mir aus hätte es mehr sein können, aber er war ein seltsamer Typ, hatte nur Augen für Chloe, obwohl die sich nichts aus ihm machte.«

»Wer ist Chloe?«
»Chloe Love, sie war Küchenchefin im Restaurant.« Leila Schechtmann rümpfte die Nase, als schlüge ihr ein schlechter Geruch entgegen. »Die Angestellten und die Gäste fanden Sie alle umwerfend; ich habe nie verstanden, warum. O ja, sie war ganz hübsch, wenn man auf diesen blonden, nordischen Typ steht, aber nichts Besonderes. Und überhaupt, wieso war sie Küchenchefin? Frauen sind Köchinnen, Männer sind Küchenchefs.«
Chloe Love. C. L. Zufall? Vielleicht, vielleicht auch nicht.
»Wie stand Ihr Mann zu Chloe?«
»Wie schon? Er ist ein Mann, und alle Männer sind Trottel.«
»Und wie stand sie zu ihm?«
»Oh, ich sehe schon, Sie glauben, ich rede so von ihr, weil ich eifersüchtig bin. O nein. Sie hatte auch für Speed nichts übrig. Er verstand das nicht, genausowenig wie Dave.«
»Was glauben Sie, weshalb sie nicht interessiert war?«
»Vielleicht ist sie lesbisch, wer weiß?«
»Was wurde aus Chloe, als Ihr Mann das Restaurant verkauft hatte?«
»Warum fragen Sie eigentlich nach ihr?«
Es war das erstemal, daß sie sich in einer Weise für die Hintergründe meiner Fragen oder meines Besuchs interessierte, die über die leise Neugier, was Speed angestellt haben mochte, hinausging. Sie würde sich mit einer vagen Antwort zufriedengeben. »Nur so.«
»Na ja, ich nehme an, sie hat einen neuen Job gefunden oder auch nicht; vielleicht ist sie von hier weggegangen. Ist mir auch schnurz.«
»Kommen wir noch mal darauf zurück, wie Ihr Mann aus der Stadt verschwunden ist. Sie sagten, es war alles in bester Ordnung, und von einem Tag auf den anderen war nichts mehr in Ordnung. Ich schließe daraus, daß Sie nicht geahnt haben, was er vorhatte.«
»Nicht im geringsten.« Sie zitterte und drückte sich tiefer in die Sofapolster. Der Spitzen-BH und der Schlüpfer waren ein unzulänglicher Schutz vor der Spätnachmittagskälte in diesem sonnenlosen Raum. Das Mädchen erschien mit einer lose gewebten Decke, drapierte sie über ihre Arbeitgeberin und füllte dann deren Weinglas wieder auf.

Tadelloser Service, dachte ich, aber unter der undurchdringlichen Miene der Frau spürte ich heftige Mißbilligung. Sie war eine Latina, etwa fünfzig, dicklich, mit einem breiten Ehering – vermutlich eine gut katholische Ehefrau und Mutter, die diesen Job sofort aufgeben würde, wenn sie das Geld nicht brauchte.
Mrs. Schechtmann bedankte sich nicht einmal. Sie mummelte sich ein, trank von ihrem Wein und begann mit ihrer Passionsgeschichte.
»Ich erinnere mich noch so genau an diesen Tag. Speed und ich wohnten damals auf dem Tel Hill, in der Nähe dieses Turms. Ich liebe den Turm, Sie nicht? Er hat so etwas Phallisches. Am Abend vorher war ich aus gewesen, auf einer Party bei Freunden, er konnte nicht mit, irgendwelche Probleme im Restaurant. Als ich heimkam, schlief er schon. Am Morgen gab er mir einen Abschiedskuß und ging um die übliche Zeit aus dem Haus, alles genau wie immer.
Ich hatte ein Verabredung zum Lunch, im Stars, kennen Sie das? Manche Leute sagen, es ist nicht mehr das, was es mal war, aber ich weiß nicht, ich finde es immer noch genausogut wie eh und je. Dann Maniküre und Pediküre, ein bißchen Shopping, und um fünf Cocktail bei einer Freundin in Sausalito. Ich habe versucht, Speed über sein Handy zu erreichen, um ihm zu sagen, er soll nachkommen, aber er hat sich nicht gemeldet. Sie können sich ja vorstellen, was ich dachte.«
Ich schüttelte den Kopf.
Sie sah mich an, als sei ich unglaublich begriffsstutzig. »Ich dachte, er treibt es mit irgendeiner Frau. Sie wissen ja, das Telefon in der Jackettasche, das Jackett auf dem Wohnzimmerfußboden und Speed im Schlafzimmer.« Sie kicherte wieder. »Ich muß ja wissen, wie das läuft.«
»Sie fuhren also nach Sausalito, zum Cocktail«, half ich ihr auf die Sprünge, um die Schilderung ihrer Aktivitäten zu beschleunigen.
»Und zum Essen. Es gibt dort ein himmlisches Restaurant... nein, jetzt nicht mehr, es hat zugemacht. Wir haben gegessen und sind noch auf ein paar Drinks geblieben, und als ich heimkam, wartete Fig Newton auf mich.«
»...Fig Newton?«
»Sein richtiger Name ist Langley, aber wer will schon so genannt werden? Der Spitzname klingt doch viel besser.«

Ich hatte keinen Tropfen getrunken, fühlte mich aber, als hätte ich die ganze Zeit mit ihr mitgehalten. »Wer ist das?«

»Er war der Geschäftsführer vom *Glücksspiel.* Idiotischer Name für ein Restaurant, finden Sie nicht? Speed hielt sich für besonders clever, und was ist passiert? Na, jedenfalls, Fig hat mir alles erzählt.«

»Und zwar...?«

»Während ich einen rundum netten Tag verbracht hatte, hatte Speed das Restaurant an einen seiner Spielerfreunde verkauft, die Wohnung an einen anderen verscherbelt, unsere sämtlichen Bankkonten leer geräumt und sich ins Flugzeug nach Miami gesetzt. Fig war an dem Morgen wie üblich ins Restaurant gegangen. Speed schickte ihn nach Oakland, irgendwas erledigen, und als er wiederkam, machte der neue Eigentümer gerade Bestandsaufnahme. Er hatte alle Leute aus der Telefonzentrale im Obergeschoß an die Luft gesetzt, die Leitungen rausgerissen und das Restaurantpersonal gefeuert, und jetzt feuerte er Fig. Und er erzählte Fig den ganzen Rest: von der Wohnung, den Konten, dem Flug nach Miami.«

»Haben Sie versucht, Ihren Mann in Florida ausfindig zu machen?«

»Natürlich, aber es war zu spät, er war weg, und mit ihm jeder Cent, den wir besaßen.«

»Und Dave Hamid? Haben Sie ihn danach noch gesehen?«

Sie lachte zynisch. »O nein, Dave war viel zu sehr damit beschäftigt, sich bedeckt zu halten.«

»Hat ihn die Polizei vernommen?«

»Keine Ahnung. Kann sein, daß sie's versucht haben, aber es hat ihnen bestimmt nicht viel gebracht. Dave genoß diplomatische Immunität, er konnte nicht strafrechtlich verfolgt werden, brauchte nicht mal vor der Anklagejury auszusagen. Deshalb hat Speed ihn ja überhaupt mit ins Geschäft hineingenommen. Hat ihm allerdings nichts genützt. Sie wissen, daß sie Speed immer noch mit einem Haftbefehl suchen?«

»Ja. Wie kommt es, daß von Hamids Verwicklung in die Geschichte überhaupt nichts in die Medien gedrungen ist?«

»Kennen Sie seine Mutter?«

»Ja.«

»Tja, ich hatte auch die Ehre, sie kennenzulernen. Einer der langweiligsten Abende meines Lebens: Dinner in dieser gräßlichen Botschaft, ihr ewiges Gerede über internationale Beziehungen, als ob das irgendwen interessierte. Diese Frau ist stinkreich, ich bin sicher, sie hat der Presse das Maul gestopft, fragen Sie mal in der Diplomatenszene nach, wie so was funktioniert.«
Von oben rief eine Stimme: »Lei-la! Der Wein ist alle!«
Leila schnippte mit den Fingern. »Wein, Blanca. Oder noch besser: Bring ihnen Champagner.«
Ich spürte eine leise Bewegung hinter mir, als das Mädchen seinen Posten verließ.
»Sehr aufmerksam, Ihre Blanca«, sagte ich.
»Eine echte Perle.« Sie lächelte verlogen.
Ich hatte schon öfter Leute wie Leila Schechtmann und ihre Freundinnen getroffen, aber Gott sei Dank nie viel mit ihnen zu tun gehabt. Wenn ich Glück hatte, brauchte ich mich auch mit Leila nicht mehr lange abzugeben. »Dieser Fig... Langley Newton, wissen Sie, wo ich ihn finden kann?«
»Was wollen Sie denn von Fig?«
»Von ihm hören, was an dem Tag abgelaufen ist, an dem Ihr Mann sich abgesetzt hat.«
»Verstehe.« Sie legte die Stirn in Konzentrationsfalten. »Irgendwer hat gesagt... Sandy vielleicht? Ja, Sandy hat gesagt, daß er ihn irgendwo gesehen hat. Wo doch gleich? South Beach? Nein, zu edel. War wohl eher südlich der Market Street, aber nicht im besseren Teil.«
Blanca schleppte zwei Magnum-Champagnerflaschen in Eiskübeln durchs Zimmer und erklomm, vorsichtig balancierend, die Wendeltreppe. Oben empfingen sie Gejohle und Applaus.
»Mrs. Schechtmann...«
»Leila.«
»Leila, dieser Morgen, ehe Ihr Mann...«
»...mich auf niederträchtige Art beraubt und verlassen hat.«
»Ja. War das das letztemal, daß Sie Kontakt mit ihm hatten?«
Ihr Gesicht verschloß sich. »Warum?«
»Soweit ich weiß, war er noch ein paarmal wieder...«
Männerstimmen drangen aus der Diele empor. Mrs. Schechtmanns

Kopf fuhr herum, und ihre Züge belebten sich. Die Stimmen kamen die Treppe herauf. Leila schüttelte die Decke ab, und als die Männer oben angelangten, reckte sie sich wieder, wie sie es vorhin vor ihren Freundinnen getan hatte.

Sie waren zu dritt: Hispanos, gutaussehend, teuer gekleidet. Sie begrüßten Leila Schechtmann, als wäre sie vollständig angezogen, und machten sich daran, ihre Krawatten zu lockern und ihre Jacketts abzulegen.

»*Queridos*«, sagte Leila, »diese Dame hier ist Detektivin, ich habe ihr schreckliche Dinge über Speed erzählt. Die anderen sind oben. Wir hatten einen wundervollen Nachmittag in der Sonne, und Blanca hat ihnen gerade Champagner raufgebracht.«

Die Männer warfen desinteressierte Blicke in meine Richtung und gingen zur Wendeltreppe, wo sie kurz stehenblieben, um Blanca vorbeizulassen, die ihnen mit einer Ladung leerer Weinflaschen im Arm entgegenkam.

Leila wandte sich mir zu. »Der im grauen Anzug, das ist mein Lover, Sandy Ronquillo. Sehr eifersüchtig, von Speed mag er gar nichts hören. Bitte, Sie müssen jetzt gehen.«

»Diese Stippvisiten Ihres Mannes hier in der Stadt...«

»Davon weiß ich nichts, ich muß jetzt wieder zu meinen Gästen. Blanca wird Sie hinausbringen.« Sie bedachte mich mit einem falschen strahlenden Lächeln, schlüpfte an mir vorbei zur Wendeltreppe, holte den letzten der drei Männer – der nicht ihr Lover war – ein und griff ihm spielerisch an den Hintern.

Ich wartete, bis sie alle oben waren, und machte mich dann auf die Suche nach Blanca.

Ich fand sie in der Küche – einem großen weißen Raum, der sein Dreißiger-Jahre-Flair nicht eingebüßt hatte, sondern nur mittels geschickt in den Original-Einbauten verborgener Geräte modernisiert worden war. Das einzige Fenster ging auf einen Lichtschacht hinaus; gefiltertes Sonnenlicht fiel auf die Spüle, wo Blanca gerade die leeren Flaschen reinigte. Auf der Arbeitsfläche stand ein kleiner Kassettenrecorder, und sie summte beim Arbeiten den neuesten Country & Western-Hit meines Schwagers Ricky Savage mit: *The Broken Promise Land.*

Ich ließ die Schwingtür hinter mir zufallen und räusperte mich. Blanca wollte gerade eine Flasche in eine Plastik-Recycling-Tonne stecken und sah überrascht auf.
»Mrs. Schechtmann ist wieder bei ihren Gästen«, sagte ich. »Ich dachte, Sie können mir vielleicht ein paar Fragen beantworten, die ich mit ihr nicht klären konnte.«
Das Dienstmädchen sah mich mißtrauisch an und zuckte dann die Achseln.
»Gefällt Ihnen der Song?« Ich zeigte auf den Recorder.
»Mir gefallen alle Songs von Ricky Savage. Er ist mein Lieblingssänger.«
Praktisch. Ich witterte einen Anknüpfungspunkt. »Meiner auch. Aber ich bin voreingenommen – er ist nämlich der Mann meiner Schwester Charlene.«
Freudige Röte überzog Blancas Gesicht. »Wirklich?«
»Wirklich. Ich kenne Ricky, seit er achtzehn war und als Background-Sänger einer miserablen Band durch San Diego tingelte. Einer ihrer Gigs war ein High-School-Ball, und dort traf er Charlene. Er blieb da, und nach drei Monaten waren sie verheiratet.« Ich unterschlug, daß Ricky sie bei ihrem ersten Date geschwängert hatte.
»Ihre Schwester hat Glück.«
»In vielerlei Hinsicht. Sie und Ricky haben eine Menge Geld, genau wie diese Leute.« Ich deutete mit dem Daumen in Richtung Tür. »Aber sie sind ganz normal geblieben. Keine Trinkerei und keine Drogen, und sie haben ihre Kinder ordentlich erzogen.« Trag nicht zu dick auf, McCone. »In diesem Haus läuft einiges nicht gut, was?«
Blanca drehte sich wieder zur Spüle.
»Blanca, ich brauche unbedingt ein paar Informationen über Leilas Ehemann Klaus Schechtmann.«
»Da kann ich Ihnen nicht helfen.«
»Auch nicht, wenn es ein kleines Mädchen retten könnte, das in ernster Gefahr ist?«
Sie hielt im Spülen inne. Schüttelte den Kopf. »Dieser Job ist sehr wichtig für mich.«
»Ich verspreche Ihnen, daß alles strikt unter uns bleibt.«

Just in diesem Moment schmetterte Ricky die Worte »broken promise land«. Besten Dank, lieber Schwager, dachte ich.
Die Ironie entging Blanca nicht. Sie drehte das Wasser ab und wandte sich mir leise lächelnd zu. »Ich weiß ja nicht mal, ob Sie wirklich mit ihm verwandt sind. Wieso sollte ich Ihnen trauen?«
»Schauen Sie.« Ich kramte in meiner Handtasche, zog ein Fotomäppchen heraus und zeigte ihr einen Schnappschuß von Ricky, Charlene und ihren drei Jüngsten, auf den Fundamenten eines Hauses sitzend. »Das ist das Haus, das sie gerade in den Hügeln über San Diego bauen.«
Sie studierte das Foto und schüttelte dann wieder den Kopf. »Es steht mir nicht zu, über Mr. Schechtmann zu reden.«
»Wie wär's mit einem Autogramm von Ricky und seinem neuesten Album? Ich kann Ihnen eine Kassette, eine Schallplatte oder eine CD besorgen.«
»Sie wollen mich wohl bestechen?«
»Ja, das will ich.«
»Dann muß es Ihnen wirklich dringend sein.« Sie zögerte. »Sie sagen, ein Kind ist in Gefahr?«
»Ja. Die Kleine ist erst neun.«
Ihr Blick wurde für einen Moment unsicher, dann sah sie mir fest in die Augen. »Gut. Ich nehme Ihr Angebot an. Ich möchte bitte die Kassette.«
»Abgemacht.« Ich kramte wieder in meiner Tasche und reichte ihr ein Notizbuch, damit sie mir ihren vollen Namen und ihre Adresse aufschreiben konnte.
»So«, sagte sie, als sie es mir zurückgab, »und was wollen Sie dafür von mir?«
»Leilas Mann, Klaus Schechtmann – oder auch Speed, wie sie ihn nennt –, war er je wieder hier?«
Sie nickte. »Zweimal, soweit ich weiß. Letztes Jahr, ein paar Monate nachdem sie hier eingezogen war, und dann noch mal im Dezember, in der Woche vor Weihnachten.«
Also war Schechtmann in der Woche, in der der Anschlag auf die lybische Handelsmission verübt worden war, hier in der Stadt gewesen – und vielleicht nicht nur er, sondern auch Dawud Hamid. Interessant. »Erzählen Sie mir von diesen Besuchen.«

»Das erstemal war sie sehr böse auf ihn. Es gab Streit. Dann war Ruhe. Da sind sie im Schlafzimmer gewesen. Das zweitemal hat sie ihn freundlich empfangen. Mit Kaviar, Champagner und Musik. Und natürlich war sie wieder mit ihm im Schlafzimmer. Ich mußte das Bett frisch beziehen, und sie hat mir eingeschärft, daß ich ja Mr. Ronquillo nichts sagen soll, und zu Weihnachten habe ich eine Extrazulage gekriegt. Ich glaube, ihr Mann hat ihr Geld gegeben, weil sie die nächsten Monate mehr Sachen gekauft hat als sonst.«

»Hat einer von ihnen – Leila oder Speed – jemals den Namen Dave Hamid erwähnt?«

»Ich habe diesen Namen das erstemal gehört, als Sie mit ihr geredet haben.«

»Vielleicht ein Land namens Azad oder das azadische Konsulat?«

»Nein.«

»Eine gewisse Chloe Love?«

»Nein.«

»Einen Mann namens Langley Newton – oder kurz Fig?«

»O ja. Fig macht Hilfsdienste für Leila – bringt den Wagen zum Kundendienst, macht Besorgungen. Sie gibt ihm solche kleinen Jobs, weil er es im Moment so schwer hat. Er kommt mindestens einmal die Woche.«

Mir war doch gleich so gewesen, als hätte in Leilas Beteuerung, Figs Adresse nicht zu kennen, ein falscher Ton geschwungen.

»Was glauben Sie, warum sie mir gesagt hat, daß sie nicht weiß, wo er zu erreichen ist?«

»Vielleicht hatte sie Angst, Sie wollten ihm etwas tun. Leila mag Fig, einfach so, ohne die üblichen Mann-Frau-Geschichten.«

»Wieso?«

Blanca zuckte die Achseln. »Vielleicht, weil er zu ihr gekommen ist, damals, als ihr Mann plötzlich weg war, und weil er ihr alles erzählt hat. Vielleicht, weil Fig nie über sie urteilt. Und Fig würde ihr niemals weh tun, so wie Mr. Ronquillo. Der hat was Gewalttätiges an sich, das sieht man oft genug an Leilas blauen Flecken.«

»Wissen Sie, wo ich Fig finden kann?«

»Nein, tut mir leid. Seine Mutter ist letztes Jahr gestorben, und er hat ein Apartmenthaus irgendwo in der City geerbt, aber er wohnt nicht dort. Irgendwie gibt es Probleme damit, und er will es verkaufen, wird es aber nicht los. Im Moment wohnt er irgendwo auf der Peninsula, aber ich weiß nicht genau, wo.«

»Wissen Sie, wann er das nächstemal zu Leila kommt?«

»Ich glaube, er war gestern hier, um irgendwas zu reparieren, aber ich bin mir nicht sicher, weil gestern mein freier Tag war. Wenn er das nächstemal kommt, werde ich ihm sagen, er soll Sie anrufen.«

Ich dachte, ich würde Newton schon auf anderem Weg ausfindig machen, gab Blanca aber dennoch eine meiner Karten. »Würden Sie mich bitte auch anrufen, falls Schechtmann Leila wieder besucht?«

Sie nickte und steckte die Karte in die Tasche ihrer Dienstmädchentracht.

Die Klingel in einer altmodischen Rufanlage über der Tür ertönte. Blanca sah auf das Kästchen und seufzte. »Sie wollen noch mehr Champagner. Nichts zu essen – die Drogen betäuben ihren Hunger.«

»Blanca, warum arbeiten Sie noch hier?«

»Ich werde gut bezahlt, und das Geld ist nötig, weil meine Tochter studiert. Sie ist an der Universität von Davis und wird Tierärztin. Wenn sie ihre eigene Praxis aufmacht, gebe ich den Job hier auf und arbeite bei ihr.« Sie grinste durchtrieben. »Die Arbeit mit Tieren wird mir bestimmt Spaß machen. Ich habe dann ja schon jede Menge Erfahrung damit.«

12

Als ich wieder im Auto saß, rief ich Mick im Büro an und bat ihn, seinem Vater wegen des Autogramms und der Kassette für Blanca Bescheid zu sagen. Er meinte, er werde es gleich erledigen und dann für heute Feierabend machen. »Nichts los – weder hier noch auf den Bulletin Boards. Es hat noch nicht mal jemand für dich angerufen.«

»Was? Keine Botschaft von Adah Joslyn?«

»Gott sei Dank nicht.«

»Komisch.« So wie sie mich gestern abend wegen der Azadis gelöchert hatte, hatte ich eine ganze Salve Anrufe erwartet.
Dann wählte ich die Nummer von Charlotte Keims Apparat bei RKI. »Irgendwas gefunden?« fragte ich.
»Nein, dieser Hamid ist wirklich eine harte Nuß.«
»Na gut, legen Sie ihn erst mal auf Halde. Sind Sie willens, noch ein Überstündchen einzulegen?«
»Klar. Was brauchen Sie?«
»Die aktuellen Adressen von zwei Personen: Langley Newton alias Fig Newton und Chloe Love. Sie haben beide im *Glücksspiel* gearbeitet, er als Geschäftsführer, sie als Küchenchefin.«
»Ich mache mich gleich dran. Sonst noch was?«
»Hat Renshaw angerufen?«
»Ja, hat er Sie noch nicht erreicht? Er ist im Konsulat; hier ist die Nummer, unter der Sie anrufen sollen.«
Als ich Renshaw an der Strippe hatte, sagte er, ich müsse mich einen Moment gedulden, er werde zurückrufen. Ich blieb, wo ich war, und sah zu, wie Nebelschwaden von der Bay hereindrifteten, um dem schönen Frühlingswetter der letzten paar Tage ein Ende zu machen. Die Dämmerung würde früh hereinbrechen, und es würde ein kalter Abend werden – gerade richtig, um es mir mit Hy vor meinem Kamin gemütlich zu machen. Der Gedanke war ungeheuer verlokkend, aber eine innere Unruhe trieb mich, noch weiter am Ball zu bleiben.
Das Telefon surrte. Renshaw. Bis jetzt, sagte er, sei noch keine Lösegeldforderung eingegangen.
»Es wird auch keine eingehen«, erklärte ich.
»Sie sehen die Sache genauso wie ich.«
»Mrs. Hamid war viel zu cool. Wenn sie die Entführung nicht selbst inszeniert hat, weiß sie zumindest, wer es war, und sie ist nicht besorgt. Was hat sie getan, seit Sie da sind?«
»Aus dem Fenster der Bibliothek in den Garten gestarrt. Und was tun Sie?«
»Einer Spur nachgehen. Sind Sie noch eine Weile dort?«
»Ich bleibe hier, bis sich die Sache auf die eine oder andere Weise geklärt hat.«
Die nächste auf meiner Telefonliste war Adah Joslyn. Ihr Anrufbe-

antworter versprach mir, sie werde mich zurückrufen. Und zuletzt: Greg Marcus. Er war in seinem Büro, und er bestätigte mir, daß er nichts über Dawud Hamid und die anderen Azadis gefunden hatte. Ich bat ihn, dieselben Checks zu Klaus und Leila Schechtmann, Sandy Ronquillo, Langley Newton und Chloe Love durchlaufen zu lassen. Er grummelte der Form halber, aber ich merkte, daß er neugierig genug auf die Ergebnisse war, um die Sache zügig zu erledigen.

Dann kam mir noch eine Idee. Ich fragte: »Siehst du deine Chefköchin heute noch?«

»Später, ja.«

»Könntest du sie fragen, ob sie irgendwas über Chloe Love weiß, wo sie doch beide der kulinarischen Elite dieser Stadt angehören?«

Greg versprach, mich anzurufen, falls Lynda etwas wüßte.

Ich wollte gerade den Motor anlassen, als das Telefon wieder surrte. Charlotte Keim sagte: »Ich habe Ihr Herzchen gefunden.«

»Was?«

»Fig Newton. Er wohnt in Brisbane.«

»Wie haben Sie das so schnell rausgekriegt?«

»Telefonbuch.«

»Oh«, sagte ich matt. Ich hatte mich schon so daran gewöhnt, Hilfskräfte mit allem technischen Schnickschnack zur Verfügung zu haben, daß ich gar nicht mehr auf die Idee kam, selbst einen Finger zu rühren.

Charlotte Keim nannte mir eine Adresse an der Manzanita Lane. »Das ist eins von diesen kleinen Sträßchen auf dem San Bruno Mountain«, setzte sie hinzu. »Direkt am County Park. Sie nehmen am besten den Bayshore Boulevard, biegen dann rechts in die San Bruno Avenue und fahren immer bergauf. Von da an sind Sie auf Ihre Findigkeit angewiesen.«

Ich war allerdings auf meine Findigkeit angewiesen; selbst mein Rand-McNally-Straßenverzeichnis half mir nicht weiter. Die Straßen wanden sich in Kurven und Serpentinen den buckligen Hügel hinauf, kreuzten und gabelten sich und kreuzten sich wieder. Als ich mich dem freien Stück zwischen Brisbane und Daly City näherte,

wurden sie zu schmalen, eukalyptusbeschatteten Sträßchen, gesäumt von rustikalen Behausungen. Nebel verhüllte den Gipfel des Hügels und senkte sich langsam tiefer herab. Im Osten glitzerte die Bay noch immer unter blauem Himmel.
Ich bog nach rechts in ein unbeschildertes Sträßchen ein, kurbelte mich um eine Haarnadelkurve, rumpelte durch Schlaglöcher. Gleich darauf endete die Fahrbahn im Gestrüpp. Auf der Hangseite war das Gelände steil und dicht bewachsen. Auf der Talseite fiel es zu den Rückfronten der Häuser an der daruntergelegenen Straße ab. Ich wendete und fuhr im Schleichtempo zurück, wobei ich nach Briefkästen Ausschau hielt. Schließlich tauchte einer an der Hangseite auf. Der Pfahl hing schief, die Klappe halb offen. Mit Mühe entzifferte ich den Namen Newton. Ich parkte den MG neben dem Briefkasten und stieg aus.
Zwei breite, durchhängende Planken überbrückten einen Graben, in dem ein kleines Rinnsal floß. Ich ging über die eine und folgte einer ausgefahrenen Wagenspur durch ein Eukalyptuswäldchen. Die silbriggrünen Blätter zitterten im herabdriftenden Nebel. Als ich aus dem Wäldchen kam, sah ich schwaches Licht im Frontfenster eines kleinen, mit braunen Holzschindeln verkleideten Bungalows, der sich an den Hang schmiegte. Auf der Eingangsveranda stapelte sich Schrott – eine Uralt-Waschmaschine, ein paar Holzkisten, ein Rasenmäher, drei Holzstühle. Zwei alte Pickups und ein staubiger schwarzer Citroën standen auf dem Stück, das man mit einigem guten Willen als Hof bezeichnen konnte. Ein kaputter Blumentopf lag am Fuß der Eingangstreppe; Erde und eine verwelkte Geranie lagen verstreut auf dem Lehmboden.
Ich fühlte mich in die Zeit zurückversetzt, als die Bewohner von Brisbane Ziegen und Hühner hielten und dem abschüssigen Boden ihren Lebensunterhalt abtrotzten. Das moderne San Francisco schien weit weg, während ich hier durch den Nachmittagsnebel stapfte. Ich ließ mich aber durch die nostalgische Rückbesinnung auf simplere Zeiten nicht zur Unvorsichtigkeit verleiten, griff vielmehr ins Außenfach meiner Umhängetasche und ließ meine Hand auf der 38er ruhen, die ich aus der Stahlbox im Kofferraum genommen hatte, ehe ich hergefahren war. Jahrelang hatte ich mich geweigert, sie mit mir herumzutragen, obwohl ich die Genehmigung be-

saß, aber nach einem beinahe tödlichen Zwischenfall im Oktober letzten Jahres hatte ich mich – nach der Devise: besser-sie-als-ich – über meine Hemmungen hinweggesetzt.
Ich näherte mich vorsichtig dem Bungalow und hielt Ausschau nach eventuellen Wachhunden. Kein warnendes Knurren, nichts kam herausgestürzt, um mich zu inspizieren. Drinnen bewegte sich eine mittelgroße Gestalt am heruntergelassenen Rollo des erleuchteten Fensters vorbei. Ein paar Sekunden später näherten sich Schritte der Eingangstür.
Der Mann, der mir öffnete, hatte eine spiegelnde eiförmige Glatze über einem lockigen Kranz von silbergrauem Haar. Sein talgig-weicher Körper war in einen abgewetzten braunen Bademantel gehüllt. Die Füße – in dünngescheuerten Socken – standen nach außen wie die einer Ballerina. Seine braunen Augen brauchten eine ganze Weile, um mich zu fixieren, als ob seine Gedanken weit weg und vollauf beschäftigt wären. Als er mich freundlich begrüßte, lockerte ich den Griff um die 38er.
Ich wies mich aus und vergewisserte mich, daß er tatsächlich Langley Newton war. Ich erwähnte Leila Schechtmann und Blanca und fragte, ob ich hereinkommen dürfe. Newton sah mich unsicher an, als ob er nicht oft Besuch bekäme und nicht recht wüßte, wie er mit mir umgehen sollte. Er sei nicht angezogen, sagte er. Ob ich einen Moment warten könne.
Ich wartete und sah zu, wie die Nebelfinger hügelabwärts in Richtung Bay krochen. Sie griffen gerade nach den Bootshäfen an der westlichen Küste, als Newton in Jeans und einem blauen Pullover wiederkam und mich hereinbat.
Das Wohnzimmer zog sich über die ganze Länge des Bungalows und war genauso schäbig wie dessen Äußeres. Ein alter Geschirrschrank aus dunklem Holz stand im Halbdunkel an der einen Schmalseite, die Borde voller staubiger Gedenkteller und blumengemusterter Teetassen. Am anderen Ende befand sich ein bauchiger Holzofen, und dazwischen stand ein hochlehniges Sofa im viktorianischen Stil, mit verschossenem rotem Samt bezogen. Auf dem kleinen Tisch davor lag ein halbvollendetes Puzzle. Die einzige Lichtquelle war eine Stehlampe beim Fenster, und der Raum war sehr kalt.

Newton ging zum Ofen, knüllte ein wenig Zeitungspapier von einem chaotischen Stapel auf dem Fußboden zusammen und machte Feuer. Er wandte sich mir mit einem verlegenen Lächeln zu. »Der Nebel ist so schnell gekommen, daß ich gar nicht gemerkt habe, wie kalt es geworden ist. Ich benutze diesen Raum kaum, außer wenn ich Besuch habe. Es wird gleich wärmer werden.«
»So schlimm ist es gar nicht.« Ich sah auf einen runden Tisch, den zwei Stühle mit Petit-Point-Stickerei auf den Sitzpolstern flankierten. Die Tischplatte zierte ein Häkeldeckchen, auf dem etwa ein Dutzend Hummel-Figürchen aufgebaut waren; dazwischen stand ziemlich deplaziert ein mit Fingerabdrücken übersätes Glas.
»Die hat meine Mutter gesammelt«, sagte Newton und bedeutete mir, auf dem Sofa Platz zu nehmen. »Das hier war ihr Haus. Sie ist im Herbst gestorben, und ich bin noch nicht dazu gekommen, ihre Sachen durchzusortieren.« Er musterte die Figürchen mißbilligend, als nähme er sie plötzlich deutlicher wahr. »Ich sollte wirklich mal was gegen diese Dinger unternehmen. Ich finde sie ziemlich scheußlich.«
»Ich mag sie auch nicht besonders, aber sie sind vermutlich einiges wert. Sie könnten sie ja vielleicht verkaufen.«
»Tatsächlich?« Er beäugte sie abschätzend und schon wesentlich toleranter.
Als ich mich auf das Sofa setzte, erhob sich eine verräterische Staubwolke. Was in aller Welt, fragte ich mich, hatte dieser Mann seit letztem Herbst getan, daß er es weder geschafft hatte, sauberzumachen, noch sich von den Gegenständen zu befreien, die ihm ein Dorn im Auge waren? Vielleicht sah er den Staub und den Dreck ja gar nicht und auch den Nippes erst dann, wenn jemand seine Aufmerksamkeit darauf lenkte. Sein Bezug zu seiner Umwelt schien nicht der intensivste; sein Blick war schon wieder entrückt, nahm mich kaum zur Kenntnis.
Ich fragte: »Sie leben hier, seit Ihre Mutter gestorben ist?«
Er nickte langsam, kehrte aus der Ferne, in die ihn seine Gedanken entführt hatten, zurück. »Ich nehme an, Leila hat Ihnen erzählt, daß ich es momentan nicht ganz leicht habe. Da der Bungalow abbezahlt ist und die Steuern und Unterhaltskosten niedrig sind, bleibt mir keine andere Wahl, als hier zu wohnen.«

»Das klingt, als seien Sie nicht gerade glücklich hier.«
»Ach, es ist wohl ganz okay. Hier ist man ungestört und hat seine Ruhe. Aber es hat seine Schattenseiten: keine Müllabfuhr und der weite Weg zum Einkaufen.«
»Blanca hat mir gesagt, Sie hätten auch noch ein Apartmenthaus in der City geerbt. Warum wohnen Sie nicht dort?«
»Ich bin nicht scharf drauf, Wand an Wand mit anderen Leuten zu leben, und außerdem ist das Haus nicht in Schuß. Es steht zum Verkauf, falls Sie jemanden wissen, der ein Mietshaus sucht.«
Ich wußte niemanden, also fragte ich mich in eine Richtung voran, die uns allmählich zu Dawud Hamid führen würde. »Als ich mit Leila gesprochen habe, hat sie mir ziemlich ausführlich erzählt, wie Speed das *Glücksspiel* verkauft hat. Kam das wirklich so plötzlich, wie sie sagt?«
»Ja.« Er holte eine Pappschachtel unter dem Tisch hervor und zerstörte achtlos sein zeitraubendes Werk, indem er die Puzzle-Teile hineinwischte. »Sie ist verbittert, und das ist ihr gutes Recht. Ich hatte wenigstens gewisse Chancen auf dem Arbeitsmarkt. Obwohl mir meine Tätigkeit ein Stockwerk unter einem illegalen Glücksspielunternehmen bei Vorstellungsgesprächen nicht gerade viele Pluspunkte eingetragen hat.«
»Sie müssen doch von dem Wettbüro gewußt haben.«
»Nein, ich wußte nichts. Speed hielt die beiden Unternehmen streng getrennt. Ich dachte, er betreibt dort oben so eine Art Versandhandel.«
Ich muß ziemlich skeptisch geguckt haben, denn er setzte hinzu: »Schwer zu glauben, was? Die Staatsanwaltschaft wollte es mir auch nicht abnehmen, aber die anderen Angestellten haben es bestätigt.«
»Was haben Sie gemacht, nachdem Sie entlassen worden waren?«
»Nichts Großartiges.« Er verstaute die Puzzle-Schachtel in einem kleinen Bücherregal und setzte sich dann auf einen der Petit-Point-Stühle. »Speed hat das Restaurant neunundachtzig verkauft. Ich habe ein paar Jahre für eine Firma gearbeitet, die Organisationspläne für die Essenversorgung auf Militärbasen entwickelt, aber bei all den Stützpunkt-Schließungen... Dann habe ich eine Zeitlang für

ein Franchise-Unternehmen gearbeitet, das sich gerade in Europa etablierte. Aber mittlerweile bin ich auf Aushilfsjobs angewiesen. Hat Leila Sie geschickt, weil sie etwas für mich zu tun hat?«

»Ich bin hier, weil ich ein paar Leute aufzuspüren versuche, mit denen Sie möglicherweise zu tun hatten, als Sie für Mr. Schechtmann gearbeitet haben. Dawud Hamid – sagt Ihnen dieser Name etwas?«

»Hamid.« Etwas Undefinierbares flackerte in seinem entrückten Blick auf, aber er sagte nur: »Es gab da einen Dave Hamid, der irgendwie zur Diplomatenszene gehörte. Ich glaube, er und Speed waren engbefreundet.«

»Den meine ich. Er hat das Wettbüro geleitet.«

Newton nickte versonnen. »Kann sein. Als damals Anklage erhoben wurde, ging das Gerücht um, einer der Drahtzieher sei davongekommen, weil er diplomatische Immunität genießt, aber sein Name wurde nie genannt.«

»Sie kannten Hamid nicht näher?«

»So gut wie gar nicht. Ich gehörte nicht zu Speeds Kreis; sie waren zu reich für mich – und zu korrupt.«

»Und was ist mit Chloe Love?«

»Chloe?« Er schien erschrocken. »Was ist mit ihr?«

»Leila sagt, Hamid interessierte sich für sie. Könnte es sein, daß die beiden noch Kontakt haben?«

»Das bezweifle ich sehr.« Newton sah auf den Holzofen, der zu qualmen begonnen hatte, und ging hinüber, um sich darum zu kümmern.

»Haben Sie eine Ahnung, wo Chloe jetzt wohnen könnte?« fragte ich.

»Wo sie wohnt? Nein.« Er stocherte im Ofen, legte dann den Schürhaken weg und rieb sich die Hände sauber. »Aber ich weiß, daß sie bestimmt nichts mit Hamid oder sonst jemandem von diesen Leuten zu tun hat.«

»Warum nicht?«

»Weil Chloe ein durch und durch netter Mensch war. Sie war intelligent und fiel nicht auf Geld und Äußerlichkeiten rein.« Er kehrte zu seinem Stuhl zurück. »Dauernd kamen irgendwelche Männer aus dieser Diplomatenszene zu ihr in die Küche, um sie anzuma-

chen, aber sie wollte nichts von ihnen wissen. Sie war... eine beeindruckende Frau.«
»Das klingt, als hätten Sie sie gemocht.«
»Habe ich auch. Sie war wohl die gütigste und anständigste Person, der ich je begegnet bin. Sie hat sich beim Staatsanwalt für mich eingesetzt, als der mir nicht glauben wollte, daß ich nichts von dem Wettbüro wußte. Dafür bin ich ihr sehr dankbar.«
»Und trotzdem haben Sie sie aus den Augen verloren?«
Er zuckte die Achseln. »Als das Restaurant zugemacht hatte, gingen wir alle getrennte Wege. In der Gastronomie sah es finster aus, und wir mußten uns die Hacken nach einem Job ablaufen – dank Speed.«
»Erzählen Sie mir ein bißchen mehr von Speed.«
»Wie Leila zu sagen pflegt: Er ist ein Schwein.«
»Leila ist selbst nicht gerade eine Heilige.«
»Sie ist ein verzogenes kleines Mädchen und nicht besonders helle, aber das heißt noch lange nicht, daß sie es verdient hat, auf diese Art sitzengelassen zu werden.«
»Und trotzdem läßt sie Speed freudig in ihr Bett, sooft er hier ist.«
»Ach?« Das fragende Wörtchen kam eine Spur zu schnell.
»Sie hat Ihnen doch von seinen Besuchen erzählt, oder?«
»...Ja.«
»Wie kommt Speed in die Staaten zurück – mit einem falschen Paß? Und warum kommt er hierher?«
Newton schwieg.
»Mr. Newton, ich stehe nicht im Auftrag irgendeiner offiziellen Stelle. Es kümmert mich nicht, ob Speed Schechtmann jemals wegen dieser Glücksspiel-Geschichte vor Gericht kommt. Aber ich muß ihn finden.«
»Warum?«
Ich erklärte ihm, daß Schechtmann und Hamid immer noch miteinander zu tun hatten. Ich erzählte ihm von dem Anschlag des Diplobombers auf das azadische Konsulat und von Mavis' und Habibas Verschwinden. »Die Generalkonsulin wirkt auffällig wenig beunruhigt, daher nehme ich an, daß sich die beiden an einem sicheren Ort befinden, aber ich möchte mich vergewissern, daß sie nicht bei Hamid oder auf dem Weg zu ihm sind.«

»Warum mischen Sie sich da ein? Sie sind doch seine Familie.«
»Weil ich glaube, daß die Azadis nicht nur ein Anschlagsziel unter mehreren sind; ich fürchte, der Bombenleger hat es vor allem auf sie abgesehen. Mein Instinkt sagt mir, daß Dave Hamids Verwicklung in diese Wettbüro-Geschichte und sein Verschwinden ursächlich mit diesen Bombenanschlägen zu tun haben. Wenn das stimmt, können Sie sich wohl vorstellen, in welcher Gefahr seine Frau und seine Tochter sind, falls sie sich in seiner Nähe befinden.«
»Aber im Konsulat waren sie doch auch in Gefahr.«
»Ja, und deshalb hatte ich gerade vor, sie an einen sicheren Ort zu bringen, als sie plötzlich verschwanden.«
Newton nahm eine der Hummel-Figuren, um sie hin und her zu drehen und eingehend zu studieren. »Was würden Sie tun, wenn sich herausstellen würde, daß sie tatsächlich bei Hamid sind?«
»Sie aufspüren und zurückholen – notfalls mit Gewalt.« Ich hatte noch gar nicht so weit vorausgedacht, aber jetzt schien die Antwort völlig klar.
»Und an den sicheren Ort bringen, von dem Sie eben sprachen?«
»Ja.«
»Und wenn Hamid sie suchen würde?«
»Das wäre mir sehr recht. Ich hätte ihn gern hier, wo die Diplobomber-Sonderkommission aus ihm herausholen könnte, was er mit alldem zu tun hat.«
»Unwahrscheinlich – bei seiner Immunität.«
»Dann werde ich es vielleicht einfach selbst aus ihm herausbekommen müssen, mit Hilfe meiner Kontakte zur Sicherheitsfirma des Konsulats. Wie auch immer – um das zu tun, muß ich ihn finden, und um ihn zu finden, muß ich Speed aufspüren. Sie können mir dabei helfen, Mr. Newton.«
Er zögerte, seufzte dann und stellte die Figur wieder zurück. »Also gut, ich weiß nicht, wo Speed jetzt lebt. Leila weiß es, nehme ich an, aber sie werden es nie aus ihr herauskriegen – dafür liegt ihr viel zuviel an dem Geld, das er ihr gibt. Ich weiß, daß Speed auf einem Boot herkommt und wieder verschwindet. Es gehört einem seiner Spielerkumpane, Eric Sparling, und liegt im Bootshafen von Salt Point. Sparlings Crew holt Speed von einem Schiff ab, das draußen vor der Küste ankert, und bringt ihn hierher.«

»Wie heißt das Boot?«
»*Freia.*«
»Und dieser Bootshafen von Salt Point – ist das einer von denen zwischen dem Candlestick Park und dem Flughafen?«
»Ja.« Zum erstenmal suchten Speeds Augen meine; da war noch etwas, was er mir sagen wollte.
»Was?« fragte ich.
»...Na gut. Speed war gestern bei Leila. Ich war dort, um ein paar Handtuchhalter für sie anzubringen, und er war gerade im Aufbruch. Ich hörte ihn sagen, er wolle heute wieder abfahren.«

Der Bootshafen von Salt Point lag an der Küstenausbuchtung gleich südlich von San Francisco, in San Mateo County. Dort herrscht bei jedem Wetter ein kräftiger Wind; an diesem Abend trieb er den Nebel wie Schnee vor sich her, und mir war kalt bis ins Mark. Der Bootshafen grenzte an einen nahezu leeren Parkplatz und war von einem hohen Elektrozaun umgeben. Ich stellte den MG neben einem leeren Bootsanhänger ab und ging über die Zufahrtsrampe zum Tor. Es war nur mit einer Schließkarte zu bedienen, und es gab keinen Wächter und auch keine Möglichkeit, irgend jemanden herbeizurufen. Ich spähte durch die gespenstisch dahintreibenden Nebelfetzen und sah Kabinenkreuzer und Segelboote aller Größen in den Anlegebuchten liegen; bei einigen schimmerte schwaches Licht durch die Kajütfenster.
Einbrecherabschreckung oder ein Zeichen von Leben?
Der Rush-hour-Verkehr auf dem Bayshore Freeway brummte hinter mir vorbei; vom Hafen her hörte man nur das sanfte Schwappen des Wassers und das Ächzen der Leinen. Ich stieg wieder in mein Auto, saß in der rasch hereinbrechenden Dunkelheit da und trommelte mit den Fingern gegen das Lenkrad, während ich überlegte, was ich jetzt tun sollte. Scheinwerfer leuchteten hinter mir auf, und ich sah einen dunklen Porsche auf der anderen Seite des Bootsanhängers halten. Ein Mann im Busineßanzug stieg aus, schloß den Wagen ab und ging auf das Tor zu.
Also doch bewohnt.
Ich stieg blitzartig aus meinem MG, aber bevor ich das Tor erreichte, hatte es der Mann mit seiner Schließkarte geöffnet und

schon wieder hinter sich zugezogen. Wahrscheinlich hätte er mich sowieso nicht durchgelassen; als er aus seinem Porsche gestiegen war, hatte er die Alarmanlage eingeschaltet – der sicherheitsbewußte Typ. Ich mußte so tun, als ob ich hierhergehörte.
Ich stieg wieder in meinen Wagen und fuhr, unter Vermeidung des verstopften Freeway, nach Brisbane hinein. Ich fand einen Supermarkt und erstand eine große Tüte Lebensmittel, darunter auch die Sauerteigbaguettes, die ich Hy versprochen hatte. Als ich zum Bootshafen zurückkam, standen einige weitere Autos auf dem Parkplatz. Ich wartete.
Nach etwa zehn Minuten kam ein Mustang und hielt ein paar Boxen neben mir. Eine große Frau in einem beigefarbenen Kostüm stieg aus und eilte auf das Tor zu, die Jacke fröstelnd zusammengerafft. Ich folgte ihr, tat so, als stolperte ich auf der schrägen Rampe und ließ meine Einkaufstüte fallen.
»O nein!« Ich ging auf die Knie und tastete mit beiden Händen auf dem Boden herum.
Die Frau drehte sich um. »Ihre Lebensmittel! Warten Sie, ich helfe Ihnen.« Sie hockte sich hin und begann, Äpfel einzusammeln, die aus der Tüte gekullert waren.
»Die Lebensmittel sind nicht so schlimm«, sagte ich. »Mir ist meine Karte runtergefallen. Verflixt, ich glaube, sie ist im Wasser gelandet.«
Sie steckte die Äpfel in die Tüte und stellte diese auf. »Na ja, morgen können Sie sich bei Evans eine neue holen. Ich lasse Sie rein.«
»Danke. Sehr nett von Ihnen. Ich konnte einfach nicht sehen, wo ich hintrete.«
»Kein Wunder. Es ist heute so schnell dunkel geworden, und wie es scheint, hat niemand daran gedacht, die Pierbeleuchtung anzuschalten.« Sie klapperte, als sie mir die Tür aufhielt. »Dieser verdammte Nebel. Ich wußte, das schöne Wetter hält nicht lange.«
Ich bedankte mich und wartete, bis sie nach links abbog. Ich wandte mich nach rechts, ging einen der schmalen Anlegestege entlang und studierte die Namen der hier vertäuten Boote. *Lazy Daze, Marguerite, The Money Pit, Roger's Jolly, Ms. Freedom ...*
Ein schriller Schrei gellte durch den Nebel. Drang bis in mein Innerstes und ließ mich erschauern.

Ich fuhr herum und rannte über den Steg zurück. Es war der Schrei einer Frau gewesen, und er war aus der Richtung gekommen, in die meine barmherzige Samariterin entschwunden war. Der Steg schwankte unter meinen Füßen, brachte mich fast aus dem Gleichgewicht. Ich setzte die lästige Einkaufstüte ab und breitete die Arme als Balancierhilfe aus.
Jetzt hörte ich Stimmen, erregt und bestürzt. Auf dem Hauptpier waren eine Reihe Lampen angegangen, und unter einer davon sah ich eine Frau. Sie lehnte an einem hochgewachsenen Mann, das Gesicht an seine braune Lederjacke gepreßt, und schüttelte abwehrend den Kopf. Ein zweiter Mann guckte ins Wasser.
Ich rannte zu ihnen. »Was ist los?«
Der zweite Mann zeigte ins Wasser, grünlich im Gesicht. »Rosalie hat das Licht angemacht, und da war es.«
Es. Ich trat an den Rand des Piers, hockte mich hin und suchte das schimmernde Schwarz ab.
Eine Gestalt trieb, das Gesicht nach unten, in den leisen Wellen. Ein Fuß hatte sich in einer Vertäuungsleine verfangen. Ein zierlicher Körper, eine Frau, in einem losen Kleidungsstück, das sich um sie blähte. Ein dunkles Kleidungsstück mit weißen Paspeln an Ärmeln und Kragen. Wirres, dunkles Haar schwamm um ihre Schultern.
Ich stöhnte auf. Ließ meine Tasche fallen, schlüpfte aus meiner Jacke, streifte meine Turnschuhe ab.
»Hey«, sagte der Mann, »Sie können doch nicht...«
Ich wappnete mich gegen den Schock, holte tief Luft und sprang mit den Füßen zuerst hinein.
Kalt! So kalt, daß einem das Herz stehenbleibt, und tief. Ich gehe unter. Luft, ich brauche Luft...
Ich spürte Grund unter den Füßen. Stieß mich mit aller Kraft ab und tauchte wieder auf. Die Gestalt war etwa vier Meter von mir entfernt. Ich kraulte hin, packte sie bei den Schultern. Drehte sie auf den Rücken und nahm sie in den Rettungsgriff.
Ein eisiger Schock auch für sie. Aber ihr Herz ist endgültig stehengeblieben. Ich werde diese Kälte nie vergessen. Werde sie bis ans Ende meiner Tage in meinen Alpträumen spüren.
Ich begann, sie zum Steg zu schleppen. Im Tod war ihr zierlicher Körper schwer und plump.

Kalt und reglos und, Gott, diese blicklosen Augen. Sie sollte daheim vor ihrem Kamin sitzen, mit ihrer Patience vor sich auf dem Boden und ihrem Glas Wodka in Reichweite. Meinetwegen selbst das. Nein, sie sollte über ihre Gedichte reden, den Alkohol für ein kurzes Weilchen vergessen…

Hör auf, McCone!

Viele Leute auf dem Pier. Ausgestreckte Hände, die nach dem Körper griffen. Jemand sagte, er kenne sich mit Wiederbelebung aus. Sie zogen sie raus, und er machte sich an die Arbeit. Er mußte es wohl versuchen, aber es würde nichts nützen. Ich war zu spät gekommen, um Mavis zu retten.

Die Hände streckten sich jetzt mir entgegen. Ich ergriff sie. Gelangte auf den Steg, aber die Beine knickten unter mir weg. Jemand hüllte mich in eine Decke.

Zu spät, um Mavis zu retten.

Und wo, o Gott, wo war Habiba?

13 Als ich eine gute halbe Stunde später vor einem Deputy des Sheriffs von San Mateo County meine Aussage machte, wußte ich, daß die Erfüllung meiner Befürchtung, so wie Gage Renshaw und Konsorten zu werden, wieder einen Schritt näher gerückt war. Ich sagte nichts von Klaus Schechtmann, Dawud Hamid oder Habiba. Ich leugnete, Mavis zu kennen. Ich erzählte nicht, daß ich Privatdetektivin war. Ich sagte kein Wort von Eric Sparling oder der *Freia*.

Einer der Männer auf dem Pier hatte die Polizei gerufen und dann den Verwalter des Bootshafens, einen gewissen Evans, benachrichtigt. Als Evans kam und mich naß und zitternd in der geborgten Decke dasitzen sah, bot er mir sein Büro an, damit ich die Notfallklamotten anziehen konnte, die ich immer im Kofferraum des MG liegen hatte. Bis ich umgezogen war, hatte Evans jedoch die ganze Sache noch einmal überdacht und bemerkt, daß ich mich unbefugterweise auf dem Hafengelände aufhielt. Ich gestand sofort, mich eingeschlichen zu haben. Ich hätte einen Freund, der hier sein Boot liegen habe, mit einem Essen überraschen wollen und deshalb Rosalie angeschwindelt, damit sie mich einließ. Der Name meines Freundes? Eric Sparling.

»Mr. Sparling wohnt nicht auf seinem Boot«, sagte Evans.

»Ich weiß, aber ich dachte, er wäre heute abend hier.«

»Tja, die *Freia* ist am späten Nachmittag in See gestochen. Das weiß ich, weil die Crew gerade bei den Vorbereitungen war, als ich um halb vier nach Hause gegangen bin.«

»Da muß ich wohl die Termine durcheinandergebracht haben. Eric... Mr. Sparling haben Sie nicht gesehen?«

»Nur die Crew und einen Mann, der das Boot schon öfters benutzt hat – blond, mit deutschem Akzent.«

Klaus Schechtmann. »Hatte er eine Frau und ein kleines Mädchen bei sich?«

Evans runzelte die Stirn; ich stellte zu viele Fragen. »Ich habe keine Frau und kein Kind gesehen. Und hören Sie, junge Frau, schleichen Sie sich nie wieder hier rein, Überraschung hin oder her. Dafür haben wir ja das Tor – gegen Versicherungsprobleme wie Sie.«

Ich versprach, nie wieder irgendwo unbefugt einzudringen, und Evans ließ mich in Ruhe. Dann machte ich meine kurze verlogene Aussage vor dem Deputy und verschwand. Ich beschwichtigte meine Gewissensbisse wegen der Auslassungen und krassen Unwahrheiten, indem ich mir sagte, daß sich der Deputy sowieso nicht für meine Geschichte interessiert hatte. Er hatte zweimal von Unfalltod gesprochen und schien nichts Ungewöhnliches dabei zu finden, daß ich in die Bay gesprungen war, um die Leiche einer mir völlig unbekannten Person zu bergen. Vielleicht dachte er, ich stünde darauf, mit dem Risiko einer Lungenentzündung zu spielen.

Vom MG aus rief ich Renshaw im Konsulat an und übermittelte ihm die Nachricht. Als ich zu Ende gesprochen hatte, fragte er: »Mord?«

»Schwer zu sagen. Bisher tendiert das Sheriff's Department zu Unfalltod.«

»Dann haben Sie ihnen also nichts gesagt?«

»Ich habe es erwogen, aber ich hatte Angst, sie würden die Küstenwache hinter der *Freia* herhetzen. Schechtmann ist ein flüchtiger Krimineller, und wie immer Mavis im Wasser gelandet ist – ich bin

mir sicher, daß er sie ihrem Schicksal überlassen hat. Ich bezweifle, daß er sich einfach so schnappen läßt. Falls Habiba an Bord dieses Boots ist, möchte ich sie nicht gefährden.«
»Vernünftige Entscheidung.«
»Sie sollten sich irgendeine Geschichte einfallen lassen und hierherkommen, zum Sheriff. Mir gefällt die Vorstellung nicht, daß Mavis unidentifiziert im Leichenschauhaus liegt. Und Sie sollten es wohl Mrs. Hamid beibringen.«
»Ja. Wie ich sie kenne, wird sie es stoisch aufnehmen, ganz gleich, was in ihr vorgeht. Und nichts Erhellendes dazu sagen.«
»Na dann viel Glück.«
»Und was wollen Sie jetzt tun?«
»Herausfinden, wo Schechtmann hin will.«

Der Nebel bedeckte jetzt den ganzen San Bruno Mountain; er dämpfte die Lichter der kleinen Häuser zu einem schwachen Schimmer und lag als dichter Schleier um die Stämme der Eukalyptusbäume. Wieder ließ ich den Wagen bei Newtons Briefkasten stehen und überquerte die Plankenbrücke. Wieder ruhte meine Hand auf der 38er in meiner Umhängetasche. Newton mochte ein weltentrückter, harmlos wirkender Einsiedler sein, aber er war auch ein Mann mit einem Geheimnis.
Als ich an die Tür des Bungalows klopfte, dauerte es über eine Minute, bis er reagierte. Aus dem hinteren Teil des Häuschens näherten sich Schritte, und über der Tür ging eine Glühbirne an. Newton guckte heraus; seine Augen weiteten sich überrascht, und er wich zurück.
Ich zwängte mich an ihm vorbei ins Wohnzimmer. Das Glas mit den Fingerabdrücken stand immer noch zwischen den Hummel-Figuren auf dem Tisch. Ich ging hin, nahm es und roch daran. Wodka.
Newton fragte nicht, was ich da machte; er wußte es.
»Wer hat sie hergebracht?« inquirierte ich. »Speed?«
Sein Blick wich meinem aus. »Wen?«
»Das wissen Sie genau – Mavis Hamid und ihre Tochter.«
»Ich verstehe nicht, wie Sie...«
»O doch, Sie verstehen. Hören Sie, Newton, Sie haben mir gesagt, Sie benutzen dieses Zimmer nur, wenn Besuch da ist, aber heute

nachmittag wirkte es belebt, als wäre jemand hier gewesen, bevor es so kalt wurde, daß sie Feuer machen mußten. Habiba ist ein Puzzle-Fan; Sie hatten eins halbfertig auf dem Tisch liegen, haben es aber ohne Zögern in die Schachtel gefegt. Mavis ist Wodkatrinkerin, und dieses Glas…«

»Ich trinke Wodka.«

»Vorhin haben Sie nicht nach Wodka gerochen.«

»Es steht schon ein paar Tage da.«

Ich kippte das Glas um, ließ einen Tropfen Flüssigkeit herausgleiten und zu Boden fallen.

Newtons Schultern sackten herab. »Also gut«, sagte er schleppend. »Speed hat sie hergebracht.«

»Wann?«

»Gegen Mittag.«

Also hatte Schechtmann sie wohl aus dem Konsulat geholt, während ich Malika Hamid dazu zu bewegen versucht hatte, sie mit mir gehen zu lassen. Mir fiel wieder ein, daß Khalil Latif zweimal auf ihr Geheiß die Bibliothek verlassen hatte; sie hatte in ihrer Muttersprache mit ihm geredet, und ich hatte mir nichts dabei gedacht.

»Warum hierher und nicht auf die *Freia*?«

Newton ging zum Sofa und setzte sich hin. »Die war erst um vier bereit zum Ablegen, und Speed wollte nicht, daß ihn der Verwalter des Bootshafens sah. Er hatte die beiden eigentlich vom Konsulat direkt auf das Boot bringen wollen, aber dann kam irgendwas dazwischen, und er mußte sie schon früher holen. Also hat er Leila angerufen, und Leila hat mich angerufen und gesagt, Speed würde mich dafür bezahlen, wenn ich sie ein paar Stunden bei Laune halten würde. Das war gar nicht so leicht. Die Mutter…« Er verzog das Gesicht.

»Was war mit ihr?«

»Sie war betrunken und unruhig und wollte nach Hause. Speed fuhr runter zum Bootshafen, um zu gucken, wie es stand, und in der Stunde, die er weg war, ist sie zweimal raus in den Hof gelaufen, um abzuhauen. Als er wiederkam, hatte er eine Flasche Wodka dabei; sie hat das meiste davon getrunken, aber davon ist sie auch nicht ruhiger geworden.«

»Wie ging es Habiba dabei?«

»Sie war besorgt wegen ihrer Mutter, aber sie hat wohl schon öfter erlebt, daß sie sich seltsam benimmt. Nach einer Weile hat sie sie einfach ausgeblendet und ihr Puzzle gemacht. Sie sagte, Speed würde sie auf eine Abenteuerreise mitnehmen, und wenn sie ankämen, würde sie ihren Vater sehen.«
»Wenn sie wo ankämen?«
»Ich glaube nicht, daß sie das wußte.«
»Und Mavis? Wußte sie es?«
»Die wußte ja kaum, daß sie hier war.«
Die Art, wie er über Mavis' letzte Stunden sprach, machte mich traurig und wütend. »Jetzt ist sie nirgends mehr, Mr.Newton.«
»Was soll das heißen?«
»Mavis ist tot, und Habiba ist verschwunden.«
Irgend etwas blitzte in seinen Augen auf. »Was ist passiert?«
»Mavis ist ertrunken, ob mit oder ohne Nachhilfe, kann ich nicht sagen.«
»Hat Speed damit zu tun?«
»Ich denke doch. Sie trieb am Anlegeplatz der *Freia* im Wasser. Selbst wenn sie versehentlich reingefallen ist, hat Speed tatenlos zugesehen. Sie war betrunken und hilflos, und sie hat vielleicht noch gelebt – aber er hat sie ihrem Schicksal überlassen.«
Newtons Gesichtsmuskeln zuckten, und als er sprach, zitterte seine Stimme. »Ich habe Speed angefleht, ihr diese Flasche nicht zu geben. Er hat nur gelacht und gesagt, sie brauchte was zur Beruhigung. Dann hat er hier gesessen, wo ich jetzt sitze, und ihr beim Trinken zugeguckt.« Er stand auf und marschierte mit harten, zornigen Bewegungen im Zimmer herum. »Ich hasse Männer, die glauben, mit Frauen können sie alles machen! Ich hasse diese Typen!«
Warum hast du dann nichts dagegen getan? fragte ich stumm. Und überließ ihn seinem Gewissen.

Blancas Augen weiteten sich erschrocken, als ich in Sandy Ronquillos Wohnung ankam. Irgendwas in meinem Gesicht, dachte ich, in Kombination mit dem zerknautschten Zustand der Jeans und des Pullovers, die so lange in der Reisetasche im Kofferraum meines Wagens gelegen hatten.

»Ist sie da?« fragte ich.
Blanca nickte und sah zu einem Flur am anderen Ende der Diele.
»Nüchtern?«
Sie antwortete gar nicht erst auf diese absurde Frage. »Sie macht sich gerade ausgehfertig.«
»Holen Sie sie, bitte.«
Sie eilte den Flur hinunter, klopfte an eine Tür ganz am Ende und trat ein. Ich ging auf dem schwarzweißen Schachbrettboden auf und ab und versuchte, meinen Zorn zu beherrschen, ehe er mich beherrschte. Nach ein paar Minuten knallte die Tür, und Leila kam den Flur entlanggestapft, in einem kurzen roten Seidenkleid und mit finsterer Miene. »Was zum Teufel wollen Sie schon wieder hier?« herrschte sie mich an.
»Wohin bringt Ihr Mann Habiba Hamid?«
Unter ihrem frisch aufgelegten Make-up wurde ihr Gesicht bleich. Sie sah sich um. »Sandy«, wisperte sie. »Er wird uns hören.«
»Dann lassen Sie uns oben reden.«
»Nein, Sie müssen jetzt gehen!« Sie streckte die Hände aus, um mich in Richtung Tür zu schieben.
Ich wich aus. »Soll ich lauter reden, Leila?«
»Nein! Bitte nicht.« Sie sah sich verwirrt um, packte mich dann am Arm und bugsierte mich nach oben ins Wohnzimmer. Aber das war offenbar immer noch nicht weit genug von Ronquillo entfernt, denn sie deutete auf die Wendeltreppe und führte mich in den Wintergarten oben auf dem Dach.
Jetzt, im abendlichen Nebel, war es hier nicht so gemütlich wie nachmittags in der Sonne. Die beschlagenen Scheiben verschleierten das Lichterpanorama, und es war so kalt, daß Leila zitterte. Sie setzte sich auf die Kante eines der Korbsessel; ich blieb stehen.
»Also«, sagte ich, »wo bringt er sie hin?«
»Woher wissen Sie…? Fig, diese Ratte!«
»Lassen Sie's nicht an ihm aus. Sagen Sie mir einfach nur, wo Speed hinwill.«
Ihre Augen zuckten hin und her, während sie abzuschätzen versuchte, wieviel sie mir sagen mußte.
»Ich weiß, daß Sie die Zwischenunterbringung der beiden bei Fig arrangiert haben. Ich weiß von der *Freia* und dem Schiff draußen

vor der Küste. Und jetzt erzählen Sie mir den Rest, Leila, oder ich fange an, sehr laut zu reden. Sie wollen doch nicht, daß Sandy erfährt, was ich sonst noch weiß.«

»Was?«

»Das mit den Besuchen Ihres Mannes hier bei Ihnen. Und dem Geld, das er Ihnen gibt.«

Sie schlug sich die Hand vor den Mund, faßte sich dann aber wieder. »Dieser Fig ist ein Lügner. Deshalb hält er sich auch in keinem Job.«

Ich antwortete nicht.

»Oder war es Blanca, die Ihnen das erzählt hat? Sie lügt genauso. Ich habe sie auch schon beim Stehlen erwischt.«

»Das bezweifle ich. Sie können sich glücklich schätzen, eine Hausangestellte wie sie zu haben – und einen Freund wie Fig.«

»Wer dann? Speed? Speed würde nie...«

»Sie ahnen gar nicht, was Speed alles tun würde. Also – wo ist er?«

Sie biß sich auf die Lippe. »Sandy bringt mich um, wenn er dahinterkommt. Na schön, Sie wollen wissen, wo Speed sie hinbringt? Gut, ich werde es Ihnen sagen. Den genauen Ort kenne ich nicht, aber Speed besitzt eine Insel irgendwo in der Karibik. Er betreibt wieder ein Wettbüro, aber dort können sie ihm nichts anhaben, weil er gegen kein Gesetz verstößt.«

»Gegen die Gesetze irgendeines Landes muß er ja wohl verstoßen.«

Sie schüttelte den Kopf. »Die Insel ist souverän. Warum genau, weiß ich nicht, aber irgendwie hat sie der alte Mann, von dem er sie gekauft hat, für unabhängig erklärt, und die Briten, denen sie gehörte, wollten sie sowieso nicht. Die Insel ist winzig und sehr arm.«

»Aber Sie wissen nicht, wie sie heißt?«

»Nein.«

»Oder wo sie liegt?«

Sie schloß die Augen. »Ich glaube, sie gehört zu den Leeward-Inseln.«

»Liegt sie vielleicht in der Nähe von St. Maarten?«

»Ich kenne mich dort nicht aus, ich weiß es wirklich nicht.«

Ich musterte ihr Gesicht, um festzustellen, ob sie log, aber ich sah nur ängstliche Anspannung. »Okay, Speed betreibt also wieder ein Wettbüro. Warum geht er das Risiko ein, hierher zurückzukommen?«
»Meinetwegen natürlich.«
Das bezweifelte ich. Nach allem, was ich wußte, schien Speed Schechtmann nicht der Typ, der seine Freiheit für eine Frau aufs Spiel setzte – und schon gar nicht für eine, für die Treue so offensichtlich ein Fremdwort war. »Da muß schon noch etwas anderes sein.«
»Na ja, das mit den Schecks.«
»Was?«
»Eric Sparling, kennen Sie den? Der Mann, dem die *Freia* gehört. Er besitzt eine Kette von Scheckschaltern, hauptsächlich für Fürsorgeempfänger.«
»Und?«
»Speed bringt die Schecks hin, mit denen die Leute ihre Wettschulden bezahlen, und Eric löst sie ihm ein.«
»Sie meinen, Eric fungiert als Geldwäscher.«
»So nennt man das wohl.«
»Wo finde ich Sparling?«
Ihre Augen weiteten sich erschrocken. »Sie dürfen ihm nicht sagen…«
»Es wird nicht nötig sein, Ihren Namen zu erwähnen. Also, wo?«
»Er hat sein Büro in der Hauptstelle, Sixth Street, Ecke Howard Street.«
Das war mitten in Skid Row. Sehr passend. »Und seine Privatadresse?«
»Ich weiß nicht. Speed hat nie was davon gesagt.«
Es war vermutlich nicht allzu schwer, sie herauszubekommen. Ich wandte mich zur Wendeltreppe.
»Ms. McCone?« Leila stürzte ängstlich hinter mir her. »Sie verraten mein kleines Geheimnis doch nicht weiter?«
»Nein, aber Geheimnisse haben nun mal die Neigung, von selbst ans Licht zu kommen.«
Sie schlug sich wieder die Finger vor den Mund, als könnte sie auf

diese Weise verhindern, daß das passierte. Genau wie Langley Newton konnte auch sie sich jetzt mit ihren Gewissensbissen herumschlagen.

14 Eric Sparling stand nicht im Telefonbuch. Ich wählte Charlotte Keims Apparatnummer bei RKI, in der Hoffnung, daß sie noch da war und einen kurzen Scan für mich durchlaufen lassen konnte. Aber ich erreichte nur ihren Anrufbeantworter. Ein Blick auf die Uhr sagte mir, daß es schon einiges nach acht war. Die Zeit raste dahin, und jede Minute trug ein kleines Mädchen, das inzwischen große Angst haben mußte, weiter von mir weg.

Ich hinterließ Charlotte Keim keine Nachricht, sondern rief die Zentrale an. Ich fragte, ob jemand im Haus sei, der eine Adresse für mich ausfindig machen könne?

Nein, beschied mich der Mann in der Zentrale, es habe in La Jolla ein Problem gegeben, und der Zentralcomputer sei abgestürzt. Aber Mr. Ripinsky sei in seinem Büro; ob ich ihn sprechen wolle?

Und ob ich wollte.

»Wie geht's dir?« fragte ich, als er sich meldete.

»Besser; dieser Infekt kommt und geht.«

Diese immer wiederkehrenden Anfälle machten mir Sorgen, aber ich wußte, es würde nichts bringen, ihn zu drängen, einen Arzt aufzusuchen. Hy war zwar jemand, der Krankheiten nicht gern nachgab, aber unvernünftig war er nicht; er würde schon merken, wann er etwas unternehmen mußte.

»Gage hat mir erzählt, was heute gelaufen ist. Deshalb hatte ich die Hoffnung aufgegeben, daß du noch kommst, und bin ins Büro gegangen, um ein paar Computerunterlagen zu checken. Mein Pech – der Computer geht nicht!«

»Bist du noch eine Weile da?«

»Ja. Leute von der Data-Search-Nachtschicht organisieren gerade eine Poker-Runde. Ich dachte, ich setze mich dazu und warte ab, ob der Computer wieder funktioniert.«

»Dann komme ich später noch vorbei. Drück mir die Daumen.«

»Wofür?«
»Erkläre ich dir, wenn ich da bin. Drück sie mir einfach.«
Also marschierte ich jetzt wegen eines störrischen Computers durch eine der ungemütlichsten Straßen der Stadt zu Eric Sparlings Scheckschalter-Etablissement, die Hand wieder auf meiner 38er und wieder mit schlechtem Gewissen, weil ich mich inzwischen permanent auf die Waffe verließ. Das umstrittene Hilfsprogramm unseres Bürgermeisters – dazu gedacht, die Obdachlosen aus der Innenstadt zu vertreiben – mochte vielleicht am Civic Center und am Union Square Wirkung zeigen, nicht aber auf der Sixth Höhe Howard. Vor einer geschlossenen Sandwichbude bettelte ein Mann mit einem kleinen Hund um Kleingeld; in einem Hauseingang schlief eine Frau mit einem Einkaufswagen, der ihre gesamte armselige Habe enthielt. Überall arme Seelen, dazu noch die Besoffenen, Drogensüchtigen, jugendlichen Ausreißer, Zuhälter und Nutten – die ganze traurige Kehrseite des Großstadtlebens. Ich ging zielstrebig und mied jeden Blickkontakt.
Von außen wirkte das Ace-Check Cashing wie ein neonblinkendes Spielcasino in Las Vegas, aber innen sah es aus wie eine Kreuzung zwischen einer Dorfbank und dem Besuchsraum in einem Bezirksgefängnis: ein hoher Tresen, zwei Schalter mit automatischer Drehdurchreiche und Mikrophonen. Glas – vermutlich schlag- und schußsicher – vom Tresen bis zur Decke. Nur eine der Schalterkabinen war besetzt – mit einer weißhaarigen Frau, deren schiefergraue Augen sagten, daß sie Dinge gesehen hatten, von denen ich nichts ahnte. Mit mikroverstärkter Kettenraucherinnenstimme fragte sie: »Kann ich was für Sie tun?«
Ich hielt meinen Ausweis hoch und fragte, ob Sparling da sei.
Die Frau studierte meine Lizenz eingehend, nahm dann einen Telefonhörer ab, drückte einen Knopf, drehte sich weg und sprach leise in die Muschel.
»Mr. Sparling möchte wissen, worum es geht«, beschied sie mich.
»Sagen Sie ihm, es geht um die *Freia*.«
Offenbar war meine Stimme jenseits der Scheibe genauso laut zu hören wie ihre diesseits, denn sie gab meine Auskunft nicht weiter, sondern lauschte nur Sparlings Antwort. »Er sagt, das Boot liegt an seinem Platz im Jachthafen von Salt Point.«

»Jetzt vielleicht, aber vorhin war es nicht da – um halb sechs, als ich Mavis Hamids Leiche aus dem Wasser gefischt habe.«
Die Frau zeigte keine Reaktion. Sie hörte Sparling zu und zeigte dann auf eine Tür am Ende der Trennbarriere. »Ich mache Ihnen auf.«
Noch ehe ich durch die Tür war, öffnete sich eine andere in der Wand gegenüber. Ein silberhaariger Mann mit der Sonnenbräune eines passionierten Seglers trat heraus und sagte: »Ms. McCone? Hier durch, bitte.«
Ich sah in einen schmalen himmelblauen Gang. Er bedeutete mir, um ihn herumzugehen, verriegelte die Tür und lehnte sich dagegen, die Arme vor der Brust verschränkt. »Also«, sagte er, »was ist das für eine Geschichte mit einer Leiche?«
Ich postierte mich ein paar Schritte von ihm entfernt. »Sie sind Eric Sparling?«
Er nickte.
»Dann wundert es mich, daß sich das Sheriff's Department von San Mateo County noch nicht mit Ihnen in Verbindung gesetzt hat. Die Deputys werden sicher jeden befragen wollen, der ein Boot dort im Hafen liegen hat – und außerdem trieb die Leiche am Liegeplatz der *Freia*.«
»Kommen Sie bitte auf den Punkt.«
»Der Punkt ist, daß es sich bei der Leiche um die Frau handelte, die Ihr Geschäftsfreund Speed Schechtmann heute morgen aus dem azadischen Konsulat entführt hat.«
»Schechtmann hat vor Jahren die Staaten verlassen.«
»Und ist seither mehrmals zurückgekehrt – mit Ihrer Hilfe.«
»Quatsch. Und was reden Sie da von einer Entführung?«
»Mr. Sparling, sparen Sie sich die Mühe. Ich weiß genau, daß Sie Schechtmann von der *Freia* draußen auf See haben abholen lassen. Der Manager des Bootshafens hat Sie beide oft genug zusammen gesehen. Und ich weiß auch von den Schecks, die Sie Speed eingelöst haben.«
»Schecks einzulösen ist mein Geschäft.«
»Arbeitslosengeldschecks. Fürsorgeschecks. Gehaltsschecks. Aber nicht Schecks über Wettschulden.«
Sein Mund zuckte, und sein Blick senkte sich auf meine rechte

Hand, die auf der Pistole lag. Er sah den Gang entlang, dann wieder auf mich. »Ist das ein Versuch, mich auszunehmen?«
»Erpressung? Nein, Mr. Sparling. Ich brauche ein paar Informationen.«
Er sah wieder den Gang entlang. Irgendwer dort hinten hätte aufpassen sollen, tat es aber nicht.
Ich ging aufs Ganze. »Hören Sie, mich interessiert nicht, was Sie mit Schechtmann und seinem Wettbüro zu tun haben. Mich interessiert auch nicht, wem Sie welche Art Schecks einlösen. Mich interessiert nur eins: Wohin will Speed mit Habiba Hamid, der Tochter der toten Frau?«
Schweigen.
»Sie wollen doch Ihr hübsches Geschäft hier nicht aufs Spiel setzen, indem Sie sich der Mitwisserschaft und Mittäterschaft bei einer Entführung schuldig machen?«
»Speed hat niemanden entführt, weder die Mutter noch das Kind. Er sollte sie beide zu Dave Hamid bringen – mit dem Einverständnis von Daves Mutter.«
»Warum?«
»Wegen dieser Bombenanschläge – sie dachte, dort unten wären sie sicherer.«
»Wo unten?«
Erneutes Schweigen.
»Es ist trotzdem eine Entführung; weder Mavis noch Habiba wollten mit.«
»...Ist Hamids Frau ermordet worden?«
»Das wird erst die Autopsie zeigen, aber wenn Sie mich fragen, ich würde sagen: ja.«
»Von Speed?«
»Außer Ihrer Crew und der Kleinen war ja nur er an Bord. Ach, apropos, warum hat Sie eigentlich niemand von der Crew benachrichtigt?«
»Die *Freia* dürfte noch auf See sein. Und wenn das, was Sie da sagen, stimmt, würde mein Kapitän es sicher nicht per Seefunk verbreiten.« Er klang zerstreut, als wäre er dabei, seine Möglichkeiten auszuloten. Vom Ende des Gangs kam ein Geräusch; Sparling schüttelte den Kopf, und als ich mich umsah, war niemand mehr da.

Er sagte: »Sie haben keinen Beweis dafür, daß sie auf der *Freia* waren. Meine Crew wird zu mir halten.«
»Es geht mir nicht darum, irgend etwas zu beweisen. Alles, was ich will, ist die Kleine.«
»Warum?«
»Sie ist in Gefahr.«
»Das ist doch lächerlich.«
»Ach? Sie kennen doch Speed – und Dave Hamid.«
»Hamid ist ihr Vater, Herrgott noch mal! Und Speed nennt sie Onkel.« Aber ich hatte einen Nerv getroffen: Ich sah ein Zucken unter seinem rechten Auge.
Ich sagte: »Ich kann sie auch auf anderem Wege aufspüren. Ich weiß, daß Speed das Wettbüro jetzt von einer Privatinsel aus betreibt, die zu den Leewards gehört. Sie war britisch, bis der Vorbesitzer die Unabhängigkeit erklärt hat; davon kann es nicht allzu viele geben. Aber dieses Verfahren dauert länger und erhöht die Gefahr für das Kind. Wollen Sie mir nicht helfen, damit ich ihnen so schnell wie möglich folgen und die Kleine zurückholen kann?«
»Das werden Sie nie schaffen.«
»Ich muß es versuchen.« Ich war selbst nicht hundertprozentig dazu entschlossen gewesen, bis ich das Zucken unter Sparlings Auge gesehen hatte, das jetzt noch stärker geworden war. Er wußte irgend etwas über Hamid und Schechtmann, was meinem unguten Gefühl recht gab.
Sparling sah weg, kaschierte das Zucken mit den Fingerspitzen.
»Sie ist neun Jahre alt, Mr. Sparling. Ein Kind. Ihre Mutter hat schon dran glauben müssen, und sie hat es wahrscheinlich mit angesehen. Überlegen Sie es sich.«
Er trat unsicher von einem Fuß auf den anderen. Dann blieb er still stehen, den Blick nach innen gekehrt. Was er dort sah, gefiel ihm wohl nicht, das Zucken intensivierte sich. Nach einigen Sekunden sagte er: »Ich habe zwei Töchter. Fünf Enkelkinder. Was immer Sie von mir und meinen Geschäften denken mögen – ich bin kein gefühlloser Mensch.«
»Dann helfen Sie mir.«
»Sie riskieren Ihr Leben, wenn Sie sich auch nur in die Nähe dieser Insel wagen.«

»Ich habe mein Leben schon öfters riskiert.«
»Das weiß ich.«
»Ach?«
»Sie sind in dieser Stadt nicht ganz unbekannt, Ms. McCone.«
»Nein, vermutlich nicht. Also, was ist, Mr. Sparling? Erklären Sie mir jetzt, wie ich zu Speeds Insel komme?«
Er dachte noch einen Moment nach, löste sich dann von der Tür. »Kommen Sie mit in mein Büro. Ich werde es Ihnen aufschreiben und Ihnen eine Skizze machen.« Er hielt inne, Unsicherheit im Blick. »Ich hoffe nur, daß Sie nicht das gleiche Schicksal erwartet wie Hamids Frau.«

Der nächste größere Flughafen im Umkreis von Schechtmanns Insel Jumbie Cay war der Prinzessin-Juliana-Flughafen auf St. Maarten. Auf der Fahrt zur Green Street rief ich Mick in seiner Wohnung an und bat ihn, die Flugmöglichkeiten für mich zu eruieren. Dann hörte ich meine Anrufbeantworter zu Hause und im Büro ab. Die Botschaften im Büro betrafen alle nur Routineangelegenheiten, die Mick allein bewältigen konnte. Auf meinem privaten Anrufbeantworter war nur eine kryptische Botschaft von Adah Joslyn: »Ich bin durch Zufall auf eine Spur in der Bombersache gestoßen, und zwar quasi vor der Haustür. Ich gehe der Sache jetzt nach. Ich wollte, du hättest dir meine Pistolen nicht unter den Nagel gerissen. Rufe dich später wieder an.«
Was konnte das heißen?
Ich wählte Adahs Privatnummer und ließ das Telefon fünfzehnmal klingeln. Sie mußte vergessen haben, den Anrufbeantworter anzustellen, bevor sie losgegangen war. Kein gutes Zeichen. Adah war in solchen Dingen der penibelste Mensch, den ich kannte.
Mick rief zurück, als ich gerade den MG in eine Parklücke gegenüber vom RKI-Gebäude manövrierte. Es gab einen American-Airlines-Flug von Dallas-Fort Worth heute nacht um halb eins; um sieben Uhr dreißig ging ein Anschlußflug über San Juan nach St. Maarten, der um fünfzehn Uhr dort war. Ich bat Mick, für mich zu buchen.

Als ich die Sicherheitssperre in der Halle des RKI-Gebäudes passierte, trat Renshaw aus dem Lift. Er wirkte erschöpft, noch zerknitterter als sonst und äußerst schlechtgelaunt. Offensichtlich hatte er auf mich gewartet; der Pförtner mußte ihn über die Rufanlage benachrichtigt haben.
»Wo zum Teufel haben Sie gesteckt?« herrschte er mich an. »Warum haben Sie mich nicht auf dem laufenden gehalten?«
»Unsere Abmachung lautet, daß ich nur Bericht erstatte, wenn ich Ihnen etwas zu sagen habe.«
»Was mich betrifft, ist diese Abmachung nichtig.«
Der Wächter starrte uns an; er hatte Renshaw vermutlich noch nie so wütend gesehen. Ich sagte: »Gage, lassen Sie uns irgendwohin gehen, wo wir ungestört reden können.«
Er machte auf dem Absatz kehrt und stapfte zu dem Flur, an dem der Vorführraum lag. Als wir dort angekommen waren, knallte er die Tür hinter sich zu und funkelte mich zornig an.
Ich sagte: »Wir sind beide strapaziert, aber Brüllen bringt uns keinen verdammten Zentimeter weiter.« Dann erzählte ich ihm, was ich in den Stunden seit unserem letzten Gespräch herausgefunden hatte. Ich schloß mit den Worten: »Mein Flug in die Karibik geht um halb eins.«
»Was zum Teufel wollen Sie dort?«
»Habiba zurückholen und, wenn möglich, mehr darüber in Erfahrung bringen, was Dave Hamid mit diesen Bombenanschlägen zu tun hat.«
»Sie werden nichts dergleichen tun. Mrs. Hamid wünscht...«
»Es ist mir scheißegal, was Mrs. Hamid wünscht!« Die Wut, die ich mühsam gezügelt hatte, seit ich Mavis Leichnam in dem eisigen schwarzen Wasser hatte treiben sehen, drohte jetzt mit mir durchzugehen. Ich riß mich zusammen und sagte ruhiger: »Dieses eine Mal wird sie ihren Willen nicht kriegen.«
»Mrs. Hamid ist die Klientin...«
»Und die Klientin hat nicht immer recht. Hören Sie, Gage, bisher habe ich mich an Ihre Spielregeln gehalten, aber jetzt haben wir es mit einer Entführung zu tun und vermutlich auch noch mit einem Mord.«
»Das Sheriff's Department hat Mrs. Hamid gegenüber von einem

Unfall gesprochen, und eine Entführung hat es nicht gegeben. Sie sagen doch selbst, daß sie Schechtmann beauftragt hat, die beiden wegzubringen.«

»Ich habe einen Zeugen, der sagt, Mavis wollte nach Hause und wurde gewaltsam festgehalten. Und nachdem Habiba mit angesehen hat, wie ihre Mutter umgekommen ist, dürfte sie kaum noch eine willige Reisegefährtin sein. Aber um noch mal auf das zurückzukommen, was ich eben sagte: Es wird nicht mehr lange dauern, bis dem Sheriff's Department von San Mateo ein paar Dinge auffallen, und dann habe ich viel zuviel Ärger am Hals, um Ihnen noch irgendwie nützen zu können.«

»Und Sie meinen, ein kleiner Karibik-Trip wird Ihre Probleme lösen?«

»Bleiben wir ernst. Hier geht es nicht um mich, Gage. Es geht um ein kleines Mädchen, das Sie heute morgen selbst noch mit allen Mitteln aus dem Konsulat herausholen wollten. Es geht um einen Irren, der immer weiter tödliche Päckchen abliefert.«

»Sie werden den Diplobomber-Fall nicht lösen, indem Sie auf eine Rettungsexpedition verschwinden.«

»Mag sein. Aber ich wette eins zu zehn, daß diese Bombenanschläge direkt mit Dave Hamid zu tun haben und mit seiner Mutter auch! Sie stehen im Zentrum der ganzen Sache. Wenn Sie jetzt den Wünschen Ihrer Klientin nachgeben, stürzen Sie sie in die Katastrophe. Und ich wette, daß ich dort unten etwas finde, was beweist, daß ich recht habe.«

Renshaw sah mich nachdenklich an. »Sie wetten wirklich zehn zu eins?«

»Ja.«

»Ich werde wohl langsam selbst zum Spieler. Okay, Sharon, wenn Ihnen das Kind so wichtig ist und wenn Sie glauben, daß Sie dort unten etwas herausfinden, was uns den Fall lösen hilft, dann fliegen Sie eben hin. Aber unter einer Bedingung: Wenn es klappt, kriegen Sie sämtliche Spesen und das Zehnfache Ihres Honorars. Wenn nicht, kriegen Sie gar nichts, und Sie übernehmen gratis neun weitere Jobs für uns.«

Himmelherrgott, ich und mein großes Mundwerk! Was war ich für eine hirnverbrannte Idiotin, ihm eine solche Wette anzutragen, wo

ich gerade meine eigene Firma gegründet hatte. Aber mein Stolz erlaubte keinen Rückzug, nicht vor Renshaw. In der Hoffnung, zuversichtlicher zu klingen, als ich es war, sagte ich: »Die Wette gilt.«
Wir besiegelten sie mit einem Handschlag.

Nachdem ich mit Gage noch vereinbart hatte, daß er mir entweder Habibas Paß oder einen passenden falschen beschaffen würde, ging ich Hy suchen. Die Poker-Runde, von der er gesprochen hatte, saß in einem der Konferenzräume im Obergeschoß. Als er mich sah, legte er sein Blatt verdeckt auf den Tisch und sagte: »Ich steige aus. Übernimm du meine Chips, Bruce, okay? Ich hole mir dann später das Geld bei dir.«
Als er auf mich zukam, fiel mir auf, daß er blaß war. Aber er grinste munter, als er meinen Arm nahm, und wir gingen nach draußen auf den Flur. »Wenn du das nächstemal meinst, ich mache mir nicht genug aus dir«, sagte er, »dann denk dran, daß ich deinetwegen mit einem Paar Asse auf der Hand ausgestiegen bin. Und? Hat mein Daumendrücken was genützt?«
»Ja, hat es.« Während wir zu dem Eckbüro gingen, das er nur selten benutzte, erzählte ich ihm in Kurzfassung von meinen Aktivitäten an diesem Abend und auch von meiner Wette mit Renshaw.
»Du lieber Himmel, McCone, ich sollte dich zu den Anonymen Spielsüchtigen schicken!«
»Ja, langsam verstehe ich, wie Leute in so was reingeraten. Aber wie auch immer – ich fliege um halb eins nach St. Maarten. Willst du nicht mitkommen?«
»Würde ich gern, aber ich starte morgen zu dieser Haiti-Aktion.«
»Schon?«
»Die Situation spitzt sich zu. Es wäre unklug, noch länger zu warten.«
»Na dann, viel Glück.«
»Danke. Wird sicher ein Kinderspiel.«
Ich folgte ihm ins Büro und ließ mich in das Ledersofa sinken. Ich fühlte mich plötzlich total erschossen; bei der Vorstellung, zwei lange Flüge vor mir zu haben, verließ mich der Mut. Aber vielleicht konnte ich ja unterwegs schlafen – wenn meine Gedanken nicht zu

hektisch wirbeln würden; wenn mich keine Alpträume von einem leblosen Körper in schwarzem Wasser plagen würden, wenn...

Hy setzte sich neben mich und legte den Arm um meine Schultern. Mein Blick schweifte durch das Büro. Es war teuer und geschmackvoll eingerichtet, das Werk des RKI-Innendesigners, aber es wies kaum eine Spur seines sporadischen Benutzers auf, außer einem bizarr geformten Brocken eines Materials, das aussah wie ein großporiger Schwamm, tatsächlich aber aus versteinerten Pflanzenablagerungen bestand und von einem der Tuffsteintürme am Lake Tufa, ganz in der Nähe von Hys Ranch, stammte. Die Umweltstiftung seiner verstorbenen Frau hatte dieses bedrohte Stück Natur gerettet.

Ich hatte mich oft gefragt, ob Hy nicht die kämpferischen Umweltschutzaktionen vermißte, die er so lange in vorderster Front mitgetragen hatte, aber in letzter Zeit wurde mir immer klarer, daß ihm seine jetzige Tätigkeit mehr lag. Die Ökologiebewegung hatte viel von ihrer Militanz verloren; die Spaulding-Stiftung setzte ihre Arbeit im Zeichen einer labilen Waffenruhe fort. Aber ein Teil von Hy brauchte den Konflikt, suchte die Gefahr genauso wie ich. Wenn man diesen Teil dafür einspannte, Leben zu retten, war er ein Gewinn; wenn man ihn nicht domestizierte, konnte er ein tödlicher Risikofaktor werden.

»Was hast du gesagt, wo du hinfliegst?« fragte er.

»St. Maarten.«

»Vielleicht wäre ein Kontakt dort gar nicht schlecht.« Er stand auf, konsultierte ein Adreßverzeichnis und kritzelte ein paar Zeilen auf einen Notizblock. »Cam Connors, ein alter Kumpel, betreibt dort einen Charter-Flugservice; er wohnt in Marigot, der Hauptstadt von San Martin, dem französischen Teil der Insel. Ich werde ihn anrufen und ihm sagen, daß du kommst.«

»Danke.« Ich steckte den Zettel in meine Brieftasche. »Kennst du eigentlich in jedem Winkel dieser Welt jemanden?«

»In etwa.« Er setzte sich wieder und begann, mit den Lippen meinen Hals zu erforschen.

»Laß das!« rief ich. »Ich muß nach Hause und meinen Paß ausbuddeln. Ich muß packen, und ich weiß nicht genau, in welcher Verfassung meine Hochsommerklamotten sind.«

»Warum müssen sich Frauen immer den Kopf drüber zerbrechen, was sie anziehen sollen?« Er biß mich ins Ohrläppchen und forschte weiter, diesmal ein wenig tiefer.

»Ich kann dort nicht rumlaufen, ohne wie eine Touristin auszusehen; ich will keine Aufmerksamkeit auf mich ziehen.«

»Kann ich vielleicht mal deine Aufmerksamkeit auf mich ziehen?«

»Ripinsky! Ich muß – Hy!«

Na ja, vielleicht hatte ich ja doch noch eine halbe Stunde...

37000 Fuß über dem Grand Canyon
23. Mai, 4 Uhr 49 Ortszeit

Ich hängte den Airfone-Hörer wieder in seine Halterung an der Sitzlehne vor mir, zog meine American-Express-Karte aus dem Schlitz und begann mir ernsthaft Sorgen zu machen. Seit wir in San Francisco gestartet waren, versuchte ich jede halbe Stunde, Adah zu erreichen, und noch immer keine Reaktion. Ich war schon fast versucht, ihre Eltern anzurufen, aber ich wollte sie nicht unnötig beunruhigen. Und außerdem – sobald die Möglichkeit bestand, daß ihre Tochter in Gefahr war, würde Barbara sämtliche Straßen der Stadt nach ihr absuchen, und Rupert würde an die Tür des Bürgermeisters hämmern und wissen wollen, warum er diese Straßen, verdammt noch mal, nicht längst so sicher gemacht hatte, daß ein Vater sich keine Sorgen um sein kleines Mädchen zu machen brauchte.

Und Adah würde mich umbringen, sobald sie wiederauftauchte.

Von deren exzessiven Neigungen einmal abgesehen, beneidete ich Adah manchmal um ihre Eltern. Als wir McCone-Sprößlinge aus dem Nest geflüchtet waren, hatte unsere Mutter nicht aufhören können, uns zu betütteln, aber jetzt, da ihr neuer Freund Melvin Hunt seine Waschsalonkette verkauft hatte, waren sie dauernd auf Reisen; das bißchen, was ich von ihr hörte, flatterte mir auf Postkarten aus irgendwelchen fernen Ländern ins Haus. Und das Rikscha-Foto, das sie kürzlich aus Hongkong geschickt hatte, war kein Ersatz für die wöchentlichen Anrufe, die ich früher von ihr erhalten hatte. Mein Vater hatte schon die ganzen letzten Jahre, ehe Ma die Scheidung eingereicht hatte, seine Zeit damit verbracht, in der Garage herumzuwerkeln und schlüpfrige Balladen zu singen. Inzwischen hatte er ebenfalls eine neue Gefährtin gefunden, eine Witwe namens Nancy Sullivan, und die beiden waren ständig mit Pas Chevy Suburban und einem nagelneuen Airstream-Wohnanhänger auf Achse. Sie schickten noch nicht mal Postkarten.

Mit den Jahren löst sich der Familienverband auf. Okay, das konnte ich akzeptieren. Man behält engen Kontakt zu einigen Familienmitgliedern, wie ich zu meinem Bruder John und meiner Schwester Charlene, und entfernt sich allmählich von anderen, wie ich von meinem Bruder Joey und meiner Schwester Patsy. Aber ich wäre nicht im Traum auf die Idee gekommen, daß Ma und Pa sich von uns entfernen könnten.
Vielleicht war das ja der Grund, weshalb ich mich mit solcher Verve in die Nestbauaktivitäten in Bootlegger's Cove gestürzt hatte. Neue Strukturen schaffen, ein neues Heim gründen. Und es spielte wohl auch mit, daß etliche meiner alten Freundschaften bei All Souls und anderswo allmählich einschliefen. Ich konzentrierte mich jetzt auf das Erprobte und Bewährte: Hank und seine Frau Anne-Marie, Rae, Ted, Adah. Und natürlich Hy…
Meine Hand wanderte wieder zu dem Airfone. Hy übernachtete heute in der Gästesuite von RKI; ich konnte ihn anrufen, ihm sagen, daß ich mir Sorgen um Adah machte, ihn bitten, nach ihr zu schauen…
Nein, er brauchte seinen Schlaf. Er würde morgen in die Dominikanische Republik fliegen und dann über die Grenze in das gewaltgebeutelte Haiti vordringen, um den Dissidenten herauszuholen. Kinderspiel, hatte er gesagt, und ich hatte es ihm keine Sekunde geglaubt.
Der Gedanke an die Gefahr, in die er sich begab, ließ mich erschauern und die Was-wenns in meinem Kopf kreisen.
Um sie zu verscheuchen, lehnte ich mich zurück, schloß die Augen, horchte auf das Dröhnen der Triebwerke. Sofort begannen Bilder auf den Innenseiten meiner Lider zu flimmern.
Habiba, die auf dem Beifahrersitz des MG saß und bettelte, daß ich mit ihr spazierenfuhr – ein einsames kleines Mädchen, das sich Sorgen um seine Mutter machte und seinen Vater vermißte. Mavis, die vor ihrem Kamin eine Patience legte – eine einsame, unglückliche Frau, die sich nach den Zeiten zurücksehnte, als sie Gedichte geschrieben hatte. Mavis, bäuchlings im Wasser treibend, für immer verstummt. Langley Newtons Gesicht, während er sagte: »Ich hasse Männer, die glauben, mit Frauen könnten sie alles machen.« Eric Sparlings Gesicht, während er sagte: »Ich hoffe nur, Sie erwartet

dort nicht dasselbe Schicksal wie Hamids Frau.« Und Habibas dunkle Augen – was sie dort im Bootshafen gesehen haben mußten, was sie jetzt womöglich sahen.
Ich riß die Augen wieder auf. Alle diese Bilder drückten eine unsägliche Einsamkeit aus.
Vielleicht war es ja nur das Flugzeug: so riesig im Vergleich zu der Citabria, so voller fremder Menschen. In der Citabria war ich durch eine endlos weite, wunderschöne Welt geflogen, nur von meinen Grünschnabelinstinkten geleitet, und hatte mich kein bißchen einsam gefühlt. Aber hier, in dieser 767, fühlte ich mich wie in einem fernen Satelliten.
Einsam hier oben. Dort unten manchmal auch.

Zweiter Teil
Auf den Leeward-Inseln

23.–25. Mai

15 Es war nieselig und schwül, als wir auf dem Prinzessin-Juliana-Flughafen auf St. Maarten landeten. Das kleine gelbe Flughafengebäude schien eine Zeitinsel zu sein – tatsächlich war die Kronprinzessin der Niederlande inzwischen längst von ihrer Tochter auf dem Thron abgelöst worden. Wir verließen das Flugzeug über eine Treppe statt über eine Fluggastbrücke und gingen über Asphalt, von dem Dampfschwaden aufstiegen. Bis ich die Einreiseformalitäten hinter mir hatte, klebte das leichte T-Shirt, das ich bei der kurzen Zwischenlandung in St. Juan angezogen hatte, schweißnaß an meinem Rücken. Ich eilte nach draußen und fand mich von einem Schwarm Taxifahrer umringt.

Ein langer, schokoladenhäutiger Mann mit einer Dodgers-Kappe sprach mich als erster in einem leisen, französisch getönten Englisch an. Ich nannte ihm Cam Connors' Adresse in der Rue de la Liberté in Marigot; wir einigten uns auf einen Preis und starteten in einem roten Toyota Celica, der von einem harten Arbeitsleben gezeichnet war. Obwohl ich nach St. Martin, dem französischen Teil der Insel, wollte, erläuterte mir der Fahrer, der Kenny hieß, die Vor- und Nachteile der verschiedenen Hotels und Restaurants, die sich um den Flughafen scharten. Dieser Monolog – überwiegend in längst überholtem amerikanischem Slang – entspannte mich, weil ich nicht wirklich zuzuhören brauchte und, wichtiger noch, weil er bewies, daß meine Touristinnenverkleidung überzeugend war. Ich sah aus dem Seitenfenster auf die pastellfarbenen Hotelkästen, die hinter einer silbergrauen Lagune aufragten, und dann zu den wolkenverhangenen Bergen im Inneren der Insel. Nach einer Weile ließ mich die drückende Hitze einnicken.

Ich genoß gerade die Anfangsszenen eines kühlen Traums, in dem ich den Strand von Bootlegger's Cove entlangspazierte, als das Taxi so jäh bremste, daß ich mich an der Armstütze festkrallen mußte, um nicht vom Sitz zu fliegen. Nur Zentimeter vor der vorderen Stoßstange des Toyota erhob sich ein Autobusheck, und ein Stück weiter vorn stand der Verkehr völlig. »Philipsburg«, sagte Kenny mit einem abgeklärten Achselzucken, dem ich entnahm, daß die Straße hier immer verstopft war. »Außenrum«, setzte er hinzu, würgte das Lenkrad nach links und schoß zwischen zwei entgegenkommenden Wagen durch.

Die Seitenstraße, in die er einbog, war schmal und voller Schlaglöcher. Zu beiden Seiten standen pastellfarbene Schlacksteinhäuser mit Wellblechdächern. Leute saßen auf den Veranden oder in ihren Hauseingängen, die Frauen in knallfarbigen Shiftkleidern, die an die fünfziger Jahre erinnerten, die Männer in T-Shirts und tropengerecht leichten Hosen. Kinder spielten im Dreck, und unglaublich viele räudige Hunde dösten auf der Straße. Diese Hunde besaßen offenbar ein extremes Weltvertrauen, da sie beim Herannahen des Taxis kaum den Kopf hoben; Kenny umkurvte sie fügsam. Zwischen den Häusern standen überall Lotterie-Losbuden, die ein reges Geschäft zu machen schienen; bei ihrem Anblick mußte ich an Speed Schechtmann denken.

Einen Moment lang erwog ich, Kenny zu fragen, ob er Schechtmann oder Jumbie Cay kenne, aber dann entschied ich mich dagegen. Auf einer kleinen Insel mit weniger als dreißigtausend Bewohnern machte Ungewöhnliches zweifellos schnell die Runde; eine Amerikanerin, die Sachen fragte, die Touristen nichts angingen, fiel garantiert in diese Kategorie.

Wir kamen hinter Philipsburg wieder auf die Hauptstraße, und Kenny begann, mir unter lebhafter Gefühlsbeteiligung eine Geschichte zu erzählen, in der es darum ging, daß ein Holländer und ein Franzose die Insel unter sich aufteilen wollten, indem sie sie in entgegengesetzter Richtung umschritten, bis sie sich wieder trafen. Die Pointe war, daß der Franzose den Löwenanteil bekam, weil der Holländer so fett war und unterwegs haltmachte, um Gin zu trinken. Kenny, der mir erzählt hatte, er wohne auf der französischen Seite, lachte schallend und schlug aufs Lenkrad. Das sei vermutlich nicht wahr, erklärte er, aber es sei doch ein guter Witz über die Holländer, oder?

Ich lachte höflich und stimmte ihm zu – und wünschte, ich hätte einen weniger redseligen Fahrer erwischt. Ich wußte es ja zu schätzen, daß er sich bemühte, mir einen freundlichen Empfang zu bereiten, aber die Kombination aus seinem Geplapper und der dumpfigheißen Luft zerrte an meinen Nerven.

Schließlich tauchte hinter einer Hügelkuppe ein Schild auf, das verkündete, wir befänden uns jetzt in St. Martin. Nach dem Verkehrsgetümmel rings um den Flughafen und in Philipsburg wirkte Marigot ruhig und friedlich, mit einem tropisch-französischen Flair, das mich an New Orleans außerhalb der Touristensaison erinnerte. Die Bebauung bestand aus reizvollen pastellfarbenen Häusern, viele mit Straßencafés davor; überall kleine schattengesprenkelte Parkanlagen. Kenny wollte mir offenbar das volle Touristenprogramm bieten, denn er fuhr hinunter zu dem halbkreisförmigen Hafen, wo Frachter und ein Kreuzfahrtschiff der Cunard Lines vor Anker lagen. Der Nieselregen hatte aufgehört, und Sonnenstrahlen drangen durch die Wolken; Händler an Marktständen entlang des Hafenbeckens zogen Planen von ihrem Angebot an T-Shirts und sonstigen Souvenirs. Kreuzfahrttouristen spazierten durch die Straßen, magisch angezogen von den Schaufensterauslagen der Duty-free-Shops. Schließlich hielt Kenny vor einem zweistöckigen weißen Haus mit kunstvollen schmiedeeisernen Balkongittern, über die sich Kaskaden zinnoberroter Blumen ergossen.

Cam Connors Apartmentnummer war zusammen mit einigen anderen auf die Hauswand gemalt, unter einem Pfeil, der auf einen schmalen kopfsteingepflasterten Durchgang zeigte. Ich bezahlte Kenny, nahm die Visitenkarte, die er mir hinstreckte, versprach, ihn anzurufen, falls ich je eine Rundfahrt durchs Inselinnere machen wollte, und hängte mir meine Reisetasche über die Schulter. Der Durchgang führte in einen Hof, in dessen Mitte Palmettos wuchsen; auch zu dieser Seite gingen blumenverhangene Balkone hinaus. Ich erklomm eine Treppe, fand eine Tür und folgte einem Innenflur um zwei Ecken, ehe ich zu Connors' Apartment kam.

Der Mann, der auf mein Klopfen hin öffnete, war groß und gut gebaut, etwa anfang vierzig, mit salzwassergegerbtem Gesicht, sonnengebleichtem Haar und blitzenden Augen, die mich mit unverhohlener Neugier musterten. »Sie sind Sharon«, sagte er. »Ripinsky hat mir Ihre Ankunftszeit gesagt, und ich habe schon auf Sie gewartet. Kommen Sie rein. Wie war Ihr Flug?«

»Lang.« Ich überließ ihm meine Tasche und betrat einen großen, spartanisch mit Rattanmöbeln eingerichteten Raum. Der Parkettboden war nackt, die geweißten Wände ebenfalls, und an der Decke kreisten träge zwei Ventilatoren.

»Hat Ripinsky Ihnen gesagt, warum ich hier bin?« fragte ich.

Connors setzte die Tasche ab, zeigte auf einen Sessel und schüttelte den Kopf. »Er hat mich nur gebeten, Ihnen zu besorgen, was immer Sie brauchen, und er hat mir geraten, Ihnen nicht zu widersprechen, weil Sie sehr temperamentvoll seien und tierisch stur.«

»Ich kann mich immer darauf verlassen, daß er mich im besten Licht präsentiert.« Ich ließ mich in den Sessel sinken. Müdigkeit überkam mich.

»Er hat tatsächlich ein paar ziemlich schmeichelhafte Sachen gesagt.« Connors setzte sich mir gegenüber. »Klang richtig hingerissen, wenn ich ehrlich bin.«

Ich lächelte. »Kennen Sie ihn schon lange?«

»Seit den Siebzigern, als wir beide für die K-Air in Bangkok geflogen sind.«

»Ach, Sie haben also auch für Dan Kessell gearbeitet?«

»Ja, leider. Ripinsky sagte, Sie machen einen Job für Kessells Firma. Wie geht's dem alten Mistkerl?«

Ich zuckte die Achseln. »Ich bin ihm nur einmal begegnet; er hält sich ziemlich im Hintergrund.«

»Clever von ihm, bei seiner Vergangenheit.« Connors Blick verlor seine Schärfe und trübte sich leicht. Denselben Ausdruck hatte ich auch schon in Hys Augen gesehen, wenn er über jene Zeit in Thailand gesprochen hatte.

Ich sagte: »Ich habe immer mit seinem Partner Gage Renshaw zu tun gehabt. Kennen Sie ihn?«

»Klar, wie sind alte Saufkumpane.«

»Dann verstehen Sie ihn vermutlich besser als ich. Ich kriege ihn einfach nicht zu fassen.«

»Den kriegt niemand zu fassen.« Connors hielt nachdenklich inne. »Ich glaube, der Trick bei Gage ist das Schubkastensystem. Er besteht aus hundert verschiedenen Schubkästen, alle streng getrennt.

Dieser Mensch oder diese Erfahrung kommt hier rein, jener Gedanke oder jenes Gefühl da rein. Das ist eine gute Methode, innere Konflike zu vermeiden, aber es erzeugt nicht gerade eine konsistente Persönlichkeit.«

»Interessante Sichtweise. Muß ich mir merken.« Ich lenkte das Gespräch wieder auf meinen Gastgeber zurück. »Sie waren also in den siebziger Jahren Pilot in Südostasien. Und dann...?«

»Na ja, Ripinsky hat Ihnen ja vermutlich erzählt, wie übel es dort drüben zuging. Wenn man nur eine Spur von Gewissen hatte, hatte man nach einer Weile die Schnauze voll – von der ganzen Schieberei und Absahnerei und vor allem vom Tod. Ich saß in einer Achterbahn, die kurz vorm Entgleisen war, als Ripinsky damals beschloß, daß er sich rausziehen wollte.«

»Das muß etwa achtzig gewesen sein?«

Er nickte. »Ich erinnere mich ganz genau: Wir waren in einer Bar in Hongkong. Dieses chinesische Arschloch sang Country & Western und grinste uns Amerikaner an, während sie uns gleichzeitig mit ihren Gedeckzuschlägen und ihren verwässerten Drinks das Geld aus der Nase zogen. Ripinsky guckte einmal kurz rüber und sagte: ›Mann, ich muß hier raus und zurück in die Hochwüste, wo ich mich wieder sauber fühlen kann. Und wenn du noch eine Spur von Verstand hast, haust du hier auch ab; sonst gibt es für dich keine Zukunft mehr.‹

Na ja, das mit der Hochwüste war ja schön und gut, aber ich kam aus Gary, Indiana. Von wegen sauber! Ich habe zu ihm gesagt: ›Kommt nicht in Frage. Ich mache hier ein Vermögen, und es gibt keinen Ort, wohin ich zurück will.‹ Er sagte: ›Du willst doch nicht so enden wie Dan Kessell. Oder als toter Mann.‹ Und die nächsten paar Wochen hat er mich ständig bearbeitet. Als er mich schließlich rumgekriegt hatte, habe ich im Geist einen Globus rotieren lassen. Er hielt an, und ich sagte: ›Hey, ich gehe in die Karibik.‹«

»Und das hat offenbar geklappt.«

»Hat ein Weilchen gedauert. Zuerst bin ich nach Trinidad gegangen, um dort für eine andere Chartergesellschaft zu fliegen. Es hat mir nicht besonders gefallen, also habe ich mich über die Windward-Inseln vorgearbeitet – St. Lucia, Martinique. Dort war es ganz okay, aber ich hatte irgendwie nicht den Draht zu der Gegend, um mich auf Dauer niederzulassen. Dann bin ich irgendwann mal auf einem Frachter mitgefahren, und als er in die Marigot Bay steuerte, wußte ich, ich bin zu Hause. Ich bin jetzt zehn Jahre hier. Habe mir damals von dem Geld, das ich in Bangkok beiseite gelegt hatte, ein Wasserflugzeug gekauft und Touristen herumgeflogen; später kamen dann Frachtflüge zwischen den Inseln dazu. Heute habe ich eine Flotte von sieben Maschinen und einundzwanzig Angestellte.«

»Nicht schlecht für zehn Jahre.«

»Nicht schlecht für einen Burschen, der von Rechts wegen seinen Dreißigsten nicht mehr hätte erleben dürfen.« Sein Blick verschwamm wieder, aber er katapultierte sich rasch in die Gegenwart zurück. »Reden wir nicht mehr von mir. Sie sind geschäftlich hier unten. Ich hole uns ein paar Bier, und dann erzählen Sie mir ein bißchen mehr darüber.«

Connors ging hinaus. Ich legte den Kopf gegen die Sessellehne und verfolgte das langsame Kreiseln der Deckenventilatoren. Sie nützen nicht viel; ich war schweißgebadet. Als Cam mit zwei eiskalten Beck's zurückkam, rollte ich die Flasche über meine Stirn, bevor ich trank. Dann erklärte ich ihm, so gut ich konnte, ohne unnötig in Details zu gehen, warum ich hier war. »Was ich jetzt brauche, sind genauere Informationen über Jumbie Cay und Klaus Schechtmann«, schloß ich.

Connors runzelte die Stirn, stellte seine leere Flasche auf den Boden, knackte mit den Fingern und dachte ein Weilchen nach. »Na ja, irgendwas ist faul auf dieser Insel, soviel steht fest. Die Eingeborenen sprechen nur im Flüsterton von ihr. Aber die waren immer schon abergläubisch, was diesen Ort angeht – der Name, wissen Sie.«

»Was bedeutet er?«

»Ein Jumbie ist ein böser Geist. Kann ein Mensch sein oder auch ein Tier. Es heißt, er geht dort nachts um.«

»Warum gibt jemand einer Insel so einen Namen?«

»Tja, sie ist nicht gerade ein gastlicher Ort.«

»Wegen der Leute?«

»Nein, wegen der Landschaft. Felsige Küste, kahle Hügel, schlech-

tes Wasser. Die einzigen, die dort annähernd überleben können, sind Ziegen.«
»Waren Sie jemals dort?«
Er schüttelte den Kopf.
»Diese Leute, die mit dem Boot aus San Francisco abgefahren sind – wie könnten sie dorthin gelangen und wie lange würde das dauern?«
»Knifflige Frage.« Er stand auf, um noch ein paar Bier zu holen. Als er wiederkam, sagte er: »Hängt vor allem davon ab, wie schnell sie da sein wollen. Sie könnten auf dem Schiff bleiben, das sie getroffen haben, die Pazifikküste runterfahren und dann durch den Panamakanal. Aber wenn dieser Schechtmann die Strecke schon oft zurückgelegt hat, dürfte er sich eine schnellere Möglichkeit gesucht haben. Sie könnten einen kleinen mexikanischen Hafen ansteuern, wo die Beamten leicht zu bestechen sind, dann auf dem Landweg nach Mexiko City fahren und von dort aus fliegen. Oder sie könnten sich per Hubschrauber oder Wasserflugzeug auf dem Schiff abholen lassen und dann auf irgendeinem Flughafen einen Linien- oder Charterflug nehmen. Sie sagen ja, dieser Schechtmann sei reich; wenn Geld keine Rolle spielt, gibt es jede Menge Kombinationen.«
»Okay – angenommen, er wählt die schnellste Möglichkeit, wie lange würden sie dann bis Jumbie Cay brauchen?«
Er rechnete. »Dann dürften sie jetzt wohl da sein.«
Das hieß, ich durfte keine Zeit verlieren. »Wie kann ich zu der Insel kommen?«
»Sie wollen wirklich dorthin?«
»Sonst wäre ich nicht hier. Warum?«
»Na ja, die Kleine ist schließlich bei ihrem Vater. Und es gibt da Dinge… aus denen Sie sich besser raushalten sollten.«
»Zum Beispiel?«
Er schüttelte den Kopf, sah weg. »Ich habe ein mulmiges Gefühl dabei, das ist alles.«
»Cam, ich brauche Ihre Hilfe.«
»… Okay, meinetwegen.« Er dachte kurz nach. »Ich kenne da einen Burschen, einen Spieler namens Zeff Lash, der ist vielleicht schon mal dort gewesen.«
»Wo kann ich ihn finden?«

»Er wohnt im Quarter, drüben bei Philipsburg – da sind Sie vermutlich auf dem Weg vom Flughafen hierher durchgekommen.«
»Wenn Sie mir seine Adresse geben und mir sagen, wo ich einen Wagen mieten kann...«
»Nichts da! Ripinsky hat mich gebeten, Ihnen alles zu besorgen, was Sie brauchen. Ich komme mit.«
»Das ist nicht nötig. Ich möchte Ihre Zeit nicht noch länger...«
»Ich habe heute abend nichts vor, und Sie gehen besser nicht allein ins Quarter.«
»Ich komme schon zurecht.«
»Sprechen Sie Französisch oder Holländisch?«
»Nein.«
»Haben Sie eine Knarre?«
Ich hatte die 38er zu Hause gelassen; nur mit einem kalifornischen Waffenschein war es unmöglich, eine Pistole über Staatengrenzen zu bringen. »Nein«, gab ich zu.
»In letzter Zeit haben Touristen öfters Probleme in dieser Gegend gehabt. Und außerdem bezweifle ich, daß Lash mit Ihnen allein reden würde. Mir ist er noch einen Gefallen schuldig.«
Diese Bemerkung erinnerte mich an Hy; manchmal stellte ich mir ihn und seine alten Kumpel als Schnittpunkte in einem weltweiten Netz wechselseitiger Verpflichtungen vor, ähnlich dem Routennetz einer Fluglinie. »Okay«, sagte ich, »können wir gleich gehen?«
»Auf keinen Fall vor elf Uhr abends. Zeff Lash ist ein Spätaufsteher.«
Die Verzögerung ärgerte mich ein bißchen, aber meine Ungeduld wich gleich darauf der Müdigkeit. »Wenn Sie mir ein Hotel empfehlen könnten...«
»Ich habe ein Gästezimmer.«
»Cam, Sie müssen mich nicht auch noch beherbergen.«
»Ich möchte es gern.«
»Sie müssen Hy ja einiges schuldig sein.«
Sein Gesichtsausdruck wurde verlegen. »Tja, ich habe Ihnen ja von dem Abend damals in Hongkong erzählt.«
»Dann nehme ich Ihr Angebot dankend an.«
»Möchten Sie sich nicht ein bißchen hinlegen? So gegen neun ge-

hen wir essen, im Restaurant meines Freundes Ben. Er macht ein erstklassiges Muschelragout; das wird uns für unseren Plausch mit Zeff Lash stärken.«

Die schlaglöchrigen Straßen des Quarters pulsierten von einem Rhythmuskonzert aus hundert verschiedenen Quellen. Die Nacht war tintenschwarz, warm und samtweich; die Luft streichelte meine bloße Haut und war erfüllt vom Duft unidentifizierbarer Blüten. Leider war sie auch erfüllt von Insektenschwärmen, und selbst das organische Antimückenzeug, mit dem Cam mich Gesicht, Hände und Beine hatte einreiben lassen, vermochte sie nicht abzuschrecken. Ich klatschte hektisch auf meine verschiedenen Körperteile ein, während wir, an einer geschlossenen Lotteriebude vorbei, auf eine Ansammlung von hellen Schlacksteinbauten zugingen.

Stimmen drangen durch das Dunkel – rasches, melodisches Reden, schrilles Lachen, wütendes Gebrüll. Hunde bellten, ein Kind heulte, eine Frau schluchzte. Eine Katze schrie, und eine andere antwortete. Trotz der späten Stunde brodelte das Quarter von Leben – unsichtbar, intensiv, auf eine diffuse Weise gefährlich. Mein Körper reagierte mit Adrenalinstößen.

Connors führte mich zu einem rosa Haus mit geschlossenen Läden vor Tür und Fenstern; der hartgebackene Lehmboden darunter war streifig von herausdringendem Licht. Er klopfte, und die Stimmen im Inneren verstummten abrupt. Schritte näherten sich der Tür, und ein Mann mit medusenhauptartigen Dreadlocks guckte heraus. Cam sprach eine ganze Weile auf französisch auf ihn ein, und er starrte mich an, wobei sich seine Stirn in immer tiefere Falten legte.

»Sofort?« fragte er, als Connors zu Ende geredet hatte.

»Sofort.«

»Ey, *Mon*, ich hab aber Asse auf der Hand.«

Seine Worte weckten einen bittersüßen Gechmack in meinem Mund, weil ich daran denken mußte, wie Hy gestern abend aus der Poker-Runde der Computer-Recherche-Abteilung von RKI ausgestiegen war. Ich schluckte und packte die Erinnerung vorerst weg.

Cam sagte jetzt wieder etwas auf französisch. Der Mann – Zeff Lash, nahm ich an – guckte erst ärgerlich, dann nachdenklich. Er wandte sich achselzuckend um und schloß die Tür vor unserer Nase.

»Nein?« fragte ich.

»Doch. Er löst seine Chips ein und trifft uns dann bei Eudoxie. Das ist eine Bar gleich um die Ecke.«

Eudoxies Bar bestand aus einem kleinen Raum, vollgepfropft mit jener Sorte weißer Plastikmöbel, die überall auf der Welt in Bau- und Gartenmärkten auftauchten, sobald der Frühling seinen ersten zaghaften Atemzug tut. An der einen Wand hingen zwei Spielautomaten neben einer Durchreiche, wo man seine Drinks holte. Die einzigen Gäste außer uns waren ein Mann und eine Frau mittleren Alters, die sich an einem Tisch in der Ecke leise unterhielten.

Cam ging etwas zu trinken holen, und ich setzte mich hin, wobei mir die Form des Stuhls von früheren Begegnungen mit seinen amerikanischen Verwandten her sofort vertraut war. Cam kam mit drei Gläsern von der Durchreiche zurück, stellte eins auf den Tisch und reichte eins mir. »Was ist das?« fragte ich und beäugte die klare Flüssigkeit mißtrauisch.

»Gin.«

»Ich dachte, Rum ist das Getränk der Karibik.«

»Aber hier sind wir auf den niederländischen Antillen.«

»Verstehe.« Ich mußte an die Geschichte des Taxifahrers über den Franzosen und den Holländer denken. Der Gin war warm und scharf; ich stellte das Glas rasch ab.

Cam lächelte über meine Grimasse; sein Blick wanderte zur Tür. Zeff Lash war soeben hereingekommen; er nickte uns zu, und sein hageres Gesicht verzog sich zu einem breiten Grinsen, als er seinen wartenden Drink erspähte. Er nahm ihn, kippte ihn hinunter und streckte Cam das Glas hin. Cam ging zu der Luke, um es wieder auffüllen zu lassen.

Lash setzte sich und musterte mich von oben bis unten. »Sie sind Schlüssellochspanner?«

»Bitte?«

»Sie sind Detektiv, wie die im Fernsehen.«

»Oh – ja, ich bin Privatermittlerin…«

»Connors sagt, Sie wollen mich was fragen wegen Jumbie Cay.

Geht um ein Mädel, was sie entführt haben, und jetzt haben sie's da hingebracht.«
»Ja. Die Kleine ist erst neun. Die Mutter wurde getötet, als sie das Mädchen verschleppt haben.«
Er guckte grimmig. »Ich hab selber Töchter. Wenn sich einer an denen vergreifen würde...«
Connors kam mit dem Drink zurück und setzte sich an Lashs andere Seite. Er fragte: »Wie sieht's aus, *Mon*? Kannst du der Lady helfen?«
Lash fuhr sich mit der Zunge über die Lippen. »Weiß nicht. Die Leute da draußen, die sind nicht von Pappe – fackeln nicht lang rum.«
»Denk an das, was ich dir vorhin gesagt habe.« In Connors Stimme lag ein warnender Unterton.
»*Yeah, Mon*, okay.« Lash wandte sich wieder mir zu. »Ich fang ganz von vorn an, okay? Also, Jumbie Cay war lange britisch, aber in Wirklichkeit hat es den Altagracias gehört. Ich schätz mal, die kennen Sie nicht, oder?«
Ich schüttelte den Kopf.
»Ist auch egal. Zebediah, der ist der letzte von denen da draußen. Regina, sein ältestes Mädel, die wohnt hier im Princes Quarter, hält Ziegen auf einer kleinen Farm. Den Alten, den haßt sie, will nichts mit ihm zu schaffen haben, und die andern, die sind alle in den Staaten, denken, da fliegen ihnen die Brathühner nur so in den Mund, aber einen Dreck wissen die. Na ja, was ich sagen will, vor fünfundzwanzig Jahren oder so, da kriegt der alte Zeb auf einmal einen Rappel und legt sich mit den Briten an. Ich hab keine Ahnung, was ihn gepackt hat, aber er hat einfach die Schnauze voll gehabt. Also geht er hin und reißt sich eine Seite aus eurem Geschichtsbuch raus und erklärt die Unabhängigkeit. Und was passiert? Den Briten ist es grad scheißegal. Die Insel hat nämlich kein frisches Wasser, nicht mal Unkraut kommt dort richtig hoch. Was sollen die Briten schon damit wollen?
Okay, die Wochen gehen rum, die Monate gehen rum. Und eines Tages kriegt Zeb auf einmal einen Brief vom Premierminister in St. Kitts-Nevis – dem Regierungssitz für diese Inseln. Und da drin steht: ›Wenn wir Sie recht verstehen, sind Sie mit Ihrem Kolonial-

status nicht zufrieden.‹ Und der alte Zeb schreibt zurück: ›Sie verstehen mich verdammt richtig. Ich will meine Unabhängigkeit.‹ Und die Briten sagen: ›Okay, viel Glück.‹ Und da sitzt der alte Zeb, und keiner will mit ihm kämpfen. Ich weiß nicht, was ihn mehr gefuchst hat – wie er noch den Briten gehört hat oder wie sie ihn einfach so haben gehen lassen.« Lash lachte und klatschte mit der Hand auf den Tisch. Er trank sein Glas aus und sah Cam erwartungsvoll an.

Cam ging abermals Nachschub holen.

»Okay«, fuhr Lash fort, »ab da ist nicht mehr viel passiert. Zebs Kinder werden groß und gehen fort, die Frau stirbt ihm weg. Die Insel geht nach und nach zum Teufel, weil keine Briten mehr da sind, die die Straßen reparieren und so was. Und Zeb, der ist immer schon ein Spieler gewesen, aber so vor acht, neun Jahren, da ist er aufs Wetten gekommen, über so eine kostenlose Telefonnummer. Wissen Sie, was ich meine?«

»Ja.«

»Na ja, also, Zeb, der steigt da groß ein, und eh er sich's versieht, hat er einen Haufen Schulden. Aber er denkt, auf seiner Insel können sie ihm nichts. Und dann taucht plötzlich dieser Typ aus den Staaten auf und sagt, er soll blechen, oder es passiert was, aber Zeb kann nicht blechen.«

»Dieser Typ, war das Speed – Klaus Schechtmann?«

»Yeah, genau der. Okay, also, Zeb, der handelt einen Deal mit ihm aus. Er verkauft ihm Jumbie Cay, und Schechtmann läßt ihm sein Haus und bißchen Land.«

»Was wollte Schechtmann denn mit der Insel?« Ich war mir ziemlich sicher, daß meine Informationen korrekt waren, wollte es mir aber von Lash bestätigen lassen.

Er grinste verschlagen und griff nach dem vollen Glas, das Connors ihm brachte. »Ist ein verdammt guter Platz für ein Wettbüro.«

»Wissen Sie ganz sicher, daß er dort eins betreibt?«

»Yeah.«

»Waren Sie auf Jumbie Cay, seit Schechtmann die Insel gekauft hat?«

»Klar. Wir sind alte Freunde, Zeb und ich. Ich besuch ihn manchmal.«

»Haben Sie Schechtmann je gesehen?«
»Nee. Der hat seine Bungalowanlage am Goat Point. Steckt nie die Nase raus.«
»Und ein gewisser Dawud Hamid? Haben Sie von dem schon mal gehört?«
Lash sah kurz zu Connors hinüber. »Hamid. Das ist der Araber. Hab schon von ihm gehört, aber gesehen hab ich ihn nie.«
»Okay, Mr. Lash, wie kann ich nach Jumbie Cay kommen, ohne daß mich die Leute in Schechtmanns Bungalowanlage bemerken?«
Er sah wieder Cam an. »Vergessen Sie's.«
Dieser Rat war vermutlich nicht ganz unbegründet, aber ich wiederholte dennoch meine Frage.
Er fragte zurück: »Wollen Sie nur auf die Insel oder in Schechtmanns Bungalowanlage?«
»In die Anlage.«
»Vergessen Sie's.«
»Wenn ich das könnte, würde ich Ihnen diese Frage nicht stellen.«
»Sharon«, sagte Cam, »Sie sollten auf Zeff hören.«
»Vielleicht sollte ich das, aber auf dieser Insel ist ein kleines Mädchen, das meine Hilfe braucht.«
»Sie sagten doch, sie ist bei ihrem Vater.«
»Ich sagte aber auch, daß das der falsche Ort für sie ist.«
»Wieso sind Sie sich da so sicher?«
Gute Frage, aber ich konnte ihm nicht erklären, daß es einfach dieser innere Instinkt war, dem ich immer vertraute. »Ich bin mir sicher – mehr kann ich nicht sagen.«
Connors preßte die Lippen zusammen. Nach einer kurzen Pause sagte er: »Ripinsky hat mich ja schon gewarnt, Sie seien stur.«
»Sturer als gesund ist, würd ich sagen«, knurrte Lash.
Ich wandte mich ihm zu. »Warum?«
»Da auf dem Grundstück sind Wachen, eine ganze Armee und bewaffnet wie im Krieg. Und dann noch die Dobermannhunde. Sind Sie schon mal mit einem Dobermann aneinandergeraten?«
Er wollte mir angst machen. Das funktionierte auch, aber ich würde mich nicht abschrecken lassen. »Mr. Lash, zum letztenmal – wie kann ich auf die Insel kommen?«

Er sprach in raschem Französisch auf Connors ein.
»Was?« fauchte ich. Ich war ihre kryptischen Dialoge leid.
Connors zuckte die Achseln; Beunruhigung stand in seinen Augen. »Er macht sich Sorgen um Sie, Sharon. Und ich auch.«
»Ich bin das Diskutieren leid, Cam. Wenn Sie mir beide nicht helfen können...«
Er seufzte und nickte Lash zu. »Besser, du hilfst ihr.«
Lash musterte mich einen Moment. »Okay – sind Sie gut im Schwimmen?«
»Ja.« Das war die einzige Form sportlicher Betätigung, die mir wirklich Spaß machte, und in letzter Zeit zog ich regelmäßig meine Bahnen in dem Fitneßcenter, das zu besuchen Adah mich überredet hatte.
»Dann suchen Sie sich jemanden, der Sie mit einem Wasserflugzeug rüberfliegt. Soll Sie bei Nacht vor Marlin Landing absetzen. Da ist ein Restaurant, heißt Nel's. Gehört Nel Simpson, Freund von mir. Halten Sie immer auf die orangefarbenen Lichter auf seinem Anleger zu.«
»Und er bringt mich zu Schechtmanns Anwesen?«
Lashs Lippen wurden schmal.
»Hören Sie«, sagte ich, »die Mutter des Mädchens war Amerikanerin, und die Kleine ist auf amerikanischem Boden geboren; also ist sie amerikanische Staatsbürgerin. Ich bin nicht scharf drauf, das State Department einzuschalten, weil das ganze Drumherum ein bißchen kompliziert ist, aber wenn es sein muß, werde ich es tun. Das könnte Sie und Ihren Freund Zeb in Schwierigkeiten bringen.«
Die beiden Männer wechselten Blicke, in denen deutliches Widerstreben und, auf Connors Seite, etwas Warnendes lag. Dann sagte Lash: »Okay, ich sag Nel Bescheid. Vielleicht weiß er was, wie er Sie reinschleusen kann.«
»Und wenn nicht?«
Lash stellte sein Glas ab und spreizte die Finger. »Dann, Lady, müssen Sie selber gucken, wie Sie weiterkommen. Aber ich sag Ihnen eins: Wenn Sie nur in die Nähe von dem Grundstück kommen, und Sie haben keinen verdammt guten Plan, dann sind Sie tot.«

16 *Schwarzer, sternenübersäter Himmel, noch schwärzeres Wasser. Orangefarbene Lichter in der Ferne. Ich bin ganz allein. Sollte Angst haben, habe aber keine.*

Wellen sanft, Wasser warm. Weiches tropisches Lüftchen in meinem Gesicht. Meine Glieder sind bleischwer. Sollte an Land schwimmen, kann aber nicht.

Ich sinke tiefer, fühle aber keine Panik. Ich will mich in diesem warmen Dunkel verlieren. Das Wasser schlägt über mir zusammen. Endlich in Sicherheit.

Aber was ist das?

Etwas schwimmt über mir an der Oberfläche, mit ausgebreiteten Riesenflügeln. Eine Riesenfledermaus.

Ich gleite näher heran, schaue nach oben. Keine Fledermaus, eine Frau. Die Flügel sind ein Bademantel, der ausgebreitet auf dem Wasser schwimmt. Und die Augen... leere Höhlen. Ich kann durch sie hindurchgucken, bis in ihre Seele. Aber dort drinnen ist nur Dunkel.

O Gott, Mavis, deine blicklosen Augen -

Ich fuhr hoch und griff mir an die Kehle. Mein Herz raste, mein Atem ging in kurzen, rauhen Stößen, und mein Körper war mit einem Schweißfilm überzogen. Es war gräßlich heiß. Alles an mir juckte von hundert Insektenstichen. Etwas hatte mich sogar in den Knöchel des kleinen Fingers gestochen; es fühlte sich an, als hielte jemand ein Streichholz daran. Gleißendes Licht drang durch die Ritzen der Jalousie am Fenster neben dem Bett. Ich sah mich um: die schlichten Möbel, meine Reisetasche, meine abgestreiften Kleider.

Nach einem Weilchen verebbte meine Panik. Ich stopfte mir die Kissen in den Rücken und fischte meine Uhr vom Nachttisch. Ein Uhr dreiunddreißig; ich war mitten am Tag aus einem Alptraum erwacht.

Angst, kein Wunder bei der Aussicht, mich in unbekannte Wasser zu stürzen, einem unbekannten Ort entgegen, mitten in der Nacht. Heute nacht, denn ich hatte Cam überredet, mich so bald wie möglich nach Jumbie Cay zu fliegen. Er hatte sich zuerst schlankweg geweigert, dann, nachdem wir von unserem Treffen mit Zeff Lash zurückgekehrt waren, stundenlang mit mir debattiert. Schließlich

hatte er erklärt, wenn schon, dann wolle er mitkommen. Aber das konnte ich nicht zulassen; er stand in Hys Schuld, nicht in meiner.
Die Traumbilder kehrten wieder: ich, ganz allein im dunklen Meer...
Zum erstenmal geriet mein Entschluß ins Wanken. Ich ließ die Frage an mich heran, ob ich Habiba wirklich einen Gefallen tun würde, wenn ich sie zu ihrer despotischen Großmutter zurückbrachte. Schließlich hatte Cam recht: Dawud Hamid war ihr Vater; er hatte ein Recht auf sie. Aber dann regte sich mein ungutes Gefühl wieder, und ich mußte an Schechtmann denken und daran, was sich auf seinem streng bewachten Anwesen möglicherweise abspielte. Ich hatte den Verdacht, daß Malika Hamid nichts von Schechtmanns Lebensgewohnheiten wußte, daß sie Mavis und Habiba nur mit ihm weggeschickt hatte, um sie aus der Gefahrenzone zu schaffen. Vermutlich hatte sie vorgehabt, sie wieder in ihre Kontrollsphäre zurückzuholen, sobald die Bombendrohung nicht mehr bestand. Aber jetzt, da Mavis tot war und Dawud das Kind in seinem Gewahrsam hatte, bezweifelte ich, daß er es freiwillig wieder hergeben würde. Die Kontrolle, die seine Mutter, aus welchen Gründen auch immer, über ihn gehabt hatte, war in dem Moment, da Habiba Jumbie Cay betreten hatte, erheblich geschwächt, wenn nicht gar außer Kraft.
Mein Entschluß festigte sich wieder. Malika Hamid war vielleicht eine tyrannische Person, aber sie liebte Habiba, und sie war keine Kriminelle. Immer noch besser, die Kleine lebte bei ihr, als bei ihrem Vater und seinen korrupten Kompagnons.
Als Connors und ich bis in die frühen Morgenstunden debattiert hatten, hatte er mich gefragt, warum ich mich eigentlich so für ein Kind engagierte, das ich nur zweimal gesehen hatte. Ich hatte einfach erklärt, sie sei ein außergewöhnlich nettes kleines Mädchen, das eine Chance im Leben verdiene, aber das war natürlich nur die halbe Wahrheit. Seit dem Moment, da ich ihre ernsten Augen über den Rand der riesigen Vase hatte spähen sehen, fühlte ich mich ihr verbunden. Seit dem Moment, da sie mir ihre Einsamkeit gestanden hatte, war ich voll und ganz auf ihrer Seite. Ich war auch ein einsames Kind gewesen.
Wer den McCone'schen Haushalt damals kannte, hätte das sicher

nicht vermutet. Fünf Kinder – zwei ältere Brüder, ich in der Mitte, zwei jüngere Schwestern. Tanten, Onkels, Vettern und Kusinen, die zu jeder Tages- und Nachtzeit hereinschneiten. Überall Hunde und Katzen; Hamster und Gerbils, die aus ihren Käfigen entflohen, zwei Truthähne namens Gregory Peck und – ein Beitrag meines zu Obszönitäten neigenden Vaters – Gregory Pecker, die in ihrem Gehege scharrten. Dazu pro Kind noch eine Horde Freunde in dem weitläufigen Haus, das immer im Zeichen eines großangelegten und sich letztlich über zwanzig Jahre hinziehenden Renovierungsprozesses stand. Ein Ort, der einem Bienenstock an einem Junitag ähnelte – wie konnte da jemand einsam sein?

Das war gar nicht so schwer, wie es scheinen mag. Ich war das mittlere Kind, und mittlere Kinder werden oft übersehen. Ich war kein rabaukiger Sohn, hart am Rand der Delinquenz, so wie John und Joey, und ich war keine rebellische Tochter, hart am Rand der unehelichen Schwangerschaft, so wie Charlene und Patsy. Ich war vielmehr die, die keine Probleme machte, die gute Noten heimbrachte, im Cheerleader-Team war und zum Hofstaat der Abschlußballkönigin gehörte. Oh, da gab es diese eine schändliche Episode, als ich in einer kompromittierenden Pose mit dem Captain des Schwimmteams erwischt wurde – laut Mick inzwischen Teil der Familienlegende. Aber legendär war dieser Vorfall nur deshalb, weil er das weiße Schaf der Familie betraf. Ansonsten blieb ich, wie John mir einmal verbittert vorwarf, immer auf der sicheren Schiene.

Auf der sicheren Schiene zu bleiben macht einsam.

Und außerdem war unter der ganzen rituellen Umarmerei und Küsserei immer eine gewisse Kälte. Pa war Navyoffizier und viel auf See; als er in den Ruhestand trat, intensivierte er seine Werkelei in der Garage so weit, daß er häufig dort auf einem Feldbett kampierte. Ma war vollauf damit beschäftigt, mit einem äußerst begrenzten Haushaltsetat so zu jonglieren, daß er die Bedürfnisse von fünf Kindern abdeckte; sie hatte keine Zeit für unsere Fragen und Probleme und schob sie meistens so lange beiseite, bis sie entweder unwichtig oder brisant wurden. Ich vermute, daß es dieses emotionale Vakuum war, das John zu seinen Sauforgien und Prügeleien und Joey zu seinen Klauereien trieb. Und ich vermute, daß es auch erklärt,

warum Charlene in ihrem letzten High-School-Jahr schwanger wurde und Patsy mit fünfzehn von zu Hause weglief.
Sicher weiß ich, daß es dieses Vakuum war, das mich zur Einzelgängerin machte – zu einer Träumerin, die Stunden allein in dem Baumhaus hinten in unserem verwilderten Garten zubrachte. Dort spann ich mich immer fester in den Kokon meiner Phantasien ein. Nach der Schule ging ich nach Berkeley, wo ich niemanden kannte. Ich finanzierte mein Studium durch einsame Nachtwächter-Jobs. Dann zog ich gleich nach dem Examen von Berkeley nach San Francisco. Wenn ich hier nicht eines Tages vor der City Hall meinen Ex-Wohngemeinschaftsgenossen Hank Zahn getroffen hätte, wäre von meinen Studiumskontakten gar nichts geblieben. Auch als ich für sehr wenig Geld bei All Souls zu arbeiten begann, lehnte ich das Angebot eines mietfreien Zimmers im Haus ab, weil ich lieber in meinem winzigen, überteuerten Studio-Apartment bleiben wollte. Ich hatte meine Liebschaften, wagte mich aber nie so weit aus der Deckung heraus, daß echte Nähe möglich gewesen wäre.
Aber dann traf ich Hy, der in einem ähnlichen emotionalen Vakuum aufgewachsen war. Und zusammen fanden wir eine Lebensform, die für uns beide richtig war.
Jene Jahre vor Hy waren eine unglückliche Zeit gewesen, aber sie hatten mich einige bittere Lektionen gelehrt, und die Summe dieser Lektionen ließ mich jetzt um Habiba fürchten. Wenn sie auf Jumbie Cay blieb, würde sie vielleicht nie wirklich in physischer Gefahr sein, aber sie konnte seelische Narben davontragen, weil sie Dinge erleben mußte, die kein Kind erleben sollte. Mit Sicherheit würde sich der Kokon der Einsamkeit, den sie bereits zu spinnen begonnen hatte, noch verfestigen. Doch im Gegensatz zu mir würde sie nie die Chance haben, sich daraus zu befreien. Ihre Welt würde für immer eine wilde und einsame Welt sein.
Und deshalb würde ich heute nacht durch diese unbekannten Wasser zu einem unbekannten Ort schwimmen. Deshalb würde ich alles tun, um sie nach Hause zurückzuholen.

Zeff Lash hatte am Vorabend erwähnt, der alte Mann, von dem Schechtmann Jumbie Cay gekauft hatte, habe eine Tochter, die nicht gut auf ihn zu sprechen sei und hier auf der Insel lebe. Nach-

dem ich geduscht hatte und angezogen war, sah ich im Telefonbuch nach, fand aber keine Regina Altagracia. Aber vielleicht hieß sie ja jetzt anders, weil sie geheiratet hatte, und außerdem wußte ich sowieso nicht genau, wo das Princes Quarter war. Cam war schon früh losgegangen, um selbst einen Charterflug zu übernehmen, und würde erst nach sechs zurückkommen, also konnte ich ihn nicht fragen. Als ich im Branchenfernsprechbuch die Rubrik Autovermietungen suchte, fiel mir die Karte wieder ein, die ich gestern beim Bezahlen des Taxis von Kenny bekommen hatte.
Ich wählte die Nummer auf der Karte und erreichte Kenny zu Hause. Natürlich wisse er, wo das Princes Quarter sei, und er kenne auch Regina Altagracias Ziegenfarm. »War mal eine stinkfeine Familie hier in der Gegend«, setzte er hinzu. »Jetzt nimmer.«
Ich fragte ihn, was es mich kosten würde, mich von ihm dort hinbringen zu lassen.
»Dreißig US-Dollar?« Es klang so zaghaft, daß es garantiert das Doppelte des üblichen Fahrpreises war.
»Gut.« Schließlich zahlte ja RKI. »Holen Sie mich bitte da ab, wo Sie mich gestern abgesetzt haben. In einer Stunde.«
Ich legte auf und rechnete, wie spät es jetzt in San Francisco war. Halb elf vormittags. Cam hatte mir erklärt, Ferngespräche führe man am besten über eine eigenständige Fernsprechgesellschaft, die Visa-Karten akzeptierte. Ich wählte die Nummer, die er mir gegeben hatte, und nannte der Vermittlung meine Kreditkartennummer und Adah Joslyns Rufnummer.
Adahs Telefon läutete elfmal, ehe ich wieder auflegte. Wieder kein Anrufbeantworter. War sie überhaupt daheim gewesen, seit ich es das letztemal versucht hatte? Es wurde Zeit, daß jemand nachsah, was da los war.
Ich rief wieder die Fernsprechgesellschaft an und nannte diesmal Greg Marcus' Apparatnummer in der Hall of Justice. Der Anruf kam sofort durch, und ich hörte Gregs Stimme so klar über die Leitung, als riefe ich vom anderen Ende der Stadt an.
Nicht so auf seiner Seite. Er sagte: »Von wo rufst du an? Klingt, als wärst du in einem Tunnel.«
»Ich bin in der Karibik.« Um Fragen abzubiegen, fügte ich hinzu: »Ferngesprächsminuten kosten hier soviel wie Diamanten. Hast du

irgendwas über die Leute rausgefunden, die du für mich überprüfen solltest?«
»Über Schechtmann nichts außer der Glücksspiel-Anklage. Nichts über seine Frau, Ronquillo und Newton, aber eine Menge über Chloe Love. Sie ist tot, ermordet, in ihrer Wohnung im Lake Merritt District in Oakland am sechsundzwanzigsten Januar neunzig. Das habe ich von meiner Freundin, die sie von der Gastronomiefachschule kennt. Gestern habe ich jemanden vom Police Department in Oakland angerufen, einen Mann, mit dem ich vor Jahren mal ein paar Mordfälle in Kooperation bearbeitet habe; er hat nachgesehen, was sie über den Fall haben. Üble Sache: Sie wurde vergewaltigt und erwürgt. Dawud Hamid wurde im Zusammenhang mit dem Mord vernommen – aber nur kurz.«
Meine Haut prickelte, und ich faßte den Hörer fester. »Kurz, weil ein Anwalt aufkreuzte und sich auf Hamids diplomatische Immunität berief?«
»Du sagst es. Nach zwei Stunden ist Hamid wieder aus dem Präsidium marschiert.«
Und zu Beginn des nächsten Monats war er von der Bildfläche verschwunden. Laut Mavis war die Polizei nicht benachrichtigt worden, weil das Ganze zu kurz nach irgendeinem Geschehnis passiert war, über das sie nicht weiter reden wollte. Sie hatte geglaubt, ihre Schwiegermutter habe Privatdetektive eingeschaltet, aber ich vermutete jetzt, daß das nur ein Märchen gewesen war, damit Mavis nicht dahinterkam, daß Malika Dawud außer Landes geschickt hatte. Aber warum zu Klaus Schechtmann, dessen Einfluß ihre einst so massive Kontrolle über ihren Sohn ohnehin schon geschwächt hatte? Warum nicht zurück nach Azad?
Einen Grund konnte ich mir denken: Der bekehrte Sheik Said bin Muhammad al-Hamid hatte die Todesstrafe für Mord und Vergewaltigung wieder eingeführt. Der Sheik war zuvor schon ziemlich grob mit Familienmitgliedern umgesprungen, und meines Wissens war moslemisches Recht weltweit gültig. Malika wollte nicht riskieren, daß ihr Sohn für seine Verbrechen vor ein azadisches Gericht kam – und womöglich gesteinigt wurde.
»Greg«, fragte ich, »warum haben sie Hamid vernommen?«
»Er hatte Chloe Love belästigt. Zwar nicht direkt physisch, aber es

ging doch immerhin so weit, daß sie zwei Tage vor ihrem Tod noch bei ihrem Anwalt war, um eine einstweilige Verfügung zu erwirken, die es ihm untersagte, in ihre Nähe zu kommen. Der Anwalt erklärte ihr, wegen seiner diplomatischen Immunität sei da gar nichts zu machen.«

»Wurde der Mord je aufgeklärt?«

»Die Akte ist unabgeschlossen und wird es immer bleiben.«

»Weil Hamid der Täter war?«

»Genau. Es gab genügend Indizien dafür, daß er in der Wohnung war, und einen Augenzeugen, der ihn zum fraglichen Zeitpunkt aus dem Haus hatte kommen sehen. Die Staatsanwaltschaft erwog, trotz seines Diplomatenstatus Anklage zu erheben, vielleicht einen Präzedenzfall daraus zu machen, aber dann verschwand Hamid plötzlich.« Noch über die gewaltige Entfernung spürte ich Gregs Ärger; er griff auf mich über und stärkte meine Entschlossenheit, Habiba von dieser Insel wegzuholen.

»Noch was, Greg – ich mache mir Sorgen um Adah Joslyn. Sie hat mir am Montag auf dem Anrufbeantworter die Nachricht hinterlassen, sie sei auf eine Spur in der Bombersache gestoßen und ich solle sie anrufen, aber sie nimmt einfach nicht ab, und ihr Anrufbeantworter ist nicht an. Kannst du mal prüfen, was da los ist?«

»Klar. Soll ich dich zurückrufen?«

»Nein, ich rufe dich lieber wieder an.«

»Warte mal – was machst du in der Karibik? Hat es was mit...«

»Vielen Dank, Greg.«

Und noch eine Kleinigkeit galt es zu klären. Ich rief RKI an und wurde zu Renshaw ins Konsulat durchgestellt. »Ich kann nur kurz reden«, sagte ich. »Haben Sie Habibas Paß?«

»Ja. Die Kleine hat die doppelte Staatsbürgerschaft – amerikanisch und azadisch. Schechtmann hat den azadischen Paß mitgenommen. Den amerikanischen wollte er nicht.«

Um so besser; ein azadisches Kind, das mit einer nicht blutsverwandten Amerikanerin reiste, würde womöglich Aufmerksamkeit erregen. »Wie haben Sie Mrs. Hamid dazu gekriegt, ihn herauszugeben?«

»Gar nicht. Khalil Latif hat ihn aus dem Safe des Konsulats stibitzt.«

»Na, fein. Also – ich brauche ihn morgen früh. Geht das?«
»Ich schicke ihn per Kurier – mit einem unserer Leute. Wohin?«
»Flughafen, um neun. Wenn ich nicht auftauche, soll derjenige warten, bis ich komme.«
»Sie erkennen ihn an unserem Firmen-Blazer. Sonst noch was?«
Es klopfte leise an die Tür. Kenny, überpünktlich. »Im Moment nicht, aber ich melde mich wieder.« Ich sagte Kenny, er solle kurz warten, rief dann die Fluggesellschaft an und buchte für Habiba und mich den Morgenflug nach Miami.

Das Princes Quarter lag inseleinwärts: ein sattgrünes Tal, bewachsen mit Cholla-Kakteen und einem Dickicht aus Bäumen und kratzigem Gestrüpp, das Kenny Dornwald nannte. Kleine Felsformationen ragten aus der Vegetation hervor. Freilaufende Ziegen kletterten oder standen darauf herum und musterten unser Taxi mit ernstem Blick. Regenschwangere Wolken senkten sich auf die umliegenden Hügel, drohten die Hänge herabzugleiten und sich über uns ihrer Last zu entledigen.
Kenny war an diesem Nachmittag merkwürdig still; vielleicht hatte er gemerkt, daß ich keine normale Touristin war. Er machte ein, zwei Bemerkungen über die Landschaft, schimpfte eine Ziege, die nicht von der Straße weichen wollte, »Arschgeige«, aber ansonsten fuhren wir schweigend dahin.
Nach einer guten halben Stunde bremste er ab und zeigte auf zwei Steinhaufen, die die Einmündung eines unbefestigten Wegs markierten. Während er zwischen ihnen hindurchlavierte, erklärte er: »Da geht's zu Miz Altagracia.«
»Sie ist unverheiratet?«
»Kein Mann, der alle im Kasten hat, geht in ihre Nähe. Die hockt hier mit ihren Ziegen und schrumpelt vor sich hin wie ein toter Krebs in der Sonne.«
»Warum?«
Er guckte verdutzt und zuckte dann die Achseln. Grundtatsachen hinterfragte man nicht. Die Leute taten, was sie taten, und Punkt.
Wir fuhren durch ein weiteres Stück Dornwald, dann kam ein Haus in Sicht: geweißte Schindeln, rotes Blechgiebeldach, Holzjalousien vor Türen und Fenstern. Daneben stand ein zweites Gebäude, durch

einen berankten Spaliergang mit dem Haupthaus verbunden; es war mit Sturmfensterläden hurrikandicht verrammelt. Braune, schwarze und weiße Ziegen zupften das bißchen Grün, das vor dem Haus noch übrig war; Kennys Hupen ließ sie meckernd auseinanderstieben. Als der Toyota hielt, öffneten sich die Lamellen der Jalousie an der Eingangstür ein ganz klein wenig. Ich fühlte, daß jemand herausguckte, sah aber nichts.

Kenny fragte: »Wie lange bleiben Sie?«

»Ich weiß nicht genau. Können Sie warten?«

Er erklärte achselzuckend: »Na ja, hab eh schon den Drei-Uhr-Flug von San Juan verpaßt.«

»Wenn es länger als eine Viertelstunde dauert, zahle ich zehn Dollar extra.«

Damit war er zufrieden. Er stellte das Radio an, lehnte sich zurück und zog sich die Dodgers-Kappe ins Gesicht. Als ich zum Haus hinüberging, wehte rhythmische, Percussion-dominierte Musik hinter mir her.

Noch ehe ich anklopfen konnte, schwang die Tür an gutgeölten Angeln auf. Eine große, kräftig gebaute Frau mit kleinen grauen Kringellocken über einer hohen eckigen Stirn musterte mich mit den zusammengekniffenen Augen einer Kurzsichtigen. »Ja?«

»Ms. Altagracia?«

Sie nickte.

Ich stellte mich vor, wies mich aus. »Ich würde gern mit Ihnen über Ihren Vater reden.«

»Den alten Kindskopf? Was hat er jetzt wieder angestellt?« Ihre Sprechweise hatte nichts von der lokalen Färbung; wenn überhaupt, klang sie nach New Jersey.

»Na ja, Sie wissen ja, daß er Jumbie Cay verkauft hat.«

Sie plinkerte. »Das wußte ich nicht.«

»So ist es aber, und jetzt steckt er womöglich in ernsthaften Schwierigkeiten.«

»Da können Sie Gift drauf nehmen – in Schwierigkeiten mit mir. Diese Insel ist alles, was noch von meinem Familienerbe übrig ist. Wie konnte er sie verkaufen!«

»Es war ein Zwangsverkauf. Darf ich reinkommen?«

»Sicher. Wo habe ich meine Manieren gelassen?« Sie machte die

Tür ganz auf und ließ mich in einen Raum, in dem diffuses Licht herrschte. Den Boden bedeckten grasgeflochtene Matten, die Wände waren mit Farbfotos gepflastert – offenbar hiesige Landschaftsszenen. Die Einrichtung bestand wie bei Cam Connors aus schlichten Rattanmöbeln.

Regina Altagracia bedeutete mir, mich zu setzen, und ließ sich selbst in einem verstellbaren Lehnsessel nieder, wobei sie sich so vorsichtig bewegte, als litte sie an Rückenschmerzen oder Arthritis. Sie legte eine Hand auf die Passe ihres geblümten Shiftkleids und sagte: »Das zerreißt mir das Herz. Jumbie Cay – verkauft.«

»Das klingt, als ob Sie diese Insel lieben.«

»Ja, das tue ich auch.« Sie wies mit einer Kopfbewegung auf die Fotos an den Wänden. »Die habe ich gemacht. Jetzt sind sie alles, was mir bleibt.«

»Aber Sie haben die Insel doch verlassen.«

»Nein, Ms. McCone, ich habe meinen Vater verlassen.«

»Warum?«

Sie seufzte. »Das hatte viele Gründe, die Sie bestimmt nicht hören wollen. Bitte, erzählen Sie mir, was passiert ist. Und wo mein Vater jetzt ist.«

»Er ist immer noch auf der Insel; er durfte sein Haus und etwas Land behalten. Wußten Sie, daß er spielt?«

»Ja. Das ist einer der Gründe, weshalb ich nicht mit ihm zusammenleben kann. Ich gehöre zur Gemeinde der Siebenten-Tags-Adventisten, seit meiner Studienzeit in New Jersey.«

»Ich dachte doch, ich hätte da einen Jersey-Akzent gehört.«

Sie lächelte, kurzzeitig von ihrem Verlustschmerz abgelenkt. »Das verblüfft die Leute immer. Ich war auf der High School in Newark und an der Fairleigh-Dickinson-Universität in Teaneck. Genau wie meine Geschwister.«

»Warum gerade dort?«

»Der Bruder meines Vaters hat eine Frau aus Newark geheiratet. Sie konnten keine Kinder kriegen, deshalb wollten sie, daß wir zu ihnen kommen und dort auf die Schule gehen. Nach meinem Examen bin ich dageblieben und habe bei einer Versicherung gearbeitet; meine Geschwister sind immer noch in den Staaten.«

»Warum sind Sie zurückgekommen?«

Ihr Lächeln bekam etwas Schmerzliches. »Meine Mutter starb, und mein Vater geriet völlig aus dem Lot. Wir waren alle der Meinung, daß jemand sich um ihn kümmern mußte, und mir fiel diese Aufgabe zu. Meine Schwester ist verheiratet, ich nicht.«
»Aber Sie sind nicht bei Ihrem Vater geblieben?«
»Ich konnte nicht; dieses Leben war mir unerträglich. Er trinkt, er raucht, er spielt. Auf seiner Veranda ist immer irgendein Kartenspiel im Gang. Ich bin ein gläubiger Mensch, aber die Zustände dort haben meinen Glauben auf eine harte Probe gestellt. Als ich meinen eigenen Vater zu hassen begann, wußte ich, es war Zeit, daß ich ging. Außerdem«, setzte sie hinzu, »war ich dort weder erforderlich noch erwünscht.«
Ich kannte dieses Gefühl, etwas Gutes tun zu wollen und damit voll abzublitzen. Weihnachten vor einem Jahr hatte mich die Vorstellung belastet, daß Pa und seine Freundin Nancy das Fest in unserem alten Haus mit all den dort gespeicherten Erinnerungen verbringen müßten. Da niemand von meinen Geschwistern etwas unternahm, rief ich Pa an und lud sie beide ein, mich zu besuchen, obwohl ich den Weihnachtstag lieber mit Hy und guten Freunden verbracht hätte. Pas Antwort war kurz und bündig: »Wieso? Wir fahren am dreiundzwanzigsten nach Reno.«
Er hatte sich nicht mal für die Einladung bedankt, und es war unserem Verhältnis auch nicht gerade gut bekommen, daß ich sarkastisch geantwortet hatte: »Bitte, gern geschehen, Pa.«
»Das tut weh, was?« sagte ich zu Regina Altagracia.
Sie zuckte die Achseln, verbarg ihre Gefühle rasch. »In gewisser Weise war es erleichternd. Ich hatte in den Staaten Geld gespart, und ich wußte, daß es hier eine starke Adventisten-Gemeinde gab. Ich habe diese Farm gekauft, bin der Gemeinde beigetreten, habe mir hier ein Leben aufgebaut. Unsere Gemeinschaft ist so engverwoben – abgekapselt, muß man wohl sagen, daß ich nicht mal erfahren habe, daß Daddy… mein Vater Jumbie Cay verkauft hat. Wer hat die Insel gekauft, und warum mußte er verkaufen?«
»Der Käufer war ein gewisser Klaus Schechtmann.«
»Wer ist das?«
»Ein Ganove, der früher ein sehr lukratives Telefon-Wettbüro in San Francisco betrieb. Dort wurde Anklage gegen ihn erhoben, und

er setzte sich ab. Jetzt betreibt er dieselbe Art Geschäft von einem Anwesen am Goat Point aus.«

Sie schloß die Augen, schüttelte den Kopf.

»Ihr Vater stand offenbar bei Schechtmann hoch in der Kreide und mußte ihm anstelle von Geld die Insel überlassen.«

»Der alte Narr.«

»Ich fürchte, es kommt noch schlimmer. Schechtmann beherbergt einen untergetauchten azadischen Staatsbürger namens Dawud Hamid, der in Kalifornien eine Frau vergewaltigt und ermordet hat. Er kam nie vor Gericht, weil er diplomatische Immunität genoß. Vor zwei Tagen hat Schechtmann die Frau und die Tochter dieses Hamid aus dem azadischen Generalkonsulat in San Francisco entführt; die Frau ist entweder einem Unfall zum Opfer gefallen oder umgebracht worden, und Schechtmann hat sich mit der Kleinen davongemacht. Jetzt ist er mit ihr auf Jumbie Cay, und ich bin hier, um sie zurückzuholen.«

Regina Altagracias Finger hatten sich um die Armlehne ihres Sessels gekrallt. »Ist mein Vater in die Sache verstrickt?«

»Das kann ich nicht sagen, aber ich nehme es nicht an. Ich glaube eher, daß er auch nur Schechtmanns und Hamids Opfer ist, genau wie die Kleine.«

»Es fällt mir schwer, ihn mir als Opfer vorzustellen. Wie wollen Sie das Kind zurückholen?«

»Ein Wasserflugzeug bringt mich heute nacht in die Nähe der Insel. Ich schwimme an Land. Dort habe ich einen Verbindungsmann, einen gewissen Nel Simpson, der mir helfen und uns in seinem Boot hierher zurückbringen soll.«

»Simpson kenne ich. Wie sind Sie an den gekommen?«

»Durch einen Freund Ihres Vaters, einen gewissen Zeff Lash...«

»Nein! Trauen Sie diesem Mann nicht!«

»Warum nicht?«

»Hat er gesagt, er sei ein Freund meines Vaters?«

»Ja.«

»Das stimmt nicht. Mein Vater hat ihn von der Insel gejagt, als ich noch dort war – weil er ein Falschspieler war. Lash hat damals geschworen, sich an ihm zu rächen.«

Aber Lash hatte mir doch erzählt, er besuche Zebediah Altagracia

öfter, und er war offensichtlich auch zu Schechtmanns Zeiten noch auf Jumbie Cay gewesen. Wenn er dort nicht den alten Mann besucht hatte, wen dann? Nel Simpson? Oder…?
Ein ungutes Gefühl trieb mich zu der Frage: »Ms. Altagracia, kennen Sie einen gewissen Cam Connors, der vom Prinzessin-Juliana-Flughafen aus eine Chartergesellschaft betreibt?«
»Connors, Connors… Natürlich! Er ist ein Freund von Zeff Lash, auch ein Spieler. Ich bin ihm einige Male auf Jumbie Cay begegnet – er kam nicht nur zum Kartenspielen, sondern flog auch Versorgungsgüter auf die Insel. Mir ist, als hätte ich kürzlich irgendwas über ihn gehört? Aber was?«
Ich schwieg, während sie auf ihrer Unterlippe kaute und nachdachte.
»Cam Connors… ja. Er ist schwerverschuldet, wegen irgendwelcher illegaler Glücksspielgeschichten, und jetzt droht seiner Chartergesellschaft der Bankrott.«
Also war Cam – der behauptete, nie einen Fuß auf Jumbie Cay gesetzt zu haben – zum Kartenspielen dort gewesen. Und jetzt steckte er bis über den Kopf in Spielschulden. Selbst wenn Schechtmann nicht zu seinen Gläubigern gehörte, hatten solche Typen doch oft ihre Arrangements untereinander. Schechtmann einen Gefallen zu tun konnte Connors nicht schaden. Schechtmann eins auszuwischen würde seine Firma den Geiern anheimfallen lassen.
Connors wollte mich reinlegen.
Jetzt fielen mir einige Dinge wieder ein – Kleinigkeiten, aber dennoch bedeutsam: die französischen Wortwechsel zwischen Connors und Lash, die merkwürdigen Blicke. Lashs Versuch, mir Angst einzujagen, meine nächtliche Debatte mit Cam. Sein beharrliches Bemühen, mir seine Begleitung aufzudrängen, und dann, als ich ablehnte, seine Weigerung, mir eine Pistole zu beschaffen. Er verabscheue Waffen, hatte er mir erklärt, er besitze keine und werde unter keinen Umständen jemandem eine besorgen.
Ich hatte das wegen meiner eigenen Vorbehalte gegen Schußwaffen für bare Münze genommen, aber jetzt sah ich es in einem anderen Licht. Hy hatte mir erzählt, daß Dan Kessells Piloten immer bewaffnet gewesen waren – sonst wäre die Gefahr zu groß gewesen, daß ihre Fracht geraubt oder ihre Maschine gekapert wurde. Hier

in der Karibik, wo der Drogenhandel blühte und die politische Instabilität groß war, wäre es töricht von Connors gewesen, nicht an dieser Praxis festzuhalten. Gewohnheiten, die ein gefährliches Leben eingeschliffen hat, legt man so leicht nicht wieder ab; Hy war der vorsichtigste Mensch der Welt, was Schußwaffen anging, aber ich bezweifelte, daß er jemals einschlafen würde, ohne seine 44er griffbereit zu haben. Und Connors hielt es garantiert genauso.

Cam mochte Hys Freund gewesen sein, aber diese Freundschaft hatte sich vor vielen Jahren in einer völlig anderen Situation entwickelt. Die Menschen ändern sich, und wir vergessen oft, daß es nicht zwangsläufig eine Veränderung zum Besseren sein muß. Wenn Hy eine gefährliche Schwäche hatte, dann war es der unverbrüchliche Glaube an Leute, die ihm einmal wichtig gewesen waren.

Connors gegenüber hätte er vorsichtiger sein müssen.

Ich hätte vorsichtiger sein müssen.

Meine Hände waren zu Fäusten geballt, und meine Fingernägel gruben sich in die Handflächen. Ich biß mir so fest auf die Unterlippe, daß ich Blut schmeckte.

Regina Altagracia runzelte die Stirn. »Alles in Ordnung?«

Was hatte Connors vor? Mich über dem offenen Meer aus seinem Flugzeug zu werfen? Wohl kaum; es bestand die Gefahr, daß ich mich wehrte, und er würde weder die Maschine noch sein Leben aufs Spiel setzen wollen. Er konnte woanders wassern und mich ertränken. In dieser Gegend ertranken dauernd Touristen; mein Tod würde vermutlich keine ernsthaften Nachforschungen auslösen.

Aber trotz allem – Cam wirkte auf mich nicht wie ein kaltblütiger Killer; er hatte ganz sicher sein möglichstes getan, mir das Unternehmen Jumbie Cay auszureden. Er mußte davon ausgehen, daß ich Hy angerufen und ihm von unseren Plänen erzählt hatte. Wir waren gestern abend zusammen im Restaurant seines Freundes Ben und in Eudoxies Bar gesehen worden; heute abend würde man uns zusammen am Flughafen sehen. Nein, statt mich zu töten, würde Cam den Dingen ihren natürlichen Lauf lassen. Er würde mich wie versprochen bei Marlin Landing absetzen.

Und dann? Klare Sache. Nel Simpson würde mich Schechtmann und seinen Leuten ausliefern, und ich würde in einem unmarkierten Grab auf Jumbie Cay enden.
Visionen dessen, was diesem Ende vorangehen würde, tanzten vor mir wie ein Schwarm Insekten.
Durch sie hindurch sah ich Regina Altagracia mir forschend ins Gesicht blicken. Sie erhob sich schwerfällig aus ihrem Sessel, kam herüber, legte die Hand an meinen Hinterkopf und drückte mich vornüber. »Flach atmen«, sagte sie. »Nicht aufregen.«
»Ich muß denken...« Der Bilderschwarm wurde zu kleinen schwarzen Pünktchen. Lieber Gott, das war mir seit Jahren nicht mehr passiert! Ich hatte gedacht, aus dem Alter wäre ich raus –
Das nächste, was ich spürte, waren meine Knie, die gegen meine Schläfen drückten. Eine Hand hinderte mich daran, den Kopf zu heben.
»Ist schon gut«, sagte Regina Altagracias Stimme. »Schön entspannen und weiter flach atmen.«
»Es ist mir peinlich«, sagte ich zu der grasgeflochtenen Matte auf dem Fußboden.
»Das war nur ein Schock. Das kann passieren.«
Ich entspannte mich und atmete.
Nach einer Weile nahm sie die Hand weg, und ich richtete mich auf.
»Danke«, sagte ich.
Sie beugte sich herab, hob mein Gesicht an und musterte mich ruhig-taxierend. Dann nickte sie mit einem grimmigen Lächeln. »Ich werde Ihnen helfen«, sagte sie.
Ich konnte mir nicht vorstellen, wie.
Ihr Lächeln zog sich in die Breite, bekam etwas Durchtriebenes – und Gefährliches.
Sie sagte: »In Ihren Augen bin ich vermutlich eine fromme alte Vettel, übergewichtig und nachlässig in äußeren Dingen, mit einer glanzlosen Vergangenheit und einer Zukunft, die nur noch eine sanfte Rutschpartie in den Tod ist.«
Ich schüttelte den Kopf, verwirrt, was das alles sollte.
»Und auf eine Art bin ich das alles«, fuhr sie fort, »und auf eine andere bin ich ganz anders. Und das eine sage ich Ihnen: Wer sich an meiner Insel, meinem Vater, einem hilflosen kleinen Mädchen oder

einem guten Menschen wie Ihnen vergreift... jeder – pardon – verdammte Mistkerl, der so was versucht, der kann sich auf was gefaßt machen.«

17 Regina schickte mich nach draußen, um Kenny zu bezahlen und wegzuschicken. Sie kenne den Taxifahrer nicht, und sie traue keinem, der ihr und ihrer Gruppe – wer immer das sein mochte – unbekannt sei. »Hier«, sagte sie, als ich mich zur Tür wandte, »geben Sie ihm ein paar von denen hier. Dann wird er blitzartig verschwinden.«

Ich sah auf die Faltblätter, die sie mir in die Hand drückte. Traktätchen der Siebenten-Tags-Adventisten. Ich kam schmunzelnd wieder zurück; Kenny hatte die Faltblätter so heftig zurückgewiesen, als könnten sie verseucht sein.

Regina lächelte wissend. »Es schmerzt mich, daß so viele Menschen sich dagegen wehren, das Licht zu sehen, aber andererseits kann ihr Horror vor dem Wort des Herrn auch sehr nützlich sein. Kommen Sie mit.«

Sie führte mich durch den Laubengang zu dem verrammelten Nebengebäude. Die Tür war mit Kette und Vorhängeschloß gesichert. Sie schloß auf, löste die Kette und ging mir voran. Drinnen war es stockfinster; ich blieb stehen.

Eine Petroleumlampe flammte auf, zuerst schwach, dann heller. Ich trat durch die Tür und fand mich in einem großen Raum, der einmal ein Stall gewesen war. Er war blitzsauber, und die Stallplätze waren mit Bettlaken voneinander abgetrennt; in einem dieser Abteile erblickte ich ein ordentlich gemachtes Feldbett. Am hinteren Ende des Raums befand sich eine Koch- und Eßecke, am anderen ein Sammelsurium schäbiger Sitzmöbel. Eine Spielzeugkiste, auf der ein Teddybär thronte, und ein mit Taschenbüchern vollgepfropftes Regal standen unter einem der verrammelten Fenster.

»Was...?« fragte ich.

Regina stellte einen Deckenventilator an, um der stehenden Hitze zu wehren, ließ sich langsam in einem Sessel nieder und bedeutete mir mit einer auffordernden Handbewegung, ebenfalls Platz zu nehmen. »Ich will Ihnen eine Geschichte erzählen«, sagte sie. »Als ich damals in dieses friedliche Tal zog, ging ich zum Gottesdienst in das kleine Steinkirchlein, zwei Meilen weiter an der Straße. In der ersten Zeit schloß ich gar keine Bekanntschaften, ich war einfach aus der Übung. Dann begegnete ich eines Tages im Supermarkt einer Frau, die das letztemal im Gottesdienst neben mir gesessen hatte. Ich hatte ein Buch über die politische Geschichte dieser Region bei mir; sie machte eine Bemerkung darüber, und im Lauf einer längeren Unterhaltung stellte sich heraus, daß wir in vielem derselben Meinung waren. Sie schlug mir vor, doch einmal in ihren Studienkreis in der Kirche zu kommen.

Ich erklärte ihr, daß ich die Bibel schon vorwärts und rückwärts kannte. Sie sagte, es sei kein Bibelkreis, sie sprächen über die politische Situation in der Karibik und Mittel- und Südamerika. Das interessierte mich, also ging ich hin und blieb auch dabei. Jeden Donnerstagabend diskutierten wir über die Unterdrückung und den politischen Wandel in diesem Teil der Welt. Nach sechs Monaten kam dieselbe Frau bei mir vorbei und fragte mich, ob ich mich nicht dem inneren Kern der Gruppe anschließen wolle. Die Diskussionsabende waren offenbar nur ein Testfeld gewesen, um die Ernsthaftigkeit meiner Überzeugungen und meines Engagements auszuloten. Der innere Kern beschränkte sich nicht aufs Reden; er half Leuten, die anderswo politisch verfolgt wurden.«

»Wie?«

»Sie wissen doch sicher von Ihrer amerikanischen *Underground Railroad*?«

»Ja.«

»Nun ja, was Sie hier sehen, ist eine Station der unsrigen.«

»Sie helfen den Verfolgten bei der Flucht?«

Sie schüttelte den Kopf. »Dafür sind wir nicht gerüstet. Um ehrlich zu sein, die meisten von uns sind zu alt und zu dick für diese Art Action. Aber wir sammeln Geld für finanzielle Hilfen, wir bringen die Leute unter, wir verweisen sie an andere Helfer an anderen Orten. Wir geben ihnen moralische und seelische Unterstützung. Es hat sich herumgesprochen, daß Menschen in Not auf dieser Insel Freunde finden.«

»Das ist schon ein merkwürdiger Zufall«, sagte ich. »Der Mann, mit dem ich zusammen bin, macht eine ganz ähnliche Arbeit; im Moment hilft er gerade einem Dissidenten, aus Haiti zu fliehen.« Ich nannte ihr Hys Namen und den der Organisation in Miami, die ihn beauftragt hatte.
Regina schien nicht weiter überrascht. »Ihren Freund kenne ich nicht, aber die Gruppe, für die er arbeitet. Und das alles ist keineswegs ein Zufall.«
»Nein?«
»Wie gesagt, ich bin eine fromme Frau. Ich glaube an die göttliche Vorsehung.« Meine Skepsis muß mir im Gesicht gestanden haben, denn sie fragte mich: »Welchem Glauben gehören Sie an?«
»Ich bin katholisch erzogen worden. Jetzt bin ich… gar nichts.«
»Gucken Sie nicht so erschrocken; ich will Sie nicht missionieren. Aber daß Sie ›gar nichts‹ sind, nehme ich Ihnen nicht ab.«
»Wieso?«
»Wenn Sie's wären, wären Sie nicht hier, um das kleine Mädchen zu retten. Sie glauben sehr wohl. Sie geben dem nur keinen Namen.«
»…Kann sein.«
»Es ist so. Und jetzt sagen Sie – wann fliegen Sie nach Jumbie Cay?«
»Heute abend, so gegen zehn.« Ich erläuterte ihr meine Theorie, wie Connors sich verhalten würde.
»Da dürften Sie recht haben«, sagte sie. »Also müssen wir zusehen, daß Sie ausreichend geschützt sind. Sehen Sie die Spielzeugkiste da drüben? Machen Sie sie auf.«
Ich ging hin, nahm den Teddy herunter und klappte den Deckel auf. Drinnen befand sich ein Sammelsurium weiterer Stofftiere. Ich sah Regina stirnrunzelnd an.
Sie warf mir einen kleinen Schlüssel zu. »Nehmen Sie alles raus und lösen Sie das Bodenbrett.«
Ich beförderte das Spielzeug auf den Boden, löste das Bodenbrett und nahm es heraus. Darunter verbarg sich ein beeindruckendes Sortiment Handfeuerwaffen.
»Ehe Sie gehen«, sagte Regina, »werden wir dafür sorgen, daß Sie die richtige Waffe bei sich tragen, unsichtbar und wasserfest verpackt. Aber darum kümmern wir uns später. Jetzt machen wir uns erst mal an die Arbeit.«

Regina setzte mich um Viertel nach fünf in Marigot ab. Im Kopf hatte ich eine ganze Liste von Informationen und Instruktionen. In meinem Kreuz klebte, vom Gürtel meiner weiten Hose zusätzlich gehalten, ein wasserdicht verschweißter Plastikbeutel. Darin befanden sich mein Geld, meine Ausweise und andere wichtige Papiere, eine superleichte Neun-Millimeter-Glock und noch die eine oder andere unabdingbare Kleinigkeit. Mein gelbes Hemd war so weit geschnitten, daß es die Beule kaschierte. Regina drückte meine Hände, wünschte mir alles Gute und ermahnte mich, sie unter ihrer unregistrierten Nummer anzurufen, wenn ich nach meiner Rückkehr mit der Kleinen Hilfe brauchte.
Daß sie so zuversichtlich unterstellte, daß ich zurückkommen würde, machte mir Mut.
Connors würde frühestens in einer Stunde von seinem Charterauftrag zurück sein. Ich bog in eine Seitenstraße ein, fand ein kleines Straßencafé und bestellte mir einen Kaffee. Während ich den Kaffee trank, ging ich meinen Plan noch einmal durch. Ein paar Kleinigkeiten waren noch zu erledigen; ich würde mir eine Telefonzelle suchen, ehe ich in Connors Apartment zurückkehrte.
Ich war zwar eine ganz gute Schauspielerin, aber es würde nicht leicht sein, Connors gegenüber so zu tun, als hätte sich nichts geändert. Dennoch, ich würde es schaffen, und eventuelle Ausrutscher würde er sicher meiner Nervosität wegen des nächtlichen Unternehmens zuschreiben. Die wenigstens brauchte ich nicht zu spielen.
Der Plan war hieb- und stichfest; Regina und ich waren ihn x-mal durchgegangen, und jede von uns hatte aus ihrem Erfahrungsfundus heraus immer noch neue Verbesserungen beigesteuert. Exakte Vorbereitung war alles, und ich war aufs detaillierteste gewappnet. Ein Schritt würde mit reibungsloser Präsizison zum nächsten führen.
Während ich sämtliche Einzelheiten noch einmal memorierte, merkte ich, wie meine Nervosität nachließ. Ich fühlte mich der Sache gewachsen und fast schon ein bißchen euphorisch. Noch ein Weilchen, und ich würde das Ganze genießen!
War es das, was der Diplobomber fühlte, wenn er eine seiner Bomben auf den Weg brachte? Vermutlich ja. Dieser Machtrausch war vielleicht nicht das Motiv für die Anschläge, aber sicher ein befriedi-

gender Nebeneffekt. Und je unverfrorener er mit der Polizei spielte, desto riskanter wurde es und desto stärker der Rausch.

Allmählich begann ich ihn auf eine Art und Weise zu verstehen, wie es das Studium eines trockenen Psycho-Profils nicht zu bewirken vermochte. Wenn es mir gelang, mich immer weiter in ihn hineinzuversetzen, bis ich fast genauso tickte wie er, vielleicht würde ich dann draufkommen, was in seiner Gefühlslogik der absolute Höhepunkt war, auf den alles hinauslief. Einen solchen mußte es geben; er hatte seine Aktivität allmählich gesteigert, seine Verhaltensmuster geändert, mehr von sich gezeigt. Er würde bald auf diesen Höhepunkt zusteuern. Und falls er das tat, wenn er...

Halt, McCone! Eins nach dem anderen. Das Programm für heute lautet, Habiba von dieser Insel zu holen.

Ich trank meinen Kaffee aus. An der Ecke war eine Telefonzelle; ich legte das Geld auf den Tisch und ging hin.

Früher Nachmittag drüben in Kalifornien. Greg Marcus war nicht in seinem Büro. Bei Joslyn immer noch kein Anrufbeantworter. Renshaw war nicht in der Green Street, aber die Zentrale stellte mich ins Konsulat durch.

»Wird verdammt noch mal Zeit, daß Sie anrufen!« schrie er. »Was treiben Sie?«

»Ich bin im Begriff, Habiba dort herauszuholen und heimzubringen.« Jetzt glaubte ich es; genau das würde passieren. »Und was läuft bei Ihnen?«

»Nichts. Keine Lösegeldforderung, und Mrs. Hamid tut, als wäre nichts.«

»Herrgott, Gage, Mavis ist tot, und Habiba ist hier unten. Wie kann sie da so ruhig bleiben? Sie weiß doch, wozu ihr Sohn fähig ist...«

»Wozu er fähig ist?«

Böse verplappert; darauf konnte ich jetzt nicht eingehen. »Na ja«, sagte ich lahm, »er war ja bisher nicht gerade der beste aller Väter. Haben Sie irgendwas von Ripinsky gehört?«

Zögern. »Ja. Er hat seinen Mann rausgeholt und auf den Weg nach Panama gebracht, wo ihm Asyl gewährt wurde.«

»Wo ist Hy jetzt?«

»Santo Domingo. Es gab... Komplikationen.«

»Komplikationen? Gage – was ist los?«

»Er ist krank, weiter nichts. Dieser verdammte Infekt, den er sich in Managua eingefangen hat. Aber er war beim Arzt und hat Medikamente dagegen gekriegt. Machen Sie sich keine Sorgen.«
Wie sollte ich mir keine Sorgen machen? »Haben Sie eine Kontaktnummer?«
Er gab sie mir durch. »Geben Sie mir auch eine Nummer, unter der ich Sie erreichen kann.«
»Gibt keine. Und hören Sie, Gage, falls Hy sich meldet, sagen Sie ihm, daß er auf keinen Fall Kontakt mit Cam Connors aufnehmen soll.«
»Connors. Was hat der damit...«
»Ich muß Schluß machen, Gage.«
»Halten Sie auf jeden Fall Verbindung.« Er zögerte und sagte dann zu meinem Erstaunen: »Und, Sharon – passen Sie auf sich auf.«
Selbst er wird auf seine alten Tage weicher, dachte ich beim Einhängen. Aber vielleicht hat er mich auch nur aus einem dieser inneren Schubfächer, von denen Cam sprach, in ein anderes gepackt. Unter welcher Rubrik? fragte ich mich.
Ich nahm den Hörer, sah auf den Fetzen Papier, auf dem ich Hys Nummer in Santo Domingo notiert hatte. Ich spürte den Sog; ein kleiner Anruf bei der Ferngesprächsgesellschaft, und ich würde seine Stimme hören. Mich vergewissern können, daß es ihm gutging.
Aber das durfte ich nicht tun.
Ich hatte ihn noch nie belügen, noch nie etwas vor ihm verbergen können. Wenn ich anrief, würde er in Windeseile die ganze Sache mit Connors' Verrat aus mir herausholen. Es würde ihn maßlos wütend machen, und er würde womöglich trotz seiner Krankheit hierherfliegen und meine Pläne durchkreuzen. Außerdem würde ich mich, wenn ich wieder auflegte, wahrscheinlich einsam und deprimiert fühlen. Das konnte ich mir jetzt nicht leisten. Ich mußte mich ganz auf heute nacht und auf Habiba konzentrieren.
Die Erwartung, nach der Aktion Hys Stimme wieder hören zu können, war das Funkleitsignal, das mich mit der Kleinen hierher zurückführen würde.
Eine letzte Kleinigkeit galt es noch zu regeln, aber das war das Allerwichtigste. Ich wählte eine Nummer auf der nahe gelegenen Insel

Anguilla und gab eine Information durch, die für meinen Gesprächspartner von großem Interesse war. Dann holte ich tief Luft und machte mich auf den Weg in die Rue de la Liberté, um Connors zu treffen.

Connors bestand darauf, zum Abendessen mit mir in ein Restaurant am Ablegekai der Fähren nach Anguilla zu gehen – eine makabere Henkersmahlzeit. Die untergehende Sonne war hinter der Landzunge am westlichen Ende der Bucht verschwunden, aber ihr roter Schein verwandelte die Wolken, die sich am Horizont türmten, in Feuer, über dem graue Rauchschwaden hingen. Ich begann – in der Hoffnung, die, wie mir schien, ziemlich lahme Stimmung zwischen uns zu beleben –, über Farbfotografie zu plaudern. Je munterer ich redete, desto trübseliger wurde Connors. Er hing in seinem Stuhl und starrte grüblerisch auf das dunkle Wasser.

Ein Anfall von Gewissensbissen wegen seines Vorhabens, dachte ich. Na schön. Mochte er ruhig schon einmal einen Vorgeschmack dessen kosten, was er fühlen würde, ehe diese Nacht vorbei war.

Unsere Ziegenkebabs wurden über einem Ölfaß auf der klapprigen Veranda gegrillt. Als sie kamen, stocherte ich nur darin herum; der hohe Adrenalinpegel dämpfte meinen Appetit so effektiv wie eine Straße Koks. Connors merkte nichts und aß gierig; er hatte mit seinem Gewissen gerungen und gesiegt.

Als wir wieder in Connors Apartment waren, checkte ich meine Reisetasche durch. Nichts drin, woran ich wirklich hing, und das war gut so, denn die Tasche würde ich opfern müssen. Ich zog den Reißverschluß zu und trug sie hinüber ins Wohnzimmer. »Kann ich das hier stehenlassen?« fragte ich.

Connors nickte und verstaute die Tasche in einem Wandschrank. »Alles klar?«

»Ich glaube schon.«

»Diese Kleider sind nicht gerade zum Schwimmen geeignet.«

»Ich habe meinen Badeanzug drunter.«

»Dann kann's ja losgehen.«

1000 Fuß über dem Karibischen Meer
24. Mai, 22 Uhr 43

Die L4 Buccaneer brummte über dem mondglitzernden Wasser nach Süden. Dunkelheit umfing uns, und das laute Motorgeräusch machte jede Unterhaltung unmöglich.

Ich saß hinten. Ich war zunächst vorn auf den Passagiersitz gestiegen, hatte ostentativ an der Sitzverstellung herumhantiert und dann erklärt, es sei besser, wenn ich mich vor der langen Schwimmstrecke noch ein bißchen ausstrecken könne. Er hatte das ohne weiteres geschluckt.

Ich begann mit meinen Vorbereitungen, wobei ich mich ganz langsam bewegte, damit ihm nichts auffiel. Du liegst gut in der Zeit, sagte ich mir. Nur nichts überhasten.

Nichts überhasten und nicht mit den Gedanken vorauseilen. Konzentrier dich ganz auf diesen einen Schritt und dann auf den nächsten.

Als ich soweit war, beugte ich mich vor. Tippte Connors auf die Schulter und fragte über Kopfhörer: »Wie lange noch bis Marlin Landing?«

»Zehn Minuten etwa.«

Perfektes Timing. »Okay«, sagte ich, »wir ändern unsern Kurs.«

»... Was?«

Ich hob die Pistole, die ich vorsichtig aus der wasserdichten Verpakkung geschält hatte, und rammte sie ihm in die Stelle zwischen Hinterkopf und Nacken. »Das Ding ist geladen, und ich bin bereit, Gebrauch davon zu machen. Tun Sie genau, was ich sage.«

Seine Gesichtszüge schalteten auf Alarm. »Was soll das, verdammt noch mal? Sind Sie verrückt geworden?«

»Ich bin im Vollbesitz meiner geistigen Kräfte, im Unterschied zu Ihnen und Zeff Lash, als Sie den Plan ausgeheckt haben, mich ans Messer zu liefern. Sie haben wohl gedacht, es würde einen ganzen

Berg Spielschulden tilgen, wenn Sie Klaus Schechtmann und Dawud Hamid einen Gefallen täten.«
Er wandte jäh den Blick ab. Das und sein Schweigen waren mir Bestätigung genug.
Meine Wut flammte wieder auf. Ganz ruhig bleiben, ermahnte ich mich.
Ich sagte: »Unser neuer Kurs ist Nord-West. Rendezvous Bay. Verstanden?«
»... Ja.«
»Gut. Gehen Sie auf den neuen Kurs und weichen Sie nicht davon ab. Ich merke es, wenn Sie es versuchen. Hy hat vielleicht nichts davon gesagt, aber ich fliege selbst.«
Connors murmelte etwas Unverständliches. Zweifellos irgendein ordinärer Fluch. Er leitete die Kursänderung ein, und wir schwenkten über die eine Tragfläche ab.
Connors schwieg eine ganze Weile, aber schließlich siegte seine Neugier. »Warum Anguilla?«
»Ich glaube nicht, daß Sie das wirklich hören möchten.«

18

Als ich Connors das letztemal sah, versuchte er gerade, die anguillanische Polizei davon zu überzeugen, daß er nicht wisse, wie das Päckchen Kokain unter den vorderen Passagiersitz seines Wasserflugzeugs gekommen sei. Die amerikanische Touristin, die per Telefon gemeldet hatte, ihr Charterpilot habe vor, das Rauschgift an diesem Abend über die Rendezvous Bay einzuschmuggeln, wurde der Obhut des Reverend Gadieux von der nahen Siebenten-Tags-Adventistengemeinde übergeben.
Gadieux, ein großer, streng wirkender Mann, schwieg, als wir das Polizeirevier hinter uns ließen. Ganz offensichtlich mißbilligte er Reginas Methode, Connors aus meinem Leben verschwinden zu lassen und an einen Ort zu befördern, wo er keinen Kontakt mit irgend jemandem auf Jumbie Cay aufnehmen konnte. Ich dagegen fand, daß Cam Connors längst nicht hart genug dafür bestraft wurde, daß er vorgehabt hatte, mich Schechtmann und seinen Leu-

ten auszuliefern. Am Ende würde wahrscheinlich nicht einmal Anklage gegen ihn erhoben werden. Es gab keinen echten Beweis dafür, daß das Drogenpäckchen seins war; nur meine verschmierten Fingerabdrücke befanden sich auf dem Beutel, den Regina Anfang des Jahres einem Flüchtling aus Mittelamerika abgenommen hatte; und da ich die Insel wieder verließ, würde es auch keinen Zeugen gegen ihn geben.

Gadieux fuhr auf einer zweispurigen, asphaltierten Schnellstraße zur Westseite der Insel – auf der linken Fahrbahn, denn Anguilla war britisch. Wir kamen durch kleine Ansiedlungen, die um diese Zeit weitgehend dunkel waren; ich erkannte kaum etwas von der Umgebung und war, ehrlich gesagt, auch nicht scharf darauf. Diese Insel war für mich nur das Sprungbrett nach Jumbie Cay.

Schließlich bogen wir in eine unbefestigte Nebenstraße ein; im Scheinwerferlicht zog sie sich durch niedrigen Sträucherbewuchs schnurgerade in Richtung Meer. Ganz am Ende sah ich ein paar Lichter, und als wir näher herankamen, hörte ich Musik – nicht den hämmernden Rhythmus, an den ich mich inzwischen gewöhnt hatte, sondern Jazz mit einem Hauch Calypso. Gadieux hielt vor einem flachen weißen Holzhaus, wo eine Reihe Fahrzeuge standen.

»Er erwartet Sie«, sagte er. Und nach kurzem Zögern setzte er hinzu: »Viel Glück.«

Ich dankte ihm, stieg aus und ging über sandigen Boden zu dem Haus. An der Seite war ein von Gitterspalieren geschützter Durchgang; ich folgte ihm und sah, daß er zu einer windschiefen Bohlenterrasse mit Blick aufs Meer führte. Darunter brachen sich die Wellen sachte an einem felsigen Strand; der Wind wehte warm und stetig und netzte meine Haut mit Salzwasser. Licht fiel aus Fenstern auf die Terrasse und drang durch die Ritzen der Tür zu meiner Linken.

Als ich anklopfte, brach die Musik jäh ab. Eine Männerstimme sagte: »Okay, wir machen morgen abend weiter. Das Geschäft wartet.«

Stimmengemurmel, Stühlerücken, dumpfe Geräusche. Die Tür ging auf, und ein Mann mit hagerem Gesicht und sehr dunkler Haut, einem blauen Piratenkopftuch und einem goldenen Kreolohrring schaute heraus. Hinter ihm verstauten zwei weitere Männer und eine Frau Instrumente in dazugehörige Koffer.

»Ms. McCone?«

»Ja. Mr. Fisher?«

»Lloyd.«

»Sharon.«

Nachdem das geklärt war, ließ er mich ein. Die Musiker zwängten sich mit ihren Instrumenten an mir vorbei und nickten mir grüßend zu. Lloyd sagte: »Kleiner Nebenjob. Am Wochenende spielen wir immer in den Touristenschuppen.«

»Und unter der Woche?«

»Mache ich mit Touristen Bootstouren. Besucher aus Ihrem Land sind Anguillas ökonomische Basis. Das hier ist nicht mehr die verschlafene kleine Insel, die ich aus meiner Kindheit kenne.«

»Sie sind von hier?« So hörte er sich nicht an.

»Hier geboren, aber meine Familie zog nach Florida, als ich acht war. Vor ein paar Jahren, als die Baulöwen Fort Myers endgültig zugrunde gerichtet hatten, beschloß ich, hierher zurückzukehren – gerade rechtzeitig, um mit angucken zu können, wie sie Anguilla zugrunde richten.«

»Ist es so schlimm?«

»Auf dem Weg dahin. Aber kommen wir zur Sache. Sie wollen zum alten Zebediah Altagracia.«

»Ja. Seine Tochter sagte mir, Sie kennen sich dort drüben aus.«

»Stimmt. Der Doktor des Alten wohnt hier auf Anguilla; ich bringe ihn ab und zu für einen Hausbesuch rüber.«

»Altagracia ist krank?«

»Nein. Die Hausbesuche sind nur ein Vorwand fürs Kartenspielen.«

Ich sah auf die Uhr. Schon nach eins. »Wie lange brauchen wir bis dorthin?«

»Nicht sehr lange. Ich habe ein PS-starkes Schnellboot.«

»Ich brauche ein paar Stunden Dunkelheit für mein Unternehmen.«

»Die werden Sie haben, aber wir sollten uns jetzt besser auf den Weg machen.«

Ein ganzes Stück vor der Küste stellte Lloyd den Motor des Schnellboots ab. Alles was ich erkennen konnte, waren orangefarbene Lichter, die unregelmäßig blinkten – weil im Seewind schaukelnde Äste den Blick versperrten, vermutete ich. Er sagte: »Ich könnte näher ranfahren, aber das würde womöglich die falschen Leute alarmieren. Können Sie den Rest schwimmen?«
Ich taxierte die Entfernung mit bloßem Auge. »Ja.«
»Okay. Halten Sie auf die Lichter zu; sie gehören zu Zebs Terrasse. Wenn Sie näher dran sind, werden Sie einen Betonpier sehen, der auf den Felsen verankert ist. Dort ist die Strömung ziemlich stark; Sie müssen stramm schwimmen, sonst werden Sie am Pier vorbei nach Süden gezogen. Wenn Sie den Pier erreichen, passen Sie auf: Er ist bröcklig und stellenweise ziemlich scharfkantig. Etwa auf der Hälfte klafft ein Loch, wo er auseinandergebrochen ist; darüber liegen Planken und ein Brett, also Vorsicht. Am Ende des Piers geht ein Pfad durch einen Palmettohain; er endet an der Terrasse. Zeb erwartet Sie auf der Veranda.«
Während er sprach, schlüpfte ich aus meinen Sandalen, zog mich bis auf den Badeanzug aus und entfernte vorsichtig das Klebepflaster, das den wasserdichten Beutel festhielt. Er war wesentlich leichter als vorher, da ich die Pistole in dem Wasserflugzeug deponiert hatte, damit die anguillanische Polizei sie fand. Jetzt verstaute ich das Päckchen in einer Ablage neben dem Sitz. Auf Jumbie Cay konnte ich auf Geld, Papiere und Kreditkarte verzichten – und wenn ich das Boot nicht wieder erreichte, würde ich derlei Dinge sowieso nie mehr brauchen.
Lloyd setzte hinzu: »Ich warte da, wo Sie gesagt haben. Kann die Kleine schwimmen?«
»Ich weiß nicht. Wenn nicht, kann ich ihr helfen.« Ich zögerte, sah auf die unsteten Lichter am Ufer der Insel. »Hören Sie«, sagte ich, »falls... irgendwas dazwischenkommt und wir bis Tagesanbruch nicht wieder da sind – riskieren Sie nichts. Fahren Sie heim, rufen Sie die Nummer in San Francisco an, die ich Ihnen gegeben habe, und benutzen Sie den Notfallcode. Man wird Sie mit einem gewissen Gage Renshaw verbinden. Erklären Sie ihm, was passiert ist. Er wird... etwas unternehmen und dafür sorgen, daß Sie Ihr restliches Geld kriegen.«

Lloyd nickte mit grimmiger Miene. Sein Ohrring funkelte in dem schwachen Licht der Armaturen.
Ich stand auf, setzte mich auf die Bordkante und schwang die Beine hinüber.
»Denken Sie an die Strömung«, sagte Lloyd.

Schwarzer, sternenübersäter Himmel, noch schwärzeres Wasser. Orangefarbene Lichter in der Ferne. Ich bin ganz allein. Sollte Angst haben, habe aber keine.
Wellen sanft, Wasser warm. Weicher Tropenwind in meinem Gesicht.
Aber meine Glieder sind nicht bleiern. Ich gehe nicht unter. Ich habe nicht den Wunsch, mich in diesem dunklen Wasser zu verlieren.
Nichts Fledermausförmiges, das auf dem Wasser treibt. Keine ertrunkene Frau mit blicklosen Augen. Nur ich. Ich und mein fester Wille, zu Habiba zu gelangen.
Ich schwimme energisch und stetig landwärts. Gewinne mühelos den Kampf mit der Strömung. Und bin noch nicht mal ausgepumpt.

Als der Kampf vorbei war, war ich ausgepumpt. Ich zog mich auf den Pier und blieb keuchend und Seewasser spuckend auf dem rauhen Beton liegen. Dann stach mich etwas in den Nacken, und an meinem Ohr summte es. Ein zweiter Stich in meinen Unterarm, ich sprang auf und klatschte hektisch um mich. Der Beton war uneben und bröselig; er schnitt mir in die Fußsohlen, während ich darüberrannte. Das Brett über dem Loch polterte und wackelte unter meinem Gewicht, ich kam ins Schwanken, wäre fast wieder ins Wasser geplumpst, fing mich und rannte weiter, zu einem sandigen Pfad, der mit Schneckenmuscheln eingefaßt war.
Palmettos und Seetraube bildeten ein Dickicht, und Mangrovenwurzeln krallten sich in den Boden. Trockene Palmwedel raschelten über mir, und größere Bäume knarrten und ächzten. Ich tastete mich durch das Dunkel, wobei ich abwechselnd Äste zur Seite drückte und nach penetranten Insekten schlug. Der Pfad führte ein Stück geradeaus und schlug dann einen Bogen zurück zum Meer. Ich fragte mich schon, ob ich einen falschen Abzweig erwischt hatte, als ich aus einem dichten Palmettogebüsch auftauchte und mich auf

einer geplättelten Terrasse fand. Die Lichter, auf die ich zugehalten hatte, waren elektrische Pseudo-Fackeln an einem niedrigen, zum Wasser hin ausgebuchteten Mäuerchen.
Auf der Terrasse befand sich lediglich eine tote Kokospalme in einem Erdrund in der Mitte; die Steinplatten hatten tiefe Sprünge. Risse durchzogen den rosa Verputz des einstöckigen Hauses am anderen Ende. Die Veranda des Hauses lag zu dieser Seite hin; drei breite Treppenstufen führten hinauf. Das durchhängende Dach ruhte auf Säulen, an denen kräftige Ranken emporklommen. Lila- und pfirsichfarbene Blüten ergossen sich auf die Brüstung herab und verströmten einen übelkeiterregend süßen Geruch.
Ich blieb stehen; stumpfbraune Blätter wehten um meine Füße. Ich sah kein Licht im Haus, hörte nichts als das Rauschen der Brandung hinter dem Terrassenmäuerchen. Dann entdeckte ich ein rotes Glutpünktchen auf der Veranda; es bewegte sich, wurde heller, beschrieb einen Bogen und erlosch. Gleich darauf zündete sich die unsichtbare Person auf der Veranda eine neue Zigarette an.
»Sie sind überaus pünktlich, Miss McCone.« Eine Männerstimme mit britischem Akzent, altersrauh.
Ich ging auf die Veranda zu und stieg die Stufen hinauf. »Mr. Altagracia?«
»Wer denn sonst? Stellen Sie keine überflüssigen Fragen.«
Ich ortete ihn gut zwei Meter weiter im Dunkeln, auf einem uralten Aluminiumdeckstuhl, unter einem Fenster in der Hauswand, das von einer Jalousie bedeckt war. Er war langgliedrig und hager und trug lediglich ein Paar Madrasshorts. Sein Kopf war völlig kahl, aber ein dichter weißer Bart hing ihm halb über die Brust, leuchtend vor der dunklen Haut. Er musterte mich unwirsch durch eine Goldrandbrille.
»Stehen Sie nicht so rum.«
Ich trat näher, war mir plötzlich der Knappheit meiner Bekleidung nur allzu bewußt. Ein Mosquito rammte seinen Stachel in meinen Oberschenkel. Ich klatschte, verfehlte ihn. Ein zweiter erwischte meine bloße Körpermitte. Ich klatschte wieder zu.
»Heiliger Strohsack!« Mr. Altagracia griff nach einem Anti-Insekten-Spray, das inmitten eines Sammelsuriums von Gegenständen auf einer rostigen fahrbaren Fernsehkonsole stand, und streckte es

mir hin. »Nehmen Sie das. Und dann ziehen Sie das Hemd an, das da drüben über dem Stuhl hängt. Ich bin nicht so alt, daß mich der Anblick von so viel weiblichem Fleisch nicht ablenken könnte.«
Ich sprühte mich ein und zog dann das Hemd über. Es reichte mir halb über die Oberschenkel, und ich mußte die Ärmel viermal umschlagen.
»Die Schuhe unter dem Stuhl sind auch für Sie. Hat meine Tochter dagelassen, als sie aus dieser Lasterhöhle geflüchtet ist.«
Es waren Badesandalen, annähernd meine Größe. Ich schlüpfte hinein und drehte mich um.
Mr. Altagracia musterte mich und nickte. »Ist nicht gerade Pariser Chic, wird's aber tun. Holen Sie den Stuhl da ran und setzen Sie sich.«
Regina hatte mich gewarnt, ihr Vater sei ein brummiger Zeitgenosse, aber sie hatte vergessen zu erwähnen, wie gern er kommandierte. Nun gut, aus langjähriger Erfahrung mit meinem Offiziersvater wußte ich, wie ich mit solchen Leuten umzugehen hatte. Ich nahm den leichten Alustuhl und stellte ihn auf die andere Seite der Fernsehkonsole. Setzte mich und sah den alten Mann aufmerksam an.
»Ich weiß, daß Sie nicht taub sind, aber sind Sie vielleicht stumm?«
»Nein, Sir, ich bin nur sparsam mit Worten – auch wenn ich manchmal überflüssige Fragen stelle.«
Er zog die Brauen zusammen und schob kriegerisch die Lippen vor.
»Sie halten mich wohl für einen streitsüchtigen Alten?«
»Spielt das eine Rolle?«
»Nicht die geringste.«
»Gut. Lassen Sie uns zur Sache kommen.«
Er zögerte, beäugte mich nachdenklich. »Ich mag temperamentvolle junge Frauen.«
»Und ich mag streitsüchtige alte Männer, die mir helfen, ungesehen an Land zu kommen.«
»Dann steht unserer Zusammenarbeit ja nichts im Wege. Ich nehme an, bis jetzt ist alles nach Plan gelaufen?«
»Ja. Der Pilot ist auf Anguilla in polizeilichem Gewahrsam, und Lloyd Fisher geht vor Goat Point in Position. Sie haben Ihrer Toch-

ter erzählt, die Kleine sei angekommen. Konnten Sie in Erfahrung bringen, wie es ihr geht?«

»Lucinda Mumms, die ein Stück weiter wohnt, macht auf dem Anwesen sauber. Ich bezahle sie dafür, daß sie mich über den Laden auf dem laufenden hält. Sie sagt, das Kind ist sehr unglücklich; es weint nicht, aber Lucinda sagt, man merkt, daß es verstört ist.«

Habiba würde nicht weinen – ebensowenig wie ich in ihrem Alter.

»Hat Lucinda herausgefunden, ob sie wissen, daß ich komme?«

»Sie wissen es, aber es beunruhigt sie nicht weiter, weil sie glauben, daß Nel Simpson Sie ihnen frei Haus liefern wird. Der Vater des Kindes glaubt, daß seine Mutter Sie geschickt hat. Er ist äußerst verärgert und fest entschlossen, die Kleine bei sich zu behalten.«

»Also wird die Strategie, die Sie Regina am Telefon vorgeschlagen haben, aller Wahrscheinlichkeit nach klappen.«

»Sie wird klappen.«

»Wenn wir in das Anwesen hineinkommen und Habiba finden.«

Zebediah Altagracia sah hochmütig über seine Nase auf mich herab. »Sie werden uns mit offenen Armen empfangen.«

»Sind Sie da sicher?«

»Zweifeln Sie nicht an meinen Worten, junge Dame! Natürlich bin ich sicher. In vielem ist das hier immer noch meine Insel; die Leute, die hier ihr Leben lang gewohnt und gearbeitet haben, übertragen ihre Loyalität nicht so einfach auf jemand anderen, und Klaus Schechtmann weiß das. Was glauben Sie, warum er mir zugeredet hat, nach dem Verkauf hierzubleiben? Mr. Schechtmann hatte Angst, der Masse derer ausgeliefert zu sein, die er für Untermenschen hält und noch dazu für Wilde. Ich bin hier, um den Frieden aufrechtzuerhalten. Dafür gesteht mir Mr. Schechtmann gewisse Privilegien zu.«

»Wie zum Beispiel?«

Mr. Altagracia lächelte dämonisch und griff nach einem Telefon, das, unter einem ungeordneten Haufen Zeitungen vergraben, auf der Fernsehkonsole stand. »Wie zum Beispiel das Privileg, ihn mitten in der Nacht anrufen zu dürfen.«

Während er wählte, erhob sich ein plötzlicher Wind, der die Bäume bog und schüttelte. Regen klatschte auf die Platten der Terrasse und das Verandadach. Fast augenblicklich wurde die Luft kühl und frisch, und es roch nach Ozon und Meer. In der Ferne zuckte Wetterleuchten.

»Schechtmann«, sagte Mr. Altagracia in das Telefon. »Wecken Sie ihn.« Er legte die Hand über die Sprechmuschel. »Seine Leute kennen meine Stimme. Sie haben eine Heidenangst vor mir.«

Gleich darauf horchte er auf. Wieder lächelte er verschmitzt. »Klaus, Klaus – was für eine Sprache. Wenn Sie glauben, ich wüßte nicht, was *Schweinehund* heißt, täuschen Sie sich. Und ich wollte Ihnen gerade einen Gefallen tun …

Nein, es hat nicht bis morgen Zeit. Ich habe Besuch hier, eine Miss McCone. Aus dem, was sie sagt, schließe ich, daß Sie sie erwarten … Ah, sieh an, jetzt interessiert es Sie plötzlich doch. Per Wasserflugzeug? Nein, per Boot … Heute nachmittag, so um halb fünf, am Strand in der Nähe Ihres Anwesens. Irgendwie hat es sie hierher zu mir verschlagen, und wir haben geplaudert … Genau. Sie ist eine sehr resolute junge Frau, aber ich denke doch, ich konnte sie überreden, die Sache vernünftig anzugehen. Wir machen Ihnen folgenden Vorschlag: Sie lassen uns eben kurz zu Ihnen rüberkommen und das Kind sehen. Wenn Miss McCone den Eindruck gewinnt, daß es wohlauf und zufrieden ist, wird sie nach Hause zurückkehren und ihrer Klientin erklären, daß es für die Kleine das beste ist, bei ihrem Vater zu bleiben … Sehr gut, Klaus, aber es muß binnen einer Stunde sein …

Klaus, wenn meine bibelfeste Tochter hier wäre, würde sie mit dem Ochsenziemer auf Sie losgehen, weil Sie ihren hochheiligen Vater mit einem solchen Wort belegen … Ich weiß, daß die Kleine schläft; wecken Sie sie auf. Kinder sind überaus flexibel – eine Eigenschaft, die Ihnen völlig abgeht … Ja, ich versichere Ihnen, daß Miss McCone abreisen wird, sobald sie sich davon überzeugt hat, daß alles in Ordnung ist … Nein, per Hubschrauber von hier aus. Ein befreundeter Pilot holt sie ab … Sehr gut, Klaus. Wir kommen sofort.«

Mr. Altagracia legte den Hörer auf und lächelte mich heiter an. »Dieser Mensch«, sagte er, »ist selbst schuld, wenn er dem alten *Schweinehund* alles glaubt.«

Der Regen hatte wieder aufgehört, als wir in Zebediahs altem Jeep losfuhren, aber noch immer illuminierte Wetterleuchten dicke Wolken am Horizont. Auf der Hälfte der mit Pfützen übersäten Zufahrt trat der alte Mann so hart in die Bremse, daß es mich nach vorn riß.

»Sehen Sie die Kanone dort drüben?« fragte er.

Ich folgte seinem Zeigefinger. Durch ein verwildertes Gestrüpp aus Bäumen und Büschen erspähte ich sie: angestrahlt und im Fünfundvierzig-Grad-Winkel aufs Meer gerichtet.

»Diese Kanone«, sagte er, »haben Ihre Landsleute in ihrem glorreichen Revolutionskrieg gegen die Briten benutzt. Ich habe sie gekauft und für teures Geld hierher verschiffen lassen, ehe ich meine eigene Revolte gegen die Briten begann. Unglücklicherweise kam ich nicht dazu, auch nur einen einzigen Schuß abzufeuern. Ich halte sie aber trotzdem immer einsatzbereit und schieße jedes Jahr am siebzehnten November einen Salut zur Feier der Unabhängigkeit von Jumbie Cay.« Wieder grinste er verschmitzt, und seine Zähne blitzten im Kontrast zu seiner dunklen Haut. »Es wird mir eine große Genugtuung sein, sie abzufeuern, um Jumbie Cay von seinen jetzigen Unterdrückern zu befreien. Ich muß sagen, ich freue mich darauf.«

»Das kann ich verstehen.« Regina lag mit ihrer Einschätzung ziemlich schief; ihr Vater war ganz und gar kein alter Narr. Ein bißchen verrückt vielleicht, aber zum Narren halten ließ er sich von niemandem.

Die Straße, auf der wir fuhren, führte an einem Salzteich vorbei, der im Wetterleuchten silbern glänzte. Der Wind blies Schaumfetzen von der Oberfläche und trieb sie über die Straße. Ich hielt mich am Armaturenbrett fest, während wir durch die Schlaglöcher rumpelten, und versuchte, irgend etwas von der Gegend zu erkennen.

Im Inneren schien die Insel hügelig und öde, mit einer spärlichen Decke von magerem Pflanzenwuchs, aus dem überall Felsen ragten. Gelegentlich passierten wir ein Schlacksteinhaus, aber die meisten sahen ziemlich verfallen aus. Eine winzige Ansiedlung mit einer Tankstelle, einem Einkaufsmarkt und einem Gasthaus avisierte sich auf einem verblichenen Schild stolz als Altagraciaville, Hauptstadt der Republik Jumbie Cay. Mein Begleiter sagte nichts weiter dazu, und ich tat es ihm nach.

Die Nacht war jetzt wieder dampfig und voller Insekten. Das Spray von vorhin hatte längst zu wirken aufgehört, und die Biester bohrten ihre Stacheln durch den Stoff meines geborgten Hemds. Mr. Altagracia schienen sie nicht weiter zu stören; wenn man sein ganzes Leben hier verbrachte, entwickelte man wohl eine Art Immunität.

Als wir in ein besonders tiefes Schlagloch krachten und mir ein unwillkürlicher Laut entfuhr, sagte der alte Mann: »Als ich die Briten von meiner Insel vertrieben hatte, übernahm ich die Verantwortung für die Instandhaltung der Straßen. Ich habe Mr. Schechtmann mitgeteilt, daß diese Verantwortung mit dem Verkauf auf ihn überging. Sie sehen ja, wie ernst er sie nimmt.«

»Ich spüre, wie ernst er sie nimmt.«

»Wir sind jetzt ganz in der Nähe des Anwesens. Sie kennen das Terrain ja von den Bildern, die Ihnen meine Tochter gezeigt hat.«

Die gerahmten Fotos an Reginas Wänden waren für mich von unschätzbarem Wert gewesen. »Ich denke schon. Das Anwesen liegt auf einer Anhöhe, und der Strand darunter bildet eine sichelförmige Bucht mit einer Steinmole an jedem Ende. Hinter der westlichen Mole liegt ein weiterer Strand mit Felsen, zwischen denen bei Ebbe Wassertümpel zurückbleiben. Jetzt ist Niedrigwasser, heute nachmittag um halb fünf war dieser Strand überflutet.«

»Gut.«

»Wie kommt man vom Anwesen zum Strand?«

»Das braucht Sie nicht zu kümmern.«

»Aber Habiba...«

»Ja, verstehe. Die Gebäude... Warten Sie, wir sind fast da, Sie werden es gleich sehen.«

Mein Magen krampfte sich zusammen. Ich preßte die Hände auf die Oberschenkel, als könnte ich so die aufsteigende Spannung unterhalten. Gleich würde ich Klaus Schechtmann und Dawud Hamid gegenüberstehen. Gleich würde ich die Kleine sehen.

Im Geist beschwor ich sie: *Erinnere dich. Bitte erinnere dich.*

Wir fuhren um eine scharfe Kurve, und dann sah ich schimmernde Brandungswellen. Gebäude kamen in Sicht: weiß, kantig und keil-

förmig, die breiteren Enden aggressiv zum Meer hin gerichtet. Die Seiten- und Rückfronten waren monolithisch, mit kleinen Türen und ohne Fenster. Das größte Gebäude thronte oben auf der Anhöhe, und eine Serie kleinerer Kopien staffelte sich treppenförmig bis auf Strandniveau herab.
Zebediah Altagracia sagte: »Im Hauptgebäude befinden sich das Wettbüro und gemeinschaftliche Wohn- und Eßräume. Die kleineren Gebäude sind Schlafbungalows. Sie liegen am Hang, und auf der Frontseite führt ein Fußweg zum Strand hinunter. Von dort ist es nur ein kurzes Stück zur westlichen Mole.«
Ich nickte, studierte die Anlage.
Eine Steinmauer von etwa drei Metern Höhe umgab das Anwesen; neben einem Zufahrtstor stand ein Wachhäuschen. Mr. Altagracia bremste den Jeep ab und betätigte die Lichthupe; der Wächter öffnete rasch das Tor, aber wir streiften es trotzdem mit der Stoßstange, als der alte Mann ungeduldig aufs Gas trat.
»Idioten«, knurrte er. »Wer soll denn schon hier einbrechen wollen? Die Leute, die für sie arbeiten, sind doch heilfroh, wenn sie wieder draußen sind.«
Die Zufahrt war von hohen Kokospalmen gesäumt; trotz ihrer Größe schienen sie erst kürzlich hierher verpflanzt worden zu sein, und auch der Rest der Anlage wirkte neu und unfertig.
»Noch so eine Schnapsidee«, sagte Mr. Altagracia und deutete auf die Palmen. »Klaus hat die ausgewachsenen Bäume hierher verfrachtet und einfach in irgendwelche Löcher geknallt, ohne sich um die Bodenbedingungen zu kümmern. Sie sehen jetzt schon krank aus, und bis Weihnachten sind sie hin.«
»Schechtmann hat die Anlage entworfen?«
»Er hat einen teuren Architekten aus den Staaten eingeflogen, der keine Ahnung von der Karibik hat. Schauen Sie sich diese Bauten an: luftlose Beleidigungen fürs Auge, Warzen auf dem Gesicht dieser Insel. Und jetzt kreiert sein Landschaftsarchitekt ähnliche Scheußlichkeiten – ganz davon abgesehen, daß eine Menge kerngesunder Pflanzen und Bäume dafür sterben mußte.«
Als wir uns dem Haupthaus näherten, mußte ich ihm recht geben. Die Keilform wirkte, zumindest aus dieser Perspektive, klobig und unschön. Während wir ausstiegen und zu der kleinen Tür hinüber-

gingen, fühlte ich mich diffus bedroht, als sei ich im Begriff, eine kalte Gruft zu betreten, aus der es keinen Ausgang gab.
Mr. Altagracia ignorierte die Klingel und patschte ungeduldig mit der flachen Hand gegen die Tür. Als sie nicht sofort aufging, bummerte er weiter. Schritte näherten sich, und eine Männerstimme sagte etwas in ärgerlichem Deutsch.
Der alte Mann nickte mir zu und sagte laut: »Ja, für solche Ausdrücke würde meine bibelfeste Tochter ganz gewiß mit dem Ochsenziemer auf ihn losgehen.«
Ich erkannte den kleinen, kompakten Mann, der wütend herausguckte, sofort als Klaus Schechtmann. Weniger an seinem Äußeren – die Beschreibung, die ich erhalten hatte, war nur sehr grob gewesen. Aber da war dieser knickrige und blasierte Zug um seinen Mund, der zu dem paßte, was ich über ihn wußte, und zugleich lag etwas Lauerndes und Gieriges in seinen blaßblauen Augen. Er trug einen schwarzen Seidenmorgenrock, der wohl signalisieren sollte, daß er unseren Besuch für zu unbedeutend erachtete, um sich eigens dafür anzukleiden. Aber sein graublondes Haar war frisiert, sein Bart perfekt gepflegt.
Schechtmann funkelte Mr. Altagracia noch einen Moment wütend an; dann schwenkten seine Augen auf mich. Ihr Ausdruck veränderte sich um ein paar Nuancen. Automatische Reaktion auf alles Weibliche, dachte ich, weil sein Blick jetzt sexuell taxierend war; vermutlich merkte er es selbst nicht. Ich guckte kalt zurück. Sein kleiner Mund wurde hart, und er wandte sich Mr. Altagracia zu.
»Ist das diese McCone?«
»Miss McCone für Sie, Klaus. Vergessen Sie nicht Ihre Manieren.«
Der alte Mann packte mich am Ellbogen und bugsierte mich an Schechtmann vorbei in eine Eingangsdiele, deren hartweiße Wände nach oben so schräg auseinanderliefen, daß ich das Gefühl hatte, mich in einem Trichter zu befinden. »Wo ist das Kind?« fragte er.
»Alles zu seiner Zeit, Zeb.« Schechtmann schloß die Tür und winkte uns, ihm zu folgen. »Zuerst wünscht ihr Vater Miss McCone zu sehen.«
Er führte uns einen kleinen Flur entlang und durch einen Türbogen in einen großen Raum mit einer Fensterwand, durch die man das Wetterleuchten draußen über dem Meer sah. Die Möbel waren bi-

zarr geformt und bestanden aus schwarzgrünem Marmor mit Messingzierat und schwarzen Lederkissen. Sie mußten sehr teuer gewesen sein, sahen aber höllisch unbequem aus. Ein Mann in einem burgunderroten Morgenrock, dem Zwillingsbruder von Schechtmanns schwarzem, saß in einem der Sessel, den dunkelhaarigen Kopf über einem Cognacglas mit bernsteinfarbener Flüssigkeit, das er versunken schwenkte.

Er mußte uns gehört haben, verharrte aber noch einen Moment in dieser Pose, ehe er aufsah. Dawud Hamid hatte sich nicht sehr verändert, seit die Fotos in Habibas Fenstersitztruhe gemacht worden waren; sein Gesicht hatte ein paar Falten mehr, sein Haar graue Strähnen, aber sein Mund war immer noch sinnlich, sein Blick immer noch grüblerisch-intensiv. Und er war immer noch eitel und selbstzentriert; das sagte mir die Art, wie er den Kopf hielt, und die rukkende Bewegung aus dem Handgelenk, mit der er seinen Drink kippte.

Er stellte den Cognacschwenker auf ein Tischchen neben sich. Lehnte sich in seinem Sessel zurück, schlug die Beine übereinander, sah mich hochmütig an und sagte: »Meine Mutter hat Sie geschickt?«

»Ich arbeite mit der Sicherheitsfirma des Konsulats zusammen. Ihre Mutter macht sich natürlich Sorgen um Habiba.«

»Wie rührend.«

Sein Ton löste in mir den Impuls aus, ihn zu schütteln, aber ich sagte nur milde: »Es ist wahr.«

»Warum? Sie wollte doch selbst, daß Speed Habiba hierher bringt.«

»Habiba und Mavis. Sie wollte nicht, daß Ihre Frau tot in der Bay von San Francisco gefunden würde.«

Etwas flackerte in seinen Augen auf. Nicht Trauer oder Bedauern oder sonst irgendeine der Emotionen, die man selbst in einer zerrütteten Ehe vom hinterbliebenen Partner hätte erwarten können, sondern die Angst eines in die Enge getriebenen Tiers. Aber er löschte sie sofort mit einem Blinzeln aus. »Mavis Tod war ein Unfall – und sie war selbst schuld.«

»Ach?«

Schechtmann sagte: »Mrs. Hamid war betrunken. Sie ist gestolpert und hat sich den Kopf angeschlagen, als sie über Bord fiel.«

»Und Sie haben nichts getan, um sie zu retten.«
Er zuckte gleichgültig die Acheln. »Wir waren schon ziemlich weit draußen.«
»Stimmt nicht. Sie waren noch im Bootshafen. Mavis Fuß hing in einer der Vertäuungsleinen am Liegeplatz der *Freia*.«
»Wie auch immer. Ich sagte ja schon, es war ein Unfall.«
»Hat Habiba diesen Unfall mit angesehen?«
Keine Antwort.
Ich sah zu Hamid hinüber. Er hatte seine Pose ein wenig verändert und beobachtete jetzt seinen Geschäftspartner.
Ich fragte Schechtmann: »Haben Sie denn überhaupt nicht befürchtet, daß man Sie mit Mavis' Tod in Verbindung bringen könnte? Daß die Crew der *Freia* reden könnte?«
»Die Crew wird gut bezahlt.«
»Aber es wissen doch noch andere Leute, daß Sie Mavis und Habiba mitgenommen haben: Malika Hamid, das Konsulatspersonal, Leila, Eric Sparling, Fig Newton...«
Schechtmann stöhnte enerviert. Hamid hörte jetzt ganz genau zu.
»Vielleicht«, sagte ich, »wollten Sie ja, daß Mavis' Leiche genau dort gefunden würde. Bei einem unklaren Todesfall denkt die Polizei immer zuerst an den Ehepartner, vor allem bei einer zerrütteten Ehe.«
»Worauf wollen Sie hinaus, Miss McCone?«
»Nun ja, falls Mavis ermordet wurde – und diese Möglichkeit ist bis jetzt nicht ausgeschlossen –, wäre Mr. Hamid der Hauptverdächtige; wenn seine diplomatische Immunität nicht gewesen wäre, wäre er in Kalifornien schon einmal wegen Mordes verhaftet worden.«
Hamids Atem entwich mit einem Zischen.
Ich fuhr fort: »In diesem Fall würde er ganz sicher nicht in die Staaten zurückkehren wollen, sich vielleicht sogar scheuen, auch nur diese Insel zu verlassen. Dann hätten Sie ihn in der Hand, zumal sich ja jetzt auch seine Tochter hier auf Ihrem Terrain befindet.«
»Das sind doch reine Hirngespinste«, sagte Schechtmann. »Wieso sollte ich meinen eigenen Geschäftspartner in der Hand haben wollen?«

Ich zuckte die Achseln. »Vielleicht weiß er ja zuviel über Ihre Geschäfte oder über Ihre Vergangenheit. Vielleicht befürchten Sie, daß Sie ihm zu sehr vertraut haben, und Sie brauchen eine Sicherheit.«
Schechtmann versuchte, eine amüsierte Miene aufzusetzen, aber seine Augen waren kalt und wachsam. Ich hatte einen Nerv getroffen.
Mr. Altagracias Finger schlossen sich fester um meinen Ellbogen. »Bitte entschuldigen Sie meine junge Freundin«, sagte er. »Sie hat eine blühende Phantasie, und ihr Urteilsvermögen ist, nun ja, zumindest getrübt. Vielleicht wird es sich ein wenig klären, wenn Sie ihr gestatten, die Kleine zu sehen.«
Schechtmann lächelte spöttisch, nickte, knallte die Hacken zusammen und drehte sich um. Ich erwartete schon fast, daß er im Stechschritt aus dem Zimmer marschierte.
»Ein echter Preuße, was?« sagte Mr. Altagracia.
Hamid hatte seinen Schock ob meiner Worte von eben überwunden und sah jetzt nachdenklich drein. Er stand auf, ging mit seinem Cognacschwenker an die Bar und goß sich ein paar Fingerbreit Remy Martin ein. Als er ihn schwenkte und kostete, waren seine Bewegungen abgezirkelt und leise theatralisch. In seinem eleganten Morgenrock hätte er ein Darsteller in einem Stück von Noel Coward sein können.
Ich fragte mich, welche der vielen Rollen, die er in seinem Leben gespielt hatte, der wahre David Hamid war: der verwöhnte, aber an der kurzen Leine gehaltene Sohn; der liebende, aber abwesende Vater; der weltläufige Diplomat. Und dann war da noch der besessene Verehrer. Und der Mörder.
Hamid schien zu ahnen, was ich dachte. Er sah mich mit verhangenen Augen an und starrte dann auf die Fensterfront. Das Wetterleuchten überm Meer hatte aufgehört, und die Fensterwand war ein schwarzer Spiegel. Ich beobachtete sein Spiegelbild. Sein Blick begegnete meinem in der Scheibe und huschte weg.
Geräusche jetzt draußen in der Diele: energische Erwachsenenschritte und das Patschen bloßer Kinderfüße. Ich wandte mich erwartungsvoll um.
Habiba trat ein, Schechtmanns Hand fest auf ihrer Schulter. Sie trug ein gelbgeblümtes Nachthemd, ihre Haare waren zerzaust, ihre

Augen plinkerten verschlafen. Um das linke Handgelenk hatte sie eine Garfield-Uhr, und auf ihrem dünnen Unterarm waren blaue Flecken, die wie Druckstellen von Fingern aussahen. Als sie mich sah, blieb sie stehen, und ihre Lippen formten ein überraschtes O. Schechtmann schob sie vorwärts. »Sag Miss McCone guten Tag, Habiba.«
Ihr Mund formte meinen Vornamen, langsam und konzentriert wie an jenem gar nicht weit zurückliegenden Abend in meinem MG, aber es kam kein Laut heraus. Ich ging zu ihr, hockte mich hin und nahm ihre Hände. »Wie geht es dir, Habiba?«
Ihre Augen zuckten zu Schechtmann hinüber. »Gut.«
»Bist du gern hier?«
»...Ja.«
Mr. Altagracia schob sich zwischen Schechtmann und uns.
»Bist du froh, daß du bei Onkel Klaus und bei deinem Dad sein kannst?«
Ihre Brauenpartie zuckte. Sie sah jetzt auf ihren Vater. Er hatte in keiner Weise auf ihr Kommen reagiert, stand immer noch mit dem Rücken zu uns, verfolgte jedoch alles in der Fensterscheibe. Ich veränderte meine Position ein klein wenig und drehte Habiba so, daß er nur ihr Profil sehen konnte.
»Ich weiß, daß du deinen Dad vermißt hast«, sagte ich. »Du hast es mir erzählt, weißt du noch? Du hast mir den Papageienarmreifen gezeigt, den er dir geschenkt hat, und dann haben wir eine Spazierfahrt gemacht, und Mr. Renshaw hat die Lady wieder in ihr Schloß zurückgeleitet.«
»Ich weiß es noch.«
Schechtmann drängte sich vor Mr. Altagracia. »Miss McCone, bitte bleiben Sie beim Grund Ihres Kommens.«
Habiba zog den Kopf zwischen die mageren Schultern.
»Dann kann ich deiner Omi also sagen, daß es dir hier gefällt?« fragte ich sie.
»...Ja, sagen Sie Omi, es geht mir gut.«
»Da bin ich sehr froh.«
Sie entzog mir ihre Hände, schlang die Arme um meinen Hals und drückte mich. Mr. Altagracia hustete laut, als sie flüsterte: »Hilf mir!«

»Sicher. Natürlich vermißt du sie. Aber vielleicht kommt sie dich ja bald mal besuchen.«

Schechtmann kam auf uns zu. Ich löste Habibas Arme von meinem Hals und schob sie zurück, bis sie mir direkt in die Augen sah.

Ich zwinkerte.

Sie begann zu lächeln. Biß sich auf die Unterlippe.

Ich sagte: »Du weißt ja gar nicht, was wir uns alle für Sorgen gemacht haben – deine Omi, Mr. Latif, Mr. Renshaw und ich. Weißt du, wie ich hierhergekommen bin? Ich bin von einem Boot aus zum Strand geschwommen, dort wo bei Ebbe die Tümpel sind, gleich hinter der Mole. Hast du die Tümpel schon gesehen?«

»Meine neue Kinderfrau hat sie mir heute morgen gezeigt.«

Gott sei Dank. Schechtmann stand jetzt genau hinter ihr und griff wieder nach ihren Schultern. »Das freut mich. Ich habe sie noch nicht gesehen. Als ich um halb fünf angekommen bin, war Flut und alles stand unter Wasser. Ich schätze, morgen früh um halb fünf kann man sie wieder sehen.«

Sie biß sich wieder auf die Lippe. »Glaub schon.« Und dann gähnte sie sehr überzeugend.

Ich ließ ihre Hände los. Stand auf und lächelte sie an. »Tja, wo ich jetzt weiß, daß es dir gutgeht, werde ich wieder heimfliegen und deiner Omi sagen, daß du hierbleiben möchtest. Soll ich das tun?«

»Ja, bitte.«

»Sag es mir noch mal – bist du wirklich glücklich hier?«

»Ich bin ganz, ganz glücklich.« Sie hob das Handgelenk und sah auf ihre Garfield-Uhr. »Onkel Klaus, ich bin müde. Darf ich jetzt wieder ins Bett?«

Als sie Hand in Hand hinausgingen, drehte Habiba sich noch einmal um und zwinkerte mir zu.

19

Zebediah Altagracia hielt an und schaltete das Licht des Jeeps aus. Wir waren etwa eine halbe Meile von dem Anwesen entfernt auf einem sandigen Weg, der durch offenes Gelände zum Meer führte.

»Weiter kann ich nicht fahren«, sagte er leise. »Noch ein paar Meter, dann geht die Straße in einen Fußweg über. Folgen Sie ihm, bis Sie eine Gruppe Mangroven sehen, halten Sie darauf zu. Sie stehen genau über dem Strand mit den Tümpeln.«
»Dann ist jetzt wohl der Moment des Abschieds gekommen. Ich kann Ihnen für Ihre Hilfe gar nicht genug danken.«
»Ich habe Ihnen zu danken. Ihr Problem war meiner Tochter Anlaß, ihr langjähriges Schweigen zu brechen.«
»Sie mag Sie, wissen Sie das? Sie ist nur deshalb weggegangen, weil sie es nicht dahin kommen lassen wollte, daß sie Sie wegen Ihrer Art zu leben gehaßt hätte.«
»Und ich mag sie auch, auf meine Weise. Ich war kein besonders guter Vater und hätte wahrscheinlich überhaupt nie einer werden sollen. Aber leider können die wenigsten von uns der Neugier widerstehen, was wohl aus ihnen hervorgehen könnte.« In seinem Lächeln lag etwas Melancholisches. »Nun ja, nach dieser Nacht wird Regina vielleicht merken, daß ich gar nicht so ein herzloser alter Schuft bin.«
»Das weiß sie schon.« Ich hielt im Aussteigen inne. »Wenn Schechtmann und seine Leute merken, daß Habiba weg ist, werden Sie dann Ärger mit ihnen kriegen?«
»Oh, das will ich doch hoffen.«
»Ich meine es ernst.«
»Junge Frau, sorgen Sie sich nicht um mich! Dieser alte *Schweinehund* hat im Lauf der Jahre etliche Tricks gelernt.«
Das glaubte ich wohl.

Die hohen Mangroven wuchsen, zum Meer hin gebeugt, am Rand der geschützten Bucht, und ihre herabgreifenden Luftwurzeln verbanden Land und Meer in einem wirren Geflecht. Ich duckte mich darunter, behielt die Mole im Auge und bot mich den Mosquitos, die dort hausten, als Frühstück dar. Die spindelförmigen Stämme und ausladenden Äste der Bäume warfen im ersten Dämmerlicht groteske Schatten, und wenn sie sich im Wind wiegten, klang ihr Ächzen wie letzte Sterbeseufzer. Es steigerte meine Nervosität noch, und ich sah immer wieder auf meine Armbanduhr. Vier Uhr siebenundzwanzig, und der Minutenzeiger schien sich nicht zu rühren.

Vielleicht war die Uhr stehengeblieben. Sie war garantiert wasserdicht und hatte den Pool im Fitneßcenter immer unbeschadet überstanden. Aber wenn die Strapazen vorhin zuviel gewesen waren? Wenn ich zu spät dran war? Vielleicht war Habiba schon dagewesen und wieder gegangen. Oder sie hatte kommen wollen und war von Schechtmanns Wachen aufgegriffen worden. Vielleicht war das Spiel, das wir in Schechtmanns Wohnzimmer gespielt hatten, ja doch zu auffällig gewesen…

Hör auf, McCone! Das ist nicht der richtige Zeitpunkt, um durchzudrehen.

Gefährlich hell jetzt schon, der Himmel im Osten. Wie lange noch bis Sonnenaufgang? Zeit genug, daß Habiba es bis hierher schafft und wir beide zum Boot schwimmen können? Und wenn…

Bewegung drüben auf der Mole. Habibas dunkler Schopf tauchte auf. Sie zog sich hoch, kam auf den lockeren Steinen ins Rutschen, fiel auf der anderen Seite herunter. Es mußte weh getan haben, aber sie gab keinen Laut von sich. Stand nur auf, klopfte sich ab und stapfte weiter auf mich zu.

Tapferes kleines Ding, dachte ich, während ich die Badesandalen abstreifte und aus dem Schutz der Mangroven trat.

Habiba sah mich und rannte mir entgegen. Wir trafen uns auf halbem Weg, und sie schlang die Arme um meine Hüften. »Du bist wirklich gekommen, um mich zu holen«, flüsterte sie.

Ich löste ihre Arme, hockte mich hin. »Keine Zeit zum Reden, wir müssen schnell weg von hier. Kannst du schwimmen?«

»Ja.«

»Gut.« Ich streifte das geliehene Hemd ab und ließ es in den Sand fallen. Mochte die Flut es davonschwemmen. Mochten Schechtmanns Leute es finden. Mir egal.

Habiba zog T-Shirt und Shorts aus. Darunter trug sie einen rosa Gymnastikanzug. »Ich hab gewußt, daß wir schwimmen müssen«, sagte sie. »Als ich Dad gesagt habe, ich will nach Hause zu Omi, hat er gesagt, von der Insel kann man nur weg, wenn man schwimmt, und wenn ich das probiere, fressen mich die Haifische.«

Und Zebediah Altagracia hielt sich für einen schlechten Vater!

»Hab keine Angst«, sagte ich. »Die Haifische sind viel weiter draußen im Meer als die Stelle, wo das Boot auf uns wartet.«

Habibas Körper versteifte sich. »Als Onkel Klaus meine Mom und mich auf das Boot gebracht hat...«

»Ich weiß, Habiba, aber wir können jetzt nicht drüber reden. Wir dürfen noch nicht mal dran denken. Wir brauchen unsere ganze Kraft zum Schwimmen. Bist du soweit?«

»Ja.«

»Dann komm.« Ich nahm sie an der Hand, und wir wateten ins Wasser. Der Grund war felsig, und ich hatte Mühe, das Gleichgewicht zu halten. Habiba strauchelte zweimal; einmal riß sie mich fast mit. Als das Wasser schenkeltief war, tauchte ich unter und ließ mich treiben; sie folgte meinem Beispiel.

Ich sagte: »Ich nehme dich in den Rettungsgriff. Weißt du, wie das geht?«

»Hm.«

»Ich ziehe dich. Du hilfst, indem du mit den Beinen schlägst. Wenn wir auf der anderen Seite dieser Felsen sind, müssen wir uns ein paar Minuten treiben lassen, bis wir ein Lichtsignal auf dem Boot sehen. Dann schwimmen wir so schnell wie möglich hin. Ich werde dich nicht loslassen; wir bleiben die ganze Zeit zusammen. Okay?«

»Okay.«

Ich faßte sie um den Oberkörper. Sie war sehr leicht, und es war kein Problem, auf die andere Seite der Felsen zu schwimmen. Wenn wir allerdings schnell vorankommen mußten...

Halte dich gefälligst an deine eigenen Ratschläge. Steck deine ganze Kraft in das, was jetzt zu tun ist.

Hinter den Felsen war die Strömung stärker. Ich schlug energisch mit den Beinen, um auf der Stelle zu bleiben, und hielt Habiba an, dasselbe zu tun. Die Horizontlinie war jetzt erkennbar, aber ich konnte nirgends die Form eines Schnellboots ausmachen. Ich ließ meinen Blick hin und her wandern, hielt Ausschau nach Lloyd Fishers Signal. Habiba guckte zum Land hin; ich hatte ihr aufgetragen, darauf zu achten, ob sich auf dem Anwesen irgend etwas tat.

Minuten vergingen – allmählich wurde mir unbehaglich.

Vielleicht hatte Lloyd sich einfach davongemacht. Vielleicht hatte Regina sich in ihm getäuscht, und ich hätte ihm nicht vertrauen dürfen.

Mit piepsiger Stimme sagte Habiba: »Da ist irgendwas los.«
»Was?«
»Gerade ist in meinem Häuschen Licht angegangen.«
Verdammt! Wo war Lloyd?
»Jemand läuft raus. Ich glaube, es ist meine Kinderfrau.«
Mist!
»Sie geht rauf zu dem großen Haus.«
Ich widerstand dem Drang, mich umzudrehen. Suchte weiter das Meer ab. Wo war Lloyd? Wo?
Ein Licht leuchtete auf – ein gutes Stück weiter, aber zu schaffen.
»Keine Angst, Habiba. Gleich haben wir's geschafft. Wir sind schon beim Boot, bevor sie anfangen, nach dir zu suchen.«
Ich schleppte sie mit all meiner Kraft.

»Hier, schön abtrocknen. Sonst gibt's noch eine Erkältung.« Lloyd warf mir ein Handtuch zu und wickelte Habiba in ein anderes.
»Wir müssen hier weg«, sagte ich. »Sie haben schon gemerkt, daß Habiba nicht mehr da ist.«
»Bis sie dahinterkommen, daß sie nicht mehr auf der Insel ist, sind wir schon längst auf und davon.« Er zog ein Ruder hinter den Sitzen hervor und streckte es mir hin. »Habiba, du mußt dich vor dem Sitz da auf den Boden ducken, damit du das Ruder nicht an den Kopf kriegst. Sharon und ich rudern das Boot ein Stück weiter raus. Wenn wir dann den Motor anschmeißen, kriegen sie nichts mit.«
Sie verkroch sich zitternd, während Lloyd das zweite Ruder hervorholte. Dann ruderten wir los. Meine Arme hatten mir vorher schon weh getan, aber jetzt war jeder Schlag eine Qual. Mein Kopf schmerzte ebenfalls – ein pulsierendes Stechen in den Nebenhöhlen. Und mein Rücken – Herrgott, wurde ich langsam eine alte Frau? Im September würde ich vierzig werden. Vierzig war doch kein Alter. Der Beginn der besten Jahre, wenn man Jane Fonda hörte.
Aber Jane war ja auch in den fünfzehn Jahren vor ihrem vierzigsten Geburtstag nicht niedergestochen, fast ertränkt, mit allerlei Prellungen und Gehirnerschütterungen bedacht und einmal in den Hintern geschossen worden. Was wußte sie schon?

Ich paddelte stoisch weiter, zu stolz, um so zu ächzen und zu stöhnen, wie es mir nahegelegen hätte.
Nach einer Ewigkeit, die faktisch wahrscheinlich nur fünf Minuten betrug, erklärte Lloyd, jetzt könnten wir aufhören. Ich streckte ihm mein Ruder hin, wobei ich ihm fast damit ins Gesicht klatschte, und er verstaute beide. »Nehmen Sie Habiba auf den Schoß und schnallen Sie sich an«, befahl er mir. »Jetzt düsen wir los.«
Ich zog die Kleine vom Boden hoch. Sie sagte nichts, schien aber auch nicht in der Lage, von sich aus mitzuhelfen. Ich musterte ängstlich ihr Gesicht. Sie war bleich, und ihre Augen waren stier und glasig.
»Alles klar, Kleines?«
Sie nickte wenig überzeugend.
»Bleib einfach nur sitzen. Das Schlimmste haben wir hinter uns.«
Der Motor des Schnellboots röhrte durch die Stille. Ich hatte kaum die Zeit, den Gurt zu schließen, ehe wir mit einem Raketenschub davonschossen, der uns tief in die Sitzpolster drückte. Düsen war gar kein Ausdruck.
Das Schlimmste haben wir hinter uns, versicherte ich mir selbst.
Einige Stunden später sollte sich das als glatte Lüge erweisen.

Um kurz nach neun war das Abflugterminal des Prinzessin-Juliana-Flughafens gerammelt voll. Lange Schlangen zogen sich von den Ticketschaltern bis auf den Gehweg hinaus. Eine Gruppe mürrischer Jugendlicher saß auf Gepäckstücken mitten in der Halle und zwang jeden zu einem Umweg. Viele Leute sahen so geschafft und zerknittert aus, als hätten sie die ganze Nacht durchgemacht. In dieser Menge würden Habiba und ich nicht auffallen, trotz unserer Müdigkeit und des billigen, ziemlich schlecht passenden Outfits aus Shorts und T-Shirt, das ich ihr bei einem Straßenhändler gekauft hatte, nachdem wir uns am Kai von Philipsburg von Lloyd Fisher getrennt hatten.
Gage Renshaw hatte gesagt, ich würde den Kurier mit Habibas Paß an seinem RKI-Blazer erkennen. Ich entdeckte ihn rasch. Er lehnte an der Wand neben dem Eingang des Duty-free-Shops, das viel zu dicke Kleidungsstück über die Schulter drapiert, Schweißperlen auf der Stirn. Habiba und ich schlängelten uns Hand in Hand zu ihm durch, und ich zeigte ihm meinen Ausweis.

Er studierte ihn, nickte und zog einen Umschlag aus der Innentasche des Blazers. Als er ihn mir gab, sagte er: »Sieht aus, als hätten Sie mir einen kleinen Urlaub auf Firmenkosten verschafft.«
»Sie bleiben noch ein paar Tage?« Ich inspizierte den Paß und legte ihn zu meinem in die Strohtasche, die ich ebenfalls bei dem Straßenhändler erstanden hatte.
»Ich muß ja wohl bleiben, bis das hier irgendwie geregelt ist.« Er verwies mit einer ausholenden Handbewegung auf die Abflughalle.
»Ich verstehe nicht.«
»Sie streiken nämlich.«
»Was? O nein!« Ich erinnerte mich vage, in San Francisco in der Zeitung etwas von einem möglichen Streik des Flugbegleitpersonals der American Airlines gelesen zu haben, aber das war letzte Woche gewesen, als ich noch nicht geahnt hatte, daß es mich betreffen könnte, und ich hatte es nicht weiter beachtet. »Mit welcher Linie sind Sie hergeflogen?«
»Continental. Aber die Firma hat einen offenen Rückflug gebucht, weil nicht klar war, wann Sie hier auftauchen würden, und jetzt sind alle Plätze von American-Passagieren besetzt, deren Flüge gestern ausgefallen sind.« Er zuckte schicksalsergeben die Achseln. »Ist wohl am besten, ich nehme mir ein Hotelzimmer und mache mich auf die Suche nach dem nächsten Casino.«
Ich drehte mich um und sah zum American-Schalter. Die Schlange reichte immer noch bis auf die Straße hinaus, aber ich hatte erster Klasse gebucht; vor dem entsprechenden Schalterfenster war die Schlange kürzer. Ich hob an, etwas zu dem Kurier zu sagen, mußte aber feststellen, daß er in der Menge verschwunden war.
Verdammt! Ich hätte seine Hilfe brauchen können. Aber er ahnte natürlich nicht, wie kritisch die Situation war; RKI teilte den Angestellten nur das mit, was sie wissen mußten. Ich sah auf Habiba hinunter. Sie beobachtete mich, ernst und ein bißchen ängstlich. Ich nahm sie wieder bei der Hand. »Keine Angst. Wir werden mit dem Mann am Ticketschalter reden.«
Der Mann am Schalter war optimistisch. »Die Maschine ist hier«, sagte er im weichen Sprachfluß der Inseln, »und wir bemühen uns, eine Crew zusammenzustellen. Wenn das gelingt, startet Ihr Flug

pünktlich. Wenn nicht, werden wir Sie in einem nahe gelegenen Hotel unterbringen – auf unsere Kosten natürlich.«
Ich krallte die Hand um die Kante des Schaltertresens, kämpfte gegen die Panik an. Inzwischen mußten Schechtmann und seine Leute dahintergekommen sein, daß ich mit Habiba Jumbie Cay verlassen hatte; wie lange noch, bis sie erraten würden, was ich jetzt vorhatte? Wie lange noch, bis sie den Flughafen absuchen, die Hotels abklappern würden?
»Ma'am? Alles in Ordnung?«
Es hatte keinen Sinn, es an dem Schalterangestellten auszulassen; er sah so fertig aus, wie ich mich fühlte. »Alles klar. Wann werden Sie wissen, ob der Flug geht?«
»Fragen Sie in einer Stunde noch mal nach.« Er warf einen Blick auf unsere Pässe, stellte uns Tickets und Bordkarten aus. Ich versuchte, das als gutes Zeichen zu nehmen.
Habiba ergriff meine Hand und trottete mit gesenktem Kopf neben mir her, als wir zu einem zweiten Schalter gingen, um unsere Flughafensteuer zu zahlen. Das war der Punkt, der mir Sorgen gemacht hatte: Würden sie unsere Pässe genauer inspizieren und sehen, daß Habiba nie eingereist war? Aber wenn jemand legal von einem Flughafen aus ausreist, geht man davon aus, daß er auf demselben Weg eingereist ist; die Frau hinter dem Schalterfenster nahm mein Geld, stempelte unsere Pässe und gab sie uns mit den eingelegten Quittungen zurück.
Habiba klammerte sich an mein Hosenbein. Ich guckte hinunter und sah, daß sie immer noch auf den Boden starrte. »Hey«, sagte ich und hockte mich vor sie hin, »alles okay mit dir?«
Sie zuckte die Achseln.
»Weißt du, was? Wir brauchen was zu essen. Dann wird es uns beiden bessergehen.«
Sie schien nicht allzu überzeugt, nickte aber.
Ich nahm sie wieder an der Hand und bugsierte sie zu der Treppe, die zum Restaurant führte. Hier war es ebenfalls gerammelt voll, aber wir fanden einen Tisch in einer Ecke und bestellten Cheeseburger. Es war heiß und stickig hier drinnen; die Deckenventilatoren nützten wenig. Um uns herum ging es lautstark zu; manche Leute schienen die Situation regelrecht zu genießen, andere, die vermut-

lich die ganze Nacht hier verbracht hatten, waren dabei, sich heillos zu besaufen. Durch die Fenster, die zum Rollfeld hinausgingen, konnte ich unsere Maschine sehen – eine 727, in deren Umkreis verdächtige Ruhe herrschte.

Habiba blieb stumm, aß aber voller Konzentration ihren Burger und ihre Pommes frites und fragte dann, ob sie ein Eis haben könne. Ich zwang mich zu essen und trank drei Tassen Kaffee, aber ich driftete immer wieder weg, den Blick starr auf die schwarzweißen Fußbodenfliesen geheftet. Die Was-Wenns, die durch meinen Kopf hallten, drohten den Lärm um uns herum zu übertönen. Als Habiba ihr Eis aufgegessen hatte, klemmte ich ein paar Scheine unter meinen Teller und sagte: »Laß uns mal nachfragen, ob sie schon genauer wissen, wann unser Flugzeug geht.«

Sie nickte, stand auf und schob ihre Hand in meine, als wir uns zum Gehen wandten.

Die Halle unten war noch voller, und die Stimmung wurde gereizter. Ein Mann im Busineßanzug schimpfte auf die Jugendlichen ein, weil sie den Durchgang versperrten; eine Frau in einem paillettenbesetzten T-Shirt schrie eine Schalterangestellte an. Ich strebte auf den Erster-Klasse-Schalter zu, aber Habiba sträubte sich und zerrte an meiner Hand. Ich guckte sie an und sah Panik in ihren Augen.

»Was? Wer ist da?«

»Einer von Onkel Klaus' Wächtern. Drüben, wo die Läden sind, bei dem Mann mit dem Besen.«

Ich guckte verstohlen hinüber. Ein großer Mann in einem Khaki-Hemd und Shorts redete mit einem Mann vom Reinigungsdienst. Er zeigte mit einer Hand Habibas Größe an, dann meine. Er beschrieb uns. Der Mann mit dem Besen runzelte die Stirn, nickte dann und zeigte auf die Treppe zum Restaurant. Der Mann im Khakizeug steckte ihm ein Trinkgeld zu und zwängte sich durch die Menge.

»Wir müssen hier raus.« Ich strebte auf die automatischen Türen zu. Habiba verharrte noch einen Moment auf der Stelle und hielt mich fest, dann trabte sie mit. Draußen standen Taxen am Bordstein aufgereiht; ich steuerte das nächststehende an, besann mich

dann aber eines besseren, als ich ein vertrautes Gesicht unter einer Dodgers-Kappe sichtete.
»Kenny! Erinnern Sie sich noch an mich?«
Er kniff die Augen zusammen. »... Sie sind die Lady, die ich zu Miss Altagracia gebracht hab.« Seine Miene war nicht sonderlich begeistert; er fürchtete wohl, ich wollte ihm noch mehr fromme Traktätchen aufdrängen.
»Können Sie uns wieder dorthin bringen? Für den doppelten Preis, weil wir zu zweit sind?«
»Na, klar doch, steigen Sie ein.«
Als Kenny die Fondtür hinter uns schloß, stöhnte Habiba: »Da ist Onkel Klaus, dort in dem Taxi! Er hat uns gesehen!«
Ich folgte ihrem ausgestreckten Finger. Es war tatsächlich Schechtmann, der aus einem grünen Datsun zu uns herüberstarrte. Kenny stieg ein, und ich beugte mich vor. »Sehen Sie den grünen Wagen dahinten, der gerade ausparkt? Er wird uns folgen. Können Sie ihn abhängen?«
Kenny sah zu dem Datsun hinüber und lachte. »Hat der Hund Flöhe? Das ist Eddie-die-Schnecke Frazier. Festhalten!«
Er parkte rückwärts aus und preschte, immer weiter im Rückwärtsgang, die Zufahrt entlang, die als Einbahnstraße in der Gegenrichtung markiert war. Wich in einem kühnen Bogen einer herannahenden Limousine aus. Rammte den ersten Gang rein und schoß in eine schmale Passage zwischen einem Gemischtwarenladen und einer Tankstelle, wobei er wie ein Irrer vor sich hinwieherte.
Ich sah Habiba an. Ihre Augen waren so lebendig, wie ich sie noch nie gesehen hatte, und ihre Lippen halb geöffnet.
Kenny jagte zwischen zwei Häuserzeilen hindurch. Bog mit quietschenden Reifen nach links in eine Nebenstraße ein. Ich spähte durchs Rückfenster – keine Spur von dem grünen Taxi.
»Eddie-die-Schnecke guckt immer noch, wie er aus dem Flughafen rauskommt«, versicherte mir Kenny.
Dann preschten wir in rasantem Tempo die Zufahrt eines knallig-pinkfarbenen Hotels hinauf. Die Palmen waren mit Weihnachtsgirlanden geschmückt, obwohl wir Mai hatten, und elektrisch illuminierte Gipsrentiere tollten über den Rasen. Kenny grüßte den Portier, der wie einer der fleißigen Helfer des Weihnachtsmannes

aussah, und wir folgten einer Lieferantenausfahrt. Als wir wieder aus dem Hotelgelände auftauchten, waren wir einen Häuserblock von der großen Durchgangsstraße entfernt.
»Klasse, was?« fragte unser Chauffeur.
»Ja!« rief Habiba – und lächelte tatsächlich.

20 Ziegen stoben auseinander und rannten davon, als Kenny in Regina Altagracias Hof einfuhr. Die Eingangstür des kleinen geweißten Hauses öffnete sich fast im selben Moment, und die große Frau trat heraus, eine Hand über die Augen gelegt. Jetzt, da ich ihren Vater kennengelernt hatte, sah ich die Ähnlichkeit: Sie hatten beide den gleichen langknochigen Körperbau, die gleiche gerade Nase und das gleiche kräftige Kinn. Und den gleichen stählernen Willen. Sie kam herüber, als Kenny hielt, und lugte zu uns herein.
Kenny fragte: »Soll ich warten?«
Ehe ich nein sagen konnte, erklärte Regina: »Ja. Ich bringe Ihnen etwas frischgepreßte Limonade.«
Der Taxifahrer bedachte sie mit einem Blick, der besagte, daß Limonade nicht sein Getränk war und sie ihm gefälligst ein Bier bringen solle. Dann lehnte er sich resigniert zurück und griff nach dem Radioknopf. Habiba und ich stiegen aus und folgten Regina ins Haus.
»Das ist also die junge Dame, derentwegen Sie den ganzen weiten Weg hierher gemacht haben«, sagte sie, beugte sich hinunter und hob Habibas Kinn so an, daß sie ihr Gesicht mustern konnte. »Freut mich sehr, dich kennenzulernen.«
Habiba guckte mißtrauisch und schwieg.
Ich sagte: »Ich glaube, Habiba ist müde. Das Unternehmen war ziemlich... abenteuerlich.«
»Verstehe. Möchtest du dich ein bißchen hinlegen, junge Dame?«
»Ja, bitte.«
»Dann komm mit. Ich bringe dich in mein Schlafzimmer, wo wir dich hören können, falls du irgendwas brauchst.« Sie nahm die

Kleine an der Hand und führte sie aus dem Zimmer. Habiba sah sich ängstlich nach mir um. Ich lächelte ihr beruhigend zu und fiel in einen Sessel.

Es schien zehn Jahre her, daß ich das letzte Mal in diesem Raum gewesen war – soviel war in den letzten achtzehn Stunden passiert. Achtzehn harte Stunden ohne Schlaf, dazu kaum etwas zu essen und die extreme Anstrengung. Und jetzt... Ich beugte mich vor und legte das Gesicht in die Hände, außerstande, mir vorzustellen, was noch vor uns lag.

Regina rief: »Ich bringe dem Fahrer die Limonade, dann können wir reden.«

»Ich denke, er braucht nicht zu warten. Wir werden wahrscheinlich noch eine ganze Weile hierbleiben.«

»Ja, ich habe von dem Streik gehört. Aber es ist besser, wenn er nicht wegfährt; er weiß, wo Sie sind, und sie könnten ihn kaufen.«

»... Stimmt.« Die Müdigkeit umnebelte meinen Verstand.

Regina durchquerte mit einem großen Plastikkrug den Raum, kam zurück und verschwand abermals in der Küche. Als sie wieder herauskam, hielt sie eine Flasche Brandy und ein Glas in den Händen. Ich starrte darauf.

»Ja, wir Siebenten-Tags-Adventisten lehnen Alkohol ab, aber dies hier dient nicht dem Vergnügen.« Sie goß mit der geübten Hand eines routinierten Bartenders ein. »Medizin. Schön austrinken.«

Sie war die Tochter ihres Vaters – durch und durch pragmatisch. Ich trank und fühlte, wie eine schleichende Wärme meinen ganzen Körper erfaßte.

Regina ließ sich in ihrem Lehnsessel nieder und stellte das Fußteil hoch. »Mein Vater hat vor einer Stunde angerufen und mir erzählt, daß Sie heil von Jumbie Cay weggekommen sind. Lloyd Fisher hat es ihm telefonisch durchgesagt, sobald er wieder auf Anguilla war.«

»Ist Ihr Vater okay?«

»Warum sollte er nicht okay sein?«

»Sie haben Habibas Verschwinden bemerkt, als wir noch vor Goat Point im Wasser waren. Ich habe befürchtet, Schechtmann würde ihm die Hölle heiß machen.«

Regina lächelte auf die gleiche verschmitzte Art wie ihr Vater. »Er

hat es versucht, aber Dad hat ihn vertrieben. Er hat seine Kanone geladen, sobald er wieder daheim war, und als Schechtmann kam, hat er gedroht, das Feuer zu eröffnen.«
»Du lieber Gott.«
Sie nickte mit einem leisen Lachen. »Als ich bei ihm gewohnt habe, hat mich seine verrückte Art rasend gemacht. Inzwischen weiß ich sie zu schätzen.«
Ich spürte, daß sich zwischen den Altagracias eine Versöhnung anbahnte, beschloß aber, mich jeden Kommentars zu enthalten, um sie nicht zu sabotieren. Sturköpfe wie Zebediah und seine Tochter – und ich – haßten es, wenn andere merkten, daß sie von irgendwelchen Positionen abrückten, und seien es die irrationalsten.
Reginas Lächeln verschwand. »Und jetzt erzählen Sie mir, was passiert ist. Das war doch nicht nur der ausgefallene Flug; das Kind ist ja zu Tode verängstigt, und Sie scheinen auch ziemlich mit den Nerven runter.«
Ich erzählte ihr, wie Schechtmann und seine Leute am Flughafen aufgetaucht waren. »Wir können unmöglich mit einem Linienflug von hier wegkommen, ohne daß sie uns abfangen.«
Sie schürzte die Lippen. »Und mit einer Chartermaschine?«
»Inzwischen ist bestimmt zu allen Chartergesellschaften durchgedrungen, was Cam Connors passiert ist. Ich bezweifle, daß ich noch irgend jemanden dazu kriege, mich irgendwohin zu fliegen.«
»Da haben Sie recht. Aber Lloyd Fisher, der könnte doch...«
»Zu riskant. Schechtmann hat vielleicht einen Hubschrauber oder ein Wasserflugzeug zur Verfügung; sie könnten das Schnellboot entdecken.«
»Hm.«
Wir schwiegen. Ich trank den Brandy aus, fühlte, wie mich eine abgrundtiefe Lethargie überkam. Ich wollte eine Woche schlafen. Ich konnte doch einfach sagen, rutscht mir den Buckel runter, und mich in dem Gebäude einigeln, wo Regina ihre Flüchtlinge versteckte...
Und wie lange würde es dauern, bis Klaus Schechtmann hinter die Allianz zwischen Zebediahs »bibelfester Tochter« und mir kommen würde? Das konnte ich Regina nicht antun – und auch Habiba und mir selbst nicht.

Ich setzte mich auf und schüttelte den Kopf, als Regina auf die Brandyflasche deutete. Ich mußte nachdenken; es galt, schnell etwas zu unternehmen.
»Sharon«, sagte sie plötzlich, »was ist mit Ihrem Freund?«
»Hy? Was ist...« Natürlich! Hy war in Santo Domingo. Ich hatte eine Kontaktnummer dort. Hy, der sich so gut darauf verstand, Leute aus bedrängten Situationen herauszuholen. Ich kramte in meiner Strohtasche und fand den Zettel, auf dem ich die Nummer notiert hatte. Regina deutete auf das Telefon, und ich ging hin und wählte.
Hy war nicht da.
Er sei vor zwei Stunden zum Flughafen gefahren, erklärte mir der Mann, der am Apparat war. Ich ließ mir die Nummer geben, rief am Fughafen an und bat, ihn auszurufen.
Und wartete.
»Wir versuchen es weiter.«
Bitte, sei da.
»Wir versuchen es weiter.«
Bitte!
»Tut mir leid, wir können – Augenblick, Ma'am.«
»Ripinsky?«
»McCone?«
»Gott sei Dank! Bist du okay?«
»Warum sollte ich nicht okay sein?«
»Renshaw sagte, du seist krank.«
»War ich auch, aber ich habe Pillen bekommen, und bis jetzt scheinen sie zu wirken. Wo bist du?«
»Auf St. Maarten, und ich brauche deine Hilfe.« Ich erklärte ihm kurz, was passiert war, seit ich San Francisco verlassen hatte. Als ich zu der Sache mit Cam Connors kam, schwang seine ganze Wut in dem einen kurzen Wort, das er ausstieß. Ich fuhr fort: »Und damit nicht genug – zuerst hatte ich Probleme, sie von Schechtmanns verflixter Insel wegzuschaffen, und jetzt sitze ich hier auf dieser Insel fest. Und früher oder später wird Schechtmann drauf kommen, wo wir sind. Vermutlich eher früher als später.«
»Verdammt unpassender Moment für einen Streik, aber er hat wohl auch sein Gutes; mich hast du hier erwischt, weil mein Flug auch ausgefallen ist.«

»Dann kannst du auch nicht von deiner Insel weg.« Ich lachte und hörte selbst den hysterischen Unterton.
»Natürlich kann ich hier weg. Sag mir eins: Gibt es irgendwo in deiner Nähe einen kleinen Flugplatz?«
Ich wandte mich an Regina. »Er will wissen, ob es hier irgendwo in der Nähe einen kleinen Flugplatz gibt.«
»Esperance, drüben bei Grand Case. Aber daran wird ihr Mr. Schechtmann auch gedacht haben.«
»Hast du gehört?« fragte ich Hy.
»Ja. Frag sie nach einer Landebahn – irgendwas, wo ich eine kleine Maschine runterbringen kann.«
»Eine Landebahn, Regina? Irgendwas?«
Sie überlegte. »Ein Mann, den ich kenne – kein richtiger Freund, aber jemand, dem ich vertraue – lebt auf einer ehemaligen Zuckerrohrplantage, auch in der Nähe von Grand Case. Der Vorbesitzer war Sportflieger und hat eine Landebahn angelegt; vielleicht ist sie ja noch benutzbar.«
Hy sagte: »Bitte sie, es herauszufinden. Wenn ja, soll sie nach der genauen Lage in Relation zu Esperance fragen und nach ein paar markanten Punkten. Ich rufe so in einer Viertelstunde zurück und checke solange die Möglichkeiten, eine Maschine zu mieten.«
»Okay.« Ich gab ihm Reginas Nummer und streckte ihr dann das Telefon hin.
Sie telefonierte des längeren auf französisch mit ihrem Bekannten und machte sich Notizen auf einem Block. Als sie wieder aufgelegt hatte, sagte sie: »Die Landebahn ist in schlechtem Zustand, aber Marcel meint, ein guter Pilot könnte dort landen. Er ist bereit, uns zu helfen, und er hat mir die markanten Punkte durchgegeben. Starten müssen Sie allerdings bei Tageslicht – zu riskant im Dunkeln. Ist das ein Problem?«
»Nein, Hy sucht gerade ein Mietflugzeug.«
Wir lehnten uns zurück, um auf seinen Anruf zu warten. Er kam mit fünfzehn Minuten Verspätung, aber dafür hatte Hy gute Nachrichten. »Ich habe eine Cherokee Hundertachtzig. Sie kostet ein Vermögen, aber das zahlt ja RKI. Gibt es eine Landebahn?«
»Ja.« Ich nahm Reginas Notizen zur Hand und schilderte ihm den Zustand.

»Kinderspiel. Lage?«
Ich beschrieb sie ihm und gab ihm die markanten Punkte durch.
»In zwei Stunden bin ich da.«
»Habiba und ich warten.«

Die Plantage war im achtzehnten Jahrhundert errichtet und im neunzehnten dem Verfall überlassen worden. Nebengebäude waren eingestürzt, Palmettos hatten die Felder erobert, und Moos hing schwer an den Bäumen. Nur das dunkle Steinhaus stand noch als Erinnerung an die Zeiten des Zuckerrohrs und der Sklaverei. Es war ebenfalls in schlechtem Zustand und von Ranken überwuchert; ein ausgeweideter Studebaker rottete im Garten vor sich hin.
Regina hatte darauf bestanden, daß wir uns von Kenny hinfahren ließen, und sie hatte mich vergattert, ihn auf keinen Fall bei unserer Ankunft zu bezahlen. Sie würde vielmehr das Geld an sich nehmen und es ihm erst dann geben, wenn wir in der Luft waren und er sie wieder zu Hause abgesetzt hatte. Der Taxifahrer zeigte wenig Neugier, was den Zweck unserer Fahrt anging; vermutlich dachte er, wir wollten zu der Pflanzung, um den jetzigen Bewohner zu missionieren. Er beschränkte sich darauf, bei der Einfahrt in das Gelände die Plantage als »Gammelbude« zu bezeichnen.
Als wir ausgestiegen waren, sagte Regina, ich solle mit Habiba im Schatten eines verwilderten Obstbaums neben dem Schrottauto warten. Sie ging zur Haustür, klopfte und redete ein Weilchen mit jemandem im Haus. Dann kam sie langsam durch die drückende Nachmittagshitze zu uns zurückgestapft.
»Marcel hat mir beschrieben, wie wir zu der Landebahn kommen. Er ist ein bißchen menschenscheu, deswegen kommt er nicht mit.« Sie sah auf das Taxi, schüttelte dann den Kopf. »Es ist ein ganzes Stück von hier. Es gibt einen Zufahrtsweg, aber wir haben die Zeit, hinzulaufen, und ich will nicht, daß der Fahrer die Maschine oder das Kennzeichen sieht.«
»Sie trauen ihm wirklich nicht.«
»Wie ich gestern schon sagte – ich kenne ihn nicht. Vorsicht mit Fremden ist mir inzwischen zur zweiten Natur geworden.«
»Aber mir haben Sie doch vertraut, als ich an Ihre Tür geklopft habe.«

»Auf der anderen Seite habe ich auch ein instinktives Gespür für Menschen entwickelt. Ich erkenne Leute von meinem Schlag.« Sie zeigte in Richtung Garten und marschierte los. Habiba, die kein Wort mehr gesagt hatte, seit sie vorhin bei Regina ein Glas Saft angenommen hatte, klammerte sich an mein Hosenbein. Ich drückte kurz ihre Schulter, froh, daß sie mich nicht an der Hand fassen wollte; nur keinen Körperkontakt bei dieser gottverdammten Hitze.

Jenseits des unkrautüberwucherten Gartens standen die Bäume dichter, und das Moos hing noch tiefer herab. Regina sagte: »Marcel hat alles ganz schön verkommen lassen.«

»Wie lange wohnt er schon hier?«

»Zehn Jahre.«

»Sieht aus, als wäre hier schon viel länger nichts mehr getan worden.«

»In den Tropen wächst alles schnell. Der Vorbesitzer hatte das Anwesen schon fast wiederhergerichtet; er wollte ein exklusives Urlaubshotel daraus machen.«

»Was ist aus ihm geworden?«

»Er ist tot.«

Habibas Hand krampfte sich um den Stoff meines Hosenbeins. Ich guckte hinunter und sah, daß sie den Kopf wieder gesenkt hielt. Mir war klar, daß das Wörtchen »tot« diese Reaktion ausgelöst hatte. Wir würden bald über den Tod ihrer Mutter reden müssen, ehe sie noch bleibende seelische Narben davontrug, weil sie das Erlebnis die ganze Zeit hinunterschlucken mußte.

Regina hatte es ebenfalls gemerkt. »Tut mir leid«, sagte sie leise.

Wir marschierten fast zwanzig Minuten durch dichten Dornwald und erreichten schließlich eine Schneise, durch die sich ein schmaler Asphaltstreifen zog. Ich starrte betroffen auf den rissigen, mit Schlaglöchern durchsetzten Belag. Ich hätte hier gar nicht landen können, hätte noch nicht mal den Versuch gemacht. Aber Hy hatte schon alle möglichen Flugzeugtypen unter allen möglichen Bedingungen sicher heruntergebracht. Er würde es schaffen.

Regina wischte sich den Schweiß von der Stirn. Ich mußte an den langen Fußmarsch zum Taxi denken, den sie noch vor sich hatte. »Werden Sie's schaffen?«

Sie lächelte. »Wie man an meinem Vater sieht, sind wir Altagracias ein zählebiger Schlag.«
»Trotzdem – tut mir leid, daß wir Ihnen das alles zumuten.«
»Lieber das hier, als an die Türen von Leuten zu klopfen, die nichts von Gottes Wort hören wollen. Ich bin schon vor langer Zeit zu dem Schluß gelangt, daß man seine Botschaft besser durch die Tat verbreitet als durch fromme Reden und Schriften.«
Wenn mein Leben anders verlaufen wäre, hätte sie mich vielleicht bekehren können, aber Gläubigkeit war nicht mein Ding. Wobei ich nichts gegen Religion hatte, schon gar nicht, wenn Leute wie Regina in ihrem Namen Gutes taten.
Wir warteten und schmorten unter den Bäumen, die den Asphalt unterwanderten. Habiba ließ mein Hosenbein los und setzte sich hin, an einen Palmettostamm gelehnt. Unser Kommen hatte die Vögel aufgescheucht, und um uns war drückende Stille. Ich sah auf die Uhr. Wie lange noch?
Die Minuten zogen sich endlos. Ich hörte ein Rascheln im Dornwald und fuhr herum. Es hielt ein Weilchen an, verstummte dann. Ich sah auf Regina, die aufrecht dastand und sich mit der Hand Luft zufächelte. Kein Grund zur Aufregung, befand ich. Regina kannte diese Art Gelände; auf ein verdächtiges Geräusch hätte sie bestimmt reagiert. Ich sah mich trotzdem immer wieder um, ohne irgend etwas ausmachen zu können, bis ich von Westen her ein Brummen hörte.
Ein kleines Flugzeug tauchte über den Bäumen auf. Habiba sprang auf und guckte empor, die Hände über die Augen gelegt. Regina war offenbar in eine Art Hitzetrance gefallen; jetzt kam sie zu sich, und ihr Mund verzog sich zu einem breiten Lächeln.
Die Cherokee war weiß und schnittig. Sie schwebte in stetem Winkel auf die Landebahn herab. Bald würden wir in der Luft sein, unterwegs zu einem Zielort, wo wir unserem sicheren Zuhause schon ein gutes Stück näher wären.
Das Fahrwerk war draußen und die Landeklappen partiell ausgeschlagen. Die Maschine näherte sich dem Beginn der Rollbahn. Startete durch und gewann wieder Höhe.
Regina und Habiba sahen mich ängstlich an.
»Er guckt sich die Bahn an«, erklärte ich ihnen.

Die Maschine flog eine Schleife und näherte sich wieder. Habiba packte meine Hand und tat einen kleinen Luftsprung. Die Cherokee schwebte stetig herab, die Klappen jetzt ganz ausgeschlagen. Sie glitt dicht über der Rollbahn dahin und setzte ziemlich weit hinten auf. Als sie wendete und auf uns zurollte, pellte ich Habibas Finger von meinen und rannte los.

Die Cherokee hielt; der Propeller wurde auf Segelstellung gefahren und der Motor abgestellt. Die Tür öffnete sich, und Hy steckte den Kopf heraus. »Will jemand mit auf die Florida Keys?« rief er.

Dritter Teil
Die Reise

26.–28. Mai

21 Durch ein Dachfenster schien die Sonne herein und brannte auf meiner Haut. Feuchtheiße, stickige Luft. Noch mehr Insektenstiche.

Ich muß hier raus. Muß zu Habiba, sie in Sicherheit bringen.

Nein, halt. Ich bin in Sicherheit, und sie auch. Wir sind nicht mehr in der Karibik.

Ich setzte mich auf und sah mich um. Ein kleiner weißer Raum, Trödelmobiliar, Doppelbett, die Kuhle von einem Kopf im anderen Kissen. Hys Abdruck. Aber wo…?

Ach ja.

Wir waren im Haus eines weiteren alten Kumpels von ihm, der bei unserer Ankunft gestern abend nicht da gewesen war und dessen Namen Hy mir nicht verraten hatte. Auf einer der kleinen Florida Keys – gerade groß genug für ein paar Häuser und die Rollbahn, auf der wir gelandet waren. Hy hatte mir auch den Namen der Insel nicht gesagt, und an seiner verschlossenen Art hatte ich gemerkt, daß hier irgend etwas lief, was möglicherweise nicht legal war. Ich wollte nicht wissen, was; ich hatte auch so schon genügend Sorgen.

Ich stand auf, trat ans Fenster und drückte die Lamellen der Jalousie auseinander. Unglaublich aquamarinfarbenes Wasser und ein gammliger Bootssteg. Zwei Gestalten, die am äußersten Ende saßen und die bloßen Füße überm Wasser baumeln ließen. Hy und Habiba. Sie redete, und er hörte aufmerksam zu, wobei er ab und zu nickte.

Sollte ich sie stören? Lieber nicht, sonst würde Habiba womöglich wieder in dieses beängstigende Schweigen zurückfallen. Und außerdem hatte ich genug zu tun.

Zuerst duschen. Dann wieder in meine dreckigen, zerknautschten Klamotten fahren. Dann auf die Suche nach einem Telefon gehen.

Das Telefon befand sich in einer Küche, die aussah, als ob Hys Freund allein lebte. Ein Mülleimer war mit Fast-food-Pappschälchen vollgestopft; in der Spüle standen Bierflaschen, durch eine Ameisenstraße verbunden. Ich bin selbst keine besonders ordentliche Hausfrau, aber der Geruch in dieser Küche hätte mich zu einer dreitägigen Putzorgie getrieben. Ich öffnete ein Fenster, um wenigstens etwas davon hinauszulassen, und rief auf Kreditkarte Greg Marcus an.

»Wird auch Zeit, daß du dich mal wieder meldest«, sagte er. »Bist du zurück?«

»Nein.«

»Wo dann?«

»Kann ich dir nicht sagen.«

»Wieso ist das so streng geheim?«

»Wenn ich dir das sagen würde, wär's ja nicht mehr geheim, oder? Hast du nach Adah Joslyn geguckt?«

»Ja. Sharon, wir haben da... ein Problem.«

Schlechte Nachrichten, wenn Greg das Wort »Problem« in diesem Ton benutzte. »Erzähl.«

»Tja, in ihrer Wohnung habe ich nichts Ungewöhnliches entdeckt, außer einer riesigen Katze, die ein Loch in einen Sack Friskies gefetzt und das ganze Zeug aufgefressen hatte. Hat mir fast die Hand zerfleischt, als ich ihr eine Dose Thunfisch geöffnet habe.«

Armer Charley!

»Aber jemand«, fuhr er fort, »der behauptet, er sei der Diplobomber, hat im Techno-Web verkündet, daß er Joslyn als Geisel genommen hat. Er sagt, er wird seine Forderungen bald bekanntgeben.«

Großer Gott. »Woher wißt ihr, ob er's wirklich ist? Könnte doch auch ein Computerfreak sein, der üble Scherze macht. Hat er irgendwelche Beweise geliefert, daß er sie wirklich hat?«

»Nein, aber solange das Gegenteil nicht erwiesen ist, müssen wir ihn ernst nehmen. Und wenn er sie nicht hat, wo steckt sie dann?«

Voller Schuldgefühle dachte ich an Adahs Pistolen, die in dem Stahlkästchen lagen, das auf dem Boden meines Wäscheschranks festgenietet war. Wenn das, was sie auf meinen Anrufbeantworter gesprochen hatte, stimmte, hatte sie es unbewaffnet mit dem Bomber aufgenommen – und das war meine Schuld. »Und was habt ihr bisher unternommen?« fragte ich.

»Ed Parkhurst, der Leiter der Sonderkommission, trifft alle Vorbereitungen, um sie da rauszukriegen, sobald der Bomber seine Forderungen stellt; unser Chef überwacht das Ganze. Für den Fall, daß der Kerl Geld will, ist eine Absprache mit der Zentralbank getroffen worden, und die Leute von der Kommission arbeiten rund um die Uhr daran, den Kerl zu identifizieren. Der Herausgabebefehl für die Liste der Web-Kunden wurde ihnen gestern verweigert, aber jetzt sieht alles ganz anders aus, und sie haben es noch mal versucht. Wir gehen davon aus, daß er Lösegeld fordern wird...«

»Er will kein Geld.«

»Was dann?«

Ich ahnte es, aber noch nicht klar genug. »Greg, ich muß Schluß machen.« Ich unterbrach die Verbindung.

Adah in den Händen des Bombers. Mein Gott. Was würde er mit ihr machen? Wie ging es ihr jetzt? Sie würde sicher nicht zusammenbrechen. Würde ihm ihre Angst nicht zeigen, was auch passierte. Arme Adah – so großspurig-cool angesichts des jähen Endes ihrer Karriere, emotional ohnehin schon auf dünnem Eis. Und jetzt auch noch in den Händen eines Mannes, der mit Menschenleben spielte, der blind getötet hatte, wieder töten würde...

Was genau hatte sie auf meinen Anrufbeantworter gesprochen? »Ich bin zufällig auf eine Spur in der Bombersache gestoßen, und zwar unangenehmerweise quasi vor der Haustür. Ich werde dem jetzt nachgehen. Ich wollte, du hättest dir meine Waffen nicht unter den Nagel gerissen.«

Wenn Adah meinetwegen hatte sterben müssen, würde ich mir das nie, nie verzeihen.

Nun hol nicht gleich dein härenes Hemd raus, McCone. Tu was. Setz an diesem Motiv an, das du vage ahnst.

Ich nahm den Hörer ab und rief in meinem Büro an.

»Shar!« Micks Stimme war eine Oktave höher als sonst. »Hast du das mit Adah schon gehört? Ihre Mutter hat angerufen, und dann auch noch ihr Vater. Sie sind beide völlig durchgedreht.«

»Kann ich mir vorstellen. Wenn sie wieder anrufen, sag ihnen, wir verfolgen eine vielversprechende Spur. Das ist nicht gelogen; du mußt bitte noch ein paar Daten für mich prüfen. Bring Charlotte Keim dazu, daß sie dir hilft. Hast du was zu schreiben?«

»Ja, aber wo...«
»Keine Zeit für Fragen. Sieh zu, daß du das hier erledigst.«

Als Hy und Habiba meine Schritte auf dem Steg hörten, drehten sie sich um. »Wir dachten schon, du wachst überhaupt nicht mehr auf«, sagte er, faßte mich ums Fußgelenk und drückte es.
»Ihr zwei seid wohl schon seit Sonnenaufgang auf.«
»Fast, stimmt's, Habiba?«
Sie nickte und lächelte schüchtern.
Ich setzte mich neben sie und ließ ebenfalls die Beine baumeln.
Hy sagte: »Ist zu schön hier, um den ganzen Vormittag zu verschlafen. Ich werde gleich mit Habiba eine kleine Motorboot-Spritztour machen. Komm doch mit, wenn du magst.«
»Demnach brechen wir nicht sofort auf?«
»Ich habe uns für fünf Uhr vierzig einen Flug ab Key West gebucht.«
»Linienflug?«
»Ja. American Eagle. Der Streik ist beendet, und wir kriegen in Miami einen Anschlußflug nach San Francisco.«
»Gut. Wo ist dein Freund? Immer noch nicht da?«
»Er kam heute morgen ganz früh und bringt jetzt gerade die Cherokee nach Santo Domingo zurück.«
»Nett von ihm.«
»Er schuldet mir einen Gefallen.«
»Wie Cam Connors.«
Hys Kiefermuskeln spannten sich. »Verderben wir uns diesen wunderbaren Morgen nicht damit. Also, was ist? Willst du mit?«
»Ich glaube nicht. Ich möchte Renshaw anrufen, um ihm zu sagen, daß alles okay ist, und ich warte auf einen Rückruf von Mick.«
Er zog fragend die Augenbrauen hoch.
Ich schüttelte den Kopf und deutete auf Habiba; sie starrte ins Wasser, schien aber aufmerksam zuzuhören.
»Okay, wie du willst. Wir sind so in zwei Stunden wieder da.« Er stand auf und streckte der Kleinen die Hand hin. »Auf geht's, Matrose.«
Ich sah ihnen nach, wie sie über den Steg zurückgingen und dann am Strand zu einem alten Boot mit Außenbordmotor stapften, das un-

ter einer Gruppe Mangroven auf dem Sand lag. Dann stand ich auf und ging ins Haus.

Ich war wieder draußen auf dem Steg, als sie zurückkamen. Habiba hatte einen neuen breitkrempigen Strohhut auf, der eher meine Größe war als ihre; ihr Gesicht darunter war sonnenverbrannt und erschöpft. Hy sah nicht viel besser aus. Habiba winkte mir zu und trottete zum Haus. Hy kam mit einer Einkaufstüte den Steg entlang.

»Alles okay mit ihr?« fragte ich, als er sich neben mich setzte.

»Sie ist nur müde. Ich habe sie reingeschickt, ein Mittagsschläfchen machen.«

»Und wie geht's dir?«

»Ging schon besser.«

»Fiebrig?«

»Bißchen.« Er tätschelte mein Knie. »Keine Sorge, McCone. Es dauert nur, bis die Tabletten wirken.«

Das genau beunruhigte mich ja, aber ich sagte nur: »Du solltest besser zu deinem Hausarzt gehen, sobald wir daheim sind. Was ist da in der Tüte?«

»Frische Klamotten für euch beide. Wir waren noch eben im Marathon.«

Ich öffnete die Tüte und kramte den Inhalt durch. Die Größe der Jeans, T-Shirts, leichten Stoffjacken und Turnschuhe stimmte. »Danke. Das war ein gutes Werk.«

»Bitte. Habiba hat mir beim Aussuchen geholfen; sie war sehr wählerisch bei deinen Sachen.«

»Komisches Kind. Ich habe sie heute morgen mit dir reden sehen. Hat sie dir von ihrer Mutter erzählt?«

»Ja. Die Kleine ist in den letzten Tagen durch die Hölle gegangen.«

»Hat sie gesehen, was mit Mavis passiert ist?«

»Nein. Sie war unter Deck in der Hauptkajüte, aber sie hat Schechtmann und ihre Mutter kurz vor dem Ablegen streiten hören. Sie hat einen dumpfen Schlag gehört, dann war alles ruhig, und kurz darauf kam Schechtmann runter und erklärte ihr, Mavis habe ihre Meinung geändert und wolle doch nicht mitkommen. Das hat Habiba in Panik versetzt, und sie wollte zurück an Land, aber Schechtmann sagte, es sei zu spät, und schloß sie in der Bugkajüte ein. An dem Punkt hat sie wohl geahnt, was passiert war, aber sie wollte es nicht glauben.«

»Inzwischen weiß sie es aber.«

»Schechtmann hat es ihr gesagt, als sie auf Jumbie Cay waren. Er hat ihr erklärt, es sei ein Unfall gewesen.«

»Klingt eher nach Mord.«

»Ja, und Habiba ist eine potentielle Zeugin. Das erklärt, warum der gute Onkel Klaus sie nicht von der Insel lassen wollte – und warum er vermutlich alles daransetzen wird, sie wieder zurückzuholen. Hast du mit Renshaw gesprochen?«

»Ja. Ich wußte die Flugnummer nicht, deshalb müssen wir ihn noch mal anrufen und ihm unsere Ankunftszeit durchgeben, wenn wir in Miami zwischenlanden. Zu Hause schickt er uns einen Wagen zum Flughafen. Ich habe auch mit Greg Marcus telefoniert.« Ich erklärte ihm die Sache mit Adah. »Ich warte immer noch auf Micks Rückruf. Er checkt ein paar Daten für mich, und wenn dabei das herauskommt, wovon ich vermute, daß es herauskommen wird, weiß ich schon mehr über das Motiv des Bombers.«

»Ach?«

»Ja, aber ich möchte nicht drüber reden, ehe ich mir nicht sicher bin.« Ich sah auf meine Armbanduhr. »Er braucht ganz schön lange.«

»Warum rufst du ihn nicht an?«

»Nein, wir sind ja heute nacht wieder in San Francisco. Das ist noch früh genug.«

Um fünf Uhr hatte ich Kopfschmerzen von der Hitze, die im Flughafen von Key West herrschte. Um mich davon abzulenken, widmete ich mich Habiba, während Hy das Einchecken übernahm. Als ich Habiba aus ihrem Mittagsschlaf geweckt hatte, hatte sie eng zusammengekrümmt auf dem Bett im Zimmer neben unserem gelegen; jetzt sah sie aus, als wollte sie sich am liebsten gleich wieder auf dem Fußboden zusammenrollen.

»Freust du dich, daß du deine Omi morgen wiedersiehst?« fragte ich sie.

Sie schüttelte den Kopf. »Sie ist bestimmt böse auf mich. Es ist alles meine Schuld.«
»Habiba, gar nichts ist deine Schuld.«
»Doch.«
»Warum?«
»Mein Dad hat das gesagt. Er hat gesagt, wenn ich nicht auf die Welt gekommen wäre, hätten er und Mom sich weiter vertragen, und dann wären tausend schlimme Sachen gar nie passiert.«
Tausend schlimme Sachen – zum Beispiel, daß er Chloe Love ermordet hatte und daß Schechtmann Mavis umgebracht hatte. Der Mistkerl hatte kein Recht, seine Schandtaten diesem seelisch mißhandelten Kind in die Schuhe zu schieben!
Ich hockte mich hin und nahm sie in die Arme, wobei ich mehr Knochen als Fleisch spürte. »Weißt du«, sagte ich, »Väter haben nicht immer recht. Manchmal ist bei ihnen... irgendwas nicht ganz in Ordnung, und sie sagen Dinge, die nicht stimmen. Weißt du noch, wie dein Dad gesagt hat, die Haifische würden dich fressen, wenn du versuchen würdest, von Jumbie Cay wegzuschwimmen?«
»...Ja.«
»Und haben uns die Haifische gefressen?«
»Nein.«
»Siehst du?«
Hy trat von hinten an uns heran. »Das Boarding geht in zwanzig Minuten los.«
Habiba erstarrte.
Ich sagte: »Das ist doch nur Hy...«
»Nein, da ist mein Dad.«
Ich drehte den Kopf und guckte an Hy vorbei. Dawud Hamid stand am Abfertigungspodium und sprach mit der Angestellten. Sie runzelte die Stirn und schüttelte den Kopf. Er beugte sich vor und schlug beim Reden mit der flachen Hand auf den Schaltertisch.
Er fragte, ob jemand mit einem Kind von Habibas Größe und Aussehen eingecheckt hatte. Gott sei Dank rückte die Fluglinie keine derartigen Informationen heraus!
Aber woher zum Teufel wußte er, daß wir von Key West abfliegen würden?

Hy hatte sich ebenfalls umgesehen. Jetzt trat er zwischen den Schalter und uns. Er streckte Habiba die Hand hin, und sie nahm sie. Hielt sie krampfhaft fest, als sie sich umdrehten und losgingen, weg vom Gate. Ich folgte ihnen und hielt mich dicht hinter Habiba, um sie zu Hamid hin abzuschirmen.

Auf halbem Weg zur Sicherheitskontrolle verschwand Hy in einem Seitenflur, der zu einer Personaltür führte. Ich schlüpfte hinterher.

»Ist es Hamid?« fragte er.

»Ja. Laß uns erst mal schauen, was er tut.«

Habiba stand zwischen uns, und ihre panikgeweiteten Augen huschten zwischen unseren Gesichtern hin und her. »Er darf mich nicht wieder zurückbringen. Bitte!«

»Auf gar keinen Fall«, sagte Hy fest.

Ich nahm ihr den viel zu großen Strohhut vom Kopf, raffte mein Haar hoch und drückte den Hut darauf. Dann spähte ich zum Gate hinüber. Hamid kam den Flugsteig entlang, das gutgeschnittene Gesicht vor Ärger verzerrt.

Ich gab Hy und Habiba ein warnendes Zeichen. Trat, als Hamid vorbei war, hinaus und schlug dieselbe Richtung ein. Seine Bewegungen waren ruppig und eckig. Er streifte eine alte Frau, die sich mit zwei Reisetaschen abschleppte, und hielt es nicht mal für nötig, sich zu entschuldigen. Als er die Halle mit den Ticketschaltern betrat, schien er ruhiger zu werden; sein Gang wurde sicher und geschmeidig – der Gang eines Raubtiers.

Auf dem kleinen Flughafen herrschte zu dieser frühen Abendstunde verschlafene Stille. Die Saison war vorüber, die Hitze drückend; die paar Menschen im Abfertigungsgebäude bewegten sich wie in Zeitlupe. Ich hielt einen sicheren Abstand zu Hamid und schlenderte zu einer Reihe Telefonkabinen.

Er ging zum American Eagle-Schalter. Zückte großspurig eine Kreditkarte und deutete zu dem Abflugkorridor hinüber.

Er wollte unseren Flug nehmen.

Die Schalterangestellte nahm die Kreditkarte. Sie zog sie durch ein Ablesegerät und stellte Ticket und Bordkarte aus. Hamid nahm beides an sich und kam auf die Telefone zu; ich schlüpfte in eine der Zellen und beobachtete, wie er ein kurzes Telefonat führte. Danach

ging er geradewegs zu dem Gate, wo das Boarding für unsere Maschine bereits begonnen hatte.
Hy und Habiba standen immer noch in dem kleinen Seitenflur. Er hockte vor der Kleinen, die Arme um sie gelegt. Sie preßte ihr Gesicht an sein Hemd. Ich strich ihr leicht über den Kopf und sagte zu Hy: »Gib mir mein Ticket.«
»Was?«
»Hamid nimmt diesen Flug; ich werde es ebenfalls tun. Du und Habiba, ihr schnappt euch ein Taxi und nehmt euch ein Zimmer im nächsten Hotel.«
»McCone...« Er zögerte kurz, streckte mir dann den Umschlag mit dem Ticket hin. »Ich werde dich in Miami ausrufen lassen.«

Das Flugzeug war eine Turboprop, dreißig Plätze maximal. Zu klein, um inkognito zu reisen. Ich zog den Strohhut tiefer in die Stirn, während ich auf das Gate zuging. Hamid hatte bereits den Asphalt überquert und stieg die Gangwaystufen hinauf. Als ich der Frau am Gate meinen Boardingpaß hinstreckte, fragte ich, indem ich auf Hamid zeigte: »Dieser gutaussehende dunkelhaarige Typ, der da gerade einsteigt – wissen Sie zufällig, wo er sitzt?«
Die Bodenstewardeß grinste und zwinkerte mir zu. »Sie haben ihn also auch bemerkt. Vorletzte Reihe, und Sie sitzen ganz vorn. Versuchen Sie, mit jemandem zu tauschen, sobald Sie auf Reisehöhe sind.«
»Danke.« Ich eilte nach draußen, eine Hand auf dem Hut. Als ich zu der Maschine hinüberging, machte ich mich möglichst klein; an Bord hielt ich den Kopf gesenkt. Mein Platz war in der zweiten Reihe, und ich schlüpfte rasch hinein. Kringelte mich zusammen, die Füße auf dem Nebensitz, wo Habiba hätte sitzen sollen, und zog mir den Hut ganz ins Gesicht.
Der Flug dauerte neunundvierzig Minuten und verlief ohne besondere Ereignisse. Ich war als erste draußen und im Flughafengebäude, wo ich in der nächsten Telefonkabinenreihe Posten bezog. Hamid kam durch das Gate, blieb stehen und sah sich ungeduldig um. Ein Mann trat auf ihn zu und streckte ihm die Hand hin. Sie konferierten kurz und gingen dann den Ankunftskorridor entlang. Ich wartete kurz und folgte ihnen dann.

Es heißt, Mitglieder der High Society und Kriminelle erkennen ihresgleichen sofort. Vielleicht gilt das auch für Ermittler. Alles an diesem unauffälligen grauhaarigen Mann in leichter Sommerkleidung sagte mir, daß er Privatdetektiv war.
Sie gingen durch einen Korridor zu der Halle, wo die American-Flüge starteten, betraten eine Cocktaillounge und setzten sich an einen Tisch gleich an dem Geländer, das den Servicebereich zur Halle hin abgrenzte. Ich ging weiter zum nächsten Gate, wo gerade ein Flugzeug ankam, und mischte mich unter die Wartenden. Hamid schien gereizt und sah sich immer wieder nach einer Bedienung um; schließlich kam eine und nahm ihre Bestellung auf.
Ich versuchte gerade abzuschätzen, wie nahe ich mich an sie heranwagen konnte, ohne entdeckt zu werden, als plötzlich ein vertrauter Name über Lautsprecher ausgerufen wurde: »...Hy Ripinsky. Hy Ripinsky bitte ans Telefon...«
Kluges Bürschchen. Ich lächelte und begab mich zu den Servicetelefonen, ohne Hamids Tisch aus den Augen zu lassen. »Wo bist du?« fragte ich, als ich Hy an der Strippe hatte.
»Im Ramada gleich beim Flughafen.« Er gab mir die Nummer.
»Ich rufe dich zurück.«
Die Serviererin stellte jetzt Drinks auf den Tisch. Sie bot ihnen Popcorn an, aber Hamid verscheuchte sie mit einer Handbewegung. Ich ging zu einem Münztelefon, von dem aus ich die Bar besser im Blick hatte, und führte meine Kreditkarte ein. Drückte die Nummer, die Hy mir gegeben hatte, und beobachtete währenddessen, wie die beiden Männer miteinander sprachen. Hamid gestikulierte unwirsch. Sein Gesprächspartner hörte zu und antwortete ruhig und gelassen, so wie ich es selbst tat, wenn ich es mit einem Klienten zu tun hatte, der unbillige Ansprüche stellte, den ich aber nicht verlieren wollte.
»Also, was tut sich, McCone?«
»Hamid hat sich mit jemandem getroffen, von dem ich mir zu neunundneunzig Prozent sicher bin, daß er Privatdetektiv ist. Sie sind jetzt in der Halle, wo die Flüge nach San Francisco abgehen, also will er vermutlich dorthin. Wie geht's Habiba?«
»Sie ist wieder in ihre Einsilbigkeit verfallen.«
»Beunruhigt es dich?«

»Nicht besonders. Ich würde mich an ihrer Stelle genauso verhalten.«
»Und wie geht's dir?«
»Besser.«
Hamids Tischgenosse redete jetzt, wobei er seine Worte mit den Händen untermalte. Er deutete zu der Halle hinüber, wo der American-Eagle-Flug angekommen war, dann in Richtung Rollfeld. Hamid schüttelte den Kopf, sprach intensiv auf den anderen Mann ein und klopfte dabei mit dem Zeigefinger auf den Tisch.
»McCone?«
»Sieht aus, als ob das Treffen nicht besonders zufriedenstellend verläuft. Hamid ist ziemlich sauer.«
Der Detektiv wartete, bis Hamid seine Tirade beendet hatte, machte dann eine begütigende Geste und hob an, etwas zu sagen. Hamid fiel ihm heftig ins Wort – ein Ultimatum, dachte ich. Der Mann schüttelte den Kopf. Hamid stand auf, und jetzt drangen seine Worte bis zu mir herüber: »Ich habe keine Zeit, mir Ihre Entschuldigungen anzuhören. Sie sind gefeuert!« Dann marschierte er aus der Lounge und die Halle entlang zu dem Gate, wo der Flug nach San Francisco abging.
»Sieht aus, als ob er an Bord geht«, sagte ich zu Hy, »aber ich will mich vergewissern. Ich rufe dich bald wieder an.«
Der Privatdetektiv saß immer noch an dem Tisch; sein Gesichtsausdruck war bedauernd und zugleich leise amüsiert. Ich guckte die Halle hinunter und sah, wie Hamid sich durch das Gedränge vor dem Boarding-Schalter zwängte. Er hatte seinen Zorn jetzt notdürftig gezügelt, aber sein Gesicht ließ die Leute zur Seite weichen. Er wedelte dem Mann am Gate mit seinem Boardingpaß vor der Nase herum und eilte die Fluggastbrücke entlang.
Ich verließ die Telefonzelle und ging in die Cocktaillounge.
Hamids Privatermittler bestellte soeben noch ein Bier. Es schien ihn nicht sonderlich zu bekümmern, daß er gerade gefeuert worden war, und er wirkte auch nicht weiter überrascht, als ich mich zu ihm setzte.
»Ordentliche Observierung, Ms. McCone. Mein Klient hat nichts mitgekriegt, und ich hätte Sie auch nicht bemerkt, wenn ich Sie nicht kennen würde.«

Ich runzelte die Stirn. »Sind wir uns schon mal begegnet?«
»Vor etlichen Jahren, beim Kongreß des Ermittlerverbandes in San Diego. Ich bin dort nicht weiter in Erscheinung getreten, aber Sie haben ziemlichen Eindruck gemacht, wegen dieses Mordfalls, den Sie und Ihr Kollege aus San Francisco – den Namen habe ich leider vergessen – so brillant geklärt hatten.«
»Verstehe. Wenn Sie mich entdeckt haben, wieso haben Sie Hamid dann nichts gesagt?«
»Er und seine Geschäftspartner sind nicht an Ihnen interessiert, nur an der Kleinen, und von der ist keine Spur zu sehen. Und außerdem ist Hamid ein Hornochse und gewalttätig obendrein; er wäre wahrscheinlich auf der Stelle auf sie losgegangen. Und solche Scherereien kann ich nicht brauchen.«
»Das mit der Gewalttätigkeit stimmt allerdings, Mr....?«
Er zog eine Geschäftskarte heraus: Kent Maynard, Maynard und Partner, Boca Raton.
»Mr. Maynard, gehe ich recht in der Annahme, daß Mr. Hamid Sie eben gefeuert hat?«
Er lächelte und griff nach dem Bier, das die Bedienung gerade vor ihn hinstellte. Auf seinen fragenden Blick hin schüttelte ich den Kopf. Er schickte die Kellnerin mit einer Handbewegung weg. »Er kann mich nicht feuern.«
»Warum? Weil Ihr eigentlicher Auftraggeber Klaus Schechtmann ist?«
Maynard lächelte nur und trank von seinem Bier.
»Hat Hamid Ihnen gesagt, warum er nach San Francisco will?«
»Das ist nicht ganz klar. Scheint, als ob er uns wild dazwischenfunkt und mehr Schaden stiftet als nützt.«
»Warum ist Schechtmann dann nicht mitgekommen, um ihn an der Kandare zu halten?«
»Das können Sie sich wohl selbst beantworten.«
Maynard wußte also von dem Haftbefehl gegen Schechtmann. »Haben Sie vorher schon für Schechtmann gearbeitet?«
»Außenstände eingetrieben.«
Sprich: Spielschulden. Kent Maynard war nicht der sanftmütige Mensch, der er schien. »Ich nehme an, er hat Ihnen gesagt, es gehe hier um einen Sorgerechtsstreit.«

Er nickte.
»Es wäre besser für Sie, Sie wären gefeuert worden. So simpel ist das nicht. Die Mutter des Kindes wurde getötet...«
Er streckte mir die erhobene Hand entgegen wie ein Verkehrspolizist. »Ich will nichts wissen.«
Typisch für den Ermittlertyp der neunziger Jahre, und eine Haltung, mit der ich es vermutlich zu mehr gebracht hätte. »Das kann ich mir denken. Und da Sie ja sehen, daß ich das Kind nicht habe, brauchen Sie sich auch nicht weiter für mich zu interessieren, oder?«
Er lächelte. »O doch, Ms. McCone, ich interessiere mich ganz erheblich für Sie. Ich gehe davon aus, daß Sie das Kind bei sich hatten, als Sie Hamid in Key West bemerkt haben. Sie haben es irgendwo versteckt, vermutlich zusammen mit Ihrem Fliegerfreund, und Sie haben die Absicht, wieder zu den beiden zu stoßen. Und ich meinerseits habe die Absicht, Ihnen auf den Fersen zu bleiben – dicht auf den Fersen.«
Er wußte von Hy.
»In diesem Moment«, fuhr er fort, »klappern meine Leute gerade die Hotels, Chartergesellschaften und Flugzeugvermietungen von Key West ab. Außerdem observieren wir den Flughafen hier und auch den von Orlando, den einzigen anderen Ort, wo sie mit einem Linienflug landen könnten.«
»Warum erzählen Sie mir das alles? Ich kann doch Kontakt mit ihm aufnehmen und ihn warnen.«
»Ich erzähle es Ihnen, um Ihnen klarzumachen, wie hoffnungslos Ihre Lage ist – und wie gründlich und finanzkräftig wir sind. Bitte sehr, warnen Sie Ihren Freund. Längerfristig nützt Ihnen das gar nichts. Warum ersparen Sie sich nicht eine Menge Ärger, indem Sie mir das Kind übergeben?«
Ich ignorierte diese Frage. »Mein Fliegerfreund – woher wissen Sie von ihm?«
Er schüttelte den Kopf und lächelte wieder.
Egal, wie er das mit Hy herausgefunden hatte – seinen Namen wußte er jedenfalls nicht, sonst hätte er bemerkt, daß er vorhin ausgerufen worden war. Und er hätte es sich bestimmt nicht nehmen lassen, es mir jetzt unter die Nase zu reiben. Das war kein großer Vorteil, aber immerhin etwas.

Ich ahnte, wie Schechtmann und Hamid dahintergekommen waren, daß wir die Florida Keys angeflogen hatten: Kenny, der Taxifahrer, hatte unseren Besuch auf der alten Zuckerplantage doch nicht so gleichgültig hingenommen, wie ich gedacht hatte. Er war uns durch den Dornwald gefolgt, hatte Hy fragen hören, ob jemand mit auf die Keys wolle, und hatte dann später über seinen Taxifahrerkollegen Eddie-die-Schnecke Frazier Kontakt mit Schechtmann aufgenommen. In einem Touristengebiet, wo der Lebensstandard der Einheimischen niedrig ist, wittern die Menschen die geringste Profitmöglichkeit, und sie verkaufen alles, was ihnen zufällig unterkommt.
Ich hätte dem Geraschel dort im Dornwald doch mehr Aufmerksamkeit schenken sollen. Aber ich würde aus diesem Fehler lernen und von jetzt an doppelt wachsam sein.
Maynard sagte: »Warum sagen Sie mir nicht einfach, wo die Kleine ist? Rücken Sie sie heraus, und fliegen Sie nach Hause. Niemand will etwas von Ihnen oder Ihrem Freund.«
Von wegen. Maynard mußte ein Trottel sein, wenn er das wirklich glaubte.
Ich studierte sein Gesicht: Falten in der Augengegend, die auf lange, ermüdende Observierungsnächte schließen ließen; Falten um den Mund, die von langen Jahren der Frustration sprachen. Trotz seiner Prägedruck-Karte und dem Gerede von »seinen Leuten«, hatte ich das deutliche Gefühl, daß seine Firma klein war und Klaus Schechtmann ein wichtiger Klient, den er nicht enttäuschen wollte.
Maynards trübbraune Augen studierten mich auf dieselbe Weise.
Ein guter Privatermittler muß ein guter Schauspieler sein: Wir setzen einen täuschenden Gesichtsausdruck auf; wir lügen durch unsere Körpersprache; wir ändern unsere Stimme, um in eine bestimmte Rolle zu schlüpfen. Wir lügen, während wir scheinbar nichts als die Wahrheit sagen, triefen vor Aufrichtigkeit, während wir die Falschheit in Person sind. Maynard praktizierte das alles, und er machte es sogar ganz gut. Aber nicht gut genug, um eine Schauspielerkollegin zu täuschen.
Ich sagte: »Okay, wir kennen dieses Metier alle beide. Tun Sie, was Sie tun müssen.«
Er platzte ein wenig zu eifrig heraus: »Sie übergeben uns das Kind?«

»Nein.« Ich schob meinen Stuhl zurück und stand auf. »Und jetzt gehe ich zu diesen Telefonzellen – gleich dort drüben, wo Sie mich sehen können. Ich werde ein paar Gespräche führen. Längere Gespräche, Sie können also getrost sitzen bleiben und Ihr Bier austrinken. Ach, wissen Sie was, trinken Sie noch eins auf meine Kosten.« Ich kramte einen Fünfdollarschein aus meiner Tasche und legte ihn auf den Tisch.

Maynard sah erst den Schein an, dann mich. »Was zum…«

»Meinetwegen, observieren Sie mich nach besten Kräften, Mr. Maynard. Aber zu meinen Bedingungen. Wenn Sie mir näher kommen als, sagen wir mal, das Stück von diesem Tisch bis zu den Telefonzellen dort drüben, rufe ich den Sicherheitsdienst. Ihre Ermittlerlizenz für den Staat Florida gibt Ihnen nämlich nicht das Recht, Frauen zu belästigen oder zu terrorisieren.«

Ich machte wirkungshalber eine kleine Pause und setzte dann hinzu: »Wie Sie selbst schon sagten – solche Scherereien können Sie gar nicht brauchen.«

22

Als erstes rief ich Greg an. »Was Neues wegen Adah Joslyn?«

»Nein. Sharon…«

»Keine weiteren Mitteilungen im Web?«

»Nichts. Wo…«

»Ich melde mich wieder.«

Kent Maynard trank sein Bier aus und beobachtete mich mit zusammengekniffenen Augen. Ich winkte ihm zu. Er verzog das Gesicht.

Einen Moment lang rang ich mit mir, ob ich Renshaw anrufen und ihn bitten sollte, uns aus dieser Klemme herauszuhelfen, aber dann entschied ich mich dagegen. Renshaws Methoden waren meistens sehr riskant, und der Teufel sollte mich holen, wenn ich Habiba dadurch in Gefahr brachte. Außerdem hatte ich ja den besten Mann von RKI in telefonischer Rufweite. Hy und ich würden das schon schaffen.

Micks Tonbandstimme war alles, was sich in meinem Büro meldete. Ich wählte Charlotte Keims Apparatnummer bei RKI. Sie meldete sich, viel zu munter für jemanden, der in der Data Search-Abteilung ackerte. Micks Stimme im Hintergrund lieferte die Erklärung. Na ja, wenigstens hatte sie versprochen, behutsam mit ihm zu sein...
Charlotte wurde noch munterer, als sie meine Stimme hörte. »Sharon, Sie hatten recht. Wir sind ihm eindeutig auf der Spur!«
»Schießen Sie los.« Ich nahm einen Notizblock, den ich bei Hys Freund hatte mitgehen lassen, aus meiner Tasche.
»Nein, Mick soll es Ihnen sagen. Es sind ja eigentlich seine Ergebnisse.«
Charlotte Keim verstand es allerdings, meinen Neffen zu umgarnen. Als er an den Apparat kam, klang er so wichtigtuerisch geschwellt wie ein Kugelfisch. »Wir sind gerade fertig geworden«, sagte er, »und wir haben solche Vorfälle, wie du sie suchst, für jedes der Länder gefunden – manche allerdings außerhalb der Zehnjahresspanne, die du vorgegeben hast. Willst du's hören?«
»Ich höre.«

Binnen einer knappen Viertelstunde hatte ich alles beisammen. »Gute Arbeit, Mick!«
»Danke. Was soll ich jetzt damit machen? Es der Sonderkommission geben?«
Ich zögerte; irgend etwas in mir wehrte sich dagegen. »Du behältst es schön für dich.«
»Aber deine Freundin Adah...«
»Gerät vielleicht in noch größere Gefahr, wenn der Bomber merkt, wie dicht wir ihm auf den Fersen sind. Glaubst du, Parkhurst würde diese Information geheimhalten? Das ist der erste echte Durchbruch in diesem Fall; er würde sofort eine Pressekonferenz einberufen. Du machst gar nichts damit. Klar?«
»Ja.«
»Und jetzt habe ich eine neue Aufgabe für dich. Wie gut bist du im Observieren?«
»Ich...« Er schien drauf und dran, sich professioneller Fähigkeiten zu rühmen, die zu erproben er kaum je Gelegenheit gehabt hatte, besann sich dann aber. »Es geht.«

»Kannst du dich heute abend am Flughafen an jemanden hängen und auf unbestimmte Zeit an ihm dranbleiben?«

»Ja.«

»Gut. Der Mann heißt Dawud Hamid. Er kommt mit dem American-Flug um zweiundzwanzig Uhr neunzehn aus Miami.« Ich beschrieb ihm Hamid. »Nimm dieses absurd teure Handy mit, das du letzten Monat gekauft hast, damit ich dich erreichen kann. Und, Mick...«

»Keine Bange – ich bin vorsichtig, ich gebe nicht mehr Geld aus, als unbedingt sein muß, und ich werde es nicht verpfuschen.«

Kent Maynard beobachtete mich immer noch. Ich sah ruhig und fest zurück. Dann ging ich durch die Halle zu einem Gate, an dem nichts los war, suchte mir einen Tisch zwischen zwei Reihen von Gußplastikstühlen und breitete die Blätter mit den Notizen, die ich während meines Telefonats mit Mick gemacht hatte, darauf aus. Ich schlug die Beine unter und drehte mich so, daß ich die Notizen studieren konnte. Gleich darauf kam Maynard aus der Cocktaillounge und ging zu einem anderen Gate. Er wahrte exakt die Entfernung, die ich ihm vorgeschrieben hatte. Ich ignorierte ihn und beugte mich über die Blätter.

BRASILIEN: ANGRIFF M. E. TÖDLICHEN WAFFE, WASHINGTON, 1982

Der Sohn des brasilianischen Botschafters stand im Verdacht, den Rausschmeißer eines Nachtclubs niedergestochen und so schwer verletzt zu haben, daß dauerhafte Behinderungen zurückblieben. Er verbrachte einige Stunden in polizeilichem Gewahrsam und wurde dann aufgrund seiner diplomatischen Immunität freigelassen. Die Botschaft hätte die Immunität aufheben können, lehnte dies aber ab.

SAUDI-ARABIEN: VERGEWALTIGUNG, WASHINGTON, '83

Eine Fünfzehnjährige erklärte, auf einer Party vom Sohn eines Attachés der saudischen Botschaft vergewaltigt worden zu sein. Der Vater willigte ein, den Sohn in die Heimat zurückzuschicken, aber dieser tauchte wenige Wochen später wieder in Washington auf. Die Polizei erklärte den Eltern des Mädchens, sie könne nichts unternehmen, da der junge Mann Immunität genieße.

PAKISTAN: SEXUELLE BELÄSTIGUNG E. KINDES, WASHINGTON, '82

Ein Militärattaché der pakistanischen Botschaft berührte im PX von Fort McNair, Virginia, eine Elfjährige in unsittlicher Weise. Militärpolizei und Kriminalpolizei erklärten der Mutter, ihnen seien die Hände gebunden, da der Täter zum technischen Personal einer diplomatischen Vertretung gehöre und damit volle strafrechtliche Immunität genieße.

GHANA: VERGEWALTIGUNG, NEW YORK, '81

Beschuldigt wurde der Sohn eines UN-Delegierten. Trotz eindeutiger Identifizierung durch das Opfer verbrachte er nur fünfundvierzig Minuten in Polizeigewahrsam und verließ dann lachend das Revier. Später kehrte er freiwillig nach Ghana zurück.

JEMEN: FAHRLÄSSIGE TÖTUNG IM STRASSENVERKEHR, NEW YORK, '86

Der Sohn des nordjemenitischen UN-Botschafters fuhr auf der Park Avenue mit stark überhöhter Geschwindigkeit einen Fußgänger an; das Opfer starb beim Transport ins Bellevue Hospital. Anklage wurde nicht erhoben.

MEXIKO: ANGRIFF M. E. TÖDL. WAFFE, NEW YORK, '85

Der mexikanische UN-Botschafter schlug bei einem Streit um einen Parkplatz das Seitenfenster eines anderen Wagens ein und bedrohte den Fahrer mit einer halbautomatischen Waffe. Anklage wurde nicht erhoben, das Opfer jedoch später finanziell abgefunden.

PANAMA: FAHRLÄSSIGE KÖRPERVERLETZUNG IM STRASSENVERKEHR, WASHINGTON, '74

Ein Kulturattaché der panamaischen Botschaft mißachtete eine rote Ampel, prallte seitlich auf einen anderen Wagen und verletzte einen der Insassen so schwer, daß bleibende Lähmungen zurückblieben. Der Unfallverursacher hatte keine Haftpflichtversicherung und bot den Opfern keine finanzielle Entschädigung an. Auch hier wurde keine Anklage erhoben, und der Diplomat wurde später außer Landes versetzt.

LIBYEN: MORD, LONDON, '84

Ein libyscher Attentäter erschoß während einer friedlichen Demonstration von Exil-Libyern vor der Londoner Botschaft eine Polizistin. Der Mörder wurde nie gefaßt und die Mordwaffe nie gefunden, da er sie vermutlich in seinem versiegelten Diplomatengepäck mit sich führte, als er aus England floh.

BELGIEN: DROGENSCHMUGGEL, LA GUARDIA-FLUGHAFEN, '85
Der belgische Botschaftssekretär in Neu-Delhi, Indien, übergab einem verdeckten Ermittler der DEA Heroin, das er in seinem Diplomatengepäck in die Staaten geschmuggelt hatte. In diesem Fall galt keine diplomatische Immunität, da der Botschaftssekretär keiner Vertretung in den USA angehörte; er bekam sechs Jahre Gefängnis. Dieser aufsehenerregende Fall zeigte, daß das Schmuggeln von Drogen in Diplomatengepäck keine unübliche Praxis ist.

Kein Wunder, dachte ich, daß die Anschläge des Diplobombers völlig willkürlich erschienen. Sie waren fünf bis achtzehn Jahre nach den Schandtaten der Diplomaten erfolgt. Sie hatten nicht unbedingt den Tätern selbst und noch nicht einmal den betreffenden Vertretungen gegolten. Aber jetzt, da ich die Gemeinsamkeit zwischen all diesen Anschlagszielen aufgedeckt hatte, drängte sich die Erklärung auf, daß der Bombenleger eine immense Wut auf derartige Diplomatenverbrechen hegte – und daß die konkrete Ursache dieser Wut der Mord an Chloe gewesen war.

Interessant, daß sein letzter Racheakt vor dem mißglückten Anschlag auf das azadische Konsulat einem Land gegolten hatte, dessen Vertreter für sein Verbrechen abgeurteilt worden war. Eine Botschaft, was seine weiteren Vorhaben betraf?

In welchem Verhältnis hatte der Bombenleger zu Chloe gestanden? Ein Freund? Ein Verwandter? Ihr Liebhaber? Was hatte er in Washington und New York zu suchen gehabt? Wieso die zweijährige Pause vor den Anschlägen in San Francisco? Und warum dieses aufwendige Katz- und Mausspiel mit den Azadis, statt daß er Dawud Hamid aufspürte und sich direkt an ihn hielt? Warum ließ er Unschuldige büßen?

Weil er zwar ursprünglich eine bestimmte Aussage hatte machen wollen, inzwischen die ganze Sache aber aus dem Griff verloren hatte. Er genoß es, war geil darauf. Es hatte ihm das größte Hochgefühl seines Lebens beschert, und er würde alles tun, um es sich wieder zu verschaffen.

Ich sah den Abflugkorridor entlang. Kent Maynard saß geduldig bei dem verlassenen Gate. Ich war mir sicher, daß er kein einziges Mal den Blick von mir gewandt hatte, während ich meine Notizen studierte.

Ich starrte auf mein Geschreibsel, bis es vor meinen Augen verschwamm. Die Filzstiftlinien und -schnörkel verliefen zu einem asymmetrischen Rorschachklecks, und wie eine verzweifelte Psychiatriepatientin suchte ich darin nach dem Gesicht des Bombenlegers. Nichts.

Ich seufzte und sah auf. Maynard nickte freundlich.

Als hätte ich nicht schon genügend Probleme, war ich jetzt auch noch mit dieser Plage geschlagen!

Ich stand auf und ging zu den Telefonzellen. Rief im Ramada in Key West an. Maynard bezog beim nächsten leeren Abfertigungspodest Posten.

»Alles okay bei euch?« fragte ich Hy.

»Unsere junge Freundin ist immer noch ziemlich still, aber es hat niemand nach uns gesucht, falls du das meinst.«

»Mein Kollege hier behauptet, daß Mitarbeiter von ihm die Hotels nach euch abklappern.« Ich berichtete ihm von meinem Gespräch mit Maynard und dessen derzeitigen Aktivitäten. »Er kennt deinen Namen nicht, aber er hat wahrscheinlich deine Personenbeschreibung, also paß auf.«

»Woher wußten sie, daß wir auf den Keys waren?«

»Ein geldgieriger Taxifahrer, nehme ich an. Aber das ist jetzt egal. Was soll ich mit Maynard machen?«

»Glaubst du, er hat wirklich so viele Leute, wie er behauptet?«

»Schwer zu sagen.«

»Kannst du ihn abhängen?«

»Das bezweifle ich. Er kennt sich hier aus; ich nicht.«

»Okay, laß mich ein paar Telefonate führen. Ich rufe dich schnellstens zurück.«

»McCone? Beobachtet Maynard dich noch?«

»Hm.«

»Okay, ich habe einen Plan. Ich habe alles vorbereitet, mit meinem Kumpel – du weißt schon, der, bei dem wir übernachtet haben; er ist wirklich ein sehr hilfsbereiter Mensch. Das Problem ist nur, daß du die Nacht dort auf dem Flughafen verbringen mußt.«

»Ich habe schon Nächte an schlimmeren Orten zugebracht. Und du weißt ja…«, sagte ich leise lächelnd zu Maynard hinüber, »…geteiltes Leid ist halbes Leid.«
»Und du wirst dein Bestes tun, daß er einen ordentlichen Teil abkriegt. Okay, morgen früh um sieben geht ein Vanguard-Air-Flug nach Fort Myers. Den habe ich für dich gebucht, und von dort einen Anschlußflug nach Tampa.«
»Was soll das bringen? Maynard wird sich am Abfertigungspodium ein Ticket kaufen und mitfliegen.«
»Genau das soll er auch. Paß auf, wenn du in Fort Myers bist, tust du folgendes…«

Der Name Vanguard Air war, gelinde gesagt, ein wenig hochgegriffen. Unser Avantgarde-Transportmittel war eine uralte vierundzwanzigsitzige Turboprop, die Art Maschine, in der Passagiere, die kleine Flugzeuge nicht gewohnt sind, zu stammelnden, zitternden Nervenbündeln werden. Der Pilot sah aus, als wäre er etwa zwölf Jahre alt; durch die offene Cockpit-Tür konnte ich ihn im Bedienungshandbuch lesen sehen. Ein paar Minuten später verkündete er, unser Start werde sich verzögern, da niemand dahinterkomme, warum sich die Gepäckraumluke nicht schließen lasse.
Mich kümmerte das alles nicht weiter. Wenn man in Rückenlage über die Sierra Nevada geflogen ist, kann einen nicht mehr viel schrecken, und man weiß, daß man in dem Moment, in dem man ein Flugzeug besteigt, sein Leben dem Zufall, dem Schicksal oder einer höheren Macht überantwortet – je nachdem, woran man glaubt. Kent Maynard teilte meinen Stoizismus offensichtlich nicht; in dem Augenblick, da er sich auf seinem Sitz auf der anderen Seite des Gangs anschnallte, nahm sein Gesicht einen wenig vorteilhaften Grauton an. Unser rumpelnder, stotternder Start bleichte es endgültig weiß.
Das hat er von seiner Sturheit, dachte ich, während ich mir Habibas Hut in die Stirn zog und die Augen schloß. Hy und ich hatten richtig kalkuliert: Als Maynard mich mein Ticket am Gate hatte vorzeigen sehen, hatte er sich unverzüglich selbst eins am Abfertigungspodium gekauft. Beim Betreten der Kabine hatte er ein bißchen unsicher geguckt: Sie war zu klein, als daß er die vorgeschriebene

Distanz hätte halten können; würde ich den Piloten alarmieren, so wie ich gedroht hatte, den Flughafen-Sicherheitsdienst zu rufen? Ich hatte ihm die Sorge genommen, indem ich freundlich auf den Sitz jenseits des Gangs gedeutet hatte.

Wohl wissend, daß Maynards Blick auf mir ruhte, ließ ich die Augen geschlossen. Als ich sie schließlich öffnete, wirkte er irritiert. Wahrscheinlich dämmerte ihm allmählich, daß ich es ihm allzu leicht gemacht hatte, mir auf den Fersen zu bleiben. Bald würde ihm aufgehen, daß ich ihn in eine Situation gelockt hatte, in der es ihm fünfundvierzig Minuten lang unmöglich war, jemanden von seinen Leuten zu kontaktieren. Fünfundvierzig Minuten, die Hy und Habiba nutzen konnten, um sich davonzumachen.

Fort Myers war wieder ein typischer Provinzflughafen und ruhig zu dieser frühen Stunde, da kaum Flüge ankamen. Ich sichtete die Damentoilette, ging hinüber und folgte einer Frau mit einem langen geblümten Flatterrock, einer dünnen pinkfarbenen Bluse und einem absurden Schlapphut nach drinnen. Sie nahm sofort den Hut ab, drehte sich um und streckte mir die Hand hin. »Edie Rosen.«

»Sharon McCone.«

Edie Rosen war ungefähr so groß wie ich und hatte schulterlanges schwarzes Haar, das ähnlich frisiert war wie meins. Sie schlenkerte die Sandalen von den Füßen und begann, Rock und Bluse auszuziehen. »Wir müssen uns beeilen; Ihr Flug hatte Verspätung.«

Ich tauschte Jacke, Jeans und T-Shirt gegen ihre Klamotten und setzte mich dann auf den Boden, um meine Turnschuhe aufzuschnüren. Edie drückte mir den Schlapphut – ebenfalls pink, mit malvenfarbenen Röschen – aufs Haupt. Und fing an zu lachen.

»Was ist?« fragte ich.

Sie zeigte auf den Spiegel. »Ganz schöne Persönlichkeitsveränderung.«

Die Gestalt, die mir entgegensah, war eine Kreuzung aus Blanche DuBois und der Stadtstreicherin aus meinem Viertel. »Du liebe Güte«, sagte ich. »Und so soll ich mich in die Öffentlichkeit wagen?«

Edie setzte sich neben mich und zog meine Schuhe an. »Na ja, sieht schon ziemlich daneben aus, aber nicht mal Ihre eigene Mutter

würde Sie wiedererkennen, und darum geht es, hat Lanny gesagt.«
»Lanny?«
»Der Typ, in dessen Haus Sie auf den Keys übernachtet haben.«
»Oh. Er war nicht da, und sein Name fiel nie.«
»Typisch Lanny – so heikel, wenn's um seinen Namen geht, und so schlampig, wenn's um sein Haus geht.« Sie stand auf, kippte den Inhalt einer muschelbesetzten Plastikhandtasche auf die Konsole und reichte mir dann das scheußliche Ding. Ich packte meine Sachen um und gab Edie meine Strohtasche und mein Flugticket. Sie händigte mir einen anderen Ticketumschlag aus.
»Okay«, sagte sie, »stehen Sie auf, und gehen Sie ein paar Schritte.«
Ich drehte ein paar Runden durch den Toilettenvorraum. Edie sah zu und imitierte mich dann.
»Nicht schlecht, was?« Sie lächelte selbstbewußt und zog sich den Strohhut tiefer in die Stirn. »Ich bin Schauspielerin oder will es zumindest werden. Lanny hat mir versprochen, nach dem nächsten Streifen, den wir drehen, besorgt er mir einen legalen Job.«
Einen legalen Job. Pornofilme also – das war es, was auf Lannys Insel fabriziert wurde. Großer Gott, ein feines Sortiment Freunde hatte Hy sich da im Lauf der Jahre zugelegt!
Klappe, McCone, ermahnte ich mich selbst. Dieser feine Freund und seine Freundin helfen dir gerade aus der Klemme.
Edie hielt mir eine Einkaufstüte hin, die sie mitgebracht hatte. »Da drin sind Jeans und noch ein paar andere Klamotten. Ich dachte mir, Sie wollen vielleicht nicht in diesem Outfit quer durch die Staaten reisen.« Sie sah auf ihre Armbanduhr. »Wir müssen los. Sobald wir hier drin waren, sollte Lanny den Flughafen anrufen und Ihren Verfolger über Lautsprecher ans Telefon bitten lassen. Wie ich ihn kenne, hat er ihn bis jetzt an der Strippe festgehalten, und von den Zellen aus sieht man die Leute, die aus den Toiletten kommen, allenfalls von hinten. Gehen Sie zuerst raus; das Boarding für den Tampa-Flug läuft schon. Für meine Maschine nach Orlando geht es gleich los. Wenn wir ein bißchen Glück haben, wird sich Ihr Schatten an mich heften.«
Ich drückte ihre Hand. »Danke, Edie.«

»Keine Ursache. Ich liebe die Schauspielerei.« Sie zwinkerte. »Für eine gute Szene tue ich fast alles.«
Ich zwinkerte zurück und trat hinaus in den Abflugkorridor. Auf dem Weg zum Gate machte ich mich klein und änderte meinen Gang. Der Ausgang zum Rollfeld schien meilenweit entfernt; ich zwang mich, in normalem Tempo zu gehen und mich nicht nach den Telefonzellen umzudrehen. Als ich schließlich dem Mann am Gate mein Ticket vorzeigte, sagte er: »Starker Hut.«
Ich konnte es kaum erwarten, in die Maschine zu gelangen und mir das lächerliche Ding vom Kopf zu reißen.
Oben auf der Gangway gestattete ich mir einen kurzen Blick zurück zum Terminal. Durch die Scheibe sah ich Maynard am Abfertigungspodium für den Flug nach Orlando ein Ticket kaufen.

23 *Tampa, Florida, 9 Uhr 21*

»Hat ja prächtig funktioniert, McCone!«
Hy nahm mich in die Arme und schwang mich herum; eine von Edies schlackernden Sandalen flog mir vom Fuß und landete auf dem Asphalt. Hys Haut fühlte sich feucht und zu warm an. Er setzte mich ab und musterte mich von Kopf bis Fuß. »Was zum Teufel soll das darstellen?«
»Wenn dich diese Aufmachung schon schockiert, hättest du erst mal den Hut sehen sollen, den ich im Flugzeug entsorgt habe.« Ich angelte mit den Zehen nach der Sandale und schlüpfte hinein, während ich ihn meinerseits musterte. Sein Gesicht war gerötet, und in seinen dunklen Augen war ein erratisches Glimmen. »Fühlst du dich wieder fiebrig?«
Er legte mir die Hand auf die Schulter und führte mich ein Stück von der Stelle weg, wo Habiba stand und zusah, wie die Wartungsmechaniker die zweimotorige Beechcraft auftankten, die sein Freund Lanny in Key West für uns gemietet hatte. »Ich will dir nichts vormachen«, sagte er. »Das Fieber steigt und fällt. Sie haben mir wohl in Santo Domingo das falsche Medikament gegeben.«
»Ich finde, wir sollten...«

»Keine Zeit. Du kennst diesen Flugzeugtyp. Wenn ich nicht fliegen kann, übernimmst du.«
Ich sah auf die Beechcraft. Ich hatte mit einem Freund von Hy ein paar Übungsstunden in einer solchen Maschine absolviert, aber dennoch... War es nicht für uns alle besser, wenn er zum Arzt ging und wir uns für ein Weilchen irgendwo verkrochen?
Er schien meine Gedanken zu lesen. »Wir dürfen wirklich keine Zeit verschwenden. Lanny hat ein bißchen herumtelefoniert, Erkundigungen über Maynard eingezogen. Seine Agentur ist gut, und sie sind Mitglied im Bund.«
Der Bund der Privatermittler war ein landesweites Netzwerk, dessen Mitglieder sich gegenseitig Hilfsdienste leisteten. »Verdammt. Inzwischen hat er das Verwandlungsspielchen durchschaut, und er wird bald herausgefunden haben, in welche Städte ich geflogen sein könnte. Dann kann er ziemlich schnell jemanden hier haben.« Ich hielt kurz inne. »Welchen Flugradius hat diese Maschine?«
»Etwa zwölfhundert Meilen. Das sind etwa fünf Stunden, wenn wir annähernd Höchstgeschwindigkeit halten. Ich denke, wir sollten nach New Orleans fliegen und schauen, ob du von dort mit Habiba einen Linienflug kriegst.«
»Das gefällt mir nicht; es ist genau das, was Maynard sich ausrechnen wird.«
»Na ja, wir könnten auch Houston anfliegen oder sogar Dallas-Fort Worth, aber das kostet uns mehr Zeit.«
Ich dachte nach. Dawud Hamid war inzwischen in San Francisco. Seine Ankunft dort konnte Dinge ins Rollen bringen, die die Azadis noch mehr gefährden würden – von Adah ganz zu schweigen. Ich mußte rasch in die Bay Area gelangen, aber ich mußte auch für Habibas Sicherheit sorgen. Die Kleine kam zuerst.
»Laß uns nach Dallas fliegen«, sagte ich.

Dallas-Fort Worth, 14 Uhr 21

Hy ging zum Telefon, um sich wegen Flügen nach San Francisco zu erkundigen, und ich sah noch einmal nach der schlafenden Habiba auf dem Rücksitz der Beechcraft, ehe ich die Tüte mit den praktischeren Klamotten nahm und zur Toilette im Abfertigungsgebäude ging. Die Kleine regte sich und streckte den einen Arm zur Seite; ihre

Hand war zu einer festen Faust geballt. Ich nahm sie kurz in meine Hand, bog sie auf und legte sie ihr dann behutsam auf die Brust.

Es herrschte eine Bullenhitze hier in Texas, aber ohne die drückende tropische Luftfeuchtigkeit, die ich die letzten fünf Tage hatte ertragen müssen. Ich blieb einen Moment auf dem Asphalt stehen und sah über die flache Landschaft zu den fernen Wolkenkratzern der Metropole hinüber. Dann bat ich den Wartungsmechaniker, ein Auge auf die Maschine zu haben und niemanden an sie heranzulassen. Ich ging zum Abfertigungsgebäude.

Hy lehnte an einem Schaltertresen, den Rücken zu mir, einen Telefonhörer am Ohr. Ich holte mir an einem Automaten einen Plastikkaffee – wie ich das Gebräu nenne – und nahm ihn mit in den Toilettenvorraum. Die Jeans und das lila T-Shirt von Edie gaben an mir eine Art Schlabber-Look ab, waren aber tragbar; der Flatterrock und das dünne Blüschen wanderten in den Mülleimer. Ich wusch mir das Gesicht und machte mich dann auf die Suche nach Hy.

Er stand neben der Beechcraft und plauderte mit dem Wartungsmechaniker, der sie auftankte. Sein Gesicht war immer noch gerötet, aber er sah besser aus als am Morgen. Er lehnte den Schluck Kaffee, den ich ihm anbot, mit einem Kopfschütteln ab, sagte: »Danke, Kumpel« zu dem Wartungsmechaniker, nahm mich am Arm und zog mich näher zur Maschine.

»Kein Flug?«

»O doch, jede Menge Flüge. Aber keine Plätze. Wir haben eine Kleinigkeit übersehen – es ist Memorial-Day-Wochenende.«

»Verdammt!« Mir war völlig entglitten, welches Datum wir hatten – ja sogar welchen Wochentag. »Hast du auch Oakland und San José gecheckt?«

»Plus L.A., San Diego und Sacramento. Und außerdem noch jeden fliegenden Untersatz nach Houston, San Antone, Austin, Wichita Falls und Amarillo. *Nada.* Ihr könntet Stand-by fliegen, aber das ist wohl nicht ratsam, wenn man davon ausgeht, daß Maynards Helfer auf den plausibelsten Routen nach euch Ausschau halten.«

Ich lehnte mich gegen die Maschine, müde und entmutigt. »Und was jetzt?«

»Wir fliegen weiter nach Phoenix. Vielleicht haben wir dort Glück.«

Sky-Harbor-Flughafen, Phoenix, Arizona, 19 Uhr 48

Habiba war wach, aber immer noch still, als wir in Phoenix ankamen. Ich ging mit ihr zur Toilette, während Hy sich nach Linienflügen erkundigte. Mein Bemühen, ihr wenigstens etwas von dem unterwegs angesammelten Dreck vom Gesicht zu waschen, produzierte nur Schlammschlieren und stummes Leiden, weshalb ich es aufgab und ihr zum Trost eine Cola und eine Tüte Chips kaufte. Hungrig, aber lustlos machte sie sich darüber her.

Hy kam zu uns herüber und schüttelte den Kopf.

»Na, toll«, murmelte ich.

Habiba sah ängstlich zu uns empor und versuchte, in unseren Gesichtern zu lesen.

»Hör mal, Ripinsky, du könntest doch mit Habiba nach draußen gehen und ihr die Flugzeuge in den Hangars zeigen. Ich glaube, ich habe dort eine Citabria gesehen. Ich gehe solange mal telefonieren.«

Er streckte die Hand aus. »Komm, Kopilot.«

Erstaunlicherweise antwortete sie: »Das letzte Mal hast du ›Matrose‹ gesagt.«

»Das war in Florida. Dort fuhren wir Boot; in Arizona fliegen wir.«

Sie faßte ihn an der Hand, und sie gingen aus dem Flughafengebäude.

Ich suchte mir eine Telefonzelle und wählte Micks Handy-Nummer. Als er das Ding gekauft hatte, hatte ich es für reine Geldverschwendung gehalten; jetzt war es eine lebenswichtige Verbindung. Er meldete sich nach dem ersten Läuten. Wir fragten beide gleichzeitig: »Wo bist du?«

»Phoenix«, erklärte ich.

»Russian Hill«, sagte er. »Hamid ist in einem Haus, Francisco Ecke Leavenworth. Die Wohnung gehört…«

»Alejandro Ronquillo. Ist Hamid vom Flughafen direkt dorthingegangen?«

»Nach ein paar Telefonaten, ja. Er ist nur einmal kurz rausgekommen, um sich im Laden an der Ecke ein Bier zu holen, und seither nicht mehr aufgetaucht.«

Ich dachte nach. Dann fiel mir Ronquillos Hausmädchen ein, und

ich kramte in der gräßlichen muschelbesetzten Handtasche nach meinem Notizbuch. »Schreib dir bitte auf: Blanca Diaz. Sie ist Ronquillos Dienstmädchen. Hier ist die Telefonnummer.« Ich gab sie ihm durch. »Ruf sie an, und sag ihr, du bist mein Assistent und der Sohn von Ricky Savage.«
»Was hat Dad damit zu tun?«
»Sie ist ein Fan – du hast ihr das Autogramm und die Kassette geschickt, erinnerst du dich? Frag sie, was Hamid macht; sie wird dir sicher mit Freuden alles erzählen, was sie weiß.«
»Okay. Sonst noch was?«
»Im Moment nicht. Ich melde mich wieder.« Hy kam zurück, ohne Habiba. Ich hängte ein und ging ihm entgegen. »Wo ist sie?«
»In der Maschine. Sie hat wieder alle Schotten dichtgemacht. Sie hat gesagt, sie sei müde.«
»Armes Kind. Sie hat in den letzten paar Tagen wirklich eine Menge durchgemacht. Was sollen wir jetzt tun, Ripinsky?«
»Mit der Beechcraft weiterfliegen, bis in die Bay Area.«
»Flugzeit?«
»Mindestens vier Stunden.«
»Ganz schön lange.«
Er sah mich zögernd an. »Ich wollte vorhin nichts sagen, aber der Steuerbordmotor läuft nicht so ganz, wie er soll. Nichts, womit man nicht leben könnte, aber wir müssen ein bißchen Rücksicht darauf nehmen. Und außerdem fühle ich mich wieder fiebrig; du mußt fliegen. Fühlst du dich dazu in der Lage?«
Ich sah aus dem Fenster in die sich rasch verdunkelnde Wüstenlandschaft und sagte dann achselzuckend: »Ich fühle mich zu allem in der Lage, was uns schnell nach Hause bringt.«

6500 Fuß über der Mojave-Wüste, 23 Uhr 48.
»Ripinsky?«
Keine Reaktion. Er hing tief in dem Sitz neben mir, die Augen geschlossen.
»Ripinsky!« Ich rüttelte an seinem Knie.
»Hä?« Er fuhr hoch und blinzelte.
»Der Steuerbordmotor verliert an Touren. Und hör dir mal das Geräusch an.«

Er neigte den Kopf.
»Hörst du?« fragte ich. »Klingt wie ein Auto mit kaputtem Auspuff.«
»Ja, ich hör's.« Er beugte sich herüber, prüfte den Kraftstoffdruckmesser. »Hm, die Leitung und die Pumpe sind okay.«
»Ich weiß. Was ist es dann?«
»Vielleicht die Zylinderkopfdichtung. Wo sind wir?«
»Etwa fünfzig Meilen südöstlich von Barstow.«
»Mist. Laß mich mal übernehmen, damit ich sehen kann, was los ist.«
Ich ließ ihn nur zu gern übernehmen. Als ich mich umdrehte, sah ich Habiba, zu einem kleinen Klumpen zusammengerollt, unter einer Wolldecke auf dem Rücksitz liegen. Ihr Gesicht war verdeckt, und sie lag ganz still; ich konnte nicht erkennen, ob sie schlief oder wach war und zuhörte.
Hy sagte: »Ja, muß wohl die Zylinderkopfdichtung sein oder vielleicht auch nur ein verklemmtes Ventil.«
»Schaffen wir's bis Barstow?«
»Ich möchte es nicht riskieren. Ich kenne einen kleinen Flugplatz hier in der Nähe. Sehr klein, aber der Typ, der ihn betreibt, ist Mechaniker, wohnt am Platz und hat Ersatzteile auf Lager. Wir werden dort runtergehen.«
Ich sah hinaus auf die schwarze und scheinbar endlose Weite der Mojave-Wüste. Wie zum Teufel wollte er in dieser unzivilisierten Gegend den Flugplatz finden?
»Keine Bange, McCone«, sagte er. »Ich habe schon kleinere Plätze in viel schlimmeren Gegenden gefunden.«
Woher wußte er, was ich gedacht hatte? Wieso wußte er es immer?

Mirage-Wells-Flughafen, 0 Uhr 10
Der winzige Flugplatz war gespenstisch tot, und ein heißer, sandiger Wind wehte von den Granite Mountains im Norden herab. Als Hy zu der Wellblechbaracke am Rand des Platzes ging, blieb ich neben der Beechcraft stehen, atmete Luft, in der ein leiser Hauch von Chemie lag, und versuchte die Quelle des geisterhaften Heulens und Klapperns zu eruieren, das von irgendwo jenseits der glimmenden Landebahnbeleuchtung her zu kommen schien...

Mächtige schwarze Schatten drängten sich dort im Dunkeln. Ich ging hinüber und sah, ordentlich in Reih und Glied, gut zwei Dutzend Verkehrsjets, die Fenster und Triebwerksgondeln mit dicken Schutzplanen abgedeckt. Als ich näher heranging, erkannte ich verblaßte Logos an den Hecks: Pan Am, Midway, Eastern.

Geisterjets eingegangener Fluglinien?

Das Klappern war jetzt lauter. Ich schlüpfte unter den Bauch einer 747 und sah zu den Tragflächen empor. Die Schutzplanen hatten sich gelöst, und die Rotoren der Turbinentriebwerke drehten sich im Wind; der einstmals glatte Rumpf war schartig und vom Sand rauhgescheuert. Wie lange die Maschine wohl schon hier stand und sich mit dieser bizarren Flugsimulation beschied?

Leise Schritte hinter mir. Hy.

»Was machen die hier?« fragte ich, und zu meinem Erstaunen hörte ich ein leises Zittern in meiner Stimme.

»Lagern. Die Mojave ist ein Flugzeugfriedhof. Bei dem Klima hier rostet nichts, und auf kleinen Flugplätzen sind Stellplätze billig.«

»Was passiert mit ihnen?«

Er zuckte die Achseln. »Vielleicht werden sie wieder in Betrieb genommen, falls das Fluggeschäft je wieder anziehen sollte. Aber wahrscheinlich werden sie verschrottet.«

Ich sah zu der abgewirtschafteten Maschine empor; Schrott war alles, was von ihnen bleiben würde. Der Wind von den kahlen Granites her drehte ein wenig und ließ die Turbinenrotoren noch schneller drehen. Trotz der Hitze fröstelte mich.

»Hast du mit dem Mechaniker geredet?« fragte ich Hy.

»Ist alles verrammelt und verriegelt. Vermutlich ist er über das lange Wochenende verreist.«

Meine Moral sank noch weiter. Wie viele zermürbende Enttäuschungen würden wir noch durchstehen, ehe wir aufgaben? »Kannst du jemand anderen anrufen?«

»Ich wüßte nicht, wen, und außerdem ist an dem Münztelefon der Hörer herausgerissen. Wenn ich die nötigen Werkzeuge und Teile hätte, könnte ich das Triebwerk selbst reparieren, aber so...«

»Weißt du«, sagte ich, »vielleicht ist es jetzt an der Zeit, RKI einzuschalten. Ruf Barstow über Funk und bitte sie, Renshaw anzurufen und ihm zu sagen, er soll den Firmenjet herschicken.«

Er dachte darüber nach und schüttelte dann den Kopf. »Keine gute Idee.«
»Warum?«
»Ich kenne Gage. Er mag ja gern am Rand des Gesetzes operieren, aber was er bestimmt nicht riskiert, ist eine Anklage wegen Beihilfe zur Kindesentführung. Er wird darauf bestehen, Habiba ihrer Großmutter zu übergeben, sobald wir in der Bay Area sind.«
»Warum denn nicht?«
»Denk mal nach, McCone. Die Azadis sind immer noch anschlagsgefährdet. Dawud ist in San Francisco. Was weißt du, ob er nicht Kontakt mit seiner Mutter aufgenommen und sie davon überzeugt hat, daß es das beste ist, wenn er Habiba wieder nach Jumbie Cay mitnimmt. Wenn wir die Kleine herausgeben, sind wir womöglich wieder genau da, wo wir waren. Es ist dein Fall, deine Entscheidung, aber...«
»Nein, du hast recht.« Ich sah prüfend zu der Wellblechbaracke hinüber.
Hy folgte meinem Blick. Wir marschierten beide los.
»Diese Baracken«, sagte ich, während ich an dem Türriegel wakkelte, »sind nicht besonders solide gebaut. Glaubst du, er hat eine Alarmanlage?«
»Hier draußen?« Hy lachte.
»Ich wünschte, ich hätte meine Spezialdietriche hier.«
»Willst du eine von meinen Kreditkarten?«
»Die Visa-Methode ist nicht so simpel, wie es im Fernsehen aussieht.« Ich ließ von der Tür ab und ging um die Baracke herum auf die Rückseite, wo ein kleines Fenster war. Als ich von unten dagegendrückte, glitt es ohne jeden Widerstand empor.
Ich sah über die Schulter und grinste. »Die menschliche Vergeßlichkeit ist schon erstaunlich. Willst du einsteigen, oder soll ich?«
»Mir ist nicht danach. Steig du ein, und mach mir die Tür auf.«
»Fühlst du dich wieder schlechter?«
»Beschissen.«
»Meinst du, du kannst das Triebwerk reparieren?«
Er schüttelte den Kopf. »Ich übernehme die Oberaufsicht. Und du, McCone, wirst jetzt deine erste Lektion in Flugzeugmechanik absolvieren.«

3 Uhr 48

Ich setzte die Motorabdeckung wieder ein und wischte meine öligen Hände an einem Lappen ab. Hy machte ein anerkennendes Zeichen mit Daumen und Zeigefinger und grinste mich mühsam an. Im Schein der starken Taschenlampe, die er hielt, wirkte sein Gesicht gerötet und erschöpft.

»Du hättest wohl nie gedacht, daß du auf dieser Reise noch eine Zylinderkopfdichtung auswechseln würdest.«

»Das zeigt wohl nur, daß man im Notfall alles kann.« Ich fing an, das Werkzeug einzusammeln. »Ich bringe die Sachen wieder rein und lege ein bißchen Geld auf den Tisch. Dann können wir los.«

»Hm. Das Fieber tobt wieder; ich kann sie nicht fliegen. Und du willst ja wohl keine Gebirgsüberquerung im Dunkeln riskieren; dafür hast du noch nicht genügend Stunden hinter dir. Um fünf, halb sechs wird es hell, das ist immer noch früh genug.«

»Willst du dann nicht versuchen, ein bißchen zu schlafen? Leg dich doch auf die Couch in der Baracke.«

»Das werde ich auch tun, falls ich mich bis dorthin schleppen kann.«

»Ist es so schlimm?«

»Ja.«

»Stütz dich auf mich.« Ich bugsierte ihn zu der Baracke, bettete ihn auf die Couch und ging Werkzeug, Taschenlampe und Verlängerungsschnur holen. Als ich mit dem Zeug wieder hereinkam, war er schon weggesackt.

Ich ging zu dem alten Holzschreibtisch an der gegenüberliegenden Wand und legte ein paar Zwanziger auf das Chaos aus Papieren und Ersatzteilkatalogen. Dann setzte ich mich in den knarzenden Drehsessel und griff nach dem Telefon. Es war ein uralter schwarzer Wählscheibenapparat, und es dauerte eine ganze Weile, bis ich eine Vermittlung an der Strippe hatte. Als ich mich auf Kreditkarte mit Micks Handy hatte verbinden lassen, läutete und läutete es ins Leere.

Beunruhigung stieg in mir auf. Aber daß sich niemand meldete, mußte nichts zu bedeuten haben. Mick war vermutlich auf seinem Beobachtungsposten eingeschlafen.

Aber warum weckte das Telefon ihn nicht?

Vielleicht war er weggegangen und hatte das Handy zurückgelassen?
Nein, er hätte es sicher mitgenommen.
Ach, verdammt, ich konnte jetzt in dieser Sache nichts tun, und mir Sorgen zu machen, half auch nichts. Ich stand auf, ging zu Hy und fühlte seine Stirn. Sie war ziemlich heiß, und er regte sich nicht, als ich ihn berührte. Es war eher Bewußtlosigkeit als Schlaf – und das war ein konkreter Grund zur Sorge.
Schließlich verließ ich die Baracke, um nach Habiba zu sehen. Sie schlief auf dem Rücksitz der Beechcraft, wieder in Embryonalstellung. Ich blieb ein Weilchen vorn sitzen und horchte auf ihr leises Atmen. Dann kletterte ich hinaus auf den Asphalt und setzte mich dorthin.
Der Wind von den Granites her war immer noch stark, aber kühler jetzt; im Osten war der Himmel schon ein klein wenig heller. Ich würde noch eine Stunde warten und dann den Flugwetterdienst anrufen. Noch eine halbe Stunde später würde ich Hy wecken, und wir würden starten.
Aber vorerst war ich damit zufrieden, hier zu sitzen und dem Klagelied der Geisterflugzeuge zu lauschen.

3500 Fuß über dem Tehachapi-Gebirge
28. Mai, 6 Uhr 27

Die öde Weite der Mojave-Wüste lag jetzt hinter uns, aber die Friedhofseinsamkeit des winzigen Flugplatzes und der weiße Rauchschleier von den Chemiewerken in Trona wirkten wie ein Alptraum in mir nach. Drunten erstreckten sich die Tehachapis, die faltigen, zerklüfteten Gipfel aggressiv emporgereckt. Sie schienen eine Warnung auszusenden: Wir können euch jederzeit kriegen.
Ich riß den Blick von ihnen los, ehe meine Phantasie mein Urteilsvermögen trüben konnte, und sah statt dessen auf die letzte Bergkette, die uns vom Central Valley und dem problemlosen, letzten Streckenabschnitt nach Hause trennte. Kinderspiel, wie Hy sagen würde. Nur daß Hy jetzt gar nichts sagte – schon eine ganze Weile nicht mehr.
Ängstlich sah ich in den Fond der Beechcraft, in den er gekrochen war, nachdem ich ihn in Mirage Wells mit Mühe wach bekommen hatte. Er war zur Seite gesunken – eine neue Ohnmacht, was vielleicht besser für ihn war, denn der Schüttelfrost hatte sich gelegt, und das Fieber tobte wieder. Die Kleine saß starr neben ihm, stumm wie schon während dieser ganzen mörderischen Reise. Ihr dunkles Haar war verfilzt, ihr Gesicht dreckverschmiert; ihre Augen hatten etwas Bodenloses, als wollten sie sagen, daß sie in zu wenigen Jahren zuviel gesehen hatten. Ich wünschte, Hy könnte sie in die Arme nehmen und trösten, aber für den Moment mußten mein Lächeln und mein »Nicht mehr lange« genügen.
Sie reagierte nicht.
Wer hätte es ihr verübeln können? Sobald wir unten waren, würde ich sie in die Arme nehmen und trösten. Und die dringend notwendige ärztliche Hilfe für Hy organisieren.
Ich prüfte die Instrumente, sah wieder auf den Bergkamm. Die Morgensonne verwandelte das streifige Braun des Felsgesteins in Gold.

Meine Spannung ließ etwas nach, aber der Wüstensand klebte immer noch auf meiner Haut, überlagerte den Tropenschweiß. Ich konzentrierte mich darauf, ihn zu fühlen, damit ich nicht leichtsinnig wurde.

Zuviel konnte auch jetzt noch schiefgehen. Jeden Moment, wie die Ereignisse der letzten Tage bewiesen hatten...

Es fühlte sich an, als krachten wir gegen eine Betonwand.

Mein Magen bäumte sich auf, und eine Panikwelle überschwemmte mich. Ich prüfte die Instrumente, während das Flugzeug zitterte. Das Variometer zeigte an, daß wir rasch an Höhe verloren: fünfzehnhundert Fuß pro Minute, sechzehnhundert... Als ich wieder aufsah, neigte sich der Bergkamm grotesk schief und sprang dann plötzlich an den oberen Rand der Windschutzscheiben. Ich sah nur noch eine zerklüftete Felswand.

Abwind – einer von der üblen Sorte.

Extreme Schönwetterturbulenzen; warum zum Teufel hatte mich der Flugwetterdienst nicht gewarnt? Nicht, daß mir eine andere Wahl geblieben wäre, als es trotzdem damit aufzunehmen...

Ich sah wieder nach hinten. Hy war immer noch ohnmächtig; von dieser Seite also keine Hilfe. Die Augen der Kleinen waren geweitet, ihr Gesicht weiß. Aus Angst, daß jedes Wort nur meine Panik verraten würde, versuchte ich, beruhigend zu lächeln, aber es wurde nichts.

Okay, dachte ich. Du weißt, was du zu tun hast. Du hast mindestens hundertmal zugeschaut, wie Hy mit Abwinden umgegangen ist. Bleib ruhig und ändere den Kurs. Sieh zu, daß du von dieser Bergkette wegkommst, über flacheres Terrain.

Ich drehte ab. Eine weitere Bö traf uns mit einem Schlag. Einen Moment lang zitterte die Beechcraft so heftig, daß ich schon die Tragflächen abreißen sah.

Zweitausend Fuß pro Minute, und immer noch Sinkflug!

Meine Stirn und meine Handflächen waren schweißnaß. Ich umklammerte das Handrad, bemühte mich um Konzentration.

»Dieser Gebirgsflugkurs«, sagte ich. »Fliegen über dem Gebirge – was habe ich da gelernt?«

Mein Hirn weigerte sich zu funktionieren.

O Gott! Wir sind so weit gekommen, haben so viel überstanden.

Zweitausenddreihundert.
Das kann nicht sein! Ich kann doch nicht auf diese Weise sterben.
Zweitausendfünfhundert.
Zerklüftete braune Gipfel unter uns. Das sonnengoldene Kliff vor uns. Das letzte, was ich je sehen werde.
Sonne, du Idiot! Sonnenbeschienene Bergflanken erzeugen Thermik. Geh näher ran, nicht weiter weg.
Finde einen Thermikschlauch, und du kannst diese Kiste als Segler benutzen. Finde einen, und du kommst über den Kamm.
Ich begann, die Reaktion der Maschine zu testen, schwenkte auf die Felswand zu.
Himmelherrgott, McCone, finde einen Thermikschlauch!

24 *6 Uhr 29*

Als die linke Tragfläche abkippte und die zerklüftete Felswand auf mich zukam, stellte ich den fühlenden Teil meiner selbst ab, so daß nur noch kalte Konzentration übrigblieb. Ich steuerte das Geschehen jetzt wieder, die Hände leicht und präzise am Handrad.
Ich vollendete die Schleife, ging in die nächste. Das Variometer zeigte immer noch an, daß wir Höhe verloren. Wieder überkam mich ein Panikanfall. Ich rang ihn nieder und konzentrierte mich.
Wenn ich schon sterben mußte, dann wollte ich kämpfend sterben.
Ein leichter Stoß. Dann war es, als ob die Beechcraft in einen umgekehrten Strudel gesogen würde.
Ein Thermikschlauch! Und was für einer.
Ich sah auf das Variometer. Schon dreihundert Fuß Höhengewinn!
Freude stieg in mir auf; Tränen brannten mir in den Augen. Einen Moment lang gab ich mich meinen Gefühlen hin, das Handrad fest umklammert.
Dann holte ich tief Luft und hielt die Maschine in einer steten Aufwärtsspirale.

Tausend Fuß Höhengewinn jetzt. Tausendfünfhundert. Wahre Höhe viertausendfünfhundert Fuß.
Ich brauchte mindestens sechstausendfünfhundert, um sicher über diesen Kamm zu kommen.
Ich zog die Maschine von der Peripherie des Aufwinds mitten hinein.
Fünftausend. Fünftausendfünfhundert. Sechstausend.
Wir erreichten die Kammhöhe bei gut siebentausend Fuß. Ich blieb weiter in einer steilen Aufwärtsspirale, zog bei achttausendfünfhundert Fuß aus dem Thermikschlauch heraus und nahm Nordwestkurs in Richtung Bakersfield.
Jetzt erst gestattete ich mir einen kleinen Triumphschrei.
Ein Echo kam über meinen Kopfhörer. Habibas Hand berührte meine Schulter. Die Kleine beugte sich nach vorn, die Lippen leicht geöffnet, die dunklen Augen ganz konzentriert.
»Wir haben es geschafft«, sagte sie.
»Das kannst du wohl laut sagen!« Meine Stimme zitterte von den Tränen, die ich in Schach hielt, und ich ergriff ihre Kinderfinger.
Sie setzte hinzu: »Und Hy hat alles verschlafen.«
Ich drehte mich um. Er sah schrecklich aus: das Gesicht jetzt grau, die Augen eingesunken, der Mund schlaff. Großer Gott… »Habiba, weißt du, wie man jemandem den Puls fühlt?«
»Ja.«
»Fühl seinen, bitte.«
Während sie seine Hand nahm und an seinem Handgelenk herumfingerte, studierte ich das Terrain unter uns. Ein paar runde Hügel, dann die weite Ebene des Central Valley. Wie weit noch bis Bakersfield? Meiner Schätzung nach nicht mehr als vierzig Meilen.
Habiba sagte: »Sein Puls fühlt sich ganz schwach an, Sharon.«
»Ist seine Stirn heiß?«
»Knallheiß, aber er zittert, als ob er friert.«
Die Fieberzyklen wurden immer kürzer. »Hör zu«, sagte ich, »wir landen in Bakersfield und bringen ihn ins Krankenhaus.« Es sprach nichts dagegen; dort würde uns bestimmt niemand auflauern. Ich bezweifelte, daß uns inzwischen überhaupt noch irgend jemand suchte.
Sie fragte: »Was soll ich machen?«

»Dort hinten unterm Sitz müßte eine Decke liegen. Schau nach, ob du sie findest, und wickle ihn ein.« Das würde zwar nichts gegen seinen Schüttelfrost nützen, aber es würde der Kleinen etwas zu tun geben.

Wir waren jetzt schon ein gutes Stück im Valley, näherten uns den Farmsiedlungen Arvin und Weed Patch. Eine Waschbrettebene, meilenweit erstreckten sich pflanzreihengestreifte Felder; Armeen von Hochspannungsmasten marschierten von Osten nach Westen, durch die Leitungen in Reih und Glied gehalten. Ich griff nach dem Funksprechgerät, um die Flugverkehrskontrolle von Bakersfield zu rufen, aber mein Blick blieb am Öldruckanzeiger für den Steuerbordmotor hängen.

Die Nadel sackte gerade in den roten Bereich.

Einen Moment lang starrte ich ungläubig auf die Anzeige. Dann lachte ich – ein schepperndes, überspanntes Lachen. So viel zu meinen Fähigkeiten als Flugzeugmechanikerin!

Großer Gott, was jetzt?

Ich sah auf den Motor. Kein Rauch zu erkennen. Aber dann roch ich brennendes Öl.

Okay, okay, es ist ernst, gestand ich mir ein. Wenn du den Motor weiterlaufen läßt, kann er sich festfressen. Und das kann alle möglichen verheerenden Folgen haben – umherfliegende Kolben, durchschlagenes Motorgehäuse.

Phantasier nicht rum. Denk nach, was zu tun ist. Erinnere dich an diesen Kurs über mehrmotorige Maschinen, den du im Herbst gemacht hast.

Höhe halten. Propeller auf Segelstellung fahren.

Ich fuhr den Propeller auf Segelstellung. Er kam sofort zum Stillstand.

Gut. Jetzt das Triebwerk stillegen. Leerlaufzufuhr zu. Kraftstoffwahlschalter aus. Zusatzpumpe aus. Zündung aus. Cowl-Klappen zu.

Entbehrliche Elektrik? Nichts an, gut.

Behandle das Backbordtriebwerk wie ein rohes Ei; das ist jetzt alles, was dir bleibt. Kraftstoffmix auf »reich«, Drehzahl runter, auf das Minimum, das du brauchst, um Fahrt zu halten.

Und was jetzt?
Flugverkehrskontrolle benachrichtigen.
»Sharon? Ich finde die Decke nicht.«
»Macht nichts. Wir sind bald da.«
»Aber Hy...«
»Der braucht die Scheißdecke nicht!«
Habiba schrak hörbar zusammen und verstummte.
»Tut mir leid, daß ich dich angefahren habe«, sagte ich. »Bist du angeschnallt?«
»... Nein.«
»Schnall dich bitte an. Wir...« Ich hielt inne, weil mir nichts einfiel, was ich ihr sagen konnte. Ach, zum Teufel, warum sollte ich ihr etwas vormachen? Nach allem, was sie durchgestanden hatte, seit wir am Strand von Jumbie Cay losgeschwommen waren, hatte sie es verdient, genauso die Wahrheit zu erfahren wie ein Erwachsener.
»Ein Triebwerk ist ausgefallen«, sagte ich. »Du brauchst keine Angst zu haben, das andere ist noch in Ordnung, und wir sind gleich am Flughafen. Aber es kann eine harte Landung werden. Du mußt bitte dafür sorgen, daß ihr beide ganz fest angeschnallt seid, du und Hy. Und du mußt ganz still sein, damit ich mich konzentrieren kann.«
Schweigen.
»Kannst du das für mich tun, Habiba?«
»Ja.« Kein Zittern in ihrer Stimme, nichts Weinerliches. Dieses Kind hatte wirklich Mumm.
»Danke. Du wirst sehen, wir sind im Handumdrehen unten.«
Ich griff nach dem Funkgerät, schaltete das Mikro ein und gab durch: »Bakersfield Tower, hier Beechcraft vier-acht-drei-drei-Echo. Sichtflug, dreißig Meilen Südwest. Das Steuerbordtriebwerk ist ausgefallen, und ich habe einen schwerkranken Passagier an Bord. Erbitte Hilfe.«
Rauschen.
»Bakersfield Tower, bitte bestätigen.«
»Roger, Drei-drei-Echo. Melden Sie eine Notsituation?«
»Positiv, Bakersfield.«
»Drei-drei-Echo, können Sie Höhe halten?«

»Positiv, Bakersfield.«
»Drei-drei-Echo, fliegen Sie direkt Landebahn Drei-null-rechts an. Sie sind Nummer eins. Fordern Sie für Ihren Passagier einen Krankenwagen an?«
»Positiv, Bakersfield. Und ich brauche Assistenz bei der Landung; das ist meine erste unter solchen Bedingungen.«
»Dafür sind wir ja da, Drei-drei-Echo. Drei-null-rechts ist zehntausend Fuß lang, Sie haben also jede Menge Landebahn.«
Ich bestätigte und stieß einen Erleichterungsseufzer aus.

7 Uhr 01
Während ich Bakersfield anflog, formierten sich in meinem Kopf Sätze aus den Notfall-Kapiteln der Fluglehrbücher, die ich im Lauf der letzten Jahre studiert hatte.
Beim Landen mit einem ausgefallenen Triebwerk Landevorgang in Landebahnnähe einleiten und Fahrwerk am üblichen Punkt des Landevorgangs ausfahren.
»Drei-drei-Echo, können Sie Ihr Fahrwerk ausfahren?«
Verdammt, ich wußte nicht, von welchem Triebwerk der Fahrwerksmechanismus abhing. Wenn es das Steuerbordtriebwerk war... »Tut mir leid, Bakersfield, ich mußte für den Piloten übernehmen und kenne mich mit dem System nicht aus.«
»Wie lautet Ihre vollständige Maschinentypbezeichnung, Drei-drei-Echo?«
»Beechcraft Delta-fünf-fünf-Baron.«
»Augenblick.« Eine halbe Minute verging. »Sie haben Glück, Drei-drei-Echo. Das Fahrwerk hängt am Backbordtriebwerk.«
»Danke, Bakersfield.« Ich wartete, bis ich noch zwei Meilen vom Platz entfernt war, fuhr dann das Fahrwerk aus und kippte die Klappen auf fünfzehn Grad.
Blueline-Geschwindigkeit halten und Klappen erst vollständig ausschlagen, wenn Sie im Endanflug sind.
Die Rollbahn erstreckte sich vor mir. Ich flog sie schnell und hoch an.
»Sie machen das sehr gut, Drei-drei-Echo. Fahren Sie die Klappen auf dreißig Grad.«
Wenn Sie der Giertendenz aufgrund des ausgefallenen Triebwerks

durch Rudertrimmung entgegengewirkt haben, wird sich der Steuerdruck ändern, sobald die Klappen ausgefahren sind.
Und so war es.
Über dem Asphalt jetzt. Total konzentriert. Nichts mehr auf der Welt außer dieser Maschine, der Stimme aus dem Tower und mir.
Sobald die Klappen ganz ausgeschlagen sind, ist ein Durchstarten nicht mehr möglich. Jetzt muß gelandet werden.
Ich drosselte den Motor.
Dicht vor dem normalen Aufsetzpunkt.
»Läuft alles prima, Drei-drei-Echo.«
Jenseits der Aufsetzzone und immer noch in der Luft!
»... sehr gut ...«
Das Rollbahnende jetzt in Sicht, und dahinter Bäume!
... muß gelandet werden ...
»... nur mit der Ruhe, Drei-drei-Echo, ganz ruhig ...«
Ein jäher, wirbelsäulenstauchender Schlag. Die Beechcraft gierte heftig, aber ich bekam sie unter Kontrolle, bremste vorsichtig. Und dann rollten wir aus – als wäre dies der gelungene Abschluß eines stinknormalen Routineflugs.
Nur daß das Ende der Rollbahn wenige Meter vor uns lag.
»Gut gemacht, Drei-drei-Echo, und der Krankenwagen steht auch bereit. Rollen Sie zur Seitenwindrollbahn und halten Sie.«
Ich rollte hin und hielt die Maschine an. Stellte alle Systeme ab, ließ den Kopf gegen das Handrad sinken und brach in Tränen aus.
»Der Krankenwagen kommt, Drei-drei-Echo.«
Ich unterdrückte ein Schluchzen.
»Bitte bestätigen, Drei-drei-Echo.«
Ich brachte die Worte kaum heraus. »Roger, und vielen Dank, Bakersfield.«
Habibas Hand berührte mich am Hinterkopf. »Nicht weinen, Sharon. Hy ist wieder wach!«
Ich hob den Kopf, drehte mich um, wischte mir die Tränen aus den Augen und starrte meinen Liebsten an. Er sah noch schlimmer aus als vorhin: Ein Schweißfilm überzog sein graublasses Gesicht, und seine Augen waren stumpf und rot geädert. Sein Schnauzer zuckte, weil er zu lächeln versuchte, und als er sprach, klang seine Stimme schmerzhaft heiser.

»McCone«, sagte er, »das war die mieseste Landung, die du je hingelegt hast, und jede Sekunde war mir ein Fest.«

Vierter Teil
Nordkalifornien

28.–30. Mai

25 Wir verbrachten ein paar Stunden im Bakersfield Memorial Hospital, bis Hy aufgenommen war. Ich sprach mit dem zuständigen Arzt. Der Infekt, den Hy sich in Nicaragua geholt hatte, war selten, aber – jetzt, da die richtige Diagnose vorlag – mit Sulfonamiden behandelbar und würde ein paar Tage stationären Aufenthalt erfordern. Nach dem Gespräch mit dem Arzt ging ich in Hys Zimmer; als ich ihm sagte, daß Habiba und ich nach San Francisco fahren würden, sackten seine Schnauzerenden tiefer herab.
»Heiliger Strohsack, McCone, ich hätte nie gedacht, daß du mich in Bakersfield sitzenläßt.«
»Du bist hier in sehr guten Händen, und außerdem – was hast du gegen diesen Ort?«
»Na ja, als ich klein war und in Fresno gewohnt habe, hat mein Daddy immer gesagt, wenn man an einem klaren Sommerabend auf seiner Veranda sitzt, kann man riechen, wie Bakersfield alle anstinkt.« Er hielt kurz inne. »Aber die Leute auf den Terrassen in Bakersfield haben natürlich dasselbe über Fresno gesagt.«
»Dann mußt du jetzt eben diese alten Vorurteile und Rivalitäten vergessen. Die Leute hier waren wirklich sehr nett zu uns. Ich rufe dich an und komme dich holen, sobald du entlassen wirst.«
»Mit der Citabria?«
Ich zögerte.
»Mit Flugzeugen ist es wie mit Pferden, McCone. Man muß sie sofort wieder besteigen.«
»Na, gut. Ich hole dich mit der Citabria.« Ich küßte ihn schnell und ging, bevor er mir noch weitere Versprechen entlocken konnte.

Ich sammelte Habiba im Schwesternzimmer ein, nahm ein Taxi zurück zum Flughafen und wickelte die nötigen Formalitäten ab –

unter anderem einen Anruf bei der Flugzeugvermietung, um mitzuteilen, wo und in welchem Zustand sich die Beechcraft befand. Dann nahmen wir auf Anraten des Fluglotsen, der mir bei der Landung geholfen hatte, einen Mietwagen mit Chauffeur von einer Firma namens ›Bring 'em on Home‹, deren Fahrer statt Uniform ein Cowboy-Outfit trugen – schließlich ist Bakersfield das Country & Western-Zentrum Kaliforniens. Habiba und ich schliefen die ganze Strecke bis zum Park & Fly-Platz beim Flughafen von San Francisco, wo ich – vor Ewigkeiten – meinen MG hatte stehenlassen.

Anne-Marie Altman und Hank Zahn wohnten in einem Zwei-Parteien-Haus an der Sechsundzwanzigsten Straße im Noe-Valley-District. Es war die sicherste Zuflucht für Habiba, die mir einfiel. Ich hatte nicht vorher angerufen; mein Ex-Chef und seine Frau waren meine besten Freunde, und ich brauchte mich nicht voranzumelden. Anne-Marie öffnete mir die Tür der unteren Wohnung in ihrem üblichen Freizeitoutfit aus knielangem T-Shirt und Leggins; ihr keck-widerspenstiges Blondhaar stand in kleinen Punksträhnchen ab, und sie trug kein Make-up. Sie schien nicht sonderlich überrascht, mich zu sehen, sah aber mit kaum verhohlenem Mißfallen auf Habiba herab.

Anne-Marie, die als Anwältin für eine Koalition von Umweltschutzorganisationen arbeitete, behauptete, Kinder noch mehr zu verabscheuen als Tagebaugesellschaften oder Abholzungstrupps, aber ich wußte es besser. Babys interessierten sie tatsächlich nicht – mich, um ehrlich zu sein, auch nicht so wahnsinnig –, aber ich hatte ihr schon öfters ein gewisses Faible für Kinder angemerkt, die bereits dabei waren, sich zu einer Persönlichkeit zu entwickeln. Habiba, da war ich mir sicher, würde im Handumdrehen ihr Wohlgefallen finden und zur auserwählten Schar von jungen Menschen gehören, die meine Freundin respektierte, ja, sogar gern hatte.

»Und wer ist das?« fragte sie.

»Habiba Hamid«, sagte die Kleine und streckte ihr die Hand hin.

Weiter so, dachte ich. Das Kind hatte wirklich ein Gefühl dafür, was bei Leuten zog.

Anne-Marie schüttelte ihr ein wenig verdutzt die Hand. »Und was verschafft mir die Ehre?«

Ich sagte: »Das ist eine lange Geschichte. Hast du einen Kaffee?«
Sie winkte uns herein und führte uns nach hinten in die Küche. Die Kaffeemaschine war an, also goß ich uns beiden Kaffee ein und hörte, wie meine Freundin die Kleine steif fragte: »Möchtest du ein bißchen Milch? Oder Saft?«
»Cola?«
»Light?«
»Ja, bitte.«
Anne-Marie holte die Cola, und wir setzten uns an ihren Hackblocktisch. »Kriege ich nun die lange Geschichte zu hören?«
»Keine Zeit. Habiba kann dir später alles erzählen.«
»Später?« fragte sie mit einem alarmierten Unterton.
»Ja. Ich muß sie für eine Weile hier unterbringen.« Ehe sie protestieren konnte, fragte ich: »Ist Hank da?«
»Er ist vor ein paar Stunden zum Duschen nach oben gegangen, aber es muß ihm wohl irgendwas dazwischengekommen sein, weil ich vorhin Thelonius Monk gehört habe – eine neue soundverbesserte CD-Version, die er sich am Freitag gekauft hat. Soll ich ihn über die Sprechanlage rufen?«
»Ja, frag ihn doch bitte, ob er runterkommen kann.«
Anne-Marie und Hank haben schon frühzeitig in ihrer Ehe festgestellt, daß sie nicht zusammenleben können. Er bezeichnet sie als Sauberkeitsfanatikerin; sie nennt ihn schlampig. Getrennte Wohnungen im selben Haus und häufige eheliche Besuche haben sich für sie beide als Ideallösung erwiesen.
Sie ging zu der Sprechanlage, die die beiden Stockwerke miteinander verband, und sprach leise hinein. Eine halbe Minute später trat Hank durch die Wohnungstür. Er trug einen Frotteebademantel mit einer beeindruckenden Zahl von Kleckerflecken und hielt einen großen Kaffeebecher mit der Aufschrift »Staranwalt« in der Hand. Seine Augen hinter der dicken Hornbrille wirkten verschlafen; wahrscheinlich hatte er zu Thelonius ein kleines Nickerchen gehalten.
Während er sich setzte, stellte ich ihm Habiba vor. Ich fügte hinzu: »Sie braucht einen Anwalt.«
Hank musterte sie gespielt-streng. »Was hat sie verbrochen? Ich verteidige keine Papierchenwegschmeißer und keine Leute, die ihre Leihbücher nicht zurückbringen.«

Habiba kicherte.
Ich sagte: »Sie will sich möglicherweise von ihrem Vater scheiden lassen. Und vielleicht auch von ihrer Großmutter.« Ich erläuterte kurz die Situation, ließ aber weg, daß Habibas Vater ein Mörder war. Das würde ich ihm sagen, wenn Habiba uns nicht hören konnte.
Hank hörte aufmerksam zu und fuhr sich mit der Hand über das lockige graubraune Haar. »Willst du das wirklich, Habiba?« fragte er.
»Ja. Mein Dad macht mir angst, und Omi wird darauf bestehen, daß ich mit ihm nach Jumbie Cay zurückgehe.«
»Und wenn wir es hinkriegen würden, daß du bei ihr bleiben kannst?«
»Das wäre okay.«
»Und willst du, daß ich deine Interessen vertrete?«
»Ja, bitte.«
»Dann solltest du wohl eine Anzahlung leisten.«
Sie runzelte die Stirn und sah mich an.
»Ich leihe dir das Geld.« Ich holte die gräßliche Muscheltasche unter dem Tisch hervor, wo ich sie hatte verschwinden lassen.
Anne-Marie fragte: »Wo in aller Welt hast du die her?«
»Das ist ein Teil der langen Geschichte.«
»Habiba muß uns unbedingt alles erzählen.« Sie taute jetzt auf und lächelte Habiba an. Habiba grinste verschmitzt zurück.
Ich fragte Hank: »Wieviel?«
Er rechnete. »Siebzehn Dollar werden reichen.«
»Wie kommst du auf diese krumme Summe?«
»Soviel kostet ein ordentliches Essen für drei Personen aus dem Pollo Supremo. Anne-Marie hat mir gesagt, Habiba wird ein Weilchen bei uns bleiben, und ich finde, das ist gerade das richtige für ihr erstes Diner chez Altman-Zahn.«
»Nichts dagegen zu sagen.« Ich zählte siebzehn Dollar ab und reichte sie Habiba. Die wiederum gab sie Hank, und sie besiegelten das Geschäft per Handschlag. Ich legte noch zehn Dollar drauf.
»Wofür sind die?« fragte Hank.
»Eine Flasche Wein, auf meine Kosten. Als kleiner Dank für eure Hilfe.«

»Also, ich weiß nicht, Shar.« Hank faltete die Scheine zusammen und steckte sie in die Tasche seines Bademantels. »Du wirst allmählich zu vornehm für uns. Für zehn Dollar kriegt man ja sogar schon eine Flasche mit einem Korken.«

Zehn Minuten später fuhr ich auf der Mission Street in Richtung Bernal Heights und versuchte mehrere Leute über mein Autotelefon zu erreichen. Unter der Nummer von Micks Handy keine Antwort; niemand in seiner Wohnung, bei mir zu Hause, im Büro. Greg Marcus hatte frei und war übers Wochenende weggefahren. Ich versuchte es sogar bei Adah Joslyn, für den Fall, daß die Nachricht im Web doch nur ein Jux gewesen war und meine Freundin daheim in ihrer Küche stand und Charley sein Sonntagsfressen verabreichte.

Niemand zu erreichen.

Die Kreuzung Mission Street – Army Street war wegen eines Unfalls gesperrt. Einer der großen Gelenkbusse der städtischen Verkehrsbetriebe blockierte die Fahrspuren in südlicher Richtung, ein Kleinbus klebte an einem Strommast, und Polizisten, Leute vom Feuerwehrrettungsdienst und Sanitäter eilten hin und her. Ich sah mich nach einer Umfahrungsmöglichkeit um und erspähte ein paar Meter weiter ein kleines Verbindungsgäßchen. Um hinzukommen, mußte ich allerdings über den Bordstein und den Bürgersteig fahren, was eine harte Belastungsprobe für meine fast neuen Reifen bedeutete.

»Scheiß drauf«, sagte ich und stellte das Radio an. Es war kurz nach drei; vielleicht kam ja etwas Interessantes in den Nachrichten –

»... ein Flammenmeer, das die Feuerwehr unter Kontrolle zu bringen versucht. Das Bombenkommando ist ebenso vor Ort wie Beamte der Diplobomber-Sonderkommission, und die Atmosphäre hier in der Jackson Street ist ...«

»O mein Gott!«

Zur Hölle mit den Reifen. Ich fuhr an, holperte über die Bordsteinkante und den Bürgersteig. Schoß durch das kleine Gäßchen bis zur Valencia Street und preschte quer durch die Stadt zum azadischen Konsulat.

Ich kam nicht an die Jackson Street heran, also beschloß ich schließlich, mich über den Lafayette Square heranzupirschen. Ich parkte in der zweiten Reihe neben dem RKI-Mobil. Es war verlassen und abgeschlossen. Ich steckte einen Zettel unter meinen Scheibenwischer: »Fahrzeug des Konsulats-Sicherheitsdienstes. Bitte nicht abschleppen.« Dann rannte ich die Laguna Street hinunter zur Jackson.

Die Kreuzung und die Bürgersteige waren voller Schaulustiger, die über die Absperrungen hinweg etwas zu sehen versuchten. Ein Reporter stand auf einem Channel-Five-Bus und filmte. Ein Fotograf war auf eine Palme im eingezäunten Vorgarten einer weißen Altbauvilla geklettert; ein zweiter Mann, vermutlich der Hausbesitzer, drohte ihm von unten mit der Faust und brüllte, er solle sofort herunterkommen. In der Luft lag ein Rauchschleier, durchsetzt mit übelriechenden chemischen Dämpfen. Für einen Augenblick fühlte ich mich zu den Trümmern von Bootlegger's Cove zurückversetzt, aber dann schob ich die Erinnerung weg und zwängte mich durch die Menge zu der Absperrung. Ich zeigte dem dort postierten uniformierten Beamten meine Lizenz und erklärte, daß ich für RKI arbeitete. Er brüllte: »Was?« und beugte sich dichter an mich heran. Ich wiederholte meine Erklärung, aber sie machte keinen Eindruck. Er schüttelte den Kopf und drehte sich weg.

Ich wollte mich gerade nach einem anderen Weg zum Ort des Geschehens umsehen, als ich Craig Morland entdeckte. Der FBI-Beamte versuchte, sich unauffällig unter die Menge zu mischen, aber sein dunkler Anzug und die rote Krawatte stachen von der Wochenendkleidung der anderen Leute deutlich ab. Ich rief ihn an, und er drehte sich um und kam zur Absperrung.

Morland zeigte dem Polizisten seinen Dienstausweis und winkte mir, ihm zu folgen. »Wann ist das passiert?« fragte ich.

»Punkt fünfzehn Uhr. Ich kann Ihnen sagen, in dieser Bombe war genügend Schwarzpulver, um einen Berg wegzupusten.« Er faßte mich locker am Ellbogen, schob ein paar Schaulustige beiseite und führte mich die Straße entlang.

Ich sagte: »Wann waren Sie hier?«

»Circa siebzehn nach. Inzwischen hat das Feuer auf die Nebengebäude und die beiden Nachbarhäuser übergegriffen. Und auf den Anbau hinten.«

»Großer Gott. Tote?«
»Mit Sicherheit, aber wir wissen noch nicht, wie viele und wer.«
»Überlebende?«
Er zuckte die Achseln.
Je näher wir dem Feuer kamen, desto dicker wurde das Grau aus Rauch und Rußpartikeln. Obwohl es ein eher kühler Tag war, fühlte ich Hitze auf meiner Haut. Die Stimmen der Gaffer und die Rufe der Feuerwehrleute gingen im Tosen und Prasseln der Flammen unter.
Jetzt sah ich das Konsulat und die Nebengebäude – oder besser gesagt, ihre verkohlten Gerippe. Die Häuser zu beiden Seiten hatten ebenfalls Feuer gefangen; Wasserströme aus Feuerwehrschläuchen ergossen sich auf die Dächer und Mauern und verdampften zischend. Die Feuerwehrleute rückten seitlich vor, um zu verhindern, daß das Feuer den ganzen Häuserblock erfaßte.
Trotz der Hitze fröstelte mich bis ins Mark. Wieder überkam mich die Erinnerung an die brennenden Trümmer in Bootlegger's Cove; wieder schob ich sie weg.
Morland streckte den Arm aus und fegte ein älteres Ehepaar, das uns im Weg stand, grob beiseite. Die Frau drehte sich empört um, aber der FBI-Mann marschierte ohne Entschuldigung weiter. Der wohlerzogene, korrekte Craig trug das gleiche Gewaltpotential in sich wie die meisten von uns, und im Augenblick hielt er es nicht besonders gut in Schach. Ich entwand meinen Ellbogen seinem Griff und ging vorsichtig hinter ihm her, für den Fall, daß noch heftigere Ausbrüche folgen würden.
Auf der Straße stand Wasser; ich patschte hindurch, fühlte es in meinen zu großen Sandalen quatschen. Ein paar Meter weiter, hinter einem der Feuerwehrwagen, sah ich ein Grüppchen Zivilisten: Gage Renshaw, drei RKI-Leute, Khalil Latif und – zu meiner Überraschung – Mick. Ihre Gesichter waren rußverschmiert; Renshaws Hosen waren bis zur halben Wade durchweicht und mit etwas bespritzt, das aussah wie feuerhemmende Chemikalien.
Ich sagte zu Morland: »Ich bin da drüben. Danke, daß Sie mir durch die Absperrung geholfen haben.«
Er nickte und marschierte zu einem Wagen des Bombenkommandos, der auf dem Bürgersteig stand.

Ich ging zu dem Grüppchen neben dem Feuerwehrwagen und berührte Renshaw am Arm. »Was ist hier passiert?«
Er drehte sich um und sah mich an. Die Überraschung in seinem Gesicht verwandelte sich rasch in Wut. »Wo, zum Teufel, haben Sie gesteckt?«
»Ich war mit Habiba auf der Heimreise.«
»Wo ist sie?«
»An einem sicheren Ort.« Ein Glück, daß wir Renshaw nicht angerufen hatten, um uns vom Firmenjet in der Mojave-Wüste abholen zu lassen! Wenn die Dinge so gelaufen wären, wie Hy es vorhergesagt hatte, dann hätte sich die Kleine im Konsulat befunden, als die Bombe hochgegangen war.
»Wo?« herrschte mich Renshaw an. »An was für einem sicheren Ort?«
Ich ignorierte die Frage und wandte mich Mick zu. »Ich habe dich anzurufen versucht. Warum hast du dich nicht gemeldet?«
»Das verdammte Ding ist verreckt. Das hat man davon, wenn man ein Billigmodell kauft.«
Er sah erschöpft und entmutigt aus und rührte mein Herz. Ich gelobte mir im stillen, ihm das beste Handy auf dem Markt zu kaufen und mich nie wieder über seine Technologiehörigkeit zu ereifern.
»Komm mit«, sagte ich und zog ihn von den anderen weg.
Renshaw guckte finster und setzte an, uns aufzuhalten, beschränkte sich dann aber auf ein ärgerliches Achselzucken. Mick und ich gingen zur Stoßstange des Feuerwehrwagens und setzten uns drauf.
»Was hat Hamid getan?« fragte ich. »Erzähl von Anfang an.«
Er schloß die Augen und atmete tief durch, als müßte er erst seinen Kopf freikriegen. »Okay, ich habe Blanca Diaz angerufen, wie du gesagt hast. Sie war gern bereit, mir zu helfen, und hat mich über Hamid genauestens auf dem laufenden gehalten. Er war ziemlich von der Rolle, als er in der Wohnung ankam. Blanca hat dort übernachtet; das tut sie immer, wenn Ronquillo und Mrs. Schechtmann eine größere Party schmeißen, und an dem Abend hatten sie ein Essen für dreißig Leute. Als die Gäste weg waren, sind Leila, Sandy und Hamid die ganze Nacht aufgeblieben und haben getrunken und gekokst. Blanca mußte immer raus und rein, um das Party-Chaos aufzuräumen, und sie hat eine Menge mitgekriegt.

Offenbar hatte Hamid seine Mutter vom Flughafen aus angerufen. Sie wollte wohl nicht, daß er ins Konsulat kam, und hat ihm erklärt, der Chef ihres Sicherheitsdienstes habe ihr gesagt, Habiba sei in guten Händen. Und sie hat ihm wohl auch erklärt, sie werde das Kind auf gar keinen Fall mit ihm in die Karibik zurückkehren lassen, und er solle wieder verschwinden, bevor noch etwas Schreckliches passieren würde. Jetzt wissen wir wohl, was sie damit gemeint hat.« Mick zeigte auf die brennenden Gebäude.
»Erzähl weiter.«
»Okay, irgendwann ist Hamid dann total ausgerastet und hat rumgebrüllt, seine Mutter wolle ihm sein Kind wegnehmen, und er werde auf gar keinen Fall ohne die Kleine wieder weggehen. Schließlich hat ihm Ronquillo etwas gegeben, was ihn beruhigt hat, und alle sind ins Bett gegangen. Aber Hamid war schon früh wieder auf und hat Blanca bereits um zehn Uhr zur Schnecke gemacht, weil kein Scotch mehr da war. Er ist eine Flasche kaufen gegangen, und sie sind alle den ganzen Samstag im Haus geblieben und haben weiter getrunken und gekokst.
Ich habe die ganze Zeit auf der anderen Straßenseite in meinem Wagen gesessen. Gar nichts tat sich. Das Scheißhandy hat irgendwann seinen Geist aufgegeben, und ich habe es erst um zehn gemerkt, als ich Maggie anrufen wollte, damit sie mir noch ein paar Brote und Kaffee bringt. Ich war am Verhungern und hatte nur noch ein paar Dosen Cola im Wagen; die habe ich dann getrunken, um meinen Magen zu füllen, und danach mußte ich dauernd raus, um die ganze Flüssigkeit wieder abzulassen. Einmal hat mich eine alte Dame, die ihren Hund Gassi führte, in den Büschen erwischt. Sie hat mir gedroht, sie würde die Polizei rufen. Danach bin ich im Auto geblieben und habe in eine leere Coladose gepinkelt.«
Willkommen in der Realität der Privatermittler, dachte ich. »Okay, und was war heute?«
»Hamid ist gegen halb drei mit einem Taxi weggefahren; die Nummer habe ich. Er ist hier ausgestiegen. Sah so aus, als ob am Seiteneingang keine Sicherheitsleute waren; er ist geradewegs reinspaziert und war noch nicht wieder rausgekommen, als die Bombe hochging. Shar, so was habe ich noch nie gesehen…«
Keine Sicherheitsleute am Seiteneingang? Eine solche Nachlässig-

keit hätte Renshaw niemals geduldet. Aber vielleicht hatte Malika Hamid sie weggeschickt oder auf irgendeine Art abgelenkt, die es ihnen nicht nahegelegt hatte, ihrem Teamleiter Bescheid zu sagen. Habiba hatte mir erzählt, daß ihre Großmutter immer alle außer der alten Kinderfrau wegschickte, wenn Dawud zu Besuch kam.

Ihre sture Entschlossenheit, um jeden Preis die Fiktion aufrechtzuerhalten, daß ihr Sohn vor Jahren spurlos verschwunden war, hatte sie beide das Leben gekostet.

Ich fragte Mick: »Ist jemand Hamid gefolgt?«

»Außer mir? Nicht, daß ich wüßte.«

»Ist irgendwas abgeliefert worden, nachdem er hier angekommen war?«

»Nein.«

Dann war die Bombe schon vorher an Ort und Stelle gewesen. Der Bombenleger hatte gewußt, daß die Sicherheitsposten abgezogen werden würden; er hatte gewußt, daß Hamid kommen würde. Ich dachte an Adahs Botschaft auf meinem Anrufbeantworter: »... unangenehmerweise quasi vor der Haustür.«

Vor der Haustür der Azadis?

Mick und ich gingen wieder um den Jeep herum. Renshaw war nicht mehr da, aber Khalil Latif saß auf dem Bordstein, Tränenspuren im Ruß auf dem grobgeschnittenen Gesicht. Ich setzte mich neben ihn.

»So eine Verwüstung«, sagte er. »So eine Verwüstung.«

»Wo waren Sie, als die Bombe hochging, Mr. Latif?«

»Auf meinem täglichen Spaziergang. Ich gehe immer zum Marina Green und zurück – werktags schon früh, samstags und sonntags später.«

»Und Mrs. Hamid – wissen Sie, was sie heute vorhatte?«

Er schüttelte den Kopf.

»Hat außer Ihnen noch jemand überlebt?«

»Ich weiß es nicht.«

Ich sah auf Latifs gesenkten Kopf, dachte an seine unverhohlene Antipathie Malika Hamid gegenüber, seine Zuneigung zu Mavis. Als ich wieder aufblickte, sah ich Renshaw und einen großgewachsenen Mann mit stahlgrauem Haar in unsere Richtung kommen.

Ich erkannte in dem anderen Mann Ed Parkhurst, den Leiter der Sonderkommission. »Entschuldigen Sie mich, bitte«, sagte ich zu Latif und ging ihnen entgegen.

Renshaw guckte unwirsch und wedelte mit der Hand, um mir zu bedeuten, ich solle mich verziehen. Ich ging weiter auf sie zu. »Mr. Parkhurst«, sagte ich, »Sharon McCone. Ich bin eine freie Mitarbeiterin von Mr. Renshaw.«

Parkhurst ignorierte meine ausgestreckte Hand. »Sie sind die Ermittlerin, der Adah Joslyn geheime Informationen hat zukommen lassen. Wir sind dahintergekommen, nachdem wir sie suspendiert hatten.«

Ich ging nicht auf die implizite Anschuldigung ein. »Gibt es etwas Neues über sie?«

»Das ist ebenfalls geheim.«

»Wohl kaum, da der Entführer über das Techno-Web aller Welt verkündet hat, daß er sie als Geisel genommen hat. Was glauben Sie, warum er noch keine Forderungen gestellt hat?«

Parkhurst seufzte. »Wie Sie sehen, war er anderweitig beschäftigt.«

Ich wandte mich Renshaw zu. »Haben Sie eine Ahnung, wie Malika Hamid Ihre Leute dazu gebracht hat, den Seiteneingang unbewacht zu lassen?«

»Sharon, es reicht!«

»Haben Sie's ihm gesagt?«

»Was?«

»Das mit den...«

Renshaw packte mich am Arm, murmelte irgend etwas Entschuldigendes in Parkhursts Richtung und bugsierte mich eilends auf die andere Seite des Jeeps. »Verdammt, Sharon, wann werden Sie endlich aufhören, mir vorzuschreiben, wie ich meinen Beruf auszuüben habe? Ich werde Parkhurst von den Warnschreiben erzählen, wenn ich es für angebracht halte.«

»Und wann wird das sein?«

»Wenn ich mit meiner Klientin Rücksprache gehalten habe.«

»Rücksprache mit Malika Hamid?« Ich deutete auf das rauchende Gerippe des Konsulats. »Nicht sehr wahrscheinlich, es sei denn, Sie verlegen sich auf Channeling.«

»Wir wissen nicht, ob Mrs. Hamid tot ist. Aber selbst wenn, bin ich immer noch verpflichtet, die Interessen Azads zu wahren. Ich werde alles weitere mit Botschafter Jalil...«

»Ach, reden Sie kein Blech, Gage! Es ist ein bißchen spät, um sich um das Image der Azadis zu sorgen. Es sind Menschen umgekommen. Ihre Leute sind umgekommen. Es ist höchste Zeit, alles offenzulegen. Wir müssen uns mit Parkhurst zusammensetzen und ihm alles sagen; ich muß Ihnen und ihm erzählen, was ich herausgefunden habe.«

Renshaws Augen wurden schmal, und seine Nasenflügel weiteten sich. Er neigte sich nach vorn, das Gewicht auf den Fußballen, und bohrte den Zeigefinger in meine Schulter, während er sagte: »Das Maß ist voll, Sharon. Sie werden mir die kleine Hamid bis spätestens sechs Uhr übergeben.«

Ich entzog mich seinem bohrenden Finger und funkelte ihn ebenso wütend an wie er mich. »Den Teufel werde ich.«

»Tun Sie, was ich sage, wenn Sie sich Ärger ersparen wollen.«

»Ärger?«

»Ich sage nur das eine Wort – Kindesentführung.«

»Tja, Gage, ich sage auch nur das eine Wort – Beihilfe.«

»Ich habe Sie nie autorisiert...«

»O doch, das haben Sie.«

»Es gibt keine Zeugen, nichts Schriftliches.«

»Aber wie Sie schon sagten, RKI hat bezahlt: meinen Flug und Spesen, Habibas Rückflugticket und Mietkosten für die eine oder andere Maschine. Sie haben Habibas Paß per Kurier geschickt. Ich habe Ihnen dauernd Bericht erstattet; auf meiner Telefonrechnung werden die Kreditkartengespräche erscheinen.« Er setzte an, etwas zu sagen, aber ich zog mein As aus dem Ärmel. »Und außerdem war Ihr Partner Ripinsky auf dem ganzen Rückweg mit uns zusammen.«

Er schwieg.

»Gage«, fuhr ich fort, »da ist vieles, was Sie nicht wissen. Lassen Sie mich erzählen, was ich...«

»Nein, Sharon. Ende der Diskussion. Meinetwegen weigern Sie sich, mir die Kleine zu übergeben, wenn es irgendein perverses Machtbedürfnis bei Ihnen befriedigt. Aber ich bezweifle, daß Sie sich einem Ersuchen von Botschafter Jalil widersetzen können – vor allem, wenn das Außenministerium dem Nachdruck verleiht.« Er wandte sich ab und stapfte davon.

Ich sah ihm nach, kochend vor Wut. »Perverses Machtbedürfnis, meine Fresse«, knurrte ich. Soviel zu meinem Vorsatz, RKI und der Sonderkommission mitzuteilen, was ich wußte. Zum Teufel mit ihnen allen.

»Wie bitte?« fragte eine Stimme hinter mir.

Ich drehte mich um. Craig Morland. »Nichts!« fauchte ich.

Morland wich einen Schritt zurück.

»Entschuldigung«, sagte ich. »Falls Sie Parkhurst suchen – ich weiß nicht, wohin er gegangen ist.«

»Macht nichts. Ich bin fürs erste hier fertig.«

Ich sah mich nach Mick um, konnte ihn aber nirgends entdecken. Auch egal; früher oder später würde er schon im Büro auftauchen. Morland stand immer noch neben mir. Er sah aus, als ob er etwas sagen wollte, aber Angst hätte, ich könnte ihm den Kopf abreißen. Ich mußte nett zu ihm sein; er war jetzt meine einzige Verbindung zur Sonderkommission.

»Craig«, sagte ich, »Sie sehen aus, als könnten Sie einen Drink vertragen. Darf ich Ihnen einen spendieren?«

26

Eine Stunde später saßen Morland und ich noch immer in der Sitznische im rückwärtigen Teil eines dunklen mexikanischen Restaurants in der Motelmeile an der Lombard Street. Normalerweise kann ich ja nichts essen, wenn ich durcheinander und deprimiert bin, aber die Ereignisse dieses Tages – in Kombination mit den Entbehrungen der letzten Reisetage – hatten genau den umgekehrten Effekt gehabt. Ich hatte bereits Huveos Ranchero mit Bohnen und Reis, zwei Dos Equiis und einen unanständigen Haufen Chips mit Salsa verdrückt. Craig hatte ein paar Chips geknabbert und zwei Margaritas getrunken. Jetzt hatte er gerade die dritte in Arbeit.

»Ich war oft hier, als ich noch bei der Außenstelle in San Francisco war, damals in den achtziger Jahren«, sagte er mit Grabesstimme.

Ich wappnete mich für eine weitere Portion seiner Lebensgeschichte. Trotz meiner wiederholten Versuche, ihn zu dem Diplobomber-Fall zu befragen, hatte er das Gespräch immer wieder auf seinen beruflichen Werdegang zurückgelenkt. Ohne wirklich etwas über sich selbst zu sagen, hatte er mir von seiner Zeit beim New Yorker Bombenkommando, seinem Jurastudium an der Columbia-Universität, seinem ersten und einzigen Anwaltsjob als Pflichtverteidiger in Brooklyn und seinem Wechsel zum FBI erzählt.
Jetzt schien ihm allmählich der Saft auszugehen. Er sah sich trübsinnig in dem Restaurant um, als bleibe es hinter seinen Erinnerungen zurück. »Ach, was soll's«, murmelte er.
Bedrückt wegen des Anschlags, dachte ich. Und wegen Adah; er zieht sich jedesmal in sich zurück, wenn ich ihren Namen erwähne, empfindet mehr für sie, als er zeigt – und mehr, als sie ahnt.
Ich versuchte das Gespräch wieder auf die Ermittlungen zurückzulenken, diesmal auf einem Umweg. »Wie lange haben Sie hier in San Francisco gearbeitet?«
»Zweieinhalb Jahre. Dann wurde ich nach Washington zurückversetzt. Ein paar Jahre war ich im Rahmen eines Beamtenaustauschs bei Scotland Yard. Als ich gerade wieder in die Staaten zurückgekehrt war, wurde ich in die Sonderkommission beordert.« Er hielt einen Moment inne. »Wenn diese verdammte Warterei nur vorbei wäre. Warum macht er nicht endlich den nächsten Zug?«
»Vielleicht war dieser Anschlag ja der entscheidende Zug. Vielleicht hat er ja jetzt, was er will.«
»Darauf würde ich mich nicht verlassen.«
»Azad ist das einzige Land, das er mehr als einmal attackiert hat. Und an verschiedenen Orten.«
»Aber die anderen Anschlagsversuche sind nicht geglückt.«
»Der versuchte Anschlag auf die Panamaer zweiundneunzig ist auch nicht geglückt, und er hat ihn trotzdem nicht wiederholt.«
Morland schüttelte den Kopf. »Ich glaube nicht, daß die Azadis in dieser Sache eine zentrale Rolle spielen.«
»Wieso nicht?«
»Weil nichts darauf hindeutet.« Seine Augen verengten sich, als er mich jetzt über den salzverkrusteten Rand seiner Brille hinweg musterte. »Es sei denn, Sie wüßten etwas, was wir nicht wissen.«

Einen Moment lang erwog ich, Morland alles zu erzählen; ich spürte, daß ich ihm vertrauen konnte. Aber er würde Parkhurst informieren müssen, der mich nur zu gern wegen Behinderung bundespolizeilicher Ermittlungen belangt sehen würde. Das konnte ich nicht riskieren.
Zum Teufel mit Renshaw und seinem verdammten Vertraulichkeitsding!
Ich sagte zu Craig: »Ich habe nur so ein Gefühl, was die Azadis angeht, weiter nichts. Ich habe Parkhurst gefragt, ob es etwas Neues wegen Adah gibt, aber er wollte mir nichts sagen. Hat sich der Bomber noch mal über das Web gemeldet?«
Sein Blick verschleierte sich, und er trank, bevor er antwortete: »Nein, da kam nichts mehr.«
»Wissen Sie von der Botschaft, die sie auf meinem Anrufbeantworter hinterlassen hat?«
Er nickte. »Marcus vom Police Department hat uns den Inhalt mitgeteilt.«
»Wenn sie nun recht hatte... ein solcher Mensch – er würde doch jeden töten, der ihn identifizieren könnte.«
»Wir gehen davon aus, daß er sie als Sicherheit braucht. Wenn wir ihm zu dicht auf den Fersen sind, ist sie sein Fluchtticket.«
Ich wollte das ebensogern glauben wie er.
Meine Zweifel mußten sich wohl in meinem Gesicht spiegeln, denn Morland stürzte sich in einen Monolog über das Psycho-Profil des Bombers, in erster Linie wohl, um seine eigene Angst zu beschwichtigen. Nach ein paar Minuten unterbrach ich ihn, indem ich der Bedienung bedeutete, daß ich zahlen wollte. Die Berieselung mit seiner Lebensgeschichte hatte mich auf eine Idee gebracht, und ich wollte zurück in mein Büro, um dieser Idee nachzugehen.

Ich hatte erwartet, daß bei All Souls Wochenendruhe herrschen würde, aber statt dessen hörte ich im Vorbeigehen zornige Stimmen aus der juristischen Bibliothek: Ted und – wie ich zu erkennen glaubte – Mike Tobias, einer aus der Schar der neuen Teilhaber und Mitarbeiter, die sich im Lauf der letzten Jahre angesammelt hatte. Ich flüchtete die Treppe hinauf, aber die Worte »unsägliche Schlam-

perei« und »unerträglicher Workaholic« flatterten hinter mir her.
In letzter Zeit gab es soviel Hickhack innerhalb der Kooperative – aber auch ernsthafte Streitereien. In dem runden Dutzend Jahre, die Ted das Hauptbüro unter sich gehabt hatte, hatte ich ihn kaum je laut werden hören. Jetzt hingegen schien ihn mindestens einmal täglich jemand oder etwas in Rage zu bringen. Die Kooperative war zu einem Ort geworden, den die meisten Mitarbeiter bei Feierabend schleunigst flohen; wer noch blieb, verschanzte sich in seinem Büro oder seinen Wohnräumen.
Oben schmiß ich die gräßliche muschelbesetzte Handtasche auf mein Sofa und kramte eine Leineneinkaufstasche aus der untersten Schublade eines Aktenschranks. Ich transferierte meine Habseligkeiten in die Leinentasche und stopfte das Muschelungeheuer in den Papierkorb. Nur weg mit diesem Souvenir einer schrecklichen Reise. Dann setzte ich mich an meinen Schreibtisch und rief Hy im Bakersfield Memorial Hospital an.
»Viel besser«, antwortete er auf meine Frage. »Ich hänge immer noch am Tropf und darf keine feste Nahrung zu mir nehmen, aber was soll's – ich lebe. Und wie geht es dir? Was macht Habiba?«
»Uns geht es gut. Sie ist bei Anne-Marie und Hank. Aber weißt du, was, Ripinsky? Er hat das azadische Konsulat in die Luft gejagt.«
»Hank? Heiliger Strohsack, was rede ich? Wann?«
»Heute nachmittag um drei. Mutter und Sohn Hamid waren dort und sind vermutlich beide umgekommen. Der einzige Überlebende ist, soweit ich weiß, Khalil Latif, der Handelsattaché.«
Er schwieg. Ich wußte, er dachte, daß Habiba auch hätte dort sein können. »Dem Kerl muß das Handwerk gelegt werden, McCone.«
»Ja. Ich habe eine Idee, wie man ihn vielleicht identifizieren oder zumindest den Kreis der Verdächtigen einengen könnte. Hör mal zu.« Ich erklärte ihm ausführlich, was mir in den Sinn gekommen war, als ich mit Craig Morland in dem Restaurant gesessen hatte.
Hy sagte: »Mich wundert nur, daß da nicht längst jemand draufgekommen ist. Aber vielleicht sind sie ja draufgekommen und haben nur die falschen Leute durchgecheckt.«
»Ich werde jetzt versuchen, Mick aufzutreiben, damit er sich gleich dransetzt.«

»Warum nicht auch Charlotte Keim?«
»RKI lasse ich besser aus dem Spiel.«
»Warum?«
»Wir haben uns ziemlich überworfen, Renshaw und ich. Ich habe darauf bestanden, daß er seine sämtlichen Informationen an die Sonderkommission weitergibt. Als die Bomben bei der azadischen Botschaft und der UN-Delegation eingingen, war er noch willens, es zu tun – mit oder ohne Malika Hamids Einverständnis. Aber jetzt macht er einen Rückzieher – um die Interessen seiner Klientin zu wahren, behauptet er, aber in Wahrheit ist es nur Selbstschutz. Er wollte sich nicht anhören, was ich inzwischen herausgefunden habe; er wollte nur, daß ich ihm Habiba übergebe.«
»Klingt, als sei der alte Gage mal wieder drauf aus, seinen Arsch aus der Schußlinie zu manövrieren. Was hast du ihm wegen Habiba gesagt?«
»Ich habe mich geweigert, sie ihm zu übergeben. Da hat er mir vorgeworfen, ich sei auf einem Machttrip.«
»Und?«
»Ripinsky, das bin ich nicht. Ich will nur, daß die Kleine sicher ist.«
»Ich weiß, aber meinst du nicht, daß es dir vielleicht außerdem auch ganz gut gefällt, Gage gegenüber am längeren Hebel zu sitzen?«
»Na ja...«
»Siehst du? Du kannst ihm vieles vorwerfen, aber nicht, daß er dich darauf hingewiesen hat.«
»Aber er hat gesagt, ich hätte ein perverses Machtbedürfnis!«
Hy lachte. »Dieses Schlitzohr! Soll ich mich mit ihm schlagen?«
»Ripinsky!«
»Okay.« Ernst jetzt. »Du weißt, ich sitze selbst auch ganz gern am längeren Hebel, und mir gehört ein beträchtlicher Teil dieser Firma. Nichts kann mich daran hindern, Gage von meinem Schmerzenslager aus anzurufen und ihm den Kopf zu waschen.«
Ein verlockendes Angebot, aber ich mußte meine Kämpfe mit Renshaw selbst ausfechten. Außerdem war das jetzt der Moment, mich von RKI zu distanzieren. »Danke, aber Mick und ich kommen mit den Computerrecherchen schon zurecht. Und du liegst auf diesem

Schmerzenslager, um von dieser Krankheit zu genesen, also konzentriere dich bitte darauf.«
Mein Neffe war in der Tür zwischen unseren beiden Büroräumen erschienen, frisch geduscht und umgezogen und vermutlich auch gesättigt. Ich verabschiedete mich von Hy, legte auf und schwenkte dann auf meinem Drehstuhl zu Mick herum. »Du siehst aus, als seist du voller Tatendrang.«

»Shar, komm rüber!«
»Was ist?« Micks dringlicher Ton rüttelte mich auf.
»Komm!«
Ich erhob mich von meinem abgewetzten Orientteppich, wo ich über den ausgebreiteten Akten zu den in diesen Fall verwickelten Personen gebrütet hatte. Mick saß am Computer. Der Bildschirm leuchtete im Dunkel seines winzigen Büros. Wir hatten schon mehrere Stunden gearbeitet und unsere Verdächtigenliste auf einige wenige Personen reduziert.
Er zeigte auf den Monitor, als ich eintrat. »Ich habe mal kurz Pause gemacht und die Boards im Web durchgecheckt. Da, schau dir das an. Er hat anders unterschrieben, aber ich wette, er ist es.«
Ich beugte mich über seine Schulter und las die Zeile, auf die er deutete.
ICH BIN NOCH NICHT FERTIG. ICH WERDE MEINE FORDERUNGEN DEMNÄCHST HIER BEKANNTGEBEN.
Unterzeichnet war die Botschaft mit »Die gebundenen Hände«.
»Na, klar!« sagte ich. »Gebundene Hände – zuerst war das Signum an den Bomben ein metallener Mechanismus, der aussah wie betende Hände, die an den Handgelenken gefesselt sind. Das paßt perfekt zum Motiv. Dawud Hamid konnte nicht auf gesetzlichem Weg bestraft werden, weil der Polizei und der Justiz durch seine diplomatische Immunität die Hände gebunden waren. Wie in all den anderen Fällen auch.«
»Na schön, aber warum ist er dann noch nicht fertig? Er hat Hamid doch heute nachmittag atomisiert.«
»Hat er das?«
Mick drehte sich um, und seine hellen Augen sahen in meine. In diesem Moment wurde mir plötzlich klar, wie ähnlich wir uns

waren, und ich fühlte, wie sich zwischen uns – klick – eine Verbindung aktivierte, die für den Rest unseres Lebens bestehenbleiben würde.
Ich fragte: »Hast du noch die Nummer des Taxis, das Hamid am Russian Hill abgeholt hat?«
Aber er fummelte bereits ein Notizbuch aus der Brusttasche seines Hemds und griff nach dem Telefon. Er drückte eine Nummer und nannte der Person am anderen Ende einen Namen – Inspector A. Joslyn – und eine Dienstnummer – ebenfalls die von Adah. Stellte seine Fragen, lehnte sich zurück und klopfte ungeduldig mit dem Stift auf die Tischplatte.
»Hast du dir schon öfters auf diese Weise Informationen verschafft?« flüsterte ich.
»Ein-, zweimal.«
»Dafür wird Adah dir den Kopf abreißen.«
»Nicht, wenn wir ihren retten.« Er kritzelte etwas in sein Notizbuch, dankte der Zentrale und unterbrach die Verbindung.
»Hamid lebt«, sagte ich.
»Du sagst es. Er hat das Taxi um den Block geschickt und vor dem Nebengebäude des Konsulats an der Pacific Street warten lassen. Keine zwanzig Minuten später ist er dort aufgetaucht.«
»Und wohin gefahren?«
Mick hielt mir das Notizbuch hin. »Im Fahrtenbuch steht eine Adresse an der Manzanita Lane in Brisbane. Sagt dir das was?«
Allerdings.

27 Um zehn nach elf hing dichter Nebel reglos in den Eukalyptusbäumen entlang der Manzanita Lane. Es erinnerte mich an die Nacht, als ich das zweitemal hierhergekommen war, nachdem ich Mavis Hamids Leiche aus der Bay gezogen hatte.
Ich fuhr an der Plankenbrücke zu Langley Newtons Bungalow vorbei und immer weiter, bis die löchrige Fahrbahn in dichtem Gestrüpp endete; hier wendete ich. Ein Grüppchen Zypressen versperrte mir den Blick auf die Brücke; ich parkte den MG dicht da-

hinter und stellte das Licht ab. Dann griff ich nach dem Autotelefon und rief Mick an.
»Was gefunden?« fragte ich.
»Ich habe bei allen Taxizentralen auf diesem Teil der Peninsula nachgefragt. *Nada*. Wenn Hamid Newtons Haus wieder verlassen hat, dann mit einem Privatwagen.«
»Hast du mit Blanca gesprochen?«
»Ich habe sie in Ronquillos Wohnung erreicht – wieder mal eine Party. Sie hat die drei heute morgen streiten hören. Ronquillo hat wohl eine sexuelle Spannung zwischen seiner Herzensdame und Hamid gewittert – Mann-Frau-Zeug, nennt Blanca das – und ihm gesagt, er soll verschwinden. Hamid ist das Bargeld ausgegangen, und auf seine Visa-Card läuft auch nichts mehr, weil er über seinem Limit ist, also hat Leila den guten Langley Newton angerufen und gefragt, ob Dawud nach dem Besuch bei seiner Mutter bei ihm unterkommen könne.«
»Warum konnte er seine Mutter nicht dazu kriegen, ihn im Konsulat wohnen zu lassen?«
»Das hat Newton auch gefragt; offenbar war er nicht so scharf auf Besuch. Leila hat ihm erklärt, Malika Hamid habe ihrem Sohn eine Audienz von maximal zwanzig Minuten gewährt, unter der Bedingung, daß er dann den ersten Flug zurück in die Karibik nehmen würde. Aber er ist fest entschlossen, hier zu bleiben, bis er seine Tochter einkassieren kann.«
»Dann darf man wohl davon ausgehen, daß er noch bei Newton ist?«
»Ja, schon, aber...«
»Ich weiß; ich sollte mich vergewissern...« Ich guckte verdrossen durch die Scheibe in den dichten, wenig einladenden Nebel hinaus.
»Kommst du mit unserer Verdächtigenliste voran?«
»Es geht. Blanca konnte mir ein paar von den Fragen beantworten, zu denen ich in keiner Datenbank etwas gefunden habe. Spätestens in einer Stunde müßte ich etwas für dich haben.«
»Dann rufe ich dich wieder an, wenn ich mich hier ein bißchen umgesehen habe.«
Ich legte wieder auf und nahm die 38er, die ich mir von zu Hause geholt hatte, aus meiner Leinentasche. Stieg aus, schloß den Wagen

ab und blieb einen Moment lauschend stehen. Aus einem der Häuser weiter hangabwärts kam Fernsehgemurmel; oben auf dem Hügelkamm bellte ein Hund monoton vor sich hin. Ich steckte die Pistole in den Bund meiner Jeans, schlug den Jackenkragen gegen die Kälte hoch und schlitterte hinunter in den Graben, wo ein kleines Rinnsal über moosglatte Steine floß. Ich ging den Graben entlang, wobei ich mich an der Böschung abstützte. Als ich die Plankenbrücke sah, krabbelte ich hinauf und schlug mich in das Wäldchen.

Bald schon sah ich zwei Lichtrechtecke; das Frontfenster des Bungalows und ein kleineres Fenster hinten in der Seitenwand. Ich blieb am Rand des Wäldchens stehen und musterte die erleuchteten Scheiben; beide waren wie Leinwände in Erwartung des Films. Ich verharrte ein paar Minuten, roch das ferne Meer unter dem durchdringenderen Katzenspraygeruch des Eukalyptus.

Der schwarze Citroën stand vor dem Bungalow, und das Gerümpel auf der Veranda war ein dunkler Verhau, wo jeder und alles lauern konnte. Die schwarzen Silhouetten der Pick-ups sahen auch nicht gerade einladend aus, boten aber ein gutes Versteck, um die Fenster zu beobachten. Ich sah mich um, sprintete dann zum nächststehenden Pick-up hinüber, duckte mich in seinen Schatten und musterte abermals das Frontfenster.

Newton hatte mir gesagt, er benutze diesen Raum kaum, außer wenn er Besuch habe.

Nach etwa zehn Minuten glitt ein langer Schatten von rechts nach links über das heruntergelassene Rollo. Er schien kleiner zu werden, wuchs dann wieder in die Länge und wanderte in umgekehrter Richtung zurück. Der Geruch von Holzrauch wehte zu mir herüber.

Ich sah zum Dach des Bungalows empor. Über der Stelle, wo der Holzofen sein mußte, befand sich ein metallener Kamin, aus dem jetzt eine Rauchwolke kam. Jemand hatte das Feuer geschürt. Wer? Und was hatte das Licht auf der Rückseite zu bedeuten?

Der andere Pick-up stand näher beim hinteren Fenster. Ich rannte in seinen Schatten.

Hinten war ebenfalls das Rollo heruntergelassen, und das Fenster war vergittert. Ich starrte hin, mußte immer wieder meine Augen ausruhen, wenn die Schatten der Gitterstäbe mir Streiche zu spielen begannen. Fünf Minuten. Zehn. Vierzehn…

Jemand bewegte sich in dem Raum, war vermutlich gerade hereingekommen. Ein diffuser Schatten wanderte am Fenster vorbei. Kreuzte es wieder und noch ein drittesmal. Dann tauchte eine zweite Gestalt auf – größer und weiter links. Die erste Gestalt drehte sich um, und ich hatte den Eindruck, daß zwischen beiden ein Wortwechsel stattfand. Keine Minute darauf erlosch das Licht im Raum.

Ich sah zur Frontseite des Bungalows hinüber. Im Wohnzimmerfenster schimmerte immer noch Licht. Ich flitzte geduckt zu dem anderen Pick-up. Erreichte ihn gerade rechtzeitig, um dieselbe lange Gestalt am Frontfenster vorbeiwandern zu sehen.

Eine Person, die zu Bett ging, und eine zweite, die noch aufblieb. Auf jeden Fall zwei Leute im Haus.

Ich schlich rasch zu meinem MG zurück.

»Was gefunden?« fragte ich Mick abermals.

»Ja, aber ich glaube nicht, daß es dir gefallen wird. Diese Analyse bringt nicht das, was sie soll.«

»Schieß los.«

»Okay, ich bin von den Variablen ausgegangen, die du mir genannt hast: Aufenthalt in San Francisco neunundachtzig; Aufenthalt in Washington neunzig bis zwoundneunzig; Aufenthalt in New York neunzig bis zwoundneunzig; Aufenthalt irgendwo im Ausland dreiundneunzig bis Ende vierundneunzig. Auf dieser Basis kommen nur zwei von den Leuten, die in den Fall verwickelt sind, in Frage.«

»Wer?«

»Der eine ist Langley Newton.«

Newton der Diplobomber? Nicht besonders wahrscheinlich, wenn man bedachte, daß er im Moment gerade den Mann bei sich beherbergte, auf den es der Bomber vorrangig abgesehen hatte.

»Nein, das gefällt mir allerdings nicht«, beschied ich Mick, »aber gib mir trotzdem die Details.«

»Okay, er fing Mitte der achtziger Jahre an, im *Glücksspiel* zu arbeiten, und war dort, bis der Laden im Herbst neunundachtzig verkauft wurde; blieb im Urlaub immer hier in San Francisco. Nahm dann einen Job bei einer Firma an, die die Essensversorgung auf Militärbasen managt. War bis einundneunzig in Washington, von einundneunzig bis zweiundneunzig einschließlich in New Jersey. Verließ dann die Firma und ging zu einem Franchise-Unternehmen, das sich in Europa etablieren wollte. War dreiundneunzig und Anfang vierundneunzig in europäischen Ländern, aus denen er keine Bombenpäckchen hätte schicken können. Paßt alles.«

»Bis auf die Tatsache, daß sich Dawud Hamid lebendig und gesund in seinem Hinterzimmer aufhält. Wer ist der andere mögliche Kandidat?«

»Khalil Latif, der einzige Überlebende des heutigen Anschlags.«

Das gefiel mir schon etwas besser, wenn auch nicht besonders gut. Aber es paßte wenigstens zu meiner Vermutung, daß der Anschlag das Werk eines Insiders gewesen sein könnte. Latif konnte gewußt haben, daß Dawud ins Konsulat kommen würde; er hätte ohne weiteres die Bombe legen können, bevor er seinen täglichen Spaziergang zum Marina Green gemacht hatte. Aber hatte er Chloe Love gekannt? Wahrscheinlich ja; das *Glücksspiel* war ein beliebter Treff der Diplomatenszene gewesen.

»Okay – die Details?«

»Stellvertretender Handelsattaché am Konsulat in San Francisco siebenundachtzig bis November neunundachtzig. Persönlicher Assistent von Botschafter Jalil neunundachtzig bis Juni einundneunzig. Handelsattaché, UN-Delegation einundneunzig-zweiundneunzig. Rückkehr nach Azad wegen Familientragödie dreiundneunzig bis Oktober vierundneunzig, dann wieder hier am Konsulat.«

Latif war also in der Zeit, als Chloe Love ermordet worden und Hamid verschwunden war, hier in San Francisco gewesen. Irgendwie hatte er mir den gegenteiligen Eindruck vermittelt. Ich vergegenwärtigte mir noch einmal mein Restaurantgespräch mit dem Handelsattaché; er hatte Hamids Verschwinden nur vage datiert und mit keinem Wort erwähnt, daß er der Hauptverdächtige im Mordfall Love gewesen war. Verwunderlich bei einem boshaften Klatschmaul wie Latif. Es sei denn, er hätte ein schlechtes Gedächtnis. Oder er hätte zuviel Angst vor dem Zorn der Konsulin gehabt, um an diesem Thema zu rühren. Oder er hatte etwas zu verbergen...

»Shar?«

»Nichts Neues im Web?«
»Ich habe schon ein Weilchen nicht mehr nachgeguckt.«
»Dann tu's. Ich warte.«
Auf beide Verdächtige paßte das Psycho-Profil des Bombers. Beide waren zur richtigen Zeit am richtigen Ort gewesen. Latif hatte überdies heute nachmittag Zugang zum Konsulat gehabt. Und dennoch...
War einer von ihnen fähig, kaltblütig zur Tür des Konsulats zu marschieren und einer Neunjährigen eine Bombe in die Hand zu drükken? War einer von ihnen ein Soziopath, der mit der Polizei Katz und Maus spielen würde? War einer von ihnen auf derart perverse Weise machtgeil?
Wer konnte das schon sagen? Der Bomber war ein guter Schauspieler; das hatte er oft genug bewiesen.
»Shar? Nichts Neues auf den Boards.«
»Na gut, behalte sie weiter im Auge. Ich werde jetzt mal Newton einen Besuch abstatten.«

Langley Newtons Augen verengten sich, als er mich im Schein der Verandaglühbirne stehen sah. Er trug denselben abgewetzten Bademantel wie bei meinem ersten Besuch, und auf seiner Nasenspitze hing eine Lesebrille. »Ms. McCone«, sagte er. »Was gibt's? Irgendwelche neuen Vorfälle?«
»Kommt drauf an, was für Sie unter ›neu‹ fällt. Das azadische Konsulat wurde heute nachmittag in die Luft gejagt, und bis auf eine Person sind vermutlich alle tot.«
»Ich weiß, habe es in den Nachrichten gesehen.« Er sah über die Schulter, trat dann in seinen Socken auf die Eingangsveranda hinaus und zog die Tür hinter sich zu. »Tut mir leid, ich kann Sie nicht hereinbitten. Ich habe Besuch, einen Gast mit einem leichten Schlaf. Ich möchte nicht, daß unsere Stimmen bis ins hintere Zimmer dringen.«
»Aha, ein Freund von Ihnen?«
Nach kurzem Zögern nickte er. Sein tiefsitzender Haarkranz sah im Licht der Glühbirne wie angelaufenes Silber aus.
»Oder ist es ein Freund von einer Freundin?« fragte ich.
»...Bitte?«

»Vielleicht ist Ihr Gast ja ein Freund von Leila Schechtmann?«
Newton runzelte die Stirn; vermutlich fragte er sich, ob Leila mir erzählt hatte, daß Hamid hier war. Er trat zur Seite, lehnte sich gegen das Waschmaschinenwrack, das neben der Tür stand, und verschränkte die Arme vor der Brust.
»Mr. Newton«, sagte ich, »wie lange plant Dawud Hamid bei Ihnen zu bleiben?«
»Hamid?«
»Sparen Sie sich die Mühe. Ich weiß, daß Leila ihn heute hierher geschickt hat. Ich weiß, daß er in Ihrem hinteren Zimmer übernachtet. Für wie lange?«
»...Ich weiß nicht.«
»Schätzungsweise?«
»Na ja, ein, zwei Tage wohl.«
»Damit er seine Tochter zurückholen kann.«
Newton nickte leise und trat von einem Fuß auf den anderen; sein Blick glitt weg. »Was wollen Sie von Hamid?«
»Jemand, den ich kenne, sucht ihn. Ich möchte die beiden zusammenbringen, bevor Hamid das Land wieder verläßt.«
Er suchte das Dunkel um uns ab, als dächte er, die betreffende Person könnte irgendwo zwischen den Bäumen lauern. »Sie lügen mich an.«
»Inwiefern?«
»Niemand, den Sie kennen, will etwas von Hamid. Der einzige, der außer Ihnen hinter ihm her ist, ist der Diplobomber.«
Ich zögerte, suchte nach einer Antwort, mahnte mich zur Vorsicht. »Was wissen Sie von dem Diplobomber?«
»Nur das, was in den Nachrichten kam und was Hamid mir erzählt hat. Ich weiß von dieser Frau, die Hamid umgebracht hat, und von den Drohungen, mit denen der Bombenleger die Azadis jedesmal tyrannisiert, wenn er zuschlägt.«
»Weiß Hamid, wer der Bomber ist?«
Er schüttelte den Kopf.
»Aber den Mord hat er zugegeben?«
»Ja.«
»Und Sie lassen ihn hier wohnen, obwohl er eine Freundin von Ihnen umgebracht hat?«

»Eine …?«
Er wußte es nicht. »Die Frau, die Dawud vergewaltigt und erwürgt hat, war Chloe Love.«
»Chloe … Chloe ist tot?«
»Ja, sie wurde im Januar neunundachtzig ermordet. Hamid war der Hauptverdächtige, kam aber aufgrund seiner diplomatischen Immunität ungeschoren davon. Daß er Ihnen erzählt hat, er habe eine Frau getötet, dürfte wohl den letzten Zweifel an seiner Schuld beseitigen.«
Aber Newton hörte nicht zu; er wirkte abwesend, als sei die Nachricht von Chloes Ermordung mehr, als er verkraften konnte.
»Alles okay?« fragte ich.
Er hob in einer fahrigen Geste die Hand, den Blick in das Dunkel hinter mir gerichtet.
Ich sagte sanft: »Wollen Sie nicht die Polizei rufen, Mr. Newton? Und Hamid ausliefern?«
»Wozu? Sie haben doch selbst gesagt, daß sie ihm nichts anhaben konnten.«
»Die Zeiten haben sich geändert. Es könnte ein Präzedenzfall werden. Die Justiz beginnt gerade, kriminelle Handlungen von Diplomaten zu verfolgen; letztes Jahr hat die Staatsanwaltschaft Anklage gegen den irischen Generalkonsul erhoben, als er in betrunkenem Zustand einen Unfall verursacht hat, bei dem viele Menschen verletzt wurden. Und hier handelt es sich um ein wesentlich schwerwiegenderes Verbrechen.«
Wieder machte er diese fahrige Geste. »Ein Anwalt von dem Kaliber, das Hamid sich leisten kann, würde ihn da garantiert herauspauken. Wieso sollte ich etwas in Gang bringen, was doch nirgends hinführt?«
Das war genau die Antwort, die ich mir erhofft hatte. Ich wollte Hamid nichtsahnend und sicher hier in Newtons Bungalow wissen; er war mein einziges Unterpfand gegenüber dem Bombenleger – Khalil Latif, wie es schien.
»Mr. Newton, können Sie Hamid hier festhalten?«
Er zuckte die Achseln. »Nicht, wenn er nicht bleiben möchte. Er ist jünger und stärker als ich.«
»Und wenn Sie ihm sagen, jemand, der etwas über den Verbleib

seiner Tochter weiß, möchte sich morgen vormittag mit ihm in Verbindung setzen? Würde ihn das zum Bleiben veranlassen?«
»Wahrscheinlich schon, wenn ich nicht... wenn ich mir nicht anmerken lasse, was ich von Ihnen erfahren habe. Und das könnte schwierig werden.«
»Bitte, versuchen Sie's. Der Bombenleger weiß, daß Hamid heute nachmittag nicht im Konsulat war. Er hat eine Nachricht im Techno-Web hinterlassen – wissen Sie, was das ist?«
»Ja.«
»Er hat angekündigt, daß er demnächst seine Forderungen stellen wird. Und er will mit Sicherheit Hamid, im Tausch gegen die Polizeibeamtin, die er in seiner Gewalt hat.«
Newton sah nervös zur Eingangstür hinüber. »Sie würden ihn ausliefern? Einfach so?«
»Ohne mit der Wimper zu zucken. Die Polizistin ist eine Freundin von mir.«
»Aber das ist doch so was wie... kaltblütiger Mord.«
»Nein, Mr. Newton, es ist eher so was wie Gerechtigkeit.«
Er schien darüber nachzudenken, und nach kurzem Schweigen nickte er. »Na gut, ich werde Hamid hier festhalten, wie Sie's vorgeschlagen haben – und wenn das nicht klappt, werde ich mir etwas einfallen lassen.«
»Danke.«
Er wandte sich ab, blieb dann stehen, die Hand auf dem Türknauf. »Haben Sie irgendeine Vermutung, wer der Bomber ist?«
»Ich denke, ja: Khalil Latif, der Handelsattaché am Konsulat. Er ist ein ausgezeichneter Schauspieler; er hat seine wahren Gefühle außerordentlich gut verborgen.«
»Dann sollte ich wohl von ihm lernen«, sagte Newton. »Nach dem, was Sie mir heute abend erzählt haben, werde ich meine Gefühle strengstens im Zaum halten müssen.«

28 Ich zog mich in das Eukalyptuswäldchen zurück und beobachtete Newtons Bungalow. Kein Zeichen von Aktivität im hinteren Raum, wo Hamid schlief, und nach einer Weile ging auch das Licht im Wohnzimmer aus. Ich harrte noch etwa eine Viertelstunde auf meinem Posten aus, aber im Haus blieb alles dunkel, und heraus kam auch niemand. Schließlich ging ich durch das Wäldchen zu meinem MG zurück und rief Mick an. Nichts Neues im TechnoWeb.

»Es ist verrückt, Shar«, sagte er. »Ich sitze hier mitten in der Nacht ganz allein vor diesem Bildschirm, und ich fühle, daß Hunderttausende von Menschen dort draußen dasselbe tun. Wir warten alle ab, was er als nächstes tun wird.«

»Glaubst du wirklich, daß so viele Menschen das Geschehen verfolgen?«

»Klar doch – und nicht nur Polizei und Presse. Auf den Boards ist der Teufel los. Nachts herrscht dort sowieso der meiste Betrieb; die Leute sind einsam, und es gibt ihnen das Gefühl, Kontakt zu anderen zu haben.«

Ich dachte an unseren Überlandflug und an das lange, dunkle Stück zwischen Phoenix und Mirage Wells. Das nächtliche Sprechfunkgemurmel hatte mir geholfen, mich nicht verlassen zu fühlen, während Hy und Habiba geschlafen hatten.

»Na gut, behalte die Boards im Auge«, wies ich Mick an, »aber du mußt bitte noch etwas für mich tun – Khalil Latif ausfindig machen. Die RKI-Zentrale kann dir vermutlich sagen, wo er ist, wenn du nicht verrätst, daß du in meinem Auftrag fragst.«

Mick sagte, er werde sich etwas einfallen lassen, um an die Information zu kommen, und ich richtete mich auf eine lange Oberservierungsnacht ein. Das kam auf der Liste der Dinge, die ich an meinem Beruf nicht ausstehen konnte, gleich nach dem Papierkram, aber ich durfte Hamids Spur nicht verlieren, und Mick mußte die Computerarbeit machen, also fiel mir diese öde Aufgabe zu. Ach, wenn ich mir doch nur eine zweite Kraft leisten könnte! Rae hatte in letzter Zeit davon geredet, All Souls zu verlassen; sie wäre die ideale Person. Aber wie sollte ich das finanzieren? Von der Belohnung, die das FBI auf den Diplobomber ausgesetzt hatte? Wenn ich davon nur einen Teil beanspruchen könnte…

Langsam, McCone.
Die Zeit zog sich wie Kaugummi. Der Nebel begann in Schwaden dahinzudriften, gaukelte mir mehr als einmal vor, daß dort eine Gestalt herumschlich. Es wurde kalt im Wagen, und ich mußte feststellen, daß die Decke, die ich immer im Kofferraum liegen hatte, rätselhafterweise verschwunden war. Ich gierte nach einer Tasse Kaffee, mußte mich aber mit etwas alter Schokolade begnügen, die im Handschuhfach lag. In den letzten Jahren hatte meine Leidenschaft für Schokolade nachgelassen; der Hershey-Riegel sah aus, als sei er mehrmals geschmolzen und wieder erstarrt, und so schmeckte er auch. Ich warf die Hälfte aus dem Fenster und beobachtete weiter den Rand des Wäldchens und die Plankenbrücke. Niemand kam oder ging, weder auf dem einen noch auf dem anderen Weg, und um Viertel nach eins war ich vor Langeweile halb wahnsinnig.
Das Telefon surrte, eine willkommene Abwechslung. »Ja, Mick?«
»Shar, halt dich fest! Der Bomber hat sich wieder gemeldet. Er will mit dir persönlich kommunizieren!«
»Was? Wie?«
»Er ist von den Boards in den Live-Discourse im Web gegangen. Und er will dich um Viertel vor drei online haben. Die Sonderkommission hat hier angerufen; sie bereiten in ihrer Zentrale alles für dich vor. Parkhurst will, daß du sofort kommst.«
»Du lieber Himmel.« Ich sah zur Plankenbrücke hinüber. »Die Observierung – wir dürfen Hamid nicht entschlüpfen lassen, und ich weiß nicht, ob Newton ihn halten kann, wenn ihm einfällt, daß er weg will. Du mußt hier übernehmen.«
»Bin schon unterwegs; ich telefoniere über ein Handy, das ich mir heute nachmittag von einem Freund geborgt habe.« Er gab mir die Nummer durch, und ich notierte sie. »Fahr besser schon mal los. Es wird schon nichts ausmachen, wenn ein paar Minuten niemand da ist. Hör zu: Die Medien haben bereits spitzgekriegt, was läuft, und die Reporter scharen sich vor dem Gebäude der Sonderkommission. Du sollst hinten herumfahren, durch das kleine Gäßchen, das von der Larkin Street abgeht. Stell den Wagen bei dem roten Müllcontainer ab. Craig Morland wartet dort und bringt dich nach oben.«

»Okay.« Mit pochendem Herzen griff ich nach dem Zündschlüssel. »Ach, Mick, hast du Latif aufgespürt?«
»Keiner weiß, wo er steckt. Ich habe mit Gage Renshaw persönlich gesprochen und mich für einen besorgten Verwandten ausgegeben. Latif ist heute nachmittag zu Fuß vom Konsulat weggegangen, und seither hat niemand mehr etwas von ihm gehört.«
Niemand außer der Polizei, den Medien und einer halben Million Hacker.

Als ich am Sitz der Sonderkommission angekommen war, meldete ich mich bei Ed Parkhurst und teilte ihm meine Vermutungen bezüglich der Identität des Bombers mit. Obwohl ich es gar nicht vorgehabt hatte, ließ ich in letzter Sekunde doch RKI aus dem Spiel und berief mich statt dessen auf eine »anonyme Quelle« innerhalb des Konsulats. Es ging mir nicht darum, Renshaw zu decken. Es ging mir auch nicht darum, die Firma zu schützen, an der Hy maßgeblich beteiligt war. Es war einfach eine Sache meines persönlichen Ethos: Ich hatte einen Vertrag unterschrieben, in dem ich ihnen strikte Vertraulichkeit zusicherte. Mein Wort konnte ich nicht einfach brechen.
Und außerdem gab mir dieser Anfall von moralischer Integrität das Gefühl, mich wieder ein paar Schritte von der schmalen Grenze zu entfernen, die mich von ihnen trennte.
Parkhurst rief zwei Beamte herein und befahl ihnen, Latif ausfindig zu machen. »Wenn er unser Mann ist, hängt er noch eine Weile vor seinem Computer«, sagte er. »Spüren Sie den Kerl so schnell wie möglich auf, dann können wir ihn vielleicht überrumpeln.«
Die beiden wirkten nicht allzu optimistisch, als sie verschwanden, und ich konnte es ihnen nicht verdenken. Sie hatten eine nahezu unmögliche Aufgabe am Hals.
Parkhurst blieb an seinem Schreibtisch sitzen, rieb sich das stoppelige Kinn und betrachtete mich mit kaum verhohlener Abneigung. »Ich wollte Sie eigentlich aus dieser Sache raushalten, Ms. McCone«, erklärte er schließlich. »Ich beziehe nicht gern Außenstehende in die polizeiliche Arbeit ein, und schon gar nicht Personen, die nicht nach meinen Spielregeln spielen. Der Bomber kann Sie nicht sehen; jedes beliebige Mitglied der Sonderkommission könnte mit ihm verhandeln – und zwar wesentlich effizienter.«

Ich verbiß mir eine sarkastische Bemerkung über die bisherige Effizienz der Sonderkommission und fragte: »Warum beziehen Sie mich dann ein?«
»Aus zwei Gründen. Erstens, weil der Bomber darauf besteht, nur mit Ihnen zu kommunizieren. Das muß einen Grund haben, und solange wir diesen Grund nicht kennen, können wir es nicht riskieren, uns dieser Forderung zu widersetzen. Zweitens, weil er womöglich eine Frage stellen wird, die nur Sie beantworten können – um Ihre Identität zu überprüfen. Und wenn dieser Latif wirklich unser Mann ist, kommt noch ein dritter Grund hinzu: Er kennt Sie persönlich und wäre daher in der Lage, an irgendwelchen Formulierungsnuancen zu erkennen, ob Sie es sind oder nicht.«
»Woher wissen Sie, daß Sie es wirklich mit dem Bomber zu tun haben und nicht mit irgendeinem Witzbold?«
»Er zeigt immer wieder die Kenntnis von Details, die wir nie publik gemacht haben – aber das geht Sie nichts an. Noch ein paar Verhaltensregeln: Lassen Sie auf keinen Fall durchblicken, daß Sie wissen, wer er ist. Widersprechen Sie ihm nicht. Stellen Sie keine Fragen, sofern es nicht klärungshalber unbedingt nötig ist. Spielen Sie sein Spiel mit, gehen Sie auf all seine Forderungen ein, und seien sie noch so unverschämt. Lassen Sie sich Anweisungen geben, dann sehen wir weiter.«
»Wird er nicht befürchten, daß Sie ihn aufzuspüren versuchen, indem Sie ihn möglichst lange online halten?«
»Live-Discourse per Computer läßt sich nicht zurückverfolgen wie ein Anruf, falls es das ist, was Sie meinen. Mitteilungen auf den Boards werden registriert; auch seine sind registriert worden, aber als wir endlich unsere Herausgabeverfügung hatten, mußten wir feststellen, daß er das Paßwort einer Frau in Tennessee benutzt hat, die noch nie vom Diplobomber gehört und den Online-Dienst schon seit einem halben Jahr nicht mehr in Anspruch genommen hatte. Danach hat er sich noch andere Paßwörter ausgeborgt. Jetzt, mit dem Live-Discourse, hat er die perfekte Methode gewählt; sie hinterläßt keinerlei Spuren.« Parkhurst sah auf seine Uhr. »Also, dann wollen wir mal.«
Er führte mich in das Büro, das noch vor zehn Tagen Adah gehört hatte: ein kleiner, hoher Raum, den die darin versammelten zwei

Frauen und sieben Männer endgültig zu einem Klaustrophobiker-Alptraum machten. Sie wirkten alle müde und gereizt; die Luft war total verqualmt, und auf allen waagerechten Flächen außer der Schreibtischplatte standen Styroporbecher. Craig Morland saß am Schreibtisch, vor sich ein Macintosh-Power-Book. Als Parkhurst und ich eintraten, bedeutete er mir, mich auf den Stuhl an seiner Seite zu setzen.

Die Leuchtziffern am oberen Bildschirmrand sagten 2 Uhr 40.

Während ich mich setzte, ließ Morland ein Menü durchlaufen: Öko-Freaks; Lesbenforum; Schriftstellerparadies; frisch geschieden; über dreißig; schlimme Jungs; das Patriarchat schlägt zurück; Kampf dem Streß; auf der Suche nach Liebe – eine scheinbar endlose Liste.

»Was ist das?« fragte ich.

»Chatrooms.« Morland bewegte den Cursor zu einer Zeile ziemlich weit unten auf dem Schirm.

DIPLOBOMBER.

»Ist er das?«

»Nein, das ist nur ein öffentlicher Chatroom; dort sind achtzehn Leute, die über den Fall reden. Ich war drinnen, habe mitgehört. Keine ihrer Theorien ist so absurd wie das tatsächliche Geschehen.«

»Können Sie mir die Sache mit diesen ›Räumen‹ erklären?«

»Demnach sind Sie mit den Boards und mit Live-Discourse nicht vertraut?«

»Mein Computer dient ausschließlich beruflichen Zwecken, und ich benutze ihn nur, wenn mein Assistent nicht greifbar ist.«

»Dann ist es ja gut, daß ich mit dem Einstieg auf Sie gewartet habe.«

Auf dem Schirm erschienen jetzt die Worte WILLKOMMEN IM LIVE-DISCOURSE. Darunter waren zwei Optionen angegeben: ÖFFENTLICHE RÄUME und PRIVATRÄUME.

»Stellen Sie sich ein großes Haus vor«, sagte Morland. »Oder besser gesagt, ein riesiges Anwesen. Mit Hunderten von Räumen, von denen jeder einem bestimmten Gesprächsthema gewidmet ist. Im Moment sind wir gerade erst in der Eingangshalle.«

Die anderen Beamten waren im Raum herumspaziert und hatten

sich unterhalten, aber bei Morlands Worten verstummten sie und scharten sich hinter uns.
»Die meisten Räume in diesem Haus«, fuhr Morland fort, »sind öffentlich zugänglich. Jeder Abonnent des Online-Dienstes kann sie nach Belieben betreten und entweder mitreden oder nur herumlungern und horchen. Aber jeder kann auch zu jedem Thema, über das er kommunizieren will, einen Privatraum eröffnen, indem er einfach diese Option wählt.« Der Cursor bewegte sich an die entsprechende Stelle. »Man benennt den Raum mit einem Paßwort eigener Wahl, das aber nicht im Menü erscheint. Von der Existenz dieses Raums wissen nur die Leute, an die man das Paßwort weitergibt. Ich werde jetzt einen solchen Raum eröffnen, unter dem Namen, den der Bomber in seiner letzten Mitteilung über die Boards angegeben hat.«
»Moment mal – wenn er ihn auf dem Board genannt hat, kennen ihn dann nicht alle anderen Abonnenten auch? Was hindert sie...«
»Dafür ist der Kerl viel zu gerissen.« Morland lächelte grimmig. »Er hat uns aufgetragen, den letzten Satz seines letzten Schreibens an die Azadis zu nehmen. Diesen Text haben wir nie publik gemacht.« Er begann zu tippen.
DENKT AN C. L.
Ich sah auf die Leuchtziffern. 2 Uhr 42.
»Das ist alles«, sagte Morland. »Wir sind jetzt in dem Raum und warten auf ihn.«
Ich sah mich im Geist in einem finsteren Raum stehen, neben mir Craig, im Dunkel kaum zu erkennen. Da war eine Tür, gerade so weit geöffnet, daß ein schmaler Lichtstreifen hereinfiel. Jeden Moment würden sich Schritte nähern...
Ich riß mich aus dieser Phantasie los, krallte die kalten Finger fest um die Schreibtischkante. War ich schon in Gefahr, in den Cyberspace abzudriften?
Morland hatte meine kurzzeitige Absence nicht bemerkt. Er sagte: »Dieser Service ist besonders schnell; die Kommunikation läuft beinahe in Echtzeit ab. Wenn unser Mann sich einloggt und den Raum betritt, wird er seine erste Botschaft eingeben und übermitteln. Sie hören dann ein Signal, und seine Worte erscheinen auf dem

Schirm. Sie sagen mir, was ich antworten soll, und ich gebe es wortwörtlich ein. Wenn Sie nicht wissen, was Sie sagen sollen, besprechen Sie sich mit Special Agent Parkhurst. Lassen Sie sich Zeit; Verzögerungen sind normal.«

2 Uhr 43.

Ich sagte leise: »Ich habe Parkhurst gerade meine Ermittlungsergebnisse mitgeteilt. Ich bin mir so gut wie sicher: der Bomber ist Khalil Latif, der azadische Handelsattaché.«

Morland sah mich scharf an und schüttelte dann den Kopf. »Sie wußten also doch etwas, was wir nicht wußten. Was ist Latifs Motiv?«

»Das ist ziemlich kompliziert, und ich bin, ehrlich gesagt, zu nervös, um jetzt darauf einzusteigen. Was ist, wenn ich alles vermurkse?«

»Sie werden es schon machen. Gehen Sie einfach auf ihn ein, lassen Sie ihn sein Spiel genießen.«

»Für ihn ist es ein Spiel.«

Er nickte. »Ich habe eine Theorie über solche Spielertypen. Es gibt irgendeinen Auslöser in ihrem Leben – einen Schock, einen Verlust oder auch einfach nur den unwiderstehlichen Drang, gegen die gültigen Normen zu verstoßen. Nach und nach verändert sich ihr Verhalten, und sie entfernen sich immer weiter von dem, was gesellschaftlich üblich ist, bis sie schließlich von all den Emotionen frei sind, die Menschen üblicherweise empfinden: Schuldgefühle, Mitleid, Reue, Mitgefühl, ja, sogar Liebe. Am Ende bleibt nur noch eine einzige Emotion: die Angst, erwischt zu werden. Ich nehme an, Sie kennen diese Angst. Ich ebenfalls. Wir wissen beide, was nach einer gewissen Zeit daraus folgt.«

Ich mußte an das immense Hochgefühl denken, das mich in dem Straßencafé in Marigot überkommen hatte – ehe ich Cam Connors ausgetrickst und Habiba von Jumbie Cay weggeholt hatte. Eine Rauschdroge – nützlich, wenn man klugen Gebrauch davon machte, gefährlich, wenn man die Kontrolle darüber verlor. »Angst kann zum Mittel werden, sich seine Kicks zu verschaffen.«

»Genau. Und heute abend holt sich unser Mann den absoluten Superkick.«

Ich musterte diesen bieder wirkenden FBI-Mann, überrascht, hinter seiner konservativen Fassade eine verwandte Seele zu entdecken.

Adah könnte es weit schlechter treffen; genau wie Hy kannte und akzeptierte auch Craig die dunkle Seite in uns allen.

2 Uhr 44.

Es war jetzt ganz still im Raum. Das Aufflammen eines Feuerzeugs ließ mich zusammenfahren; ein Husten brachte mein Herz zum Rasen. Die Spannung verband uns alle wie ein komplexes Stromnetz. Ich glaubte mir einzubilden, daß sich die Haare auf meinen Armen sträubten, sah hin und merkte, daß sie es tatsächlich taten.

Noch immer 2 Uhr 44.

Komm schon.

2 Uhr 44.

Los jetzt.

2 Uhr 44... 2 Uhr 44... 2 Uhr 45.

Das akustische Signal des Mac war verblüffend verspielt für ein so prosaisches Gerät. Wörter erschienen auf dem Schirm.

GUTEN MORGEN, MS. MCCONE. SIE GLAUBEN ZU WISSEN, WER ICH BIN, STIMMT'S?

Ich starrte auf die Botschaft, als könnte ich irgendwie sein Gesicht darin erkennen.

»Was wollen Sie sagen?« half mir Morland nach.

»...Schreiben Sie ›Ich habe keine Ahnung. Warum wollen Sie mit mir reden?‹«

Morland tippte und drückte die Eingabetaste. Die Antwort kam unverzüglich.

ZU IHRER AUSSAGE: SIE LÜGEN. ZU IHRER FRAGE: ICH DACHTE, SIE WÜRDEN SPASS DRAN HABEN, SICH MIT MIR ZU MESSEN. WISSEN SIE, WO DAWUD HAMID IST?

Direkt zum Kern der Sache. »Wo er vor einer Stunde war. Ich habe mit dem Mann gesprochen, bei dem er wohnt.«

DAS REICHT NICHT. WO IST ER JETZT?

Ich schnippte mit den Fingern und zeigte auf das Telefon. »Geben Sie mir einen Moment Zeit, dann finde ich es heraus.«

Morland schob mir das Telefon hin, ehe er meine Antwort eingab. Ich wählte die Nummer des Handys, das Mick sich geborgt hatte. Er meldete sich mit aufgeregter Stimme.

»Gott sei Dank rufst du an, Shar! Hat er...«

»Ich muß wissen, wo Hamid steckt, Mick. Ist er noch dort im Bungalow?«

»Nein. Als ich ankam, war Newtons Wagen weg, und das Haus schien leer. Aber ich habe den Anrufbeantworter im Büro abgehört. Blanca Diaz hat angerufen; Hamid ist bei ihr zu Hause.«

»Wieso das?«

»Ich vermute, Newton hat ihn zu Ronquillos Wohnung gebracht; er ist so um zwei betrunken dort angekommen und hat sich die ganze Zeit über den Bombenanschlag ereifert. Ronquillo wollte ihn nicht dableiben lassen, also hat Leila Blanca gebeten, ihn in ihre Wohnung in der Mission Street mitzunehmen. Ich bin gerade auf dem Weg dorthin.«

»Okay, Mick, ruf Blanca an und sag ihr, sie soll ihn nicht aus den Augen lassen und niemand anderem übergeben als mir. Sieh zu, daß du so schnell wie möglich hinkommst, damit du ihr helfen kannst, falls er sich davonmachen will.«

»Geht in Ordnung.«

Ich legte auf und sagte zu Morland: »Sagen Sie ihm, ich habe Hamid geortet.«

SO SCHNELL? NICHT SCHLECHT. DANN KÖNNEN SIE MIR JA BESTIMMT HELFEN – UND IHRER FREUNDIN VON DER POLIZEI EBENFALLS.

»Wie?«

NICHT SO HASTIG, MS. MCCONE. VERSUCHEN SIE, DAS GANZE ZU GENIESSEN. SO WIE ICH.

»Ich mache mir Sorgen um Adah Joslyn.«

IHRER FREUNDIN GEHT ES GUT, WENN SIE AUCH EIN BISSCHEN FREUNDLICHER IM UMGANG SEIN KÖNNTE. ICH BIN WILLENS, SIE GEGEN DAWUD HAMID AUSZUTAUSCHEN.

Ich sah Parkhurst an. Er nickte.

»Einverstanden«, sagte ich. Morland gab das Wort rasch ein.

ICH MAG ENTSCHEIDUNGSFREUDIGE FRAUEN. ABER WIRD DAS FBI DEM GESCHÄFT ZUSTIMMEN?

»Ich gebe Ihnen mein Wort darauf.«

IHNEN TRAUE ICH, ABER DENEN NICHT.

»Sie werden sich daran halten.«

DÜRFTE WOHL SOWIESO KEINE ROLLE SPIELEN.
Was sollte das heißen?
WIE SCHNELL KÖNNEN SIE HAMID HERBEISCHAFFEN?
»Innerhalb einer Stunde.«
DANN BIN ICH UM VIER UHR WIEDER HIER.
»Ich werde da sein.«
Morland sagte: »Jetzt meldet er sich ab.«
Parkhurst legte mir die Hand auf die Schulter. »Gut gemacht, Ms. McCone.« Es klang ziemlich gequält. »Und wo ist Hamid?«
Blancas Adresse stand in meinem Notizbuch. »Ich bringe Sie hin.«
»Sagen Sie mir, wo er sich aufhält, und wir...«
»Nein.« Ich wollte dabeisein, wenn sie Hamid abschleppten.
Morland schaltete sich rasch ein. »Sir, mit welcher Begründung sollen wir ihn mitnehmen?«
»Unentbehrlicher Zeuge in einem bundespolizeilichen Ermittlungsprozeß. Und schaffen Sie mir diesen Botschafter her, der vor ein paar Stunden aus Washington gekommen ist – wie hieß er noch mal?«
»Jalil.«
»Holen Sie diesen Jalil. Sagen Sie ihm... bitten Sie ihn, in unserem Sinn auf Hamid einzuwirken.«
»Jawohl, Sir.«
»Und Sie, Ms. McCone...«
»Mr. Parkhurst«, sagte ich, Morlands dezenten Wink aufnehmend, »Sie werden mich brauchen. Wie ich eben schon sagen wollte, wird die Frau, die Hamid bei sich beherbergt, ihn niemand anderem herausgeben als mir.«
Parkhurst beäugte mich mißtrauisch. »Warum Ihnen?«
»Weil ich Ricky Savages Schwägerin bin.«
Er sah mich durchdringend an, und einen Moment lang dachte ich, er würde mir ein Ultimatum setzen. Dann verdrehte er theatralisch die Augen. »Anscheinend macht es mir nur das Leben unnötig kompliziert, wenn ich Ihnen Ihren Willen nicht lasse. Also kommen Sie in Gottes Namen mit.« Säuerlich setzte er hinzu: »Wer immer dieser verflixte Ricky Savage sein mag.«

Als wir mit unserem verdrossenen, alkoholgesättigten Zeugen ins Quartier der Sonderkommission zurückkehrten, war Botschafter Jalil bereits da. Ich konnte eine gewisse Familienähnlichkeit mit Malika Hamid in den Gesichtszügen des stattlichen Diplomaten erkennen, aber nur wenig von ihrer Intelligenz in seinen kleinen Augen. Jalil entpuppte sich jedoch als recht gewieft: Als Dawud unter Berufung auf seine diplomatische Immunität jede Kooperation verweigerte, wirkte Jalil prompt und nachdrücklich auf ihn ein. Er könne, so erklärte er, Dawuds Immunität aufheben, wie es das Recht des ranghöchsten diplomatischen Vertreters sei, aber das erscheine ihm zu milde. Er gedenke vielmehr, ihn nach Azad überstellen zu lassen, wo er wegen der Vergewaltigung und Ermordung Chloe Loves vor ein muslimisches Gericht kommen werde. Er erinnerte Dawud mit einem anzüglichen Lächeln daran, daß auf diese Verbrechen in ihrer beider Heimat die Steinigung stand.

Hamid kam zu dem Schluß, es lieber mit dem Diplobomber aufnehmen zu wollen.

Um zehn vor vier, als Morland und ich gerade unsere Plätze vor dem Macintosh wieder einnehmen wollten, kam einer der ATF-Beamten hereingestürzt und reichte Parkhurst eine Notiz. Er überflog sie und verkündete dann: »Hört mal her, Leute. Vor einer Stunde ging beim Police Department ein anonymer telefonischer Hinweis ein. Der Anrufer sagte, die Operationsbasis des Bombers sei ein Apartment in der Fillmore, zwischen Bay und North Point. Dort ist keiner mehr, aber sie haben einen Durchsuchungsbefehl vom Bereitschaftsrichter, und sie verschaffen sich gerade Zutritt, um Beweise zu sichern.«

Die Reaktionen reichten von Pfeifen und Trampeln bis zu gegrummelten Beschwerden über die Einmischung des Department in die Arbeit der Sonderkommission.

»Fillmore, zwischen Bay und North Point«, sagte ich zu Morland. »Das ist gleich um die Ecke von Adahs Haus. Ich wette, sie ist Latif zufällig auf die Spur gekommen, wie sie's mir auf meinen Anrufbeantworter gesprochen hat. Wollte der Sache nachgehen und ist ihm in die Hände gefallen. Er fühlt sich total sicher – hat mir selbst erzählt, daß er täglich einen Spaziergang zum Marina Green macht.«

Morland zog eine Grimasse. »Sie meinen wohl, einen Spaziergang in seine private kleine Bombenfabrik.«

SIE SIND WIRKLICH KOOPERATIV. ODER LÜGEN SIE MICH WIEDER AN?
Latif hatte sich um punkt vier Uhr wieder gemeldet.
»Nein, ich lüge nicht. Wir haben Hamid in Gewahrsam.«
WO HABEN SIE IHN GEFUNDEN?
Was spielte das für eine Rolle? »In der Wohnung einer gewissen Blanca Diaz, im Mission District.«
SEHR GUT. ICH GEBE IHNEN JETZT DIE ANWEISUNGEN. HALTEN SIE SICH GENAUESTENS DARAN. VERSTANDEN?
»Ja, ich habe verstanden.«
BRINGEN SIE HAMID IN IHREM KLEINEN ROTEN WAGEN UM ZWANZIG NACH FÜNF ZUM MARINA GREEN. AM OSTENDE IST EIN PARKPLATZ, NEBEN DEM GOLFPLATZ. ER IST BIS SECHS GESPERRT. KENNEN SIE IHN?
»Der beim Gashouse Cove-Becken?«
JA. SIE FAHREN AUF DEN PARKPLATZ, WENDEN UND PARKEN AN DER EINFAHRT MARINA BOULEVARD. SAGEN SIE DER SONDERKOMMISSION, SIE SOLLEN EINEN HUBSCHRAUBER UND EINEN UNBEWAFFNETEN PILOTEN AUF DEM GREEN GLEICH HINTER DEM GOLFPLATZ BEREITHALTEN.
Ich sah Parkurst an. Er nickte.
»Ich werde da sein.«
SIE LASSEN HAMID IM WAGEN UND GEHEN ZUR ERSTEN TELEFONZELLE BEI DEN LIEGEPLÄTZEN. ICH RUFE SIE UM PUNKT HALB SECHS AN.
»Verstanden.«
Hinter mir war jetzt Bewegung und Geraschel. Ich ignorierte beides.
DIE POLIZEI SOLL DAS GEBIET ABSPERREN. KEINE VERSTECKTEN SCHARFSCHÜTZEN UND KEINE HELDENTATEN IRGENDWELCHER ART. ICH WERDE DAS TER-

RAIN BEOBACHTEN UND JEDE FALLE SOFORT BEMERKEN. IST DAS KLAR?

»Ja, alles klar.« Parkhurst hatte Morland eine Notiz hingeschoben. Er gab sie an mich weiter, ehe er meine Antwort eintippte.

Auf dem Zettel standen die Adresse des Apartments an der Fillmore Street und die Botschaft: »Bombenbaumaterial in der Küche. Aufreibbuchstaben und Briefpapier im Schreibtisch. Sonst nichts, außer einem Foto von einer unbekannten Frau mit Kochmütze und Schürze und einem Araber, der eine starke Ähnlichkeit mit Richard Nixon hat.«

Chloe Love und Khalil Latif.

»Sharon?« Morland stieß mich mit dem Ellbogen an. Ich sah auf den Bildschirm.

ALSO HALB SECHS, MARINA GREEN. UND NICHT VERGESSEN: ICH SEHE ALLES.

29

Das Marina Green zieht sich vom St. Francis-Jacht-Club etliche Blocks nach Osten, bis zu den Liegeplätzen von Gashouse Cove beim Fort Mason. Es besteht aus einer ebenen Grünfläche und einer Uferpromenade. An klaren, sonnigen Tagen, wie sie in dieser Gegend, die mich immer an einen kleinen Mittelmeerort erinnert, so ziemlich die Regel sind, ist das Grün von picknickenden und Drachen steigen lassenden Menschen, Liebespaaren und Sonnenanbetern bevölkert. Jogger, Walker und Hundehalter drängen sich auf der Promenade, und die Bänke sind belegt. Touristen fotografieren die schnittigen Jachten und luxuriösen Kabinenkreuzer oder inspizieren das kleine Schindelhäuschen mitten auf der Ufermauer, das der Navy als Sonarortungsstation dient. Der Ausblick ist ein Postkartenpanorama – von der Golden Gate Bridge bis Alcatraz. Kurzum: ein Ort des Friedens und der Freude.

Doch nicht morgens um zwanzig nach fünf, nach einer strapaziösen nebligen Nacht. Nicht, wenn ein Soziopath im absoluten Machtrausch einem diktiert, was man zu tun hat – und einen zudem beobachtet.

Hinter den Türmen des Russian Hill begann sich der Nachthimmel grau zu färben. Der Nebel hatte sich zum Golden Gate verzogen und lag als schmuddeliger Schmierstreifen zwischen den rötlichen Pfeilern der Brücke. Verstreute Lichter funkelten auf den Marin Hills, und der Leuchtturm von Alcatraz blinkte. Von der Bay her wehte ein kalter, steter Wind.
Auf dem Rasen, ein paar hundert Meter von meinem Wagen entfernt, stand ein Hubschrauber des Police Department, mit blinkendem Rotlicht und einem unbewaffneten Beamten in der Kanzel. Der Marina Boulevard war über die zwei Blocks zwischen Webster und Steiner Street gesperrt. Die allgegenwärtigen Reporter und neugierige Anwohner drängten sich an den Absperrgittern. Neben mir lag die Grünfläche dunkel und verlassen da.
Ich stieg aus dem MG und spähte in das Schattendunkel. Irgendwo dort war er, nicht weit weg.
Die Sonderkommission hatte sich genauestens an Latifs Anweisungen gehalten, mit Ausnahme des Scharfschützenkommandos, das in ein Apartmenthaus am Green geschmuggelt worden und auf dem Dach in Stellung gegangen war. Sie würden nichts tun, was Adah gefährden könnte, und Heldenstückchen würde es nicht geben – jedenfalls nicht von meiner Seite. Ich würde einfach mitspielen.
Ich wandte mich von meinem Wagen ab und ging auf die Telefonzelle bei den Liegeplätzen zu. Das Kapuzensweatshirt, das ich mir von einer Beamtin der Sonderkommission geborgt hatte, um das Körpermikrophon zu verdecken, war viel zu groß, ich krempelte im Gehen die Ärmel hoch. Zuerst hatte ich mich gegen die Verkabelung gewehrt, aus Angst, Latif könnte merken, daß ich seine Anweisungen der Sonderkommission übermittelte, aber jetzt war ich froh, daß ich nachgegeben hatte. Auf diese Weise fühlte ich mich hier draußen nicht ganz so allein.
Ich verstand noch immer nicht, weshalb Latif nur mit mir zu tun haben wollte. Weil ich mit Adah befreundet war und alles tun würde, damit die Sache glatt über die Bühne ging? Oder war da noch etwas anderes im Spiel – etwas, was mir noch nicht klar war?
Und noch ein Punkt verwirrte mich: Woher hatte er gewußt, daß er es wirklich mit mir zu tun hatte? Er hatte keine Frage gestellt, die

nur ich beantworten konnte, aber andererseits hatte er sich bisher zu clever gezeigt, um blindlings soviel zu riskieren. Irgend etwas zu Beginn unserer Kommunikation hatte ihm diese Sicherheit gegeben, aber ich wollte verdammt sein, wenn ich wußte, was.
Fünf Uhr vierundzwanzig. Ich erreichte die Telefonzelle am Anlegesteg. »In Position«, sagte ich in das Mikro. Hinter mir knarzten Taue, als das Boot von einer leichten Welle emporgehoben wurde; in der Fahrrinne klackte eine Boje monoton vor sich hin. Ich spähte wieder in das Dunkel, suchte nach irgendeinem Zeichen seiner Anwesenheit, wußte, daß ich keins entdecken würde. Schließlich gab ich es auf, horchte auf das Stimmengemurmel, das von den Absperrungen herüberdrang, beobachtete den dünnen Verkehr auf der fernen Brücke.
Fünf Uhr sechsundzwanzig. Herrgott, ich hatte es satt, nach seiner Pfeife zu tanzen!
Aus dem Augenwinkel sah ich eine Bewegung im Inneren des MG, wo Hamid saß, mit Handschellen an die Verankerung des Sicherheitsgurts gekettet, die Füße in Fußschellen. Überflüssige Vorsichtsmaßnahmen, da er – wenngleich immer noch mürrisch – vollauf kooperierte, aber anders hatte Parkhurst ihn nicht aus der Obhut der Sonderkommission entlassen wollen. Auf der Fahrt hierher hatte ich Hamid zum Reden zu bringen versucht, aber nichts geerntet als die Aufforderung, ihn am Arsch zu lecken. Arrogant bis zum letzten, dachte ich. Er hatte mich noch nicht mal gefragt, was ich mit seiner Tochter gemacht hatte. Botschafter Jalil im übrigen auch nicht; aus der Art und Weise, wie er das Thema auf meinen Vorstoß hin abgewimmelt hatte, schloß ich, daß Habiba für ihn ein lästiges Detail war, das man am besten ignorierte.
Arme Kleine. Die Azadis legten sicherlich keinen Wert auf den mutterlosen Sproß einer amerikanischen Trinkerin und eines Mörders. Und jetzt, da sie nicht mehr Gegenstand eines erbitterten Mutter-Sohn-Tauziehens war, interessierte sich auch ihr Vater nicht mehr für sie.
Fünf Uhr siebenundzwanzig.
Mein ganzer Körper kribbelte von der Überdosis Adrenalin. Mein Kopf schmerzte, und meine Augen brannten vom Schlafmangel. Das Haar hing mir stumpf auf die Schultern. Gewaschen hatte ich

mich zuletzt gestern nachmittag bei All Souls, Zähne geputzt ebenfalls. Ich fühlte mich wie der letzte Mensch und sah vermutlich auch so aus.
Fünf Uhr achtundzwanzig. Gleich soweit.
Ich versuchte gezielt, meine Gedanken und Gefühle abzuschalten. Ich blendete alles aus, selbst das körperliche Unwohlsein, und bemühte mich um die Art Konzentration, wie ich sie am Steuerknüppel erreichte. Ich ließ nur noch einen einzigen Stimulus zu: Angst. Öffnete mich ihr, ließ mich von ihr auf eine andere Bewußtseinsebene katapultieren.
Highsein. Genauso high wie er in diesem Moment.
Fünf Uhr neunundzwanzig.
Ich starrte auf das Telefon. Seine blanke Oberfläche reflektierte den grauen Himmel hinter mir. »Kann losgehen«, sagte ich in das Mikro. Und legte die Hand auf den Hörer.
Das Telefon klingelte.
»Hallo.«
»Ist alles bereit, Ms. McCone?« Die Stimme war hoch und unwirklich, ohne jeden Akzent. Er benutzte einen Stimmverzerrer.
»Ja. Alles, wie Sie's verlangt haben.«
»Sie versuchen natürlich, diesen Anruf zurückzuverfolgen, aber dafür wird er zu kurz sein. Sie haben ein Sendemikrophon am Körper.«
Verdammt! Ich hatte ja gewußt, daß er es ahnte.
»Entfernen Sie es bitte. Ich beobachte Sie.«
Er mußte ganz in der Nähe sein, ein Handy benutzen. Vielleicht hatte er sich sogar unter die Presseleute an einer der Absperrungen gemischt. Ich zögerte, wollte die Verbindung zur Sonderkommission nicht verlieren. Aber dann fielen mir Parkhurst letzte Worte wieder ein: »Tun Sie, was immer er will.«
»Okay, ich reiße das Kabel ab.« Ich legte den Hörer weg, öffnete den Reißverschluß des Sweatshirts, riß den Draht los. Hielt das Ende hoch, damit er es sehen konnte – wo immer er war.
Jetzt bist du auf dich gestellt, dachte ich. Nur du und er.
Ich nahm den Hörer wieder auf. »Haben Sie's gesehen?«
»Ja. Gucken Sie jetzt in das Telefonbuch, das unter der Ablage hängt.«

Ich trat einen Schritt zurück, hievte das Telefonbuch auf die Ablage und schlug es auf. Die Hälfte der Seiten war herausgerissen, und auf der Innenseite des Deckels war mit Isolierband ein Minikassettengerät festgeklebt.
»Gefunden?« fragte die Stimme.
»Ja.«
»Spielen Sie das Band ab. Wenn Sie damit fertig sind, werden Sie es löschen und mitnehmen.«
»Wohin?«
Klick.
Ich hängte ein und stellte den Recorder an. Dieselbe merkwürdige Stimme sagte: »Jetzt können wir unsere Unterhaltung fortsetzen. Wenn Sie dieses Band abgehört und gelöscht haben, gehen Sie zu Ihrem Wagen zurück. Um zwanzig vor sechs wird ein kleines Ablenkungsmanöver steigen. Während die Polizei anderweitig beschäftigt ist, werden Sie und Hamid losfahren.«
Lange Pause.
»Weiter!« sagte ich.
»Schauen Sie nach rechts. Was sehen Sie da?«
Einen Bootshafen.
»Überlegen Sie, was Sie sehen. Und jetzt denken Sie an einen ertrunkenen Vogel, der im Wasser treibt. Einen ertrunkenen Vogel.«
Was sollte das – oh.
In meinen Träumen hatte Mavis' dahintreibende Leiche wie eine Fledermaus ausgesehen, aber das angemessenere Bild wäre ein Vogel gewesen – weil ihr Name doch Singdrossel bedeutete.
Mavis. Und der Bootshafen von Salt Point.
»Inzwischen haben Sie es sicher kapiert, Ms. McCone. Tut mir leid, daß ich mich so kryptisch ausdrücken muß, aber Sie werden ja sicher verstehen, daß ich auf äußerste Vorsicht angewiesen bin.«
Wieder eine Pause, als sammle er seine Gedanken.
»Sie haben fünfundvierzig Minuten, um mit Hamid dort hinzukommen. Achten Sie darauf, daß Ihnen niemand von der Sonderkommission oder vom Department folgt. Ich habe das Tor so präpariert, daß es nicht schließt; kommen Sie rein und bringen Sie Hamid auf die Jacht. Den Namen wissen Sie ja sicher noch.«
Die *Freia*.

»Löschen Sie jetzt das Band, und gehen Sie zu Ihrem Wagen zurück.«
Der Hubschrauber, die Absperrungen: alles nur ein Verwirrspiel.
Der Anruf und die Kassette: seine Methode, Hamid und mich allein zu sich zu lotsen.
Und Adah? War sie wirklich am Leben, oder war das nur eine weitere Lüge?
Tun Sie, was immer er will.
Ich spulte die Kassette zurück und drückte die Löschtaste.

Als ich hinter das Steuer des MG schlüpfte, sagte Hamid: »Und was hat dieser Irre diesmal verlangt?« Seine Stimme war fest, aber es schwang Angst darin.
Meine Uhr zeigte fünf Uhr achtunddreißig.
»Ich habe Sie gefragt...«
»Ich habe es gehört. Es hat eine kleine Änderung gegeben. In circa zwei Minuten werden wir eine kleine Spazierfahrt machen. Ich will, daß Sie sich umschauen und sicherstellen, daß uns niemand folgt – weder FBI noch Polizei.«
»O nein! Ich fahre nirgends hin ohne...«
Ich zeigte auf seine Handschellen. »Sie haben wohl keine große Wahl, oder?«
Hamid sah weg und rutschte tiefer in seinen Sitz.
Ich fixierte den Minutenzeiger, der einen Strich weitergerückt war.
Was hatte er mit Ablenkungsmanöver...
Ein dumpfer Knall, wie von einer Kartoffel, die im Backofen platzt.
Hamid fuhr zusammen. Ich guckte an ihm vorbei und sah gerade noch den Deckel eines Müllbehälters auf halbem Weg zwischen dem Hubschrauber und dem St.-Francis-Jachtclub in die Luft fliegen. Flammen schossen empor, und es regnete Müll auf die Promenade herab.
»Was soll das?« fragte Hamid.
Noch ein Knall, und ein zweiter Müllbehälter explodierte.
Ein Polizeiwagen fuhr an und kurvte mit quietschenden Reifen um die Absperrung an der Webster Street. Ein Pressekleinbus folgte ihm. Zuschauer quollen durch die Absperrung, während die Uniformierten sie zurückzudrängen suchten.

Auf dem Green loderte brennender Müll. Das Dach des kleinen Navy-Schindelhäuschens fing Feuer. Ein Feuerwehrwagen, der in der Webster Street postiert war, setzte sich mit blinkendem Warnlicht in Bewegung.

Ich ließ den MG an.

Das Feuerwehrauto bog auf den Boulevard, bahnte sich eine Schneise durch die Menschen, die die Fahrbahn entlangrannten. Ich schoß in seinem Kielwasser aus der Parkplatzausfahrt. Im Rückspiegel sah ich, wie uns ein Wagen der Sonderkommission zu folgen versuchte. Die Fußgängerscharen hielten ihn auf, während ich das Steuer nach links herumriß und an der Absperrung vorbei in die Fillmore preschte.

»Schauen Sie aus dem Rückfenster«, befahl ich Hamid.

Er war blaß im Gesicht. Er nickte wortlos und drehte sich um.

Kaum Verkehr hier in der Seitenstraße. Kreuzung Beach Street frei, Kreuzung North Point ebenso.

Fillmore, zwischen North Point und Bay! Wo ist das Haus, wo dieser Mistkerl seine Bomben gebastelt hat? Da, dieses bizarre Gebäude im bayerischen Stil, mit dem Zu-verkaufen-Schild.

Niemand zu sehen, schnell über die Bay Street.

»Irgendwer hinter uns?«

»Nein.«

»Passen Sie weiter auf.«

Der beste Weg aus der Stadt? Lombard bis Gough und dann über den Hügel auf den Freeway? Ja.

Ein bizarres Gebäude im bayerischen Stil mit einem Zu-verkaufen-Schild. Das Haus jenseits des Zauns hinter Adahs Apartmentkomplex. Deshalb...

Ich witschte bei Rotgelb nach links in die Lombard Street. Worte und Sätze, die ich in den letzten zehn Tagen gehört hatte, blubberten ungeordnet aus meinem Unterbewußtsein empor.

Mr. Duck... macht offensichtlich einen Haufen Müll... kriegt es nicht los... ich werde der Sache jetzt nachgehen... watschelt rein und wieder raus... der netteste und anständigste Mensch, den ich je kennengelernt habe... unangenehmerweise quasi vor der Haustür... in einem von diesen komischen europäischen Autos... zufällig auf eine Spur gestoßen... hat ihm ein Apartment hinterlassen...

hat sich für mich eingesetzt... eines Tages werde ich ihn selbst durchstöbern... Sie würden ihn einfach so ausliefern?
»Mr. Duck«, sagte ich leise.
Kein Wunder, daß der Bomber bei unserem Computer-Gespräch nicht an meiner Identität gezweifelt hatte; ich hatte ihm etwas gesagt, was nur wir beide wußten.
Ich überfuhr die rote Ampel und bog rechts ab, in die Gough Street.
»Hamid«, sagte ich, »wo waren Sie, ehe Sie gestern abend bei Leila aufgetaucht sind?«
»In einer Bar. Ich wollte kurz ein Bier trinken, aber dann kam der Sonderbericht über den Bombenanschlag. Da habe ich einfach weitergetrunken.«
»Nein, ich meine, vorher.«
»Im Konsulat. Ich dachte, Habiba wäre vielleicht dort. In dem Fall wollte ich mit ihr das gleiche Spielchen spielen, mit dem Sie sie auf Jumbie Cay von mir weggelockt haben. Ist mir leider erst hinterher wieder eingefallen; sonst hätte ich jetzt nicht diesen ganzen Mist am Hals. Ich habe das Taxi um den Block warten lassen, aber Habiba war nicht da. Und meine Mutter wollte mir kein Geld leihen; sie wollte mir noch nicht mal ein Glas Wasser geben.«
»Was haben Sie dann gemacht?«
»Ich bin die Peninsula runtergefahren, zu einem Bekannten von Leila. Sie hatte ausgemacht, daß ich bei ihm wohnen könnte, aber er war nicht da. Das ganze Setting war so verflucht deprimierend, daß ich wieder in die Stadt zurückwollte. Ich war mir sicher, daß Leila mir Geld leihen würde, wenn ich sie nur allein erwischte. Ich habe ihrem Bekannten einen Zettel hinterlassen und bin nach Brisbane runtergelaufen. Dort wollte ich dann das Bier trinken, und dabei habe ich erfahren, daß ich beinahe hätte dran glauben müssen.«
Daß er beinahe hätte dran glauben müssen. Kein Wort der Trauer um seine Mutter oder die anderen Opfer der Explosion.
Wir überwanden die Hügelkuppe. Das letzte Stück zum Freeway jetzt, wenig Verkehr, und immer noch niemand hinter uns.
Ich fragte: »Sie haben Leilas Bekannten also gar nicht gesehen?«
»Nein.«

Und er war auch nicht in dem hinteren Zimmer in Newtons Bungalow gewesen, als ich letzte Nacht dort Licht gesehen hatte.
Adah war dort gewesen.

30 Auf dem Parkplatz standen relativ viele Autos, aber etliche Boote waren verschwunden. Langes Wochenende, dachte ich, unbeschwerter Start in den Sommer – für manche Leute.
Ich fuhr in eine Parkbox am jenseitigen Rand der Asphaltfläche, stellte den Motor ab und sah auf die Uhr. Von den vierzig Minuten blieben mir noch zehn.
»Wir gehen gleich rein ins Hafengelände«, sagte ich zu Hamid. »Er will, daß wir auf Eric Sparlings Segelboot kommen.«
»Haben Sie einen Plan?«
»Wir werden es auf uns zukommen lassen. Ich glaube, ich kenne ihn gut genug, um den richtigen Nerv zu treffen.«
»Khalil hat keine Nerven.«
»Er ist auch nicht der Bomber.«
Hamid starrte mich an. »Ich dachte, Sie sind sicher, daß er es ist. Und das Foto von ihm und Chloe, das sie laut Parkhurst in dem Apartment gefunden haben?«
»Absichtlich dort deponiert, von dem Bomber, der im übrigen auch der Polizei den Tip gegeben hat. Er wußte, daß ich Latif im Verdacht hatte; ich habe es ihm selbst gesagt.«
»Aber wer...«
»Keine Zeit für Erklärungen. Wir müssen los.«
Er rieb sich das Handgelenk, wo die Handschelle gescheuert hatte. »Das ist alles so unnötig. Lassen Sie mich laufen, und ich werde Sie anständig bezahlen.«
»Ich dachte, Sie sind blank.«
»Ich kann jede Menge Geld lockermachen. Ich habe sämtliche Vollmachten für Speeds gesamtes Unternehmen und seine Konten.«
Deshalb hatte Schechtmann alles versucht, um ihn in die Hand zu bekommen. Die beiden waren so fest aneinandergekettet wie Hamid an die Verankerung des Sicherheitsgurts.

Ich sagte: »Mit Geld kann ich das Leben meiner Freundin nicht zurückkaufen.«

Er gab einen abfälligen Laut von sich. »Ein Menschenleben. Was ist das schon, wenn man dafür sehr reich werden kann?«

»Adah wäre noch ein Geist mehr, der mich in meinen Alpträumen heimsucht. Das könnte ich mir nicht leisten, selbst wenn mir Geld wichtig wäre. Was es nicht ist.«

»Dann haben Sie nicht alle Tassen im Schrank.«

»Und Sie haben ein Recht auf Ihre eigene Meinung. Passen Sie gut auf: Wir lassen es, wie gesagt, auf uns zukommen. Schauen Sie hin, hören Sie zu. Sagen Sie nichts. Er wird Sie vermutlich provozieren oder bedrohen. Reagieren Sie nicht darauf. Wiegen Sie ihn in dem Glauben, Sie hätten resigniert und alles würde so laufen, wie er will. Er hat mich gewarnt: keine Heldenstückchen.«

Hamid zuckte die Achseln und guckte weg.

»Ist das klar?«

Er knurrte.

Ich stieg aus dem MG und betrachtete den Bootshafen. Die *Freia*, ein Besankutter von über zehn Metern Länge, lag in der Liegebucht, wo Mavis' Leiche im Wasser getrieben war, aber rechts und links von ihr waren mehrere Plätze frei. Es war still hier; ich hörte nur den schwachen Verkehr auf dem Freeway 101 und das Geschrei der Seevögel, die sich ihr Frühstück suchten. Dichter Nebel hing über der Bucht, obwohl sich jetzt eine quecksilberfarbene Linie zwischen der Wolkendecke und den Kuppen der Hügel hinter der East Bay zeigte.

Ich ging um den Wagen herum und öffnete die Beifahrertür.

»Das ist wirklich sehr dumm von Ihnen«, sagte Hamid.

»Halten Sie den Mund.« Ich zog die Handschellenschlüssel heraus, öffnete den Ring, der ihn an die Verankerung des Gurts fesselte, und ließ ihn um mein linkes Handgelenk zuschnappen. Dann hockte ich mich hin und befreite seine Fußgelenke. »Los jetzt.«

Er stieg aus und streckte und lockerte sich demonstrativ.

An den Handgelenken zusammengekettet, gingen wir zum Tor. Es schien geschlossen, öffnete sich jedoch, sobald ich es berührte. Schnappriegel aufgestemmt, und wegen des Feiertags keine Aufsicht erreichbar, die ihn hätte reparieren können. Ich schlüpfte hindurch und führte Hamid über den Anlegesteg zur *Freia*.

Sie war schlank und schnittig. Teak und Chrom glänzten von der Nebelfeuchtigkeit. An Deck war niemand, und die Bullaugen der Kabinen waren von innen dicht verhängt. Von einer Crew nichts zu sehen; er wollte allein in See stechen.

»Gehen Sie vor«, sagte ich zu Hamid. Er stieg unbeholfen vom Steg auf das Achterdeck. Ich folgte ihm. Die Kajütstreppe war links von uns; ich deutete darauf. Von drunten kam schummriges Licht. Hamid blieb stehen, sperrte sich.

Für einen Moment sehnte ich die 38er herbei, die ich in Craig Morlands Obhut zurückgelassen hatte. Ihr Gewicht zu spüren wäre tröstlich gewesen. Aber ich hielt mich immer noch an die Spielregeln. Würde es tun, solange es irgend ging.

Ich schubste Hamid vorwärts, und wir gingen die Stufen hinunter.

Die Hauptkajüte war teakgetäfelt und ziemlich geräumig; die einzige Lichtquelle war eine nackte Glühbirne am unteren Ende der Treppe, und die hintere Partie lag im Dunkeln. Zu unserer Linken saß Adah auf der Sitzbank hinter dem ausklappbaren Eßtisch, die Fußgelenke an eins der Beine gekettet, die Hände hinter dem Rükken gefesselt. Sie sah hohlwangig und zerzaust aus, aber nicht gebrochen. In ihren Augen glomm Feuer; es flammte auf, als sie mich sah.

Ich fühlte mich nicht mehr so allein.

Ich gab Hamid einen letzten Schubs. Als wir die Kabine betraten, erstarrte er. Ich sah nach rechts zur Kombüse.

Langley Newton trat in seinem Watschelgang auf uns zu, in der Hand eine stumpfnasige Pistole. Mr. Duck, der verräterischen Abfall in der Mülltonne hinter dem Haus deponierte, wo sich seine Bombenwerkstatt befand. Viel näher bei seinem Hauptanschlagsziel als sein Bungalow auf dem Hügel über Brisbane.

Newton war ein völlig anderer Mensch. Keine Spur mehr von dem sanftmütigen Einsiedler auf dem San Bruno Mountain. Seine Augen glitzerten, und sein Gesicht war gerötet; er stand hochaufgerichtet da, die schmalen Lippen zu einem verächtlichen Lächeln verzogen.

»Guten Morgen, Mr. Hamid«, sagte er. »Ich bedaure, daß wir uns gestern abend bei mir zu Hause verpaßt haben. Nein, das ist gelo-

gen; es hätte das ganze Spiel verdorben, wenn Sie mir so einfach in die Hände gefallen wären.«
Hamids Lippen zuckten, aber er sagte nichts.
»Sind Sie allein?« fragte Newton jetzt mich.
»Ja.«
»Haben Sie die Kassette gelöscht?«
Ich nickte.
»Legen Sie den Recorder auf den Tisch.«
Ich zog ihn langsam aus der Sweatshirttasche und legte ihn hin.
»Handschellen aufschließen.«
Ich löste die Handschelle auf meiner Seite, ließ sie an Hamids Handgelenk baumeln. Legte die Schlüssel neben den Recorder.
Newton winkte Hamid weiter in den Raum hinein, vor die verschlossene Verbindungstür zur Bugkajüte. Ich blieb an meinem Standort auf halbem Weg zwischen ihm und der Treppe. Als Hamid sich an ihm vorbeibewegte, musterte er Newton nachdenklich. »Tja, Mr. Hamid, ich muß schon sagen, jetzt sehen wir ganz schön kleinlaut aus. Geradezu ängstlich. Aber Männer, die sich an hilflosen Frauen vergreifen, sind ja meistens Feiglinge.«
Hamid zuckte zusammen.
Adah sah mich eindringlich an. Dann bewegte sie die Augen nach rechts. Ich sah in die entsprechende Richtung, kam aber nicht dahinter, was sie mir bedeuten wollte.
Newton sagte zu mir: »Sie scheinen nicht überrascht, mich hier anzutreffen.«
»Ich bin schon vor einer Weile draufgekommen.«
»Dachte ich mir. Erzählen Sie: Wie ist die kleine Show am Marina Green angekommen?«
»Wie Sie es sich gedacht hatten. Sie müssen das Ganze von langer Hand geplant haben.«
»Um ehrlich zu sein, ich habe schrittweise improvisiert, seit ich Hamids Zettel unter meiner Tür fand und begriff, daß er mir im Konsulat entwischt war. Die letzten Schritte haben sich ergeben, nachdem Sie mir erklärt haben, daß sie ihn gegen Inspector Joslyn austauschen würden. Ich war mir nicht sicher, ob Sie Hamid rechtzeitig aufspüren würden, aber ich habe gehofft, daß Sie es über Leila schaffen. Als Sie ihn hatten, war es ein ziemlicher Streß, alles vorzubereiten.«

»Und nun, da Sie ihn haben – was jetzt?«
»Jetzt werde ich der Welt meine Botschaft bekanntgeben.«
»Ihre Botschaft?«
Er sah mich verächtlich an. »Inzwischen dürften Sie es doch wohl kapiert haben. Meine Botschaft ist der Kampf gegen die diplomatische Immunität. Ich werde den Grund der Anschläge bekanntgeben, indem ich an diesem Dreckskerl ein Exempel statuiere.« Er zeigte mit der Pistole auf Hamid.
»Wie das?«
Newton antwortete nicht. Seine Augen funkelten heftiger; er reckte sich noch kerzengerader empor. Wenn er nicht so gefährlich gewesen wäre, hätte ich seine Verkünderpose komisch gefunden.
»Ein paar Stunden Improvisation«, sagte er, »und die ganze Stadt und das FBI beugen sich meinem Willen. Hunderttausende von Menschen sitzen vor ihren Computern und warten in atemloser Spannung auf mein nächstes Wort. Morgen schon werde ich die Aufmerksamkeit der ganzen Welt haben. Und das alles mit einer Vorbereitung von wenigen Stunden.«
Seine Botschaft an die Welt war jetzt zweitrangig, das merkte ich. Und ebenso seine Rache an Hamid. Chloe Love und ihr Tod waren nur noch eine vage Erinnerung. Was jetzt für Newton zählte, war Macht. Er hatte sie, und er schwelgte darin. Die langen Jahre verborgener krimineller Aktivität hatten eine kontrollierte Psychose genährt; der berauschende Höhepunkt hatte sie endgültig entfesselt.
Adah sagte: »McCone hat Sie etwas gefragt, Newton – wie?«
Sein Blick schwenkte zu ihr hinüber, was mir erlaubte, noch einmal in die Richtung zu schauen, die mir ihre Augen gewiesen hatten. Jetzt sah ich es: eine Leuchtpistole in einem aufklappbaren Glaskästchen, das an der Wand gleich bei der Kajütentreppe hing. Standardausrüstung eines Kutters von dieser Größe. Ich konnte nicht erkennen, ob die Pistole geladen war, aber daneben lag eine Schachtel Leuchtmunition…
Newton sagte: »Unfall auf hoher See.«
»Wo?«
»Das braucht Sie nicht zu interessieren. Wir werden alle vier in See stechen. Ich werde Sie und Ms. McCone an einem Ort absetzen, wo

Sie keinen Kontakt mit der Polizei aufnehmen können, bevor Mr. Hamid und ich nicht schon eines gutes Stück Weges hinter uns haben.«

»Ein gutes Stück Weges wohin?« hakte Adah nach.

»...Das ist meine Sache.« Newtons Augen glitzerten immer noch triumphierend, aber ich sah jetzt eine Spur von Unsicherheit in seinem Blick, als ob er in seiner Hast, die große Show zu inszenieren, nicht weit genug darüber hinausgedacht hätte.

Hamid schien das auch zu spüren. Er sagte: »Das Boot gehört Eric Sparling. Er wird uns die Küstenwache hinterherhetzen, wenn er merkt, daß es weg ist.«

»Sind Sie so dumm geboren, oder ist das eine neuere Erscheinung? Glauben Sie wirklich, ich würde den Kahn ohne Sparlings Erlaubnis nehmen? Ich übernehme manchmal kleine Jobs für ihn; der letzte bestand darin, ihn und seine Frau zum Flughafen zu bringen, weil sie einen Monat Urlaub in Frankreich machen. Er hat mir angeboten, das Boot zu benutzen, und mir die Schlüssel gegeben.«

»Aber er hat sicher nicht gemeint, daß Sie es ohne die Crew benutzen sollen. Sie können es unmöglich allein segeln.«

Verdammt, Hamid überspannte den Bogen. Ehe Newton antworten konnte, fragte ich: »Und Ihre Botschaft an die Welt? Wann werden Sie die übermitteln?«

»Sobald wir auf See sind, enthülle ich die Gründe für die Anschläge – und für Mr. Hamids Bestrafung.«

»Wie?«

»Über meinen Laptop.« Er nickte in Richtung Bugkabine.

»Brauchen Sie dafür keinen Telefonanschluß?«

Newton sah plötzlich erschrocken drein. Er hatte tatsächlich nicht weit genug gedacht. Er schüttelte den Kopf, als könnte er den Planungsfehler durch Leugnen ungeschehen machen.

Hamid nutzte den Moment der Ablenkung und trat einen Schritt auf ihn zu.

Newton riß die Pistole hoch, zielte auf ihn. Seine Hand war alles andere als ruhig. Hamid erstarrte und wich dann zurück.

Newton sah auf die Handschelle, die an Hamids Handgelenk baumelte, schien dann aber einzusehen, daß es besser war, Abstand zu halten. »Eine Bewegung«, erklärte er Hamid, »und ich erschieße

Sie. He, Sie«, sagte er zu mir, »gehen Sie zu ihm und schließen Sie...«
Aber ich hatte den richtigen Nerv gefunden. »Sie werden ihn nicht töten«, sagte ich rasch. »Nicht mit der Pistole, nicht von Angesicht zu Angesicht.«
»Ach, nein? Ich habe vor der gestrigen Aktion schon drei Menschen getötet. Und wer weiß, wie die Bilanz im Konsulat aussehen wird?«
»Das ist etwas anderes. Da waren Sie nicht dabei. Sie haben Ihre Opfer nicht in Flammen aufgehen sehen. Nicht den Geruch ihres brennenden Fleisches gerochen, nicht gehört, wie...«
»Schluß jetzt!« Die Pistolenmündung schwenkte wacklig zu mir herüber.
»Mich werden Sie auch nicht erschießen«, sagte ich sanft – und überzeugter, als ich es war. »Das würde Ihnen viel zu weh tun – so, wie Ihnen Chloes Tod weh getan hat. Damit hat alles angefangen, mit Ihrem Schmerz...«
»Sie hat recht«, fiel mir Hamid ins Wort. »Sie sind ein mieser Feigling.«
»Halten Sie den Mund!« fuhr ich ihn an.
Er ignorierte mich, schien sich durch das, was ich zu Newton gesagt hatte, gestärkt zu fühlen. Eine Woge von Zorn und Haß hatte seine Angst überschwemmt; ich sah grimmige Entschlossenheit in seinen Augen.
»Sie wollen ein Mann sein, Fig? Ein Waschlappen sind Sie. Dieses ganze Getue wegen einer billigen kleinen Schlampe, die nur gekriegt hat, was sie verdient hatte! Sie sind ein gottverdammter Roboter. Sie reden per Computer. Sie töten per Fernzündung.«
»Hamid! Halten Sie die Klappe!«
»Wahrscheinlich vögeln Sie auch aus der Ferne – falls Sie überhaupt je einen hochkriegen.« Er trat einen weiteren Schritt vor.
»Hamid, verdammt...«
Aber ich konnte ihn jetzt nicht mehr aufhalten. Seine Wut setzte sich in blinde Selbstüberschätzung um. Ich sah, wie sich seine Muskeln anspannten, wußte schon im Moment, bevor er es tat, daß er Newton attackieren würde. Mir blieb nur zu reagieren.
Hamid schnellte vor und versuchte, die Pistole wegzudrücken. Er

verfehlte sie, und bevor er gegen Newton prallte, blitzte die Mündung auf, und die Kugel schlug irgendwo in Hamids Oberkörper.
Ich bewegte mich ebenfalls, taub von dem Knall, der die Kajüte erzittern ließ. Nicht nach vorn; Newton hatte immer noch die Pistole, und es war zu eng, um den Versuch zu wagen, ihn zu entwaffnen. Rückwärts, zwei schnelle Schritte, so daß ich mit einer Hand die Glühbirne draußen an der Kajütstreppe zerschlagen konnte. Just in dem Moment, da Newton sich von Hamids taumelndem Körper befreite, wurde es in der Kajüte dunkel.
Ich tastete an der Kajütwand nach dem Kästchen mit der Leuchtpistole. Blut quoll aus einem Schnitt an meiner Hand. Hinter mir erfüllten Geräusche die grauschwarze Dunkelheit: das schwere, blubbernde Atmen eines Sterbenden; wilde, unartikulierte Laute aus Newtons Kehle; Adahs beschleunigter Atem. Ich fand das Kästchen, zerrte an dem Knopf. Es ging nicht auf. O Gott, es durfte nicht abgeschlossen sein! Ich ruckte heftiger – und diesmal gab das Türchen quietschend nach.
Die Pistole, wo...
Da! Ich grabschte sie. Tastete nach dem Munitionsschächtelchen, erwischte es ebenfalls und stolperte dann die Treppe hinauf, aufs Achterdeck. Ich mußte darauf setzen, daß Newton hinter mir herkam. Wenn ich die Pistole schon abfeuern mußte, dann nicht in der Enge der Kajüte – Adahs wegen.
Ich rutschte auf Knien über das glitschige Teakholz und fingerte in dem Kästchen herum. Eine Patrone. Eine Chance. Ich riß sie heraus, duckte mich gegen die Backbordreling und versuchte keuchend und mit zittrigen Fingern, die Pistole zu öffnen, damit ich sie laden konnte.
Von unten drangen Geräusche empor. Wenn er dort unten blieb und Adah als Geisel benutzte...
Ich rammte die Patrone in den abgeknickten Lauf. Hielt die Pistole schußbereit.
Newtons Kopf tauchte auf, dann der Rest seines Körpers, als er die Kajütentreppe heraufhastete. Allein. Keuchend, mit irrem Blick. Die Pistole in seiner Hand immer noch zittrig.
»Newton! Legen Sie die Waffe weg!«
Er erstarrte für einen kurzen Moment. Dann fuhren Kopf und

Pistole in meine Richtung herum. Er versuchte mich in dem dichten Nebel zu orten.

»Ich meine es ernst, Newton! Legen Sie die Waffe weg! Zwingen Sie mich nicht zu schießen...«

Er sah mich, noch ehe ich das letzte Wort ganz draußen hatte. Er war viel zu durchgeknallt, um zuzuhören.

Er schoß.

Einmal, zweimal – wildes Geballer, aber die zweite Kugel war dicht an mir vorbeigepfiffen.

Ich warf das Munitionskästchen nach seiner Pistole. Es prallte von seinem Arm ab. Der nächste Schuß pfiff noch näher an mir vorbei.

Wieviel Schuß hatte er noch? Ich wußte es nicht, durfte nicht noch mehr riskieren. Keine Wahl, verdammt noch mal, er ließ mir keine Wahl...

Ich konzentrierte mich und zog den Abzug der Leuchtpistole durch.

Die Leuchtrakete traf ihn mitten in die Brust, schleuderte ihn gegen die Steuerbordreling. Entzündete Kleidung und Fleisch. In Sekundenschnelle verwandelte er sich in eine lebende Fackel.

Sie haben Ihre Opfer nicht in Flammen aufgehen sehen. Nicht den Geruch ihres brennenden Fleisches gerochen...

Von Übelkeit gewürgt, sah ich, wie er mit dem Kreuz gegen die Reling schlug. Seine Beine flogen hoch, und er kippte hintenüber. Er gab keinen Laut von sich – keinen einzigen Laut. Als er ins Wasser klatschte, hörte ich es zischen und sah den Dampf aufsteigen. Die Flammen erloschen, aber der beißende Geruch lag immer noch in der Morgenluft.

Ich warf die Pistole hin und krümmte mich.

31

Ich saß auf meiner Terrasse und bemühte mich, Langley Newton aus meinem Kopf zu verbannen, indem ich aus ein paar alten Seidentüchern einen neuen Schwanz für W. C. Fields fabrizierte, als Adah am Dienstag nachmittag kam. Sie hatte dunkle Schatten um

die Augen, sah erschöpft aus, und ihr sonst so energischer Schritt hatte etwas Zaghaftes. Es würde wohl eine Weile dauern, bis sie sich von diesen Horrortagen erholt haben würde.
»Hat die Katze den erwischt?« Sie zeigte auf den Seidenpapagei.
»Allerdings.«
»Welche?«
»Bisher hat sich keine dazu bekannt.«
»Der neue Schwanz wird keine fünf Minuten halten, solange diese Biester hier herumstreunen.«
»Ich weiß. Ich nehme ihn mit nach Bootlegger's Cove, wo er vor ihren dreckigen Tatzen sicher ist.«
Adah ließ einen Schlüssel auf den Tisch neben mir klimpern.
»Was ist das?«
»Dein Ersatzschlüssel. Als du neulich nicht aufgemacht hast, habe ich ihn benutzt. Ich gebe ihn dir hiermit zurück.«
»Tu's nicht«, sagte ich. »Du weißt nie, wann du ihn wieder brauchen kannst.«
Unsere Blicke trafen sich, und nach einem kurzen Moment nickte sie und steckte den Schlüssel wieder ein. »Danke.« Dann deponierte sie eine Papiertüte auf dem Tisch und zog eine Flasche Wein heraus. »Für dich. Ein dreiundneunziger Deer Hill Chardonnay. Ich mußte in sechs Weinhandlungen gehen, bis ich ihn gekriegt habe.«
Ich bemerkte, daß die Flasche gekühlt war. »Willst du nicht reingehen und den Korkenzieher und zwei Gläser holen?«
»Ich dachte, du wolltest ihn für deinen Vierzigsten aufheben.«
»Was ist schon ein Geburtstag, verglichen mit der Tatsache, daß wir beide den gestrigen Morgen überlebt haben?«
Sie schnitt eine Grimasse. »Da hast du allerdings nicht ganz unrecht.«
Als sie wieder herauskam, nahm ich ihr den Korkenzieher ab und ließ mir Zeit mit dem Öffnen der Flasche. Adah war hier, um irgendwelche Neuigkeiten loszuwerden; ich vermutete, daß sie negativer Art waren, und war nicht scharf drauf, sie zu hören. »Wie geht's dir?«
»Beschissen, aber es wird schon wieder werden.« Sie nahm das Glas, das ich ihr hinhielt, und kostete. »Nicht schlecht.« Dann streifte sie ihre Turnschuhe ab und steuerte den Liegestuhl an. »Eins

sage ich dir, McCone, ich werde nie wieder in irgend jemandes Mülltonne wühlen, egal, wie sehr es mich reizt. Es ist ein echtes Erlebnis, von einem Irren gekidnappt zu werden und das Memorial-Day-Wochenende zum Paket verschnürt in einem muffigen kleinen Raum in seinem noch muffigeren kleinen Bungalow zu verbringen. Ganz zu schweigen von dem Streß mit Barbara und Rupert, weil ich ihnen diese Aufregung zugemutet habe.«

Bei der Erwähnung Langley Newtons wurde mir wieder übel.

Adah sah mir forschend ins Gesicht. »Ich bin nur froh, daß ich unter Deck war und es nicht gesehen habe. Wird eine ganze Weile dauern, bis du's verwindest. Ganz wirst du's nie loswerden.«

»Ich weiß. Hat er... dir irgendwas gesagt?«

»Du meinst, über diese Frau? Eigentlich nicht. Er war ein extrem verschlossener Typ, McCone. Er hat sich auf keine echte Kommunikation mit anderen eingelassen – obwohl er über sämtliche Kommunikationsmittel verfügte. Computer, Handys, Fax, Kassettenrecorder, wer weiß, was alles. Ich habe nur eins mitgekriegt: Er hatte nie eine Beziehung mit ihr.«

»Ach?« Das überraschte mich nicht weiter.

»Nein. Weißt du, was die Sonderkommission in seinem Bungalow gefunden hat? Ein Album mit Fotos, die er wahrscheinlich bei irgendeiner Party im *Glücksspiel* gemacht hat. Chloe Love war auf allen drauf, mit Leuten vom Personal und mit Gästen. Daher stammte wohl auch das Bild von ihr und Latif, das er in dem Apartment aufgestellt hat. Aber es gab kein Foto von ihm und ihr; er war vermutlich zu schüchtern, um sie drum zu bitten.«

»Und doch hat sie an seine Seele gerührt wie sonst niemand, weil sie einfach nur nett zu ihm war und sich bei der Staatsanwaltschaft für ihn eingesetzt hat. So ist es überhaupt zu der ganzen Sache gekommen.« Ich versuchte mir vorzustellen, wie es wohl sein mußte, in einem emotionalen Vakuum zu leben, von den Mitmenschen abgeschottet. Das war nicht so schwer, weil ich in dieser Richtung selbst einige Erfahrung hatte. Aber die Vorstellung, daß einem der einzige Mensch, der diese Leere erträglich machte, brutal entrissen wurde...

Ich dachte an Hy, daran, wie ich ihn beinahe verloren hätte – jetzt sogar schon zweimal. Vielleicht konnte ich ja Newtons Schmerz

und seine Wut verstehen, so wie ich kürzlich seine Sucht nach Angst und Macht verstanden hatte.
Ich schob den Gedanken weg. Ihn noch weiter zu verstehen, würde es nur noch schwerer machen, in dem Bewußtsein, ihn getötet zu haben, leben zu müssen.
»McCone?« sagte Adah. »Willst du mich gar nicht nach der Belohnung fragen?«
»Ich habe drauf gewartet, daß du es ansprichst. Ich kriege sie nicht, stimmt's?«
»Na ja, Parkhurst wollte nicht, daß du was kriegst. Er sagt, du hättest den Bomber nicht aufgespürt – er sei auf dich zugekommen. Und du hättest nicht mal seine Identität richtig ermittelt. Er schiebt es auf dich, daß Khalil Latif das Department wegen irrtümlicher Verhaftung verklagen will; der Gute saß gerade im Stanford Court, wo er jetzt residiert, beim Frühstück, als sie ihn hopsgenommen haben. Und außerdem behauptet Parkhurst, ein Mitglied der Sonderkommission – ich – hätte den Diplobomber zuerst aufgespürt, wobei er natürlich unter den Tisch fallen läßt, daß er mich suspendiert hatte. Und er ist sauer, daß du Newton ins Jenseits befördert hast und daß Hamid draufgegangen ist. Aber das ist nur eine kleine Auswahl seiner Argumente, warum dir die Belohnung nicht zusteht. Ich will dich nicht auch noch mit dem Rest langweilen.«
»Heiliger Strohsack!« Ich ließ W.C. auf den Terrassenboden fallen, sprang auf und begann, wütend auf und ab zu tigern. »Was zum Teufel hat er unter diesen Umständen von mir erwartet? Du lebst doch, oder? Es wird keine Bombenanschläge mehr geben. Was will er denn noch? Er weiß verdammt genau, daß Hamid Newton provoziert hat und daß er ohnehin nicht das Pulver wert war, um ihn in die Hölle zu befördern. Du bist durch Zufall auf Newton gestoßen. Geradezu aus Versehen! Und was kann ich dafür, daß Latif ein Streithammel...«
»Du kriegst ja einen Teil des Geldes.«
»Ich kriege...« Ich blieb stehen und starrte Adah an. »Wieviel?«
»Ein Viertel.«
»Ein Viertel von einer Million Dollar?«
»Du hast's erfaßt. Craig und ich haben Parkhurst bearbeitet, und

noch ein paar andere aus der Sonderkommission haben uns unterstützt. Weißt du, was er gesagt hat, als wir uns geeinigt haben? ›Vielleicht hält es mir wenigstens diese schreckliche Frau vom Hals, bis ich meinen Kram zusammenpacken und aus dieser Stadt verschwinden kann.‹«
»Arschloch.« Aber ich sagte es ohne große Erbitterung. Mein Denken und Fühlen hatte auf den kleinsten Gang zurückgeschaltet. Eine Viertelmillion Dollar. Soviel Geld. Was in aller Welt sollte ich damit anfangen?
»Ich will, daß du auch was davon abkriegst«, erklärte ich Adah.
Sie schüttelte den Kopf. »Kann ich leider nicht annehmen, so gern ich's täte. Das würde den Glanz meines Abzeichens wirklich um einiges trüben.«
»Du bist wieder im Dienst?«
»Bei der Mordkommission, vorausgesetzt, ich gehe ein Weilchen zum Psychiater.« Sie machte ein finsteres Gesicht.
Gott stehe dem armen Psychiater bei, dachte ich.
»Craig hat mich überredet, es wenigstens auf einen Versuch ankommen zu lassen.«
»Craig, hm?«
Adah sah in ihr Weinglas. »Er ist gar nicht so übel, wenn man ihn näher kennt. Und er war mir in diesen letzten vierundzwanzig Stunden wirklich eine große Stütze.« Sie wechselte rasch das Thema. »Und? Was wirst du mit der Knete anfangen? Eine Weltreise machen? Dir einen tollen Wagen und schicke Klamotten kaufen? Deinen armseligen Lebensstil ein bißchen aufpeppen?«
Ich hatte keinen Schimmer. Zum Glück ersparte mir die Türklingel weitere Überlegungen. »Entschuldige mich einen Moment.«
Anne-Marie, Hank und Habiba standen vor meiner Tür. Hank hielt die Kleine an der Hand. Sie starrte auf den Boden, den Kopf gesenkt, wie auf unserer langen Heimreise aus der Karibik. Na ja, kein Wunder: Zuerst hatte sie ihre Mutter verloren, dann ihren Vater, ihre Großmutter und ihr Zuhause – alles innerhalb von achtundvierzig Stunden.
»Wir stören doch hoffentlich nicht«, sagte Hank. »Wir kommen gerade von einer Besprechung mit Botschafter Jalil.«
»Natürlich stört ihr nicht. Und ich freue mich sehr, dich zu sehen,

Habiba.« Als sie nicht reagierte, hockte ich mich vor sie hin und hob ihr Kinn an. Ihre Augen sahen mich stumpf an, aber sie wand ihre Hand aus der von Hank und schob sie in meine.
»Gehen wir auf die Terrasse«, sagte ich zu den dreien. »Adah ist auch da.«
Ich führte sie nach hinten durch und ging, Habibas Hand an meinem Jeansbein, Weingläser für die Erwachsenen und eine Cola für sie holen. Als ich mich wieder hinsetzte, krabbelte sie auf meinen Schoß, und ich nahm sie schützend in die Arme. »So«, sagte ich. »Dann erzählt mir mal, wie es bei Jalil gelaufen ist.«
Anne-Marie sah auf die Kleine, und in ihren Augenwinkeln formten sich Lächelfältchen. »Khalil Latif war auch da; er wurde zum neuen Generalkonsul ernannt. Er und Jalil meinen, da Habiba in den USA aufgewachsen und zur Schule gegangen ist, würde es für sie sicher sehr schwer sein, zu Verwandten nach Azad zu gehen. Und außerdem denken sie, daß es ihr helfen wird, über die Verluste hinwegzukommen, wenn sie in einer vertrauten Umgebung bleiben kann.«
Hank ergänzte: »Latif wird noch eine Zeitlang im Hotel residieren, und er möchte zwar weiterhin eine zentrale Rolle in Habibas Leben spielen, gibt aber zu, daß er von Kindererziehung nicht viel versteht. Also ist Jalil damit einverstanden, daß Anne-Marie und ich sie vorerst in Pflege nehmen. Mavis hatte keine Angehörigen, und Jalil ist ihr nächster Verwandter, von daher dürfte das weiter kein Problem sein.«
Die Kleine lehnte an meiner Brust; ich sah nur die Oberseite ihres gesenkten Kopfs. »Ist dir diese Regelung recht, Habiba?«
Sie murmelte etwas Unverständliches.
»Tut mir leid, aber ich habe dich nicht verstanden.«
»Das mit dem Erziehungskram? Davon haben sie auch keine Ahnung. Aber das macht nichts. Meine« – für einen Moment versagte ihr die Stimme – »meine Kinderfrau Aisha und meine Omi haben mir Tischmanieren und so was schon beigebracht. Und ich mag Anne-Marie und Hank, und Onkel Khalil hat gesagt, ich kann ihn sehen, sooft ich will. Und...« Sie legte den Kopf zurück, so daß ich ihr blasses Gesicht verkehrt herum sehen konnte. »Und wenn ich in San Francisco bleibe, kann ich dich und Hy auch sehen. Wenn ihr wollt.«

»Natürlich will ich das und Hy auch.«
Habiba musterte mich einen Moment ernst, nickte dann kurz und starrte dann wieder auf ihren Schoß.
Adah fragte: »Und bei wem von euch beiden wird sie wohnen?«
»Oh, bei Hank«, sagte Anne-Marie rasch. »Ich bin ja so eine... Sauberkeitsfanatikerin, aber Hank stört sich nicht an dem... an der Unordnung, die Kinder so machen.«
»Sie meint, daß sie Kinder nicht ausstehen kann.« Allie war gerade auf das Terrassengeländer gesprungen; Habiba rutschte von meinem Schoß, ging hin und begann, sie zu streicheln.
Wir vier Erwachsenen wechselten besorgte Blicke.
Habiba guckte über ihre Schulter und brachte ein schwaches Grinsen zustande. »War nur ein Witz. Heute morgen hat sie zu mir gesagt, ich bin viel interessanter als die meisten Erwachsenen, die sie kennt, und nächste Woche geht sie mit mir ins naturwissenschaftliche Museum.« Sie fuhr fort, die Katze zu streicheln.
Anne-Marie betrachtete sie versonnen – und zärtlich. Sie merkte, daß ich sie beobachtete, zuckte die Achseln und wechselte rasch das Thema. »Und wie geht's euch beiden?«
»Es geht«, sagte Adah. »McCone hat allerdings gute Neuigkeiten: Sie ist um eine Viertelmillion Dollar reicher geworden.«
»Die Belohnung?« fragte Hank.
»Genau.«
»Was willst du mit dem vielen Geld machen?«
»Ach, keine Ahnung. Mick ein neues Handy kaufen, schätze ich; er ist immer noch untröstlich, weil das alte seinen Geist aufgegeben hat.« Ich hielt inne. Alle sahen mich erwartungsvoll an. »Und dann ist da diese Frau in der Karibik, die mir sehr geholfen hat; ihre Organisation kann eine Spende gebrauchen.«
»Ist das alles?« fragte Adah.
»Hey, vielleicht darf ich mich erst mal an den Gedanken gewöhnen, soviel Geld zu besitzen, bevor ich mit dem Ausgeben anfange!«
Hank sah Anne-Marie bedeutungsvoll an. Sie nickte. Er sagte: »Ich spreche es jetzt schon mal an, weil ich hoffe, daß es deine Pläne beeinflußt. Ich werde All Souls verlassen.«
»Was!« Hank hatte die Kooperative gegründet. Er war der Senior-

Partner. Nein, mehr noch – er war die Seele von All Souls. »Ohne dich wird der Laden eingehen.«

»Nein, er wird nur seinen Charakter verändern. Wir haben uns geeinigt, die bestehende Partnerschaft aufzulösen: Die Partner, die bleiben wollen, gründen eine neue Firma unter einem anderen Namen. Ich wette, sie werden noch vor Jahresende das Haus verkaufen und in eine schickere Gegend umziehen.«

Eine Woge der Traurigkeit überschwemmte mich. Sooft ich erwogen hatte, mein Büro anderswohin zu verlegen, hatte mich der Gedanke getröstet, daß meine alten Freunde und Kollegen auch weiterhin in dem großen Altbau in Bernal Heights für mich dasein würden.

»Mach nicht so ein Gesicht, Shar«, sagte Hank. »Die Kooperative, um die du trauerst, existiert schon lange nicht mehr.«

»Ich weiß, aber... Was hast du vor?«

Er lächelte Anna-Marie an und nahm ihre Hand. »Wie klingt das: Altman und Zahn, Rechtsanwälte?«

»Du willst bei der Umweltschutzkoalition aussteigen?« fragte ich Anne-Marie.

Sie nickte. »Ich werde weiter beratend für sie tätig sein. Und weißt du, was? Ted wird unser Büroleiter.«

Meine Traurigkeit verflog jäh. Ich wußte, was sie mir vorschlagen würden.

Adah sagte: »Tja, dann seid ihr ja wohl alle drei auf der Suche nach neuen Räumlichkeiten. Habt ihr schon eine Vorstellung, wo ihr hinwollt?«

Meine Freunde sahen mich erwartungsvoll an.

Ich sagte: »In welche Gegend, weiß ich nicht. Aber eins steht fest: Ich möchte unbedingt Tür an Tür mit einer funkelnagelneuen Anwaltssozietät residieren.«

6500 Fuß über dem Central Valley
31. Mai, 11 Uhr 21

Es war eine weite, wunderschöne Welt hier oben und kein bißchen einsam, weil ein völlig genesener Ripinsky auf dem Rücksitz der Citabria saß.

Über Kopfhörer sagte er: »Du hast der Startfreigabe gesagt, wir seien auf Sichtflug nach Little River.«

»Klar habe ich das gesagt. Wir verziehen uns auf schnellstem Weg nach Bootlegger's Cove und werden uns eine ganze Weile nicht von dort wegrühren. Du mußt dich erholen, und ich will eine Woche schlafen.«

»Klingt gut.« Er schwieg einen Moment. »Wie verkraftest du das, was passiert ist?«

Ich zuckte die Achseln, konzentrierte mich ganz auf die Instrumente.

Er schwieg wieder. Nach ein paar Minuten sagte er: »Vielleicht solltest du es als dein persönliches Ban Kach ansehen.«

Mir stockte der Atem. Er hatte erst einmal über diesen Vorfall geredet, der seit beinahe zwanzig Jahren im dunkelsten Winkel seiner Psyche fortlebte. Ich hatte gedacht, dieses Thema sei für allezeit tabu.

Er fuhr fort: »Du wußtest, daß du Hamid ans Messer lieferst, genau wie ich damals diese Kambodschaner. Als Dan Kessell plötzlich wollte, daß ich auf dem Rückflug von Chiang Mei dieses verlassene Dorf an der Grenze anflog, war klar, was passieren würde. Ich habe mir eingeredet, daß mir das nichts ausmachte, weil ich gut bezahlt wurde und weil es nur miese, skrupellose Drogenschieber waren. Und als dann auf der Lichtung einer von ihnen zu mir gerannt kam und mich um Hilfe anflehte, weil die anderen miesen, skrupellosen Drogenschieber sie abschlachteten, habe ich ihm, ohne nachzudenken, eine Kugel in den Kopf gejagt, damit die Kerle mit den Uzis

dachten, ich sei auf ihrer Seite. Erst hinterher hat es mir etwas ausgemacht.«
In der intimen Enge der Maschine und über Kopfhörer gewann dieses neuerliche Geständnis besondere Bedeutung. Ich nickte, dachte darüber nach, sah die Parallelen.
Er setzte hinzu: »Laß einfach los, McCone.«
Unter uns wich das Ackerland den Vorbergen der Küstenkette, als ich jetzt Kurs auf die South Bay nahm, um von da noch ein kurzes Stück den Festlandssockel hinaufzufliegen. Meine Gedanken drifteten voraus – Anfang Juni in Bootlegger's Cove, Nebelspaziergänge am Strand und Liebe in der Holzfeuerwärme vor dem Kamin.
Hinter San José fragte Hy plötzlich: »Sag mal, hat Renshaw eigentlich eure Zehnfache-Kohle-Wette eingelöst?«
»Na ja, er hat mir das volle Honorar gezahlt und eine Prämie dafür, daß ich RKI vor einem größeren Schlamassel bewahrt habe – wieder einmal. Aber was unsere Wette angeht, hat er gekniffen.«
»Willst du, daß ich ein Rollkommando losschicke?«
»Nein, ich verzeih's ihm. Die Belohnung ist schon genug; ich glaube wirklich nicht, daß ich in der Lage bin, noch mehr Geld zu handhaben.«
»Unterschätz dich nicht.«
»Hey, gerade fällt mir etwas ein. Guck dir mal diesen Ausschnitt aus dem gestrigen *Examiner* an, der im Seitenfach meiner Tasche steckt. Das wird dich sicher interessieren.«
Ich konnte seiner Lektüre anhand der überraschten und anerkennenden Laute in meinem Kopfhörer folgen. Ich hatte die Agenturmeldung, die auf einer der hinteren Seiten unter anderen erstaunlichen Begebenheiten aus aller Welt gestanden hatte, nahezu wörtlich im Kopf. Marigot, stand da fettgedruckt als Ortsangabe, und die Überschrift lautete: BIZARRER UNFALL KOSTET DEUTSCHEN DAS LEBEN.

> Der auf der Leeward-Insel Jumbie Cay wohnhafte Deutsche Klaus Schechtmann kam am späten Sonntag nachmittag ums Leben, als sich aus der antiken Kanone eines Nachbarn versehentlich ein Schuß löste.
> Schechtmann, 43, war Eigentümer der selbständigen Insel. Er

wollte gerade seinen Nachbarn Zebediah Altagracia, 76, besuchen, als sich dessen musealer Mörser aus dem amerikanischen Revolutionskrieg beim Reinigen plötzlich entlud. Schechtmann war auf der Stelle tot.

Altagracia, eine lokale Berühmtheit, da er 1971 die bis dahin britische Insel mit Erfolg für unabhängig erklärte, war nach eigener Darstellung gerade dabei, die Kanone für die Feier des amerikanischen Memorial Day am Montag zu präparieren.

»Wir feiern hier so gut wie alle patriotischen Gedenktage dieser Welt«, erklärte Mr. Altagracia der Presse, »besonders die, die an die Befreiung von Unterjochung erinnern. Ich habe vor, den heutigen Tag Klaus Schechtmanns Andenken zu widmen. Er war ein feiner Mensch, dem diese Insel und ihre Bewohner zutiefst am Herzen lagen. Ich spreche wohl für uns alle, wenn ich sage, wir werden ihn schmerzlich vermissen.«

Die Untersuchung des Falls durch Interpol ist noch nicht abgeschlossen, aber aus zuverlässigen Quellen verlautet, die Wahrscheinlichkeit der Anklageerhebung sei gering.

Hy pfiff leise durch die Zähne. »Ich kann nur sagen, *vive la révolution.*«